陳國球　著

Discourses on Chinese Lyrical Tradition and Literary Historiography

抒情傳統論與中國文學史

・目次・

導讀
史識與詩情

王德威
中央研究院院士、現任美國哈佛大學東亞系暨比較文學系Edward C. Henderson講座教授

陳國球教授是當代中文與華語世界最重要的學者之一。他的學術根底深厚，不僅兼治古典與現代，比較文學方面也涉獵極深。陳教授曾於香港任教多年，目前獲邀擔任臺灣清華大學玉山學者講座教授——臺灣學界的最高榮譽。

陳教授對作為學科的中國文學史有專精研究，近年對抒情傳統的鑽研尤其受到矚目。《抒情傳統論與中國文學史》堪稱是他多年成果的最佳展現，這本新著勾勒抒情傳統研究的來龍去脈，並以此作為重新思考、批判中國文學史的方法。全書十章，除了介紹西方漢學界抒情傳統三大家外，並且延伸至中文學界相關學者及著述。從美國的陳世驤、高友工到捷克的普實克（Jaroslav Průšek），從寄籍香港的司馬長風到流亡日本的胡蘭成，呈現了一幅抒情傳統研究的世界圖景。而臺灣中介其間，在這一圖景中占據樞紐位置。

「抒情」在現代文論裡是一個常被忽視的文學觀念。一般看法多以抒情為小道，作為一種詩歌或敘事修辭模式，抒情不外輕吟淺唱；作為一種情感符號，抒情無非感事傷時。五四

以來中國的文學論述以啟蒙、革命是尚，一九四九年之後宏大敘事更主導一切。在史詩般的國族號召下，抒情顯得如此個人主義、小資情懷，自然無足輕重。

然而只要回顧中國文學的流變，就會理解從《詩經》、《楚辭》以來，抒情一直是文學想像和實踐的重要課題之一。《楚辭．九章》〈惜誦〉有謂「惜誦以致愍兮，發憤以抒情」；時至二十世紀初，魯迅寫〈文化偏至論〉則稱「鶩外者漸轉而趣內，淵思冥想之風作，自省抒情之意蘇，去現實物質與自然之樊，以就其本有心靈之域」。兩者喻義頗為不同，但惟其如此，才更顯現這一詞彙的活力豐富，千百年來未嘗或已。

這正是陳國球教授治抒情傳統的起點。本書開宗明義即指出，「情」在傳統思想脈絡裡有情「感」，情「事」，情「志」，情「實」等解釋，郭店楚簡甚至有「道始於情」的說法。「抒」情則同時有編織、貯存與疏散情的含義。除了與情感和自我表達關聯密切之外，陳國球指出，在先秦以及中古時期，抒情還具有豐富的社會意義，包括教育、外交、倫理，甚至療癒的功能。此外，抒情也常被用為諷諭或「形容盛德」的政治讚頌。在唐宋詩詞文化中，抒情作為隱逸或社交的喻象更大行其道，以此充分顯示其內省性及公共性兩個面向。

情的含義如此豐富，意謂這是一個不穩定的詞彙，因此對於情的辯證一直是傳統文學及思想界關注的話題。晚明馮夢龍的「情教」論，清初戴震的「情理」之辨，清末龔自珍的「宥情」說，都企圖從名教枷鎖中找到釋放可能。時至二十世紀，情與抒情更因歐西學說從浪漫主義到尼采、柏格森學說引進而有了新的轉圜。從早期朱謙之的「唯情」論到中期朱光潛、宗白華、艾青甚至胡風等的抒情論述，再到晚近王元化的「情本位」、李澤厚的「情本體」，在在可見。

在啟蒙與革命所代表的現代中國文學論述外，其實有一脈抒情論述綿延不輟。但如上所述，這一論述因為政治及其他因素隱而不彰。陳國球和他的同道所從事的，正是重新喚起學界對「抒情傳統」的認識。而如他在書中所示，這一工程的發生所在不是中國大陸，而是海外。關鍵人物是陳世驤、高友工、普實克，關鍵地點則是臺灣。

一九七一年，陳世驤在「亞洲研究學會」年會發表〈中國的抒情傳統〉一文，從比較文學的視角檢視中國文學，提出結論：西方文學的特色是史詩和希臘悲劇，而中國文學的特色「在抒情的傳統裡」。陳世驤指出，這一抒情傳統源自《詩經》與《楚辭》，在隨後的幾個世紀裡分別以漢賦和樂府等形式發揚光大，並在六朝與唐代詩歌中登峰造極。陳世驤早在一九五八年初訪臺灣的系列演講中，即已論及中國文學抒情特質，自此反響綿延不絕，成為臺灣中文學界的一大特色。

陳世驤評價中國文學的前提源自對西方經典的反思，而他之所以提出中國「抒情傳統」，主要在於區別西方文論評價所有文學都來自荷馬史詩和希臘悲劇的觀點。為了矯正西方文學視野，陳刻意強調中國傳統的獨特性：即使西方文學占有優勢，「抒情」是中國文學——甚至是東亞文學——的「正統」。陳的用心拳拳可感，但他的論調不免流露本質主義的痕跡。即使如此，無礙於他成為二十世紀中期最有創意的文論家之一，稱他「發明」了「抒情傳統」，亦不為過。

陳世驤的抒情傳統（有意無意的）抹消了現代，或許顯示他默認一般所見，將現代與傳統截然劃分，也或許反映了他的一種文化鄉愁。但這樣的答案仍嫌簡單。陳國球提醒我們，陳世驤在中國期間是現代主義者，在北大時曾積極參與現代主義相關的活動，赴美後才轉向古典文學。這一事實促使陳國球細思陳世驤「抒情傳統」論述背後的複雜動機，並探問他為何從現代主義轉換跑道，又如何在現代西方文學訓練與中國古典研究間取得協調。

陳國球的貢獻是發現並思考一九四八年陳世驤英譯陸機《文賦》的來龍去脈。陸機所處的西晉為「人類歷史最黑暗的時代」之一。但亂世反而促成中國抒情論述首次浮出歷史地表，而以《文賦》為佼佼者。陳世驤於抗戰中期赴美，在海外見證家國裂變。獨立蒼茫，他是否試圖從一千六百年前陸機所經歷的危機中，找尋啟示，安頓自己？西元三〇〇年是個「令人驚懼的美麗」時刻：政治的生靈塗炭激發出詩歌的鳶飛魚躍，肉身的隕滅造就了文學永恆。陳國球指出，陳世驤一九四八年版的英譯《文賦》取名「Literature as Light Against Darkness」（《如光的文學，照亮黑暗》），必然意識到「光」是《文賦》最重要的意象，那是生命感官資源，也是歷史長夜中靈光一現的希望。

高友工早年曾使用分析語言學和形式主義批評來研究抒情話語。一九六八年他與語言學家梅祖麟共同發表〈杜甫的〈秋興〉：一個語言學批評的練習〉，從詞彙語法結構、音韻模式的張力、內在意象的複雜性來探討杜甫名作中的語言歧義性。日後二人分道揚鑣，高友工遂鑽研抒情論述，從詩歌迅速擴展到其他。他認為抒情美學是中國文學傳統的精髓，並從司馬遷的《史記》，莊子哲學，以及曹雪芹和吳敬梓的小說中得到印證。一九八五年高友工更進一步，宣稱中國文明根基於「抒情美典」，尤其表現在唐代律詩之中，也延伸到音樂，戲劇，書法，畫作等藝術形式。

高友工的「抒情美典」自然令人聯想陳世驤的「抒情傳統」。然而比起陳世驤，高友工顯得更加野心勃勃：他不僅把抒情視野拓展到中國文明的各個層面，並且發展了一套綜合性的理論範式。高友工認為中國的「抒情美典」源自心與世界的律動，與柏拉圖式「真理／再現」理念不同，最能體現這一特點的是律詩。律詩集內省與外爍的經驗於一體，並以向心和離心的符號體系呈現經驗的形式。這導致了「內化」（internalization）和「象意」（symbolization）之間的相互作用。他的論述在臺灣引起「高友工旋風」，影響蔡英俊，呂正惠，張淑香等一代中文系所學者。臺灣成為抒情傳統論重鎮，當自此始。

高友工試圖描述，甚至預設，抒情話語的運作機制。但他也注意到更根本的問題在於如何以語言學或是其他模式接近稍縱即逝的個人瞬間，如何用抒情來承受歷史與自然的流變，以及抒情如何在感知與反應的循環中構築自我主體。但陳國球慧眼獨具，又從史料中爬梳出高友工的家世背景，並以此推測他日後提倡抒情美典的線索。高出身世家，兄長高而公早年即左傾，最後與家庭分道揚鑣。高而公是中共文工史小有名氣的人物，文革末期過世。世變之中高氏兄弟動如參商，但他們早年關係頻密，陳國球因此推測高而公或許對友工有所啟迪。但他的研究並非刻意攀比，而是將歷史帶入高友工看似不沾人間煙火的論述語境，從而思考詩與史的互動。

普實克是二十世紀中期歐洲最重要的漢學家之一，一九三二至一九三七年間曾旅居中國兩年，結識魯迅、冰心、沈從文、鄭振鐸等人。這段經驗對他的學術影響頗大，二次大戰結束後，他已經成為捷克年輕漢學家中的佼佼者。一九五七年，普實克發表〈現代中國文學的主體主義和個人主義〉一文，自此奠定他對中國文學的抒情探索。文中強調中國文學現代化最重要的特色就是轉向主體與主觀的追求：儘管魯迅的散文、胡適的自傳、郁達夫的懺情書寫、丁玲的浪漫小說等文類各不相同、社會政治立場有別、氣質才情互異，但具有共同的傾向，名之為「抒情」。

普實克深信現代中國作家的主體性與個人特質並不全然來自西方浪漫主義，更可能來自中國古典文學的抒情傾向。抒情傾向在古典詩文裡俯拾即是，其他文類如書信、日記、自傳等也同受感染。古典詩文在現代式微後，敘事文學成為抒情表達最主要的媒介。普實克認為，當這一抒情主體意識下放到民間、到大眾，形成釋放自我、人同此心的能量，革命即蓄勢待發——「抒情」於是過渡為「史詩」。

普實克的論點自然引起疑義，但他所提出的許多議題至今有啟發性，如古今之爭，詩史互證，小我與大我之辨等。一般認為中國現代化等同西化，普實克的想法恰恰相反。他從新文學發現舊中國的抒情元素，從而動搖文學史的線性、進步史觀。這在二十世紀中期充滿挑戰意味——尤其考慮到他的強烈左翼革命信念。時至今日，不少中國左派學者仍大談革命進化論，質疑抒情的「社會（主義）」性，強不知為知之，與普實克當年的論述相比，只見退化，何來進化？

陳國球對普實克研究貢獻有二。他指出普實克與波西米亞派浪漫主義一脈相承，普氏對捷克「抒情傳統」的渴望促使他在東方尋找共鳴。此外，普實克是著名布拉格語言學派的一員，他以語言學的結構觀分析中國抒情詩，顯示他對布拉格結構主義方法論的熟悉。陳國球比較文學的訓練在此大有發揮；他認為普氏各種觀念，例如藝術「結構」、「成分組合」、社會和美學「功能」等都帶有布拉格學派印記。

其次，陳國球對一九六一至一九六三年間，夏志清與普實克的論戰也有深入解析。一九六一年夏氏《中國現代小說史》出版，頗獲好評，普實克卻嚴厲批評夏對共產文學懷有偏見，迴避歷史，因此是「科學方法」的反面教材。夏志清的反駁同樣砲火猛烈。他指責普實克深受左翼教條蠱惑，奉意識形態為金科玉律，以「科學」為名，卻全然忽略文學審美標準以及普世人文精神。陳國球理解二人意識形態鴻溝，但仔細推敲他們的立論後，仍看出對話可能。普實克從來支持「史詩」時代裡的抒情色彩；革命烏托邦理應見群與己的相容而非相斥。同樣的，夏志清批判左翼文學同時，其實頗能欣賞其中乍現的抒情片刻，何況夏志清著名的「情迷中國」（Obsession with China，或譯為「感時憂國」）說本來就充滿了家國情懷。

陳國球對抒情傳統的觀察促使他對「文學史何為」再作反思，這是本書另一重點。作為學科論述，文學史是一種對大師、經典、運動，和事件的連貫敘事，也是民族傳統、國家主權想像的微妙延伸。這一論述在十九、二十世紀之交引入中國，至今仍然在文學研究中占有主導地位。也因此，談論文學史就意味著我們需要對耳熟能詳的話題，諸如「現代」中國文學的時期劃分，中國「文學」概念的演化，「文學史」在不同情境的可行性和可讀性，以及何為「中國」文學史的涵義，認真重新探討。

有關文學史的研究陳國球早有多部專書出版。本書則將問題扣緊抒情傳統論，提出如果從抒情角度觀察中國文學的律動，將會產生何種不同效應。事實上，詩與史相輔相成的關係在中國其來有自。如陳在他處所見，「詩史」一詞從公元八世紀開始流傳。杜甫詩歌以其嗟歎世變、吟詠詩心成為典範。唐代文人孟棨有言：「觸事興詠，尤所鍾情。」孟棨考慮了情在「情境」與「情感」上的雙面意義，從而闡發了史事與詩心之間互為呼應的關係。不論是以詩證史或是史蘊詩心，早在以往留下印記。

陳國球探勘抒情傳統三大家的著述時，頻頻向他們的史識與詩心致意。陳世驤早年傾心現代主義，去國之後轉向古典，終於提出「抒情傳統」，以之抗衡西方文學戲劇與史詩傳統。高友工從分析哲學角度進入中國六藝研究，以「抒情美典」總結中華文化精髓。普實克更從「抒情」和「史詩」的辯證關係解說中國文學，認為中國文學具有「抒情兼史詩」——「lyico-epic」——的特質。三位學者立場各異，但對文學作為銘記，彰顯中國經驗的信念則一。陳世驤、高友工回望抒情，用以對照中國文學現代化——尤其革命之後——的荒涼結果。普實克恰恰相反：他認為抒情性是啟動中國現代革命性的強大力量，「抒情」和「史詩」的結合也正是革命完成的時刻。反諷的是，陳、高一九四九年後遠走海外，只能遙想古典中國。一九六八年布拉格之春失敗，普實克被黜，鬱鬱以終，「抒情」和「史詩」成為絕響，反而多年後在自由世界找到知音。

陳國球的研究更帶入他對這三位大師個人生命行止的考察以及興歎。如此，「文學史」不必再局限於紙上文章，而成為我們跨越時空甚至文明阻隔，藉「文」撫今追昔，互通有無的方法。這不正是「抒情」的正宗表率？

循此線索，陳國球另對現代文學史的三位書寫者——林庚，胡蘭成，司馬長風——致意。在正統文學史裡這三位人物未必有代表性，但從抒情傳統角度觀察，他們各成一家之言。林庚是京派晚期詩人之一，日後成為國學耆宿。林庚出版於一九四七年的《中國文學史》堪稱是文學史的異數。林以詩人之筆，縱論詩國三千年來龍去脈，分為啟蒙時代，黃金時代，白銀時代，黑暗時代。這些論述出於希臘羅馬神話，但無礙林庚發揮個人洞見。不論《詩經》對天地鴻蒙的驚異，《楚辭》對創造的追求，再到唐詩「少年精神」的發皇，筆觸靈動，意興飛揚，難怪引來王瑤——中共建國後第一本文學史作者——的批評，謂其精神和觀點都是「詩」的，而非「史」的。林庚版文學史的疏漏也許一目了然，但他以詩人之筆為文學作傳，不墜入歷史論述八股規範，其實難能可貴。林庚論黑暗時期戲曲小說每以「夢」為題，而他的文學史不也是解放以前的最後一「夢」？陳國球比較林庚一九四七年版與一九五四年版文學史論先秦散文的片段，從行文風格到立意申論可以看出極大不同。所謂「詩性」在一九五四年版早已消弭無形——新中國不容抒情。

陳書也處理了胡蘭成的案例。胡蘭成一生充滿爭議性，但其人的生花妙筆以及獨特史觀卻引來不少擁躉。對胡而言歷史要義無他，就是「情」、「興」的發揮。中國歷史一個明亮的詩的世界：啟悟先於啟蒙，直覺的靈光一現凌駕知識的孜孜追求——祭政一體，渾然天成。陳國球對胡蘭成學說顯然頗有保留，但他理解在抒情傳統的譜系裡，有多少中州正韻，就有多少變音變徵。胡本人並沒有，也無從，發展成體系的文學史觀。既然他認為「情」的本質是混沌與無規則的，也就不受紀律與時間形態的束縛。他嚮往《詩經》的天然世界，樂府詩詞的「平民的瀟湘」，《紅樓夢》的痴兒怨女，還有五四時期迸發的那種「生命力」或曰革命精神。胡蘭成素有大志，其實政治上一籌莫展，反而操弄文字語言有了意外成就。是在文字符號的天地裡，他靈活遊走於愛國與賣國、有情與無情之間。陳國球以「文學禊祓」點出其人文字魅惑能量，可謂知言。

本書最後一章焦點放在香港，陳國球的心意不問可知。司馬長風生於東北，一九四九後輾轉來港。一九七三至一九七八年間完成《中國新文學史》三卷本，洋洋灑灑，縱論五四到當代的人事與作品。論者多謂司馬長風未經正統訓練，信筆為文，頗多偏頗不足之處，尤其為人詬病的是他行文「筆鋒常帶感情」，易放而難收。陳國球別具慧眼，指出冷戰末期國共鬥爭難分難解，殖民地上能有中國文學史橫空出世，本身即充滿意義：「既有學術目標的追求，卻又像回憶錄般疏漏滿篇；既有青春戀歌的懷想，也有民族主義的承擔；既有文學至上的『非政治』論述，也有取捨分明的政治取向。」北望中國，正是無比荒涼的文革時代，司馬長風以避秦者姿態徜徉文學天地，談創作獨立之必要，真情之必要，還有「即興以言志」的必要：「既不載道，思想也沒有言志的框框，這才是圓滿的創作心靈。」這不啻是抒情的文學史宣言。正是政治的無情與濫情才襯托他的風格真情流露；正是意識形態的教條與「框框」才突顯他對文學品味的無所顧忌。陳國球此章夾議夾敘，頗見個人性情，司馬長風「唯情的文學史」於他顯然心有戚戚焉。

《抒情傳統論與中國文學史》是陳國球教授離港赴臺任教後的第一部著作。回望「特區」這些年來的「不變」與無不變，他必定有太多不能已於言者的感觸。此時此刻談抒情，談中國，談文學史又有什麼意義？如前所述，「抒情」一詞定義多歧，不求甚解者大有人在。左派學者認為空談個人情性，無視文學的公共性與社會性，右派學者回歸儒教，祭出情的規訓之必要。臺灣基本教義派學者則認為這無非都是「強國」遺產，於鄉土何干？陳國球鑽研抒情傳統，有如三面作戰。他必曾莞爾：革命與建國鬥士們，抒個情有這麼可怕麼？果如此，豈不反證了抒情的力量？

從他對陳世驤到司馬長風，從林庚到普實克的研究中，陳國球的答案其實已經呼之欲出。他筆下學者文人見證中國歷史與文學的千迴百轉，自身的經歷也多有曲折。在詩與史的交會處，他們體會發憤抒情的塊壘，緣情披靡的婉轉，甚至情到深處情轉薄的反諷。「中國」無從簡化為政治標籤。朝代與政權此起彼落，杌隉無明的時代永遠超過清平盛世。在惘惘的威脅中，文學——感興，明志，抒情——是抵抗黑暗的唯一方法。這是陳世驤一九四八年翻譯陸機《文賦》的動機，也是他日後為「抒情傳統」所提出的命題。我們不禁想起沈從文〈抽象的抒情〉一文中的話：

> 生命在發展中，變化是常態，矛盾是常態，毀滅是常態。生命本身不能凝固，凝固即近於死亡或真正死亡。惟轉化為文字，為形象，為音符，為節奏，可望將生命某一種形式，某一種狀態，凝固下來，形成生命另外一種存在和延續，通過長長的時間，通過遙遙的空間，讓另外一時另一地生存的人，彼此生命流注，無有阻隔。文學藝術的可貴在此。

我們不能從文學得到啟發，也就不能從歷史得到教訓。我與陳國球教授相識超過三十年，深深敬佩他學問與人格。彼時的我們追求學問，尚未明白生命的歷練才是學問的核心。國球熱愛香港，那是他生長於斯的所在，他對中國文學同樣一往情深。曾幾何時，香江陸沉，「盛世」降臨。新時代一片頌歌聲中，國球來到臺灣，他以往心目中的抒情基地。在全球大疫的此刻，他完成《抒情傳統論與中國文學史》，回想種種因緣際會，也不能不有「此身雖在堪驚」的惆悵吧。

前言

「抒情傳統」論述由陳世驤發揚之、高友工充實之，其旨趣原為探討與解說中國文學史的現象與發展過程。事實上，中國文學史的書寫，自清末林傳甲、黃人開啟以後，自有其軌跡，漸漸演化成以劉大杰《中國文學發展史》、鄭振鐸《插圖本中國文學史》為標誌的兩大模式。一九五〇年代以後，中國大陸則以高等教育的「教學大綱」規訓其書寫內容與方式，在意識形態上作了另一方向的選擇（參考中華人民共和國高等教育部審定《中國文學史教學大綱》，北京：高等教育出版社，一九五七）。故此早年由魯迅、朱自清、聞一多、朱光潛等開出的「言志」與「抒情」論述，只好潛藏遯隱；或成飄零花果，靈根再植於港臺海外，因陳世驤、高友工之說而聲張。本書以下各章，將聚焦於陳、高二人如何開展「抒情傳統」論述；再以捷克斯洛伐克漢學家普實克的文學著述為觀察對象，察看一位擁抱左翼革命又精熟結構理論的文學研究者，如何著迷於中國新舊文學傳統中揮之不去的「抒情精神」。本書又以幾種於不同面向與「抒情」論述有所勾連，而又別具異色的文學史書寫並置參照，包括：林庚在戰火期間以其敏感心靈捕捉「詩性」以撰就的《中國文學史》（一九四七）、胡蘭成流放日本後以文學為肉身之不潔作禊祓的《中國文學史話》（一九七七）、司馬長風在殖民地香港懷想一個「非政治」的烏有之鄉而寫成的《中國新文學史》（一九七五—一九七八）。「中國文學」未必會因本書各章的論述而得出確鑿不移的「唯一」真相；然而，文學與其所處之文化境域因「情」與「文」之汩汩流注而兩相映照，其間風流萬象得以昭顯，或許是文學研究的興味與慧覺之萌蘖所在。

導論

「抒情」的傳統

一、「中國文學」的「抒情傳統」

「中國文學究竟有何特質？」

「經歷數千年發展的中國文學，是否構成一個自成體系的傳統？」

打從「中國文學」成為一個現代學術的概念以後，類似的問題就不斷被提出。當然，中國的詩詞歌賦或者駢體散行諸種篇什，以至志怪演義、雜劇傳奇等作品，本就紛陳於歷史軌道之上；集部之學，亦古已有之。然而，以詩歌、小說、戲劇等嶄新的門類重新組合排序、以「文學」作為新組合的統稱，可說是現代的概念。亦只有在這個「現代」的視野下，與「西方」並置相對的此一「中國」之意義才能生成。於是「中國」的「文學傳統」就在「西方文學傳統」的映照下得到體認，或者說得以「建構」。一九七一年加州大學柏克萊校區東方語文學系教授陳世驤在美國亞洲研究學會（Association for Asian Studies）年會的比較文學小組致開幕詞，宣稱：

> 中國文學傳統從整體而言就是一個抒情傳統。（Chinese literary tradition as a whole ***is*** a lyrical tradition.）[1]

其立說的語境，顯而易見；解說的方向，也呼應了現代學術思考的需要。這篇原題「On Chinese Lyrical Tradition」（〈論中國抒情傳統〉）的英文發言被譯成中文後，更廣為流播；「中國抒情傳統」之說，不脛而走。加上長期在美國普林斯頓大學任教的高友工，從上世紀七〇年代後期到八、九〇年代發表了好幾篇有關「中國抒情美典」的論文——其總合性的論述見於二〇〇二年的長篇論文〈中國文化史中的抒情傳統〉[2]，對臺港以至海外的中國文學研究，造成深遠影響。數十年來，有不少著述認同「抒情傳統」之說，甚至以之為不辯自明的論述前提。事實上，這個論述系統也顯示出強大的詮釋能力，於中國文學史或比較文學研究，貢獻良多。及至晚近，此說之潛力續有發揮，應用範圍更由古典文學延伸至現當代文學的研究。然而，學界也開始有不同的看法，有認為此說只照應詩歌體類及其精神，未能周全解釋中國文學其他重要面向；也有認為「抒情」一語本自西洋，「抒情傳統」之說僅

---

1 Chen Shih-hsiang, "On Chinese Lyrical Tradition: Opening Address to Panel on Comparative Literature, AAS Meeting, 1971," *Tamkang Review* 2.2 & 3.1(1971.10- 1972.4), pp. 17-24. *Tamkang Review* 2.2 & 3.1 (1971-1972), p. 20. 本文有楊銘塗譯本〈中國的抒情傳統〉，載《純文學》，第十卷第一期（一九七二年），頁四—九；後來經楊牧刪訂，收入《陳世驤文存》（臺北：志文出版社，一九七二），頁三一—三七。楊牧刪本是這篇重要文章最通行的版本。然而筆者認為兩個中譯本尚有不少可以改進的空間，故與學生楊彥妮博士合作重譯，新譯附錄於第一章後。

2 高友工，〈中國文化史中的抒情傳統〉，《中國學術》，第三卷第三期（二〇〇二年十一月），頁二一二—二六〇；又見高友工，《美典：中國文學研究論集》（北京：生活．讀書．新知三聯書店，二〇〇八）。但收入後者之文本有部分缺漏。

為海外漢學家的權宜，不足為中國本土文學研究的基石。對於綿延數十載而深具影響的一個論說傳統，作出反思檢討，自是應有之義。筆者嘗試檢察與「抒情傳統」論述相關的歷代文獻，釋名章義，原其始表其末，並參照西方抒情詩論，以了解此論述之緣起及其文化意義，作為進一步討論的基礎。

二、「抒情詩」在中國

陳世驤在他的「宣言」指出：

> 與歐洲文學傳統——我稱之為史詩的及戲劇的傳統——並列時，中國的抒情傳統卓然顯現。我們可以證之於文學創作以至批評著述之中。標誌著希臘文學初始盛況的偉大的荷馬史詩和希臘悲劇喜劇，是令人驚歎的；然而同樣令人驚異的是，與希臘自西元前十世紀左右同時開展的中國文學創作，雖然毫不遜色，卻沒有類似史詩的作品。這以後大約兩千年裏，中國也還是沒有戲劇可言。中國文學的榮耀別有所在，在其抒情詩。……〔自《詩經》、《楚辭》以後，〕中國文學創作的主要航道確定下來了，儘管往後這個傳統不斷發展與擴張。可以這樣說，從此以後，中國文學註定要以抒情為主導。[3]

自新文學運動以來，這種中西對比以見差異的論點並不罕見。胡適一九一八年發表的〈建設的文學革命論〉就是以西方傳統作基準，批評「中國文學的方法實在不完備」：

> 韻文只有抒情詩，絕少紀事詩，長篇詩更不曾有過，戲本更在幼稚時代，但略能紀事掉文，全不懂結構。[4]

他的《白話文學史》（一九二八）也說：

> 故事詩（epic）在中國起來的很遲，這是世界文學史上一個很少見的現象。要解釋這個現象，卻也不容易。[5]

又如朱光潛在一九二六年發表的〈中國文學之未開闢的領土〉說：

---

3 "On Chinese Lyrical Tradition," p. 18.

4 胡適，〈建設的文學革命論〉，《胡適古典文學研究論集》（上海：上海古籍出版社，一九八八），頁六四。

5 胡適，《白話文學史》（上海：新月書店，一九二八），頁七五。

> 中國文學演化的痕跡有許多反乎常軌的地方，第一就是抒情詩最早出現。世界各民族最早的文學作品都是敘事詩。……長篇敘事詩何以在中國不發達呢？抒情詩何以最早出呢？因為中國文學的第一大特點就是偏重主觀，情感豐富而想像貧弱。……因為缺乏客觀想像，戲劇也因而不發達。[6]

從二〇年代到四〇年代發表類似見解的還有鄭振鐸、郭紹虞、傅東華、聞一多等。[7]與陳世驤在上世紀三〇年代頗相往來的林庚，也發表過〈中國文學史上一個謎〉（一九三五），嘗試解釋中國為什麼沒有史詩、沒有悲劇，早期文學中也沒有長篇敘事詩和長篇小說。[8]

文學史上之「缺項」，成為許多論者不易解開的心結。「抒情詩」之一枝獨放，在胡適眼中是應予批評的；但愈往後期，這個現象卻漸漸被看成值得欣羨的特色。例如前引朱光潛的文章就提過：「做抒情詩，中國詩人比西方詩人卻要高明些。」他在另文〈長篇詩在中國何以不發達〉（一九三四）也說這是「中國人藝術趣味比較精純的證據」。[9]聞一多〈文學的歷史動向〉（一九四三）說：「從西周到春秋中葉，從建安到盛唐，這中國文學史上兩個最光榮的時期，都是詩的時期。」[10]到了陳世驤筆下，則更是整個中國文學傳統的榮耀所在。

這個中西比較文學的入門話題，今天聽來已是陳腔濫調。我們不必一再重複其內容，但不妨深思這種看來疏簡粗率的比較怎樣發展成一種具備詮釋力量的論述系統，當中文學的概念到底經歷了怎麼樣的流轉（circulation）旅程。

6 朱光潛，〈中國文學之未開闢的領土〉，《東方雜誌》，第二十三卷第十一期（一九二六年六月），頁八二。此外，朱光潛一九三四年發表的〈長篇詩在中國何以不發達〉也可以參考，文章原載《申報月刊》，第三卷第二期（一九三四年二月）；二文收入《朱光潛全集》（合肥：安徽教育出版社，一九九三），第八卷，頁一三四—一四三；三五二—三五七。

7 參鄭振鐸，〈抒情詩〉，《文學旬刊》，第八十六期（一九二三年九月），頁一；〈史詩〉，《文學旬刊》，第八十七期（一九二三年九月），頁二；郭紹虞，〈中國文學演進之趨勢〉，《小說月報》，第十七卷號外（一九二六年），頁二一—三七；傅東華，〈中國文體的特色〉，《學生時代》，第一卷第四期（一九三八年），頁八—一一；聞一多，〈文學的歷史動向〉，原載《當代評論》，第四卷第一期（一九四三年十二月），收入孫黨伯、袁謇主編，《聞一多全集》（武漢：湖北人民出版社，一九九四），第十冊，頁一六—二一。

8 林庚，〈中國文學史上一個謎〉，《國聞周報》，第十二卷第十五期（一九三五年四月）；收入《林庚詩文集》（北京：清華大學出版社，二〇〇五），第九卷，頁五〇—五九。這一篇論文後來就濃縮為《中國文學史》（一九四七）的第二章〈史詩時期〉。請參閱本書第五章〈林庚的「詩國文學史」〉。

9 《朱光潛全集》，第八卷，頁一三五、三五五。

10 《聞一多全集》，第十冊，頁一七。

三、從「抒情詩」到「抒情的」

以上提到的中西的對舉主要是圍繞「史詩」(「長篇敘事詩」)、「戲劇」與「抒情詩」三種文學體類作議論，主要的判斷是：前二者屬中國之所缺，後者則為中國之所擅。然而，即使被肯定為中國文學所擅長的「抒情詩」，卻不是中國原有的觀念；中國傳統的文體論述中並不曾有過等同於「lyric」的「抒情詩」或「抒情體」的詞彙。換句話說，五四以還的文學論述，是在西方現代文學觀念流轉過程中進行。大家似乎都認同了一套「普世的」基準——戲劇（drama）、史詩（epic，或作敘事詩，後來再演化為敘事體的小說）與抒情詩（lyric）三分的文體觀念（triadic conception of genres）。現代的中國文學史論述中，有直接套用這個三分法的，如劉大白《中國文學史》（一九三三）說：「文學底具體的分類，就是詩篇，小說，戲劇三種，……咱們所要講的中國文學史，實在是中國詩篇，小說，戲劇底歷史。」[11]劉大白再輔以「內容律」和「外形律」的概念，上置於三分的框架，嘗試以這框架收納「中國舊文學作品」的諸種體裁。[12]這是很有創意的移植。更多的文學史論述是從三分架構中再添「散文」一體，變成詩歌、散文、小說，和戲劇。[13]這種新的分體方式，其實不符合原來西方文體三分的基本原則；但其背後的文化依據卻是更深厚的「詩」、「文」二分傳統，[14]加上原來舊文學的邊緣體類因西方文體觀念而集結重組成「小說」與「戲劇」，兼且文學位階上移，變成了文體四分說。這是中西體類觀念的一種奇異結合，也是文學觀念流轉中施與受互動的結果。

當然，現代認知的「三分文體」在西方文學理論史（或者說「詩學史」，history of poetics）上也有一個發展的過程。「三分」的架式在柏拉圖轉述的蘇格拉底話語中，只是隱性的存在，其討論的中心點是「模仿」（或者「再現」）的不同表現。亞里斯多德的《詩學》則聚焦於戲劇，[15]再以此為參照討論史詩；至於「抒情詩」這時還未進入「命名」的階段。[16]中世紀階段出現的許多文體論述，就不見得被「三分說」支配。現代學者會認為「三分說」到文藝復興後期閔涂諾（Antonio Sebastiano Minturno）的《詩藝》（*L'Arte*

11 劉大白，《中國文學史》（上海：大江書鋪，一九三三），頁一〇。

12 劉大白，《中國文學史》，頁一六—三三。

13 學衡派的梅光迪早在一九二〇年左右，講演「文學概論」時，就發表這樣的講法：「文學分散文、戲曲、小說、詩四種。」見梅光迪講演，楊壽增、歐梁筆錄，〈文學概論講義〉，《現代中文學刊》，二〇一〇年第四期（總第七期）（二〇一〇年八月），頁九七。

14 傳統集部之學本就有「詩」、「文」二分；但這個分野與西方的「verse」與「prose」之分不同；按 Jeffrey Kittay 與 Wlad Godzich 的研究，這一對術語的指涉比「genre」更為寬廣，而又在歷史的過程中互相牽扯；「prose」雖然面世較遲，但後來的「verse」卻受其制約；參 Jeffrey Kittay and Wlad Godzich, *Emergence of Prose: An Essay in Prosaics* (Minneapolis: University of Minnesota Press, 1987); George A. Kennedy, "The Evolution of a Theory of Artistic Prose," George A. Kennedy, ed., *The Cambridge History of Literary Criticism, Vol. 1: Classical Criticism* (Cambridge: Cambridge University Press, 1989), pp. 184-199.

Poetica, 1564）才正式浮現；及至史詩、抒情詩、戲劇被歌德描述為「自然的形式」（natural forms），三分之說可謂底定，成為浪漫主義時期的文學共識，而「抒情詩」在文學體類的價值階次更上升至最高點。[17]

由此觀之，如果要講述一個從希臘羅馬下來的「抒情詩」譜系，其實也要通過一個「追認」的過程。[18]事實上，以西方「抒情詩史」來看，從浪漫主義承傳至今的「抒情詩」定義，包括其篇幅之短小、富音樂性、直抒詩人之胸臆情緒等，並未完全把這文體在文學史上的表現綜括。尤其是早期「抒情詩」的吟唱演出形式及場所，其表義空間究屬「個我」還是「公眾」，其界限就不易分劃；一直到十八世紀，「抒情體」中蘊涵的修辭學及演辯元素，更不容今天的評論家輕率抹掉。[19]考慮到「抒情體」在西方有這樣的歷史旅程，我們就不難明白，現代理論家如班雅明（Walter Benjamin）、阿多諾（Theodor Adorno）等雖然經過「浪漫主義」的洗禮，但還是會對「抒情詩」的社會意義有更為辯證的深思。[20]晚近西方對「抒情詩」的公、私意識形態，以及「抒情」與政治和歷史的關聯，已有更多的反省；當中一個重要的傾向是不斷回眸西方的「抒情傳統」；既反思眉睫之前的浪漫主義與新批評的影響，更向古典、中世紀，以至文藝復興時期的遺產致敬。[21]要言之，現今西方對「抒情詩」與「抒情傳統」的思考，大概有三個方向：

一、認為過去的「抒情詩」冷對歷史與政治，僅在個人的私有空間打轉；今後「抒情詩」應要創新發展，要介入社會，對各種操控和壓抑的力量作出反應。

15 更準確的說法是《詩學》的重點在於悲劇；喜劇的討論可能因流傳下來的《詩學》版本不夠完整而未充分顯示。從今存部分看，喜劇只被看作是次等的文類，參Stephen Halliwell, "Aristotle's Poetics," *The Cambridge History of Literary Criticism, Vol. 1: Classical Criticism*, pp. 165-183.

16 參考 Jeffrey Walker, "Aristotle's Lyric: Re-Imagining the Rhetoric of Epideictic Song," *College English* 51.1 (1989.1), pp. 5-28. 按：「命名」是重要的意指過程（signification），陳世驤就以「詩」之命名作為文學觀念演進的一個指標；見陳世驤，〈中國詩字之原始觀念試論〉，《中央研究院歷史語言研究所集刊．外編第四種》，下冊（一九六一年），頁八九九—九一二。

17 以上的相關討論，詳見Earl Miner, "On the Genesis and Development of Literary Systems," *Critical Inquiry* 5.2 (1978), pp. 339-353; Alastair Fowler, *Kinds of Literature: An Introduction to the Theory of Genres and Modes* (Cambridge, Mass.: Harvard University Press, 1982); John Frow, *Genre* (London: Routledge, 2006).

18 參考 Paul Allen Miller, *Lyric Texts and Lyric Consciousness: The Birth of a Genre from Archaic Greece to Augustan Rome* (London: Routledge, 1994)；作者試圖以「內省主體性」為基準回溯希臘羅馬時期各種詩篇及其載錄，檢視哪些可以歸入「抒情詩」體；其判斷是見為文本的羅馬詩作，比起口傳的希臘詩歌，更為合格；此說亦有學者不表贊同，見Stephen Instone, "True Lyric," *The Classical Review,* New Series 45.2 (1995), pp. 267-268.

19 David Lindley, "Lyric," Martin Coyle, Peter Garside, et al ed., *Encyclopedia of Literature and Criticism* (London: Routledge, 1990), pp. 188-198; Douglas Lane Patey, "'Aesthetics' and the Rise of Lyric in the Eighteenth Century," *Studies in English Literature, 1500-1900* 33.3 (1993), pp. 587-608; Scott Brewster, *Lyric* (London: Routledge, 2009), pp. 43-111.

20 參考Walter Benjamin, *Charles Baudelaire: A Lyric Poet in the Era of High Capitalism* (London: Verso, 1997); Theodor Adorno, "Lyric Poetry and Society," trans. Bruce Mayo, *Telos* 20 (1974), pp. 56-71. 我們應該注意，阿多諾在文中特別提出古典抒情詩人如莎芙（Sappho）、品達（Pindar）等的作品與當代的抒情詩定義並不能簡單對應。

二、質疑「抒情詩」是否有可能成為「非歷史」（ahistorical）的文本；嘗試採用異於傳統的閱讀方法，以「讀出」作品中的文化政治。

三、思考「抒情詩人」的「拒絕介入」姿態，是否有更深層的政治意義；探討「抒情詩」在政治版圖中「留白」，是否抗議統治者所布置之意識形態牢籠的一種可能。

再者，當「抒情詩」被置放於一個廣闊的思想空間時，何謂「抒情」、如何「抒情」、能否「抒情」等超出「文體論」以至「詩學」框框的問題就會萌生；於是衍生出「抒情的」（lyrical）、「抒情主義」或「抒情精神」（lyricism）、「抒情性」（lyricality）等概念。事實上史詩、戲劇，和抒情詩的分野，從來就不能停留於簡單的形式分類。文體形式在文學史過程中必定有發展和變化；個別作品挑戰規範而作出各種變奏，亦是藝術應有之義。因此，正如現代德語區非常受重視的一本詩學著作——施岱格（Emil Staiger）的《詩學基本觀念》（一九四六），就表明其關注點不是史詩、戲劇，和抒情詩，而是「史詩的」、「戲劇的」，和「抒情的」。作者認為值得討論的是其中相對穩定的「性質」（qualities），構成這些性質的是創作者的意識風格（style of consciousness），以至存在模式（mode of being）。[22]施岱格的詩學有其哲學取向，我們不必在此討論；[23]但他從三分的形式分類轉進文學呈現的模式，其實是柏拉圖以至亞里斯多德論說的呼應。依此方向，「悲劇的」、「史詩的」、「抒情的」等觀念的應用空間可以非常廣闊，以致上面提到與「抒情」相關的一系列詞彙，都有其「越界」的能量。例如「抒情精神」可以提升為美學的典範，成為不同媒介的藝術共同追求的一種理想：音樂美學以及視覺藝術就常有「抒情精神」的討論。[24]「抒情精神」甚至可以作為跨文化研究的據點：日裔美國學者杉本（Michael Sugimoto）就曾以「『西方的』抒情

21 我們可以略舉數例如下：Chaviva Hošek and Patricia Parker, eds., *Lyric Poetry: Beyond New Criticism* (Ithaca: Cornell University Press, 1985); Mark Jeffreys, ed., *New Definitions of Lyric: Theory, Technology, and Culture* (New York: Garland Publishing, 1998); Anne Janowitz, *Lyric and Labour in the Romantic Tradition* (New York: Cambridge University Press, 1998); Thomas A. DuBois, *Lyric, Meaning, and Audience in the Oral Tradition of Northern Europe* (Notre Dame, Ind.: University of Notre Dame Press, 2006); Steve Newman, *Ballad Collection, Lyric, and the Canon: The Call of the Popular from the Restoration to the New Criticism* (Philadelphia: University of Pennsylvania Press, 2007); Jacob Blevins, ed., *Dialogism and Lyric Self-fashioning : Bakhtin and the Voices of a Genre* (Selinsgrove, Pa.: Susquehanna University Press, 2008).

22 Emil Staiger, *Basic Concepts of Poetics*, trans. Janette C. Hudson and Luanne T. Frank (University Park, Penn.: The Pennsylvania State University Press, 1991), pp. 15, 198-205.

23 有關施岱格詩學的評論，可參考René Wellek, "Genre Theory, the Lyric, and *Erlebnis*," *Discrimination: Further Concepts of Criticism* (New Haven: Yale University Press, 1971), pp. 225-252; William Elford Rogers, *The Three Genres and the Interpretation of Lyric* (Princeton: Princeton University Press, 1983), pp. 37-41.

24 有關現代音樂的「抒情精神」討論可參：Arnold Whittall, *Exploring Twentieth-Century Music: Tradition and Innovation* (New York: Cambridge University Press, 2003), pp. 145-166；有關視覺藝術以「抒情精神」為理想的討論見 Kim Grant, *Surrealism and the Visual Arts: Theory and Reception* (New York: Cambridge University Press, 2005), pp. 13-72. 此外，又有論者以「lyricism」為音樂美學的觀念，借音樂以論視覺藝術，見 Robert Reiff, "Lyricism as Applied to the Visual Arts," *Journal of Aesthetic Education* 8.2 (1974.4), pp. 73-78；以此論建築的例子有 Jean-Louis Cohen, *Le Corbursier, 1887-1965: The Lyricism of Architecture in the Machine Age* (London: Taschen, 2004).

精神」觀念討論日本古典文學的問題；[25]普林斯頓大學的孟而康（Earl Miner）則以為「抒情的」與「抒情精神」等觀念是比較詩學非常有效的出發點。[26]

我們要討論陳世驤和高友工的「抒情傳統」論，也可以從這個背景去理解。陳世驤的〈論中國抒情傳統〉一文以英文發表，所論之「抒情」的相關詞彙就是英語的「lyric」、「lyrical」、「lyricism」。他對「lyric」之取義，理所當然的是從他撰文年代的西方「抒情詩」論述歸約而來；更準確的說他主要是參考了頗能反映當時詩學研究水準和觀點的《詩與詩學百科全書》（一九六五）。他引用的喬伊斯（James Joyce）、阿博克羅姆比（Lascelles Abercrombie）、德靈克沃特（John Drinkwater）等的話語，都可以從此書揭到。[27]然而，他要從中國的《詩經》、《楚辭》開始論述「中國的」「Lyrical Tradition」，他就必須與中國的詩學傳統協商，而以中文的「抒情」二字來作觀念對應。在〈中國詩字之原始觀念試論〉（一九六一），陳世驤說：

> 我國古來的詩，即就《詩經》而論，是多於抒情的短章，而希見敘事的長篇。但希臘到亞里斯多德時已傳下不少的敘事長詩。……我們的詩學思想一直到近世還是以言志抒情並韻律為基本觀點。[28]

四、「抒情」在中國

我們說在現代中國文學論述中廣泛應用的「抒情詩」一語本自西方，其對應的英文原詞就是「lyric」。然而「抒情」一語，卻非舶來品。屈原《九章．惜誦》曾說「惜誦以致愍兮，發憤以抒情」，[29]已是一般的文學常識，所以朱自清在《詩言志辨》中談到「抒情詩」時，就說這是「現代譯語」，又說：

25 Michael Sugimoto, "'Western' Lyricism and the Uses of Theory in Premodern Japanese Literature," *Comparative Literature Studies* 39.4 (2002), pp. 386-408.

26 Earl Miner, "Some Theoretical and Methodological Topics for Comparative Literature," *Poetics Today* 8.1 (1987), pp. 123-140. 孟而康後來依這個思路寫成比較詩學的專著：Earl Miner, *Comparative Poetics* (Princeton: Princeton University Press, 1990).

27 Alex Preminger, ed., *Encyclopedia of Poetry and Poetics* (Princeton: Princeton University Press, 1965), pp. 460-470. 又請參閱本書第一章〈「抒情傳統論」以前——陳世驤早期文學論初探〉及附錄。

28 陳世驤〈中國詩字之原始觀念試論〉，頁九一一、九一二。又參見他的英文論文 "The Shih Ching: Its Generic Significance in Chinese Literary History and Poetics," *Bulletin of History and Philology, Academia Sinica* 39.1 (1969), pp. 371-413；以及他的弟子王靖獻（楊牧）翻譯並經他認可的中文版本〈原興：兼論中國文學特質〉，《中國文化研究所學報》，第三卷第一期（一九七〇年九月），頁一三五—一六二。

29 見朱熹，《楚辭集注》（上海：上海古籍出版社，一九七九），頁七三。

「抒情」這個詞組是我們固有的，但現在的涵義卻是外來的。[30]

近時學者也有說：

從詞源學角度看，「抒情」概念可追溯到屈原，但那僅說明它古已有之，並非生造而已。王國維以前，中國正統文人不大使用它。……「五四」之前，除屈原外，幾乎無人使用〔「抒情」一詞〕。[31]

這個講法很有代表性。現在對「抒情傳統」論述作出反省和批評的學者，於應用「西方的」觀念來討論「中國的」文學，會非常警惕；這是學術研究應有的嚴謹態度。然而，具體來說，認為中國文學傳統罕用「抒情」一詞，卻恰恰顯示出現代學者對傳統的陌生，今天的知識架構讓我們與「傳統」之間，確有相當的距離。因為，「抒情」一語，在中國傳統中並不是不尋常的詞彙。

屈原在〈惜誦〉篇說「發憤以抒情」，「抒」字一作「杼」；據王逸《楚辭章句》和朱熹《楚辭集注》，「抒」字又作「舒」或「紓」。[32]姜亮夫《楚辭通故》則以為「杼」字之用可能在魏晉以後，「字誤也」。[33]「杼」字原義與「抒」相差頗遠，不在同一個語義場，互訓、反訓的可能性都不高，其混用大概是形訛而致。「抒」的釋義是「渫」或者「挹」，也就是宣泄、傾注，或者汲出；用於「抒情」一語，即是屬於主體內在的「情」基於某種原因往身外流注，或者這流注達成某種效應。相關詞彙和觀念在《楚辭》中已有多例：〈惜誦〉的「發憤以抒情」、〈思美人〉的「申旦以舒中情」、〈哀時命〉的「抒中情而屬詩」及「焉發憤而抒情」。此外，《昭明文選》中還有西漢王褒〈聖主得賢臣頌〉的「敢不略陳愚而抒情素」，東漢班固〈兩都賦〉的「抒下情而通諷諭」；及至兩晉六朝，我們還可見到左芬〈離思賦〉有「援筆抒情，涕淚增零」，傅亮〈為宋公修張良廟教〉有「抒懷古之情，存不刊之烈」，[34]江淹〈悼室人十首〉之八「抒悲情雖滯，送往意所知」。這些例子都在敘述

30 朱自清，《詩言志辨》，收入《朱自清全集》（南京：江蘇教育出版社，一九九六），第六卷，頁一七二。

31 見李珺平，《中國古代抒情理論的文化闡釋》（北京：北京大學出版社，二〇〇五），頁二七〇、二八二。

32 王逸，《楚辭章句》，見洪興祖，《楚辭補注》（北京：中華書局，一九八三），頁二五九；朱熹，《楚辭集注》，頁七二。

33 姜亮夫說：「《九章．惜誦》『發憤以杼情』，王逸注『杼，渫也，言己身雖疲病，猶發憤懣，作此辭賦，陳列利害，渫〔己〕情思以風諫君也』。『杼，一作舒』。洪補曰『杼，渫水槽也，音署』，杜預云『申杼舊意』，然《文選》云『抒情素』，又曰『抒下情，而通諷諭』，其字並從手。按〈哀時命〉亦言『焉發憤而抒情』，王逸注『言己懷忠直之志，獨悁悒煩毒，無所發我憤懣，泄己忠心也』。按《說文》『杼，機之持緯者』，即後世之梭字。疑古讀如舒，抒，《說文》『挹也』。大徐『神與切』。《管子．禁藏篇》『抒井易水』。《通俗文》『汲出謂之抒』。《廣雅．釋言》『渫也』。則抒情當作抒，《九章》作杼，字誤也，叔師訓渫，當不誤，則誤在魏晉以後。今人言發抒，猶言發泄爾。杼字誤。抒又作舒，同音通用也。《九章．思美人》『申旦以舒中情兮』，舒中情即抒情也。」《楚辭通故》（濟南：齊魯書社，一九八五），第一冊，頁六一二。

情懷由內心向外流注的過程；再者，其往外流之情，又凝定為相對考究的語言形式，如頌、賦、教、詩等。當中情感、情緒的波動固在於個人——「抒中情」、「情滯」，但其指涉範圍卻可以擴展到公共領域——「通諷諭」。

這種「抒情詩學」的發展，在唐宋以後一點沒有稍減。唐人喜歡在詩題或詩序中標示這種「抒情」作用。例如：駱賓王〈秋日送陳文林陸道士〉序中「陟陽風雨，貴抒情於詠歌」，就是借西晉詩人孫楚〈征西官屬送於陟陽候作詩〉中「晨風飄歧路，零雨被秋草」的詩境，比喻當前透過「詠歌」以「抒送別之情」；李幼卿有詩〈前年春，與獨孤常州兄花時為別，倏已三年矣，今鶯花又爾，睹物增懷，因之抒情，聊以奉寄〉，題目說明舊事回憶與當前感慨所觸動的「抒情」；孟郊〈抒情因上郎中二十二叔、監察十五叔，兼呈李益端公、柳縝評事〉詩中有「方憑指下弦，寫出心中言」之句，應是借音樂為喻，卻又書之於詩，是多向度的抒情。白居易〈初除官，蒙裴常侍贈鶻銜瑞草緋袍魚袋，因謝惠貺，兼抒離情〉、劉禹錫〈令狐相公頻示新什，早春南望，遐想漢中，因抒短章，以寄情愫〉及〈牛相公見示新什，謹依本韻次用，以抒下情〉、李商隱〈南潭上亭讌集，以疾後至，因而抒情〉等詩題，都在解說因何以詩「抒情」。從這些詩序詩題的說明看來，當中顯示出時人對「詩」之倚重、對詩功能的信任，認為「情」可藉此而得以「抒」、得以「寄」。

唐代「抒情詩學」值得注意的地方是：「詩」以其「抒情」功能，在社會生活上起著重要作用，使得人際互動不止於實利物質，還有其精神情感的一面。當然，當「抒情」被接納為社會上的流通貨幣，就表示從個人空間轉進到公共領域，其間的「情」與「物」或許是不能分割的。「詩」之「用」除了見諸上面羅列的例子之外，我們還可以舉出楊巨源〈懷德抒情寄上信州座主〉及李商隱〈五言述德抒情詩一首四十韻，獻上杜七兄僕射相公〉之題，以及白居易〈寄獻北都留守裴令公〉序文所說：「司徒令公分守東洛，移鎮北都。一心勤王，三月成政。形容盛德，實在歌詩。況辱知音，敢不先唱。輒奉五言四十韻寄獻，以抒下情」，都是「形容盛德」與「抒情」的結合，是具體「詩用」的顯示。這種風氣到後世都有沿襲，如清代朱彝尊〈萬柳堂記〉就提到建堂後「一時抒情述德，咸歌詩頌公難老。」洪亮吉亦有詩題作〈歲暮急葬歸里，率傚述德抒情詩一百十韻，呈大興朱先生〉。

唐代的「抒情詩用觀」還可以透過參閱兩本性質不易釐清的書稍加推演：一是孟啟（或作孟棨）所撰《本事詩》，另一是盧瓌的《抒情集》。後者已經遺佚，但《太平廣記》、《詩話總龜》、《說郛》中頗有鈔錄；書名或作《抒情錄》、《抒情》等；前者收入丁福保輯《歷代詩話續編》，是常見易得之書。這兩本書被胡應麟並列，指一般書目往往「例以詩話文評，附見集類」，然而「究其體製，實小說者流也」。[35]究竟二書是詩話、總集，還是小

34 蕭統編，李善注，《文選注》，卷三六，頁七上，收入《四庫全書》，一三二九冊，頁六二七。

35 胡應麟，《少室山房筆叢》（上海：中華書局，一九六四），頁三七五。又胡應麟《詩藪》亦說：「盧瓌有《抒情集》，亦《本事詩》類也。」《詩藪》（上海：上海古籍出版社，一九七九），頁一六七。

說，我們不必急於判定，但從現存的文本所見，這兩本書的內容和表述方式的確非常相近，都是以事繫人，以詩繫事：從所記人物的角度來說，當中包括生活上各種遭際，而必然有詩穿插其中；若以各則文字出現的詩篇為中心，則所記為詩之「本事」、詩緣何而生。孟啟在《本事詩》序說：

> 詩者，情動於中而形於言。故怨思悲愁，常多感慨。抒懷佳作，諷刺雅言，著於群書，雖盈廚溢閣，其間觸事興詠，尤所鍾情，不有發揮，孰明厥義？[36]

胡應麟視此書為記錄逸聞異事的小說，但孟啟序告訴我們他的著眼點在於當中的「詩」與「情」，視「事」為觸媒；或者可以說，在他心目中，「事」、「詩」、「情」本就緊密關聯，不能割切。《本事詩》其中屢被稱引的一則是有關杜甫為「詩史」之說，其意義實在可以從這個關聯來深入解釋，[37]《本事詩》一集以序文解釋人生各種遭際的意義如何從「詩情」中得見；《抒情集》我們不得見全貌，但既然以「抒情」命題，可以推想作者亦有類似的文學觀或者人生觀。從唐代出現孟啟和盧環二集看來，詩與社會上各種活動行為有所關聯已是當時的共識，而這個關聯的意義，正正由詩的「抒情」作用所彰顯。

往後無論詩賦等作品，或者詩文相關的序跋和論述，都頗有用到「抒情」一語，以下我們再稍作例列。如晚唐沈顏〈書懷寄友人〉：「登樓得句遠，望月抒情深。」北宋韋驤〈再和岩起以詩答謝惠團茶之句〉：「蕪句聊紓情內動。」又〈二月〉：「紓情聊且綴詩篇。」韓淲〈讀鮑謝詩〉：「搖毫抒情思，莫知蛙黽鳴。」釋文珦〈白日苦短行〉：「景行不可忘，抒情為此篇。」元代趙孟頫〈詠懷六首〉其四：「抒情作好歌，歌竟意難任。」馬祖常〈貢院再用鷄字韻〉：「射策第高天上奏，抒情詩好竹間題。」謝應芳更愛用「抒情愫」三字，如「贈別殷勤抒情愫」（〈送楊純夫歸琴〉）、「援毫抒情愫」（〈懷郡城諸親友〉）；明代皇甫涍也較多用「抒情」二字入詩，如「遙過京口滄江路，抒情漫屬歸田賦」（〈雪夕醉歌別兄弟兼贈周山人〉）、「抒情告君子，太康毋我尤」（〈秋宵宴會與周山人以言〉）。何景明〈待曙樓賦〉：「佩嘉名以繹義，顧朗景以抒情。」徐媛〈臨蘭皐賦〉：「聊抒情以寄恨，結長風以東歸。」清代如汪由敦〈送比部伯南還〉：「抒情述蕪詞，聊代青門酒。」看來作品中用到這二字，或多或少都有點「後設」的意味，把本來居於背後的「抒情」活動前景化。

至如唐代李嶠〈與夏縣崔少府書〉：「頃者關塞羈遊，風塵旅泊，抒情歌事，略有短篇，未足追踵詞人，亦以言其所志。」南宋楊萬里〈與湖北陳提舉〉：「今乃欲以尺紙之敬，抒中情之勤，以納交於英蕩之末。」明代李夢陽〈送楊希顏詩序〉：「夫歌以永言，言以闡義，因義抒情，古之道也。」顧大典〈懷故園賦序〉：「昔庾信賦《小園》，眷長林

36　丁福保輯，《歷代詩話續編》（北京：中華書局，一九八三），頁二。

37　參閱陳國球，〈淺談《本事詩》與「詩史」——張暉《詩史》序〉，載張暉《詩史》（臺北：臺灣學生書局，二〇〇六）。

而偃息；陸機賦《懷土》，撫征轡以躊躇。雖寄興不同，而抒情則一。」胡震亨《唐音癸籤》：「嘗謂讀太白樂府者有三難：不先明古題辭義源委，不知奪換所自；不參按白身世遭遇之概，不知其因事傳題、借題抒情之本指；不讀盡古人書、精熟《離騷》《選》賦及歷代諸家詩集，無繇得其所伐之材，與巧鑄靈運之作。」清代魏裔介〈復安慶郡丞程崑崙書〉：「嘗以為詩以抒情，貴得《三百篇》諷諭之意，故子美可尊也，而並喜香山。」路德〈關中書院課士詩賦序〉：「凡作詩賦，寫景抒情者，風之意也；揆時審勢者，雅之遺也；歌功論德者，頌之體也。」以上這些言說，有些是個人思想行為的表白，有些是社會活動的申述，更有對經典作家以至文學傳統的體悟；這些不同的層次和空間，都見到「抒情」概念的滲透。

從以上各種「抒情」實況，又可見當中的「情」並沒有鎖定在一個狹小的範圍。事實上，「情」之意義原就不止一端。它可以指向從「形而上」到「形而下」的真實，如《易．繫辭．上》云：「設卦以盡情、偽。」孔穎達《正義》：「情，謂實情。偽，謂虛偽。」《左傳．哀公八年》云：「魯有名而無情。」杜預注：「有大國名，無情實。」可以指常情常理，如《淮南子．主術》云：「人之情不能無衣食，衣食之道，必始於耕織，萬民之所公見也。」當然也指人的情緒、感情，以至情欲；如《禮記．禮運》云：「何謂人情？喜、怒、哀、懼、愛、惡、欲，七者弗學而能。」《荀子．正名》云：「性者天之就也，情者性之質也，欲者情之應也。以所欲為可得而求之，情之所不免也。」董仲舒逕說：「情者，人之欲也。」故「情」之廣被，往往見於古代思辨，如郭店竹簡《性自命出》中所云：「道始於情，情生於性，始者近情，終者近義。知情者能出之，知義者能入之。」晚近李澤厚所提出的「情本體」之說，也是以為「情」即為中國文化中的「立命」問題。[38]

故此，屈原賦中，「情」與「志」可以互相支援；[39]直到清代，還可見到以杜甫、白居易的「諷諭」之意向詩之「抒情」方向問責。當然，我們還沒有很細緻地把以上引錄的種種與「抒情」相關的言說「歷史化」，各處的「抒情」原有其具體語境，各自負載不盡相同的

---

38 有關「情」在中國文化傳統的意義，可參考 A. C. Graham, "The Meaning of Ch'ing," in Graham, *Studies in Chinese Philosophy and Philosophical Literature* (New York: State University of New York Press, 1990), pp. 59-66；李珺平，《中國古代抒情理論的文化闡釋》；蒙培元，《情感與理性》（北京：中國人民大學出版社，二〇〇九）；黃意明，《道始於情：先秦儒家情感論》（上海：上海交通大學出版社，二〇〇九）。「情」在中國文學批評史上的意義，可參考 Siu-kit Wong, "Ch'ing in Chinese Literary Criticism" (PhD Thesis, Oxford University, 1969)。「道始於情」之說參見涂宗流、劉祖信，《郭店楚簡先秦儒家佚書校釋》（臺北：萬卷樓，二〇〇一），頁一四四—一四七。有關「情」與「欲」關係的討論可參 Anthony C. Yu, *Rereading the Stone: Desire and the Making of Fiction in* Dream of the Red Chamber (Princeton: Princeton University Press, 1997), pp. 53-109。李澤厚「情本體」說見《論實用理性與樂感文化》（二〇〇四）及〈情本體、兩種道德與立命〉（二〇〇六），均收入李澤厚，《人類學歷史本體論》（天津：天津社會科學院出版社，二〇〇八），頁二〇三—二五二；二五五—二八〇。

39 參考廖棟樑，〈騷言志——論「發憤以抒情」說及其在後代的演繹〉，《靈均餘影：古代楚辭學論集》（臺北：里仁書局，二〇一〇），頁三一九；以及饒宗頤，〈騷言志說〉，《文轍》（臺北：臺灣學生書局，一九九一），頁九七—一一六；胡曉明，〈從詩言志到騷言志〉，《詩與文化心靈》（北京：中華書局，二〇〇六），頁三五—四一；曾守正，〈中國「詩言志」與「詩緣情」的文學思想——以漢代詩歌為考察對象〉，《淡江人文社會學刊》，第十期（二〇〇二年三月），頁一—三四。

內蘊（connotations）；但這些引例最少可以讓我們看到「抒情」已經內化於傳統詩學之中，供詩人或批評家靈活地應用於文學活動的解說。然而，「抒情」一語的應用範圍雖廣，卻又不至於變成一個覆蓋無限的廢詞；我們回顧「抒情」的傳統用法時，會見到其要義都限定在人文活動中情感流注的範圍之內；而應用者基本上都明白「抒情」只是這些活動的一個環節、一個層面；換句話說，他們大抵明白，「抒情」很重要，但不是一切。因此若要提出一個「抒情傳統」的觀念，不是說這個傳統除了「抒情」，別無其他；而是說，在這個文化傳統之中，「抒情」意識的滲透性極強。從這個角度作出詮釋，可以看到這個傳統的繁富面貌底下，隱隱然有一種貫串力量。

五、「中國抒情傳統」論述及其發展

從字源學來看，「抒情」與「lyric」得義的基礎不同，但不難找到相通的元素。在中國文化傳統中，「抒情」的意義在「情」之流注，此種流注往往以詩賦等文學形式，以直述或者暗喻的語言透露。西方的「lyric」源出與樂器演奏相關的「歌」，而其「音樂性」（musicality）在印刷文化成主導以後，漸漸蛻變為一種隱喻，音樂的流動感常常被詮釋為情感的流動，而這正是後來浪漫主義論述藉以發揮的據點，也是中文翻譯為「抒情詩」的主要原因。[40]回到陳世驤等的「抒情傳統」論，其出發點雖然是浪漫主義定義下的「抒情詩」，但他們從「情感流動」及其保存和流傳的角度去觀察中國文學，就必然要回到「抒情」在中國文化傳統的現場，從歷史實況及意識根源作出梳理與分析。「詩者，志之所之也；在心為志，發言為詩」與「惜誦以致愍兮，發憤以抒情」，同樣指涉內心到外在表現的某些傾瀉流動；「賦詩言志」與「述德抒情」的「演出」性質，清晰地說明詩賦文學這種情志傾注活動可以具備的公共意義；「吟咏情性，以風其上」與「詩以抒情，貴得《三百篇》諷諭」更是政治關懷的直率宣示。這都見出中國「抒情傳統」與西方浪漫主義定義的「抒情」有所不同，但卻不一定與西方整個抒情譜系有絕對的差異。中國文學傳統的「抒情精神」本來就很豐富；然而，以其為中國文學傳統主要特色，卻是西方的「lyricism」觀念流轉到中國以後才漸次萌發的思想。以之對照「現代主義」觀念流轉的情況，或者可以看到現當代文學面對「現代」的微妙態度。

粗略地說，中國現當代文學創作對「現代主義」的追求，一直帶著時間差的焦慮與遺憾；西方的「現代主義」被視為一種「真正」切合現代社會的普世價值，我們的詩人小說

40 余國藩在討論中國文化上的「情欲」觀時，旁及陳世驤和高友工的「抒情傳統」論述，以為從字源學來看，「lyric」義主樂韻聲覺而「抒情」偏重內心情素，兩者不可對譯；他又認為陳、高之說未有全面照顧「情」、「志」、「欲」的關係。見 Anthony Yu, *Rereading the Stone*, p.99. 然而余國藩對陳、高之論述掌握並不全面，對中西「lyricism」與「抒情」之義的歷史變化也欠考察，故所論似未中肯綮。

家都很努力要趕上這個「現代」的潮流，免得落後於人，於是引進西方的理論和創作典範便成急務。然而「抒情」之義，卻可以反求諸己，從中國傳統中找到豐富的資源；而「抒情精神」的求索，恰恰也是現代西方文學的一種重要傾向，在「現代主義」的「前衛」占有一席；講求「抒情」不見得是「保守」和「落伍」，中國現當代文學論述與實踐的「六朝風」和「晚唐風」，就是這種思路的表現。陳世驤等現代學人，透過與西方文學傳統比較對照而建構的「中國抒情傳統」，為中國在文學的世界地圖找到一個值得尊重的位置，「文學」在文化政治的功能，於此可見。

以上的高度簡括的論述，當然不足以解說大半個世紀以來，眾多「抒情傳統」論者在學思道路上的風塵閱歷如何與生命軌跡共浮沉。事實上，如果我們有機會細思陳世驤在逃避戰禍而離家去國之時，以卞之琳的《慰勞信集》為中心寫下〈戰火歲月一詩人〉（A Poet in Our War Time, 1942），又以「文學作為對抗黑暗之光」闡釋陸機寫《文賦》的心境（*Literature as Light Against Darkness*, 1948），在「聞道長安似弈棋」，長考去留一著時，與老師艾克敦再度合作翻譯《桃花扇》，相信會比較了解「中國抒情傳統」的體認，其實載負了陳世驤對現代中國命運前途的思索。[41]至於高友工的「抒情美典」論，其始也居高望遠，操持分析哲學的手術刀以剖析「經驗之知」，宣稱「個人根本對中西文化比較這個題目沒有太大的興趣」；[42]然而乘之愈往，識之愈真，高友工歸結他的理論時，就回到文化史的人間世，以中文撰寫〈中國文化史的抒情傳統〉，不僅用心於中國文學史，更深入音樂、書法、繪畫等不同門類的藝術去追蹤其中的「抒情」意蘊，領悟「我們文化中抒情美典中憧憬的人生的中和性」。[43]他對這美的境界的道德價值有深刻的體會，或者是他的成長旅程以至求學經歷有關。[44]

再依「抒情傳統」論述譜系往前推，我們應該留心聞一多為何在戰火倥傯、悲憤憂戚的歲月，寫下〈歌與詩〉（一九三九）、〈文學的歷史動向〉（一九四三）等篇；[45]朱自清如何在心路與親歷上歐遊，受到瑞恰茲與燕卜蓀的「科學的」批評意念衝擊以後，埋首《三百篇》以還的「志」與「情」，完成由〈詩言志說〉（一九三七）到《詩言志辨》（一九四七）的論述。[46]在多難的日子裡，「情」何以「抒」？魯迅和朱光潛就曾因錢起的「曲終人不見，江上數峰青」兩句詩而有所爭辯。[47]魯迅憂愁幽思，正是「發憤以抒情」；而朱光潛則羨慕

41 參考本書第一章〈「抒情傳統論」以前——陳世驤早期文學論初探〉。
42 高友工，〈文學研究的美學問題（下）〉，《美典：中國文學研究論集》，頁八八。
43 高友工，〈中國文化史中的抒情傳統〉，頁二六〇。參閱本書第三章〈高友工抒情美典論初探〉。
44 參閱本書第四章〈美典內外——高友工的學思之旅〉。
45 見《聞一多全集》，第十冊，頁五—一五；一六—二一。
46 〈詩言志說〉，國立清華大學中國文學會編，《語言與文學》（上海：中華書局，一九三七），頁一—四四；《詩言志辨》，《朱自清全集》，卷六，頁一二六—三〇七。
47 朱光潛，〈說「曲終人不見，江上數峰青」——答夏丏尊先生〉，《朱光潛全集》，卷八，頁三九三—三九七；魯迅，〈題未定草〉（七），《魯迅全集》（北京：人民文學出版社，一九八九），卷六，頁四二五—四三〇。

陶淵明在亂世中「泯化一切憂喜」，進入「靜穆」之境。兩人選擇了不同的抒情之路，卻未能證明誰人的判斷較為正確。與朱光潛共為「文學守望」的沈從文，也曾經從「抒情」的角度理解個人的文學事業，以為「一切藝術都容許作者注入一種詩的抒情」。[48]但最終「時代」讓他深深陷入「抒情」意義的沉思，在〈抽象的抒情〉（一九六一）一文，認定知識分子的文字語言表現，「不過是一種抒情，……和夢囈差不多」。[49]今天看來，這話音的絕望沉痛，仿似投江前的屈原行吟。人生實難，「抒情」與「憂患」如何協商？宗白華借用方東美〈生命情調與美感〉（一九三一）的思路，在戰時寫下〈中國藝術意境之誕生〉（一九四三；一九四四增訂）；在方東美和宗白華眼中，中國人之宇宙，就是藝術之「意境」，就是「詩」；方東美發現「詩人詞客，雖置身於彈丸之地，亦能發抒性靈，拓展心意，以充塞無涯虛境」。[50]宗白華則描述藝術家怎樣以「心靈映射萬象」，「透過秩序的網幕，使鴻濛之理閃閃發光」；[51]他們這一番研尋，不是純藝術的玄思，而有其實際的關懷，目的是要了解中國過去「人們如何追求光明，追尋美，以救濟和建立他們的精神生活，化苦悶為創造，培養壯闊的精神人格」，是大時代底下「民族文化底自省工作」。[52]

以上不同層次和面向的思考，都在體察中國文化傳統之中「情」如何灌注流動、可以有多大的能量，可說是陳世驤、高友工等「抒情傳統」論述的先導。陳、高兩位的文學思想透過幾篇重要論文傳揚，其學術架式齊整莊嚴，方法學上取法西方現代，但內容上卻是傳統文學意義的開發。這樣的規模，正好迎合上世紀七〇到八〇年代臺港中文學界面對西學挑戰的需要，尤其贏得年輕一輩學人的支持。當時發揚「抒情傳統」論最力的是蔡英俊與呂正惠，分別以〈抒情精神與抒情傳統〉（一九八二）、〈中國文學形式與抒情傳統〉（一九八二）兩篇深入淺出的文章，普及化並充實了陳世驤和高友工的主張。[53]他倆的臺灣大學學長柯慶明則先是結合了老師葉嘉瑩的說詩方法，以王國維「境界說」為宗旨；葉嘉瑩有〈《人間詞話》境界說與中國傳統詩說的關係〉（一九八〇），說明她所鼓吹的「興發感動」——「抒情」本義的一種表現——的淵源。[54]另一方面，柯慶明又相繼探索與「抒情傳統」論述相關的各種議題，如悲劇意識、敘事詩傳統等，他的〈從「現實反應」到「抒情表現」——論《古詩十九首》與中國詩歌的發展〉（一九九九）指出「抒情表現」其實消解了「現實」，對唯「抒

48 沈從文，〈短篇小說〉，《沈從文全集》（太原：北嶽文藝出版社，二〇〇二），卷十六，頁五〇五—五〇六。

49 沈從文，〈抽象的抒情〉，《沈從文全集》，卷十六，頁五三五—五三六。

50 方東美，〈生命情調與美感〉，《生生之德》（臺北：黎明文化，二〇〇五），頁一七七。

51 宗白華，〈中國藝術意境之誕生〉，《宗白華全集》（合肥：安徽教育出版社，一九九四），卷二，頁三六一、三六九。

52 宗白華，〈《論世說新語和晉人的美》等編輯後語〉，《宗白華全集》，卷二，頁二八八；〈中國藝術意境之誕生〉，《宗白華全集》，卷二，頁三六〇。

53 蔡英俊，〈抒情精神與抒情傳統〉，載蔡英俊編，《抒情的境界》（臺北：聯經出版公司，一九八二），頁六九—一一〇；呂正惠，〈中國文學形式與抒情傳統〉（原題〈形式與意義〉），載《抒情的境界》，頁一七—六五），《抒情傳統與政治現實》（臺北：大安出版社，一九八九），頁一五九—二〇七。

54 葉嘉瑩，〈《人間詞話》境界說與中國傳統詩說的關係〉，《王國維及其文學批評》（香港：中華書局，一九八〇），頁三一三—三五四。

情」是尚的詩學提示警覺。[55]此外，我們還見到張淑香以〈蘭亭集序〉為據，從「本體意識」的角度探究「抒情傳統」，寫成〈抒情傳統的本體意識——從理論的「演出」解讀《蘭亭集序》〉（一九九二）；[56]蕭馳早期參與「抒情傳統」討論的文章〈從「才子佳人」到《石頭記》——文人小說與抒情詩傳統的一段情結〉（一九九六），以「唯美主義」、「退避主義」、「沉湎於藝術和感性生活的傳統」作為「抒情傳統」的定義，又以為「才子佳人」小說的結構仿似律詩的「對仗原則」。[57]這都是以「抒情傳統」的觀念作具體文本的解讀，見證了這一個論述的詮釋能力。與蔡英俊、呂正惠同為八〇年代臺灣中文學界新一代的龔鵬程，則以〈從《呂氏春秋》到《文心雕龍》——自然氣感與抒情自我〉（一九八八）一文，參與「抒情傳統」的討論。文中反對蔡、呂等以魏晉時期詩人擺落兩漢的「社會群體的共同意志」，「抒情自我」正式出現；他認為「感性主體」早已因漢代的氣類感應哲學而生。事實上，龔鵬程所針對的不僅是個別課題如「抒情自我」定型時期的成說，他要挑戰的是整個「五四所形成的詮釋系統」。[58]他的批判精神還表現在晚近對整個「抒情傳統」觀念的質疑，如〈不存在的傳統——論陳世驤的抒情傳統〉（二〇〇八）、〈成體系的戲論——論高友工的抒情傳統〉（二〇〇九）等篇。[59]有關「抒情自我」的討論，更新的發展是鄭毓瑜在新世紀的研究。她在〈《詩大序》的詮釋界域——「抒情傳統」與類應世界觀〉（二〇〇三）提醒我們：「詩言志」和「在心為志，發言為詩」的具體語境是「樂教」而不是詩歌創作；她發現「傷春悲秋」的抒情活動，其憑藉是「類應」的「知識結構」，而非簡單的個人感懷。[60]這是

「抒情傳統」論述的一個轉向，聚焦點從「個我」感情傾訴的狹小範圍，轉入共享「知識結構」的「公共」領域。

以上提到的是華人學者對中國文學的理解，以及相關的研究進路；至於非華裔學者如何感應中國文學傳統，也很值得關注，尤其當中國文學被置放於世界文學版圖之中的時候。我們可以以美國漢學家宇文所安（Stephen Owen）為例。他不是「抒情傳統」論述的自覺參

---

55 柯慶明，〈從「現實反應」到「抒情表現」——論《古詩十九首》與中國詩歌的發展〉，原刊《紀念許世瑛先生九十冥誕學術研討會論文集》（臺北：文史哲出版社，一九九九），頁一九三—二二五；收入柯慶明，《中國文學的美感》（臺北：麥田出版，二〇〇〇），頁一五三—一八〇。

56 張淑香，〈抒情傳統的本體意識——從理論的「演出」解讀《蘭亭集序》〉，《中外文學》，第二十卷第八期（一九九二年一月），頁八五—九九；收入張淑香，《抒情傳統的省思與探索》（臺北：大安出版社，一九九二），頁四一—六二。

57 原題〈從「才子佳人」到《紅樓夢》——文人小說與抒情詩傳統的一段情結〉，《漢學研究》，第十四卷第一期（一九九六年六月），頁二四九—二七八；收入蕭馳，《中國抒情傳統》（臺北：允晨文化，一九九九），改題〈從「才子佳人」到《石頭記》〉，頁二七五—三二〇。

58 龔鵬程，〈從《呂氏春秋》到《文心雕龍》——自然氣感與抒情自我〉，《文心雕龍綜論》（臺北：臺灣學生書局，一九八八），頁三一三—三四五。

59 龔鵬程，〈不存在的傳統——論陳世驤的抒情傳統〉，《政大中文學報》，第十期（二〇〇八年十二月），頁三九—五〇；〈成體系的戲論——論高友工的抒情傳統〉，《清華中文學報》，第三期（二〇〇九年十二月），頁一五五—一八九。

60 鄭毓瑜，〈詮釋的界域——從《詩大序》再探「抒情傳統」的建構〉，《中國文哲研究集刊》，第二十三期（二〇〇三年九月），頁一—三二；收入鄭毓瑜，《文本風景：自我與空間的相互定義》（臺北：麥田出版，二〇〇五），改題〈《詩大序》的詮釋界域——「抒情傳統」與類應世界觀〉，頁二三九—二九二。

與者，但在他的隨筆集《追憶：中國古典文學中的往事再現》（一九八六）其中〈斷片〉一章，對中西文學傳統作出比較、對中國傳統的審美主體之閱讀過程予以辨析，都可以和陳世驤和高友工等的論述參照對讀，甚至互相印證。[61]至若捷克斯洛伐克學者普實克（Jaroslav Průšek），更認為西方在第一次世界大戰以後文藝界掀起一波「lyricism」的浪潮，與中國文學傳統傾重主體意識的流注非常相似。他的著名論文〈中國現代文學中的主觀主義和個人主義〉（一九五七），主旨就在追蹤中國的「新文學」的主體意識如何承接傳統的「抒情精神」而得到解放。[62]普實克的論述雖然不盡完善，卻觸發了論者如王德威等更細緻地思考現代文學與「抒情傳統」的關聯。

長時間以來中文學界的「抒情傳統」論述都以古典文學為重心，從現代「寫實主義」研究出發的王德威，意識到現代文學中「抒情」的大用；他在最近發表的〈「有情」的歷史——抒情傳統與中國文學的現代性〉（二〇〇八）長文，以陳世驤、沈從文、普實克三個不同身分的文學活動參與者為中心，探討二十世紀中西文學的「抒情」論述之「現代」意義，又揭示出現代文學的「抒情精神」與傳統詩學「興與怨」、「情與物」、「詩與史」等課題的隱然呼應。[63]關注現代「中國性」的黃錦樹，也在〈抒情傳統與現代性——傳統之發明，或創造性的轉化〉（二〇〇五）一文，用心勘測陳世驤以還的「抒情傳統」論述譜系及其影響，指出這個「傳統」實為「抒情」論者的「發明」，體認出論者的「抒情姿態」更可以解釋現當代文學如沈從文、汪曾祺，以至朱西甯、朱天文、朱天心，甚至胡蘭成的文學話語。[64]

從以上粗陳的梗概，我們可以見到中國的「抒情」觀念其來有自，「抒情傳統」論述也是中國文學研究者在「現代狀況」下對研究對象的文化歸屬及其意義的省思。[65]以這個角度切入以詮釋中國文學，包括古典與現代，其效用非常顯著；據最近的發展看來，這個詮釋系統還有相當巨大的開拓潛力。當然，「抒情傳統論」只是詮釋中國文學的其中一個可行方案，而不是開啟中國文學倉庫的「百合匙」。「因有洞見，故爾不見」，晚近學界對「抒情傳統」論述的反思，標舉當中可能存在的偏蔽與遮蓋，以作警示，對此一詮釋系統的未來走向，應有更積極的意義。[66]

---

61 "Fragments," Stephen Owen, *Remembrances: The Experience of the Past in Classical Chinese Literature* (Cambridge: Harvard University Press, 1986), pp. 66-79. 中譯見鄭學勤譯，《追憶：中國古典文學中的往事再現》（上海：上海古籍出版社，一九九〇），頁七九—九六。

62 Jaroslav Průšek, "Subjectivism and Individualism in Modern Chinese Literature," *Archiv Orientální* 25 (1957), pp. 261-286.

63 王德威，〈「有情」的歷史：抒情傳統與中國文學現代性〉，《中國文哲研究集刊》，第三十三期（二〇〇八年九月），頁七七—一三七。

64 黃錦樹，〈抒情傳統與現代性——傳統之發明，或創造性的轉化〉，《中外文學》，第三十四卷第二期（二〇〇五年七月），頁一五七—一八五。

65 有關陳世驤與高友工論述的承傳與發展，請參閱陳國球，《抒情中國論》（香港：三聯書店，二〇一三）。

66 最有代表性的反思論述是顏崑陽，〈從反思中國文學「抒情傳統」之建構以論「詩美典」的多面向變遷與叢聚狀結構〉，《東華漢學》，第九期（二〇〇九年六月），頁一—四七；龔鵬程，〈不存在的中國文學抒情傳統〉，《延河》，二〇一〇年第八期（八月），頁一七一—一八四。龔先生這篇文章與上文提到二〇〇八年的同題文章不盡相同。

第一章

「抒情傳統論」以前

陳世驤早期文學論初探

一、前言

陳世驤（一九一二—一九七一）是現代中國文學研究常常提到的名字，尤其他的〈中國的抒情傳統〉一文，更是膾炙人口。[1]在大陸以外的中國文學研究，或多或少都曾受這個論述傳統影響。然而，過去大家反覆徵引者不外是收錄於《陳世驤文存》中十篇論文，似乎沒有多少人留意陳世驤的學術道路；他對「抒情傳統」的認知過程如何？他的學術思維有什麼時代和文化的基礎？也少見考論。本章以陳世驤的學術歷程為研究對象，希望透過這個研究，一方面可以進一步理解：「抒情傳統」這個現代詮釋傳統緣何而生？其詮釋能力與其生成過程有無關係？其未來發展的前途如何？另一方面，試圖透過一位經歷大時代變化的華裔學者的學術心路，了解中國文學研究的文化政治，從而思考現今學人在障礙更多的學術路途上，應如何開展步履，向前邁進。以上開列的議題，可說是本書各章論述的關懷所在；陳世驤作為「抒情傳統論」最有代表性的人物之一，是這個探索的起點。

陳世驤，字子龍，號石湘。河北人，一九三五年北京大學外國語言文學系畢業，留校任講師。抗日戰爭爆發後離開北平，在長沙湖南大學任教，一九四一年轉赴美國，在哈佛大學及哥倫比亞大學從事教研工作，一九四五年受聘加州柏克萊大學，曾任該校東方語文學系系主任，又籌辦比較文學課程。[2]他的著述以中國古典文學為主，兼及中國當代文學以至翻譯

1〈中國的抒情傳統〉文章原是一九七一年美國亞洲研究學會年會其中一個分組的開幕詞，陳世驤在文章寫成後不久猝然離世；同年他的學生楊牧（王靖獻）把講稿帶到臺北舉行的國際比較文學會議宣讀。翌年原文發表於英文學刊 *Tamkang Review*，同時由淡江大學外文系楊銘塗譯成流暢但不太準確的中文，刊於《純文學》月刊。繼後楊牧整理老師遺稿，輯成《陳世驤文存》，當中收入楊譯〈中國的抒情傳統〉一文時，又加以刪削修飾；見 Shih-Hsiang Chen, "On Chinese Lyrical Tradition: Opening Address to Panel on Comparative Literature, AAS Meeting, 1971," *Tamkang Review* 2.2 & 3.1(1971.10-1972.4), pp. 17-24；陳世驤作，楊銘塗譯，〈中國的抒情傳統〉，《純文學》，第十卷第一期（一九七二年），頁四—六；陳世驤作，楊銘塗譯，楊牧刪訂，〈中國的抒情傳統〉，《陳世驤文存》（臺北：志文出版社，一九七二），頁三一—三七。經過這些整治以後，此一流通甚廣的中文文本與陳世驤的英文原意已有落差。筆者與楊彥妮博士重譯此文，改題〈論中國抒情傳統〉，並略加注釋，作為本章附錄。

2 有關陳世驤生平概況，可參考商禽，〈六松山莊訪陳世驤教授問中國文學〉，《從真摯出發》（臺中：普天出版社，一九七一），頁一一一八；史誠之，〈桃李成蹊南山皓——悼陳世驤教授〉，《明報月刊》，第六十八期（一九七一年八月），頁一四—二二；謝朝樞，〈斷竹．續竹．飛土．逐宍——陳世驤教授談：詩經．海外．楚辭．臺港文學〉，《明報月刊》，第六十八期（一九七一年八月），頁二三—三〇；楊聯陞，〈追懷石湘——陳世驤選集序〉，《傳記文學》，第十九卷第六期（一九七一年十二月），頁一八—一九；夏志清，〈悼念陳世驤並試論其治學之成就〉，《傳記文學》，第十九卷第五期（一九七一年十一月），頁一六—二三；修訂稿見《文學的前途》（臺北：純文學出版社，一九七四），頁二一一—二二九；楊牧，〈柏克萊——懷念陳世驤先生〉，《傳統的與現代的》（臺北：志文出版社，一九七四），頁二一八—二三二；Cyril Birch, "Obituary: Shih-Hsiang Chen, April 23rd, 1912-May 23rd, 1971," *Journal of American Oriental Society* 91.4 (October-December, 1971), pp. 570-571; Charles Witke, "Chen Shih-Hsiang: In Memoriam," *Tamkang Review* 2.1 (1971), pp. 1-2; Harold Acton, *Memoirs of an Aesthete*（London: Methuen, 1948）。又可參張研田，〈卅年往事憶世驤〉，《傳記文學》，第二十一卷第三期（一九七二年九月），頁五五—六〇；張研田，〈卅載往事憶世驤(之二)〉，《傳記文學》，第二十五卷第一期（一九七四年七月），頁二九—三四；劉大任，〈六松山莊〉，《我的中國》（臺北：皇冠文化，二〇〇〇），頁三七—四五；莊信正，〈憶陳世驤先生〉，《現代中文學刊》，二〇一四年第二期（四月），頁五〇—五二；John C. Jamieson, Cyril Birch, and Yuen Ren Chao, "Shih-Hsiang Chen, Oriental Languages: Berkeley," University of California Academic Senate, *University of California: In Memoriam, 1974* (Berkeley: University of California, 1974), pp. 20-22.

研究，文章散見各學刊或論文合集。其中十篇中文著作和譯文由弟子楊牧（王靖獻）編選入《陳世驤文存》；[3]大部分以英文寫成的論文還未結集，因而流通不廣。[4]

二、陳世驤與現代文學

陳世驤的學術成就無疑是遠赴美國以後才漸漸顯現，但他去國以前的經歷，不僅是一位有影響力的海外華裔學者的學思道路的起點，更是二十世紀三、四〇年代文學研究思潮如何在海外與臺港發展或者變奏的一個樣本，值得我們注意。可惜相關的記載比較少；最常被提及的是他與英國詩人艾克敦（Harold Acton, 1904-1994）聯合英譯了第一個現代詩的選本——《中國現代詩選》（*Modern Chinese Poetry*）。[5]事實上，陳世驤在北京大學讀書以至擔任講師期間，非常積極參與當時的文學活動。他的先後同學輩包括「漢園三友」：同系的卞之琳、李廣田和哲學系的何其芳；他自己也有小說、散文和詩歌的創作，但至今所見不多。[6]從現存資料可知，他是當時在北平慈慧殿三號朱光潛家中進行的「讀詩會」的常客，與會者包括北京大學的沈從文、梁宗岱、馮至、孫大雨、羅念生、周作人、葉公超、廢名、卞之琳、何其芳、徐芳，清華大學的朱自清、俞平伯、王了一、李健吾、林庚、曹葆華，以至林徽因、周煦良等等；[7]一九三五年十二月六日《大公報．文藝》第五五期還刊登了陳

3 陳世驤《陳世驤文存》（臺北：志文出版社，一九七二）收入中文論文八篇，英譯中論文兩篇；簡體字本由陳子善校訂，增收中文兩篇，英譯中一篇，於一九九八年出版。二〇一四年張暉重編陳世驤有關古典文學的研究文章為《中國文學的抒情傳統》，收入楊牧原編《文存》中七篇（當中〈中國文學的抒情傳統〉一文以陳國球及楊彥妮的新譯替換），以及陳子善所增收的〈中國詩學與禪學〉，另新補十篇，合共論文十八篇；後附訪談與追憶文章四篇，前冠以陳國球〈「抒情傳統論」以前〉一文作〈代序〉，由北京三聯書店出版，是迄今比較完備的陳世驤著作集。然而陳世驤留存的著述遠不止此，筆者預備重新編整他的文集，以展示其學術全貌。

4 楊牧在《陳世驤文存》的〈編輯報告〉曾說明陳世驤的英文著作「委由加州大學Cyril Birch教授編輯」（頁二六八）；又參楊牧，〈柏克萊——懷念陳世驤先生〉，《傳統的與現代的》，頁二三〇。至今白之（Cyril Birch）已從加州大學退休，此一英文專集仍未面世；大概這個計畫不會實現。陳氏的中英文著作目錄見Alvin P. Cohen, "Bibliography of Chen Shih-hsiang, 1912-1971, Part I: Writings in English," *Chinese Literature: Essays, Articles, Reviews* 3.1 (Jan., 1981), pp. 150-152; C. H. Wang and Joseph R. Allen, III, "Bibliography of Chen Shih-hsiang, 1912-1971, Part II: Writings in Chinese," *Chinese Literature: Essays, Articles, Reviews* 3.1 (Jan., 1981), pp. 153-154. 這兩個目錄其實並不完備，尤其一九四一年離開中國以前的著作均沒有記載。

5 *Modern Chinese Poetry* (London: Duckworth, 1936).

6 目前經眼的陳世驤創作，散文有〈北大外景速寫〉，載《北京大學卅五周年紀念刊》（北京大學一九三三年十二月版），收入陳平原、夏曉虹編，《北大舊事》（北京：生活・讀書・新知三聯書店，一九九八），頁五二九—五三二；新詩有〈今日的詩〉，載上海出版的《新詩》，第二卷第二期（一九三七年五月），頁一四四—一四五。補記：此外，《每周文藝》上有署名「石湘」的散文兩篇：〈意外的訣別〉，《每周文藝》，第六期（一九三四年一月十六日），頁二七—二八；〈事件〉，《每周文藝》，第八期（一九三四年一月三十日），頁三六。又有一首寫於一九三七年十二月二十六日的英文詩："To Armand"，見張研田〈卅年往事憶世驤〉，頁五九—六〇。

7 參考沈從文，〈談朗誦詩〉，《沈從文全集》（太原：北嶽文藝出版社，二〇〇二），卷十七，頁二四七。沈從文這裡的記述是今人談到「慈慧殿」讀書會最常徵引的資料，當中沒提及陳世驤。但據以下提到陳世驤寫給沈從文的信，可見他是「讀詩會」的參與者之一。

世驤寫給主編沈從文的信，題作〈對於詩刊的意見〉，由「讀詩會」的聚會談到大家關心的《詩特刊》問題，又表達了他的文學見解。[8]

再考察陳世驤在北京大學所受的文學訓練，我們可以更好的理解其文學品味和思考方向的初貌。[9]這裡先把焦點放在他的北大老師艾克敦身上。與陳世驤合譯《中國現代詩選》的艾克敦，是二〇年代開始在英國文壇崛起的牛津詩人；[10]一九三二年任教於北京大學。他也常常參加北京的各種文學聚會，與溫源寧、朱光潛、梁宗岱等時相往來。從一九三三年七月開始，陳世驤就住在他家中，不久就開展了合作編選及英譯現代詩的工作。[11]二人的翻譯陸續見載於曾為北大外文系主任溫源寧等主編，在上海出版的英文刊物《天下月刊》（*T'ien Hsia Monthly*），以至美國詩人哈莉特・蒙羅（Harriet Monroe, 1860-1936）在芝加哥出版的重要詩刊《詩》（*Poetry: A Magazine of Verse*）的「中國詩專號」之上。[12]艾克敦在北大初時開的課是「英國文學」、「莎士比亞悲劇」和「王政復辟時期喜劇」（Restoration Comedy）。第二年開始教現代英詩，他就堂而皇之地講授艾略特的《荒原》，以至勞倫斯的詩歌。陳世驤最少聽了他兩年的課。後來二人更日夕研討中國現代詩的英譯，據艾克敦回憶，他對現代中國文學的了解主要得自陳世驤。[13]一九三五年四月《詩》刊專號還收入艾克敦一篇〈中國當代詩歌〉（Contemporary Chinese Poetry），同年十一月艾克敦在《天下月刊》發表〈現代中國文學的創新精神〉（The Creative Spirit in Modern Chinese Literature）；這兩篇是早期以英文論述中國現代詩的重要論文，相信當中不乏陳世驤的意見。[14]

8《詩特刊》之面世，是當時「讀書會」討論的結果。沈從文在他主編的《大公報‧文藝》一九三五年十一月十日發表〈新詩的舊賬——並介紹詩刊〉，對此有所說明：「要有個『好的將來』，必需要有個『目前』。目前新詩不妨說還是試驗中，可走的路甚多，從各方面都可努力。可是若沒有個試驗的場所，來發表創作，共同批評和討論，中國新詩運動不會憑空活潑起來，那個將來太渺茫了。所以我們預備在這個副刊上，從上期起出一個《詩刊》，每月預備發稿兩次，由孫大雨、梁宗岱、羅睺先生等集稿，作者中有朱佩弦、聞一多、俞平伯、朱孟實、廢名、林徽音、方令孺、陸志韋、馮至、陳夢家、卞之琳、何其芳、李廣田、林庚、徐芳、陳世驤、孫毓棠、孫洵侯、曹葆華諸先生。這刊物篇幅雖不大，對中國新詩運動或許有點意義，因為這刊物的讀者，是本報分佈國內外十萬讀者。編者的希望，不在十萬讀者永遠成為少數作品的鑑賞者，卻想這刊物能引起多數讀者的注意，從國內外各處地方把詩寄來，把個人對於新詩的意見寫來，讓它慢慢成為中國讀者最多，作者也最多，同時還為多數人最關心認可的刊物。」據此，陳世驤是這個詩刊的特約作者之一。

9 有關三〇年代北平的大學教育與文學創作和研究的關係，近時已有季劍青的全面整理和非常細緻深入的分析，此外張潔宇對同時北平的「前線詩人」研究，也為了解陳世驤周遭的文學環境提供了清晰描述和析論。見季劍青，《大學視野中的新文學——一九三〇年代北平的大學教育與文學生產》（北京：北京大學中文系博士論文，二〇〇七）；張潔宇，《荒原上的丁香：二十世紀三〇年代北平「前線詩人」詩歌研究》（北京：中國人民大學出版社，二〇〇三）。季劍青博士論文經整理出版，《北平的大學教育與文學生產》（北京：北京大學出版社，二〇一一）。

10 他自詡為「唯美者」（aesthete），在牛津大學讀書時已很受注目，曾在校園宴遊中高聲朗誦艾略特的《荒原》而為人津津樂道；他的同群包括寫過《故園風雪後》（*Brideshead Revisited*）的伊夫林‧沃（Evelyn Waugh, 1903-1966），以及伊迪芙‧西脫惠爾（Edith Sitwell, 1887-1964）等。來中國以前，他已經出版過詩集 *Aquarium* (1923), *An Indian Ass* (1925), *Five Saints and an Appendix* (1927), *This Chaos* (1930).有關他生平的記述，除了他兩本回憶錄：*Memoirs of an Aesthete* 以及 *More Memoirs of an Aesthete* (London: Methuen, 1970)以外，還可參考 Edward Chany and Neil Ritchie eds., *Oxford, China, and Italy: Writings in Honour of Sir Harold Acton* (London: Thames and Hudson, 1984).

11 據艾克敦回憶錄所記，陳世驤常常引領年輕的創作人如卞之琳等來暢談文學，英譯現代詩之議就是由卞之琳提出的；《唯美者回憶錄》還有一幀艾克敦與陳世驤、卞之琳、林庚、李廣田等的合照；見 *Memoirs of an Aesthete*, pp. 276; 336-337.

另一方面，陳世驤在討論翻譯的過程中，更熟習老師指導的文本細讀批評方法。他在《大公報・文藝》發表的〈對於詩刊的意見〉，與艾克敦的文章差不多同時完成。其中艾克敦的影響，也不難察覺。[15]陳世驤提出討論新詩「應該注意許多似乎細小而極基本的問題」，他建議：

凡是現代出過詩集對新詩有影響的詩人都分開討論一下，以他們的作品為主，範圍不怕狹，甚至只選一兩首他的代表作來批判，從小地方推敲，把他們所用的工具檢討一下，用具體的例證判斷他的情調、風格，成功與失敗，總比空泛地講些「內容」、「形式」、「藝術與人生」好些罷。[16]

文中他就以兩個具體例子說明他的觀點：一是卞之琳詩〈朋友和烟捲〉中間一段，另一是臧克家名篇〈老馬〉。卞之琳這首詩的英譯收入《中國現代詩選》，[17]但並沒有在後來結集的《十年詩草》或者《雕蟲紀歷》中出現。照陳世驤看來，這首詩顯示卞之琳之「善用語言的自然韻律（Speech rhythm）和分行、押韻的技巧」。他從字數參差安排與樂音抑揚的關聯、詩行造成的圖案及其寓意、韻腳音色的錯綜效應，發現了這幾行詩的「字音與節拍能那樣靈妙地顯示樂音的和諧與輕煙的迴旋節奏，絕不是率爾而成的」。用以對照的〈老馬〉一詩，在陳世驤細意分析之下，顯得「意念空泛」、「用韻粗笨」，雖然作者「有意識地以吟咏人世艱苦為己任」，但詩中的「情感狀態（Emotional attitude）完全現得虛偽」。陳世驤最重要的論點是：

> 詩人操著一種另外的語言，和平常語言不同。……我們都理想著有一種言語可以代表我們的靈魂上的感覺與情緒。詩人用的語言就該是我們理想的一種。那末我們對這種語言的要求絕不只是它在字典上的意義和表面上的音韻鏗鏘，而是它在音調、色彩、傳神、象形與所表現的構思絕對和諧。[18]

12《天下月刊》第一卷刊載二人合譯邵洵美、聞一多、戴望舒、李廣田、卞之琳詩共七首；《詩》第四十六卷第一期「中國詩專輯」刊載徐志摩、何其芳、林庚詩英譯共七首。見 *T'ien Hsia Monthly* 1.1-4 (1935.8-11), pp. 70-71; 190; 303-315; 423-424; 495-507; 526-536; *Poetry: A Magazine of Verse* 46.1 (1935.4), pp. 14-19.

13 *Memoirs of an Aesthete*, p. 336.

14 "Contemporary Chinese Poetry," *Poetry* 46.1 (1935.4), pp. 39-46; "The Creative Spirit in Modern Chinese Literature," *T'ien Hsia Monthly* 1.4 (1935.11), pp. 374-387. 前者可說是後來艾克敦為《中國現代詩選》撰寫的〈導言〉之初稿，後者部分文字也有與〈導言〉重複的地方。

15 見下文注21引錄邵洵美〈新詩與「肌理」〉之說。

16〈對於詩刊的意見〉，《大公報・文藝》，第五十五期（一九三五年十二月六日）。

17 *Modern Chinese Poetry*, p. 131.

18〈對於詩刊的意見〉。

事實上我們可以把陳世驤這段話看作「詩言志」或者「詩緣情而綺靡」的一種現代詮釋：「我們的靈魂上的感覺與情緒」可以是指向內心世界的「志」或「情」的現代變奏，「音調、色彩、傳神、象形與所表現的構思絕對和諧」亦不外乎現代詩學意義下的「言」之「綺靡」。這篇文章所展示的文本細讀方式，很容易讓我們聯想到陳世驤後來在臺灣發表的著名論文〈中國詩之分析與鑑賞示例〉。後者以下的文字與上面的引文相近處非常明顯：

> 若只以為詩的文字之嫻熟只是字典和詩韻合璧的熟用，這雖然不差，但必然不夠。所以我們要進一步說，所謂形式form，決不只是外形的韻腳句數，而是指詩裏的一切意象，音調和其他各部相關，繁複配合而成的一種有機結構。[19]

這篇一九五八年的文章後來成為臺灣以至海外文學批評的典範論文，影響深遠。[20]〈對於詩刊的意見〉以為詩的理想是「音調、色彩、傳神、象形」與詩人的「構思」達至「絕對和諧」；這「和諧」也就是〈中國詩之分析與鑑賞示例〉所講的「一種有機結構」的表現，也是陳世驤文學思想中的理想的「秩序」。前後二文對照，可以見到陳世驤的批評觀念的淵源和發展。

陳世驤〈對於詩刊的意見〉一文很快就得到邵洵美為文響應。他在一九三五年十二月二十一日《人言周刊》發表〈新詩與「肌理」〉，指出陳世驤的意見近乎英國女詩人西脫惠爾的主張，[21]而西脫惠爾最重視詩的肌理（texture），以為「字眼的音調形式，句段的長短分合，與詩的內容意義的表現及點化上，有密切之關係」。[22]邵洵美又運用這種「肌理說」來深入探討李白的〈將進酒〉的開篇三句：「君不見，黃河之水天上來，奔流到海不復回」：

> 這氣勢的浩大，正像泛濫的狂濤在天心直滾下來。第一個「君」字是那樣的清脆與響亮，大有雲開見日的意象，使你有仰頭高盼的感覺：點示著後兩句的距離與接近。後面十四字，除了「之」字外，沒有一個不是表現著波濤汹湧的聲音，一瀉萬里的境界；而最後那「回」字的悠長暗淡，十足給你一種越流越遠，「不復回」的意象。像這樣的絕

19 陳世驤，〈中國詩之分析與鑑賞示例〉，《文學雜誌》，第四卷第四期（一九五八年六月），頁六。

20 參考梅家玲，〈夏濟安、《文學雜誌》與臺灣大學——兼論臺灣「學院派」文學雜誌及其與「文化場域」和「教育空間」的互涉〉，《臺灣文學研究集刊》，創刊號（二〇〇六年二月），頁一二—一三。

21 邵洵美說：「他既然與阿格頓（按：即艾克敦）先生有著朝夕切磋的機會，對於現代英美的詩歌當然也有相當的認識。那封信上一切的意見，無疑地是受了英女詩人西脫惠爾（Edith Sitwell）的提示的。」見《洵美文存》（瀋陽：遼寧教育出版社，二〇〇六），頁一三四。西脫惠爾是艾克敦在文學上的摯友，邵洵美的觀察非常敏銳。

22 邵洵美又指出：「這Texture一字，曾由錢鍾書先生譯為肌理。」見〈新詩與「肌理」〉，頁一三四。錢鍾書之說見於他就溫源寧《不夠知己》（*Imperfect Understanding*, 1935）一書所撰書評，文中指出「肌理」：「是翁覃谿論詩的名詞，把它來譯Edith Sitwell所謂texture，沒有更好的成語了。」錢鍾書，《寫在人生邊上．人生邊上的邊上．石語》（北京：生活．讀書．新知三聯書店，二〇〇二），頁三三六。翁方綱的「肌理說」是清代詩學繼「格調說」、「神韻說」、「性靈說」而後出現的一個重要主張；於此我們見到錢鍾書和邵洵美匯通中西詩學的用心。

妙佳句，怎不叫讀者擊節歎賞，悠然神往呢？

邵洵美的點評比較著重欣賞感受，沒有陳世驤文所展示的拆解以作細部分析、再貫串綜論，那麼具體入微。但邵洵美在此只是解釋他心中要寫的《李太白評傳》的一些想法，以呼應陳世驤的文章；未作出細緻周密的論析，不足為病。文章的結尾說：

> 陳世驤先生能在這時候提醒我們，實在是新詩的幸運；希望他多寫這一類的文章，新詩前途的光明可以預卜！。[23]

邵洵美關心的是「新詩前途」，但解說時借助西洋的學理，範例卻是古典詩句；這種「現代」、「西方」、「古典」的結合方式，是當時詩學思潮中不可忽視的傾向。

邵洵美注意到陳世驤〈對於詩刊的意見〉一文的理論資源，可能從艾克敦而來；事實上，陳世驤文中稱揚卞之琳〈朋友和烟捲〉的一些論點，也見於艾克敦的回憶錄。艾克敦也以這首詩來說明卞之琳的風格——「直捷、韻律自然、善用日常語言」；[24]其關注點甚至批評詞彙，明顯與陳世驤之文相似，看來這是兩人的共同見解。

此外，艾克敦的現代中國文學觀還有值得注意的一面：現代文學與中國古代傳統的關係。他為《中國現代詩選》撰寫的〈導言〉以及在《天下月刊》發表的〈現代中國文學的創新精神〉兩篇文章，其主要內容就是從文學史的角度析述新文學的發展，並對各階段的作家作出毫不含糊的評價，又在適當時候作出中西文學的異同對照。從中我們可以見到他對中國文學傳統的觀察。比如說，他以為中國詩歌的特點在於「興發與含蓄」（evocation and suggestion），覺得法國象徵派詩人魏倫（Paul Verlaine, 1844-1869）所追求的「不著色彩，只存濃淡」（Pas de couleur, rien que la nuance），其實更像是中國的美學原則。[25]他又說中國詩歌雖多常見熟辭滑調，但卻可輻湊成強烈的印象，英詩中只有少數「意象派」詩人才能臻此境界。他又認為何其芳詩擅於運用古典詞藻，有如濟慈借用史賓塞（Spenser）之辭。更重要的是艾克敦非常欣賞林庚的新詩，認為他的詩雖出之以現代口語，但富於傳統中國詩詞的韻味（possessing many of the characteristic idiosyncrasies of classical Chinese poetry），有王維、蘇軾之風。[26]《中國現代詩選》選入十五人九十五首詩；[27]林庚之詩入選最多，共十九

23〈新詩與「肌理」〉，頁一三五。

24 艾克敦的原文是："Pien's style was distinguished by extreme directness, a natural rhythm, and a very effective use of the spoken idiom." *Memoirs of an Aesthete*, pp. 336-337.

25 *Modern Chinese Poetry*, p. 19. 魏倫句出自〈詩藝〉（Art poétique）一詩，見Paul Verlaine, *Selected Poems* [French-English bilingual version] (Berkeley, L.A.: University of California Press, 1948), trans. C. F. MacIntyre, pp. 181-182；莫渝中譯此句作：「是色調變化，不是色彩！」見莫渝譯，《魏崙抒情詩一百首》（臺北：桂冠出版社，一九九五），頁一七四－一七七。

26 *Modern Chinese Poetry*, pp. 21; 28-30.

首，占總數差不多兩成。[28]艾克敦這個取向，其實可歸因於兩個基本因素：一是他抱持艾略特式的「傳統觀」，以為有成就的詩人必與傳統互動，既取資於傳統，又創新以豐富傳統。中國新詩除了承受西方的影響以外，還得活化傳統故舊，以建立現代的風格；[29]另一方面我們可以判定他對中國傳統的把握，其實在於其中「抒情精神」的體會。

張錯在評論艾克敦的選本時，特別點明當中「強烈的抒情偏向」（a strong lyrical bend），「特別見於他對卞之琳、何其芳、林庚、徐志摩等人詩〔的選錄〕」。[30]張錯指出當時詩壇另有一個回應社會紛亂以及日本侵迫的寫實主義詩潮，但這個選本並沒有顯示出來。如果我們再參考艾克敦及陳世驤合撰的詩人小傳，以及本書附載的兩篇文章，這個選集的「抒情精神」偏向會更為彰顯。兩篇附載分別由廢名和林庚所撰。廢名的〈論現代詩對話錄〉主要從「詩感」（poetic feeling）去理解中國新舊詩的基因及其變化；林庚的〈論詩〉也認為新詩是以新方法來表達「新的感受與情懷」（new sensations and emotions）；換句話說，詩如何「言志」或者「緣情而綺靡」，以薪傳中國詩的精神，仍是他們的關懷所在。[31]艾克敦在一本以作品為中心的選本，特別劃出篇幅以載入兩篇從抒情傳統與現代之關係去理解新詩的論文，可見其重心的偏向。

當然，艾克敦對中國文學的理解，不無「西方本位」的嫌疑；於他而言，中國文化形象鮮明處，其光源往往是對西方文化得失的思考。然而，他把這種思考角度帶給對世界充滿好奇的陳世驤，卻足以催化這位年輕批評家的文學觀，於現代與傳統的關係作出反思。日後陳世驤對傳統文學的研究，對西方現代文學批評觀念的應用，都有可能與這段和艾克敦切磋琢磨的經驗有關。事實上陳世驤移居美國以後的一些學術工作，如陸機《文賦》的英譯，仍然

27 依據《中國現代詩選》目錄所列，本集收錄新詩共九十六首，然而當中何其芳詩〈古城〉之前後部分，被誤植為兩首；參考《何其芳全集》（石家莊：河北人民出版社，二〇〇〇），卷一，頁四四—四六。因此，若以原作計，應為九十五首。

28 據艾克敦在選集〈導言〉中交代，他與陳世驤在選入林庚詩時有不同的意見，然而他還是堅持自己的主張；他更以送交哈莉特・蒙羅的眾多譯作中，林庚詩被選入《詩》刊最多（刊出三位詩人共七首，徐志摩和何其芳各一首，而林庚獨占五首），證明自己實具慧眼。陳世驤從未交代他對林庚詩的看法；推想兩位編譯者的分歧可能在於陳世驤比較欣賞卞之琳，然而卞詩只入選十四首，比不上林庚入選的十九首。陳、林二人分別出身北大和清華，但同時活躍於當時的文會詩壇。林庚與艾克敦固然有交往，也是北平慈慧殿三號「讀詩會」的常客。陳世驤晚年接受訪問，談到屈原《離騷》的研究時說：「我同意我的舊同學林庚的說法」，見〈斷竹・續竹・飛土・逐宍〉，頁二六。補記：「同學」之說，可能只是泛言之，又或者是訪問者的誤記。有關林庚的「抒情傳統」文學史觀和詩歌創作的討論，見本書第五章〈林庚的「詩國文學史」〉，以及陳國球，〈思接千載　視通萬里：論林庚詩的馳想〉，《中外文學》，第三十卷第一期（二〇〇一年六月），頁四—三二。

29 *Modern Chinese Poetry*, p. 31; "The Creative Spirit in Modern Chinese Literature," p. 387.

30 Dominic Cheung, "The Parting of the Ways: Anthologies of Early Modern Chinese Poetry in English Translation," in Eugene Eoyang and Lin Yao-fu ed., *Translating Chinese Literature* (Bloomington and Indianapolis: Indiana University Press, 1995), pp. 212-213.

31 Feng Fei-ming, "On Modern Poetry: A Dialogue," *Modern Chinese Poetry*, pp. 33-45; Lin Keng, "On Poetry," *Modern Chinese Poetry*, pp. 166-170.

得到艾克敦的支援；二人在美國重聚時，更再次合作翻譯中國文學作品，完成英譯《桃花扇》的初稿。[32]因此，艾克敦和陳世驤的文學因緣，就不僅限於兩、三年短暫的大學師生間的學業授受；而陳世驤在學術上發展定位，亦可以循著這些痕跡而得尋見。

陳世驤早期文學思想所承受的影響，除了最親近的艾克敦以外，當然還有得自其他師友交遊，例如上文提到的「讀詩會」和相關活動。當時主其事的朱光潛也是北京大學的老師，一九三三年開始在外文系開設「西方名著選讀」和「歐洲文學批評史」等課。他還到中文系授課，講課的內容就是尚未出版的《詩論》初稿。[33]陳世驤應該選過他的課，參加了他課外主持的文學活動。因此，朱光潛及其同群在三、四〇年代發表的論文，其鼓動的學術風氣，應該會對出國前的陳世驤有所薰染。即使陳世驤出國後，他還繼續與朱光潛聯絡。朱光潛主編的《文學雜誌》第三卷第一期，就刊登了陳世驤的〈法國唯在主義運動的哲學背景〉；陳世驤在一九四八年北大五十周年紀念論文集上發表《文賦》英譯，當中也提到朱光潛和他通信，為他提供《文賦》版本的資訊。[34]夏志清〈悼念陳世驤〉一文提到：

> 世驤同朱光潛在治學上有基本相似的地方：即是他們對美學、對帶哲學意味的文藝批評、文藝理論特感興趣。[35]

夏志清雖然未有指出朱光潛和陳世驤的北大淵源，但已點明二人在學術路向之相近。朱光潛和當時一群對西學有認識的學院中人，對中國文學和文化傳統都有重新體認的熱誠，希望從更寬的視野觀照世界，透過中西文化的同異反思當前的路向，於是開展了不離「現代」關懷的「傳統」研究。我們略為檢索朱光潛在這個時期的著作，可以見到不少從這種思考出發的文章，如〈中西詩在情趣上的比較〉（一九三四）、〈長篇詩在中國何以不發達？〉（一九三四）、〈詩的隱與顯——關於王靜安的《人間詞話》的幾點意見〉（一九三四）、〈從「距離說」辯護中國藝術〉（一九三五）、〈從生理觀點論詩的「氣勢」和「神韻」〉（一九三五）、〈從研究歌謠後我對於詩的形式問題意見的變遷〉（一九三六）、〈中國詩何以走上「律」的路〉（一九三六）、〈樂的精神與禮的精神〉（一九四二）、〈詩的普遍性與歷史的連

---

32 *More Memoirs of an Aesthete*, pp. 264-265; Cyril Birch, "Harold Acton as a Translator From the Chinese," in Chaney and Ritchie, eds., *Oxford, China and Italy*, pp. 43-44; Chen Shih-Hsiang, *Literature as Light Against Darkness* (*National Peking University Semi-Centennial Papers, No. 11*, Peiping: National Peking University Press, 1948), p. 44. 有關陳世驤赴美後與艾克敦的文學交往，本章下一節再有討論。

33 參考〈詩論．抗戰版序〉，《朱光潛全集》（合肥：安徽教育出版社，一九八七—一九九三），第三卷，頁四；又參錢念孫，《朱光潛：出世的精神與入世的事業》（北京：文津出版社，二〇〇五），頁二五四；季劍青，《大學視野中的新文學》，頁二八。

34 〈法國唯在主義運動的哲學背景〉（作者題作陳石湘），《文學雜誌》，第三卷第一期（一九四八年六月），頁一七—二七；*Literature as Light Against Darkness*, p. 25.

35 夏志清，〈悼念陳世驤〉，頁二一。

續性〉（一九四八）、〈詩的意象與情趣〉（一九四八）、〈朱佩弦先生的《詩言志辨》〉（一九四八）……。[36]杜博妮（Bonnie McDougall）研究朱光潛在二、三〇年代的學術路向，指出朱光潛身在一座向傳統傾斜的塔往外望，與當時的澎湃左翼思潮方向迥異；但杜博妮也提醒我們朱光潛不是一位「頑固的保守主義者」（arch-conservative），反而是試圖把中國傳統放在多元的西方理論中來肯定其位置，這立場應屬於「普遍主義者」（universalist）多於「保守主義者」（conservative）。[37]杜博妮這個精闢的觀察，可以提示我們重思當時的一群「京派學院批評家」的時代意義，[38]也是我們理解陳世驤日後學術思想的重要線索之一。

現在回顧陳世驤的學術貢獻，無疑以他的古典文學研究最為重要。但他剛到美國時，還沒有跟中國現代文壇脫節。他一方面在美國的雜誌以英文發表中國現代詩壇的介紹，或者英譯卞之琳和艾青等的新作；[39]另一方面還有文稿在中國的刊物發表，例如在朱光潛主編的《文學雜誌》發表〈法國唯在主義運動的哲學背景〉，在一份自由主義知識分子新辦的周刊《新路》發表〈美國文藝的後顧與前瞻〉。[40]楊牧在整理陳世驤文稿時曾說「〈唯在主義〉一文可能是中國最早談論存在主義的著作」，[41]雖然不完全準確，但這篇文章的確是四〇年代中國文學界引介存在主義的小浪潮中最重要的一篇文章。[42]陳世驤此文雖似是客觀介紹一種新興的哲學思潮，但細看文中有不少重點都預示了他日後的學術著作的一些思考方向。例如他因沙特的「存在先於質性」之說，解釋「質性」（essence，現今通譯「本質」）和「存在」（existence）的關係，說明當中「個人存在的自覺」的意義，正是他後來討論「詩」字源起，以至中國文學的「文化質性」的基礎原則；又如文中對「時間」與「永恆」的關注，也是他晚年力作〈論時：屈賦發微〉的出發點之一。

---

36 參考溫笑俐編，〈朱光潛著譯目錄〉，《朱光潛美學文集》（上海：上海文藝出版社，一九八九），第五卷，頁五五四—六四〇。

37 Bonnie McDougall, "The View from the Leaning Tower: Zhu Guangqian on Aesthetics and Society in the Nineteen-twenties and Thirties," in Göran Malmqvist, ed., *Modern Chinese Literature and Its Social Context* (Nobel Symposium, No. 32; Stockholm: Nobel House, 1975), pp. 76-122; see also Mario Sabattini, "'Crocianism' in Chu Kuang-chien's *Wen-I Hsin-li-hsueh*," *East and West* 20.1/2 (1970.3/6), pp. 179-198. 又參考黃繼持，〈朱光潛美學思想的道家色彩與儒家成分〉，《魯迅．陳映真．朱光潛》（香港：牛津大學出版社，二〇〇二），頁一五一—一八二。

38 參考白春超，〈京派的文化選擇：向傳統傾斜〉，《河南大學學報》，第四十六卷第三期（二〇〇六年五月），頁八八—九二，文中舉出梁宗岱、朱光潛、廢名、沈從文、李長之等作為考察對象；又劉淑玲曾指出當京派作家別有一種「化古」又「化歐」的風格，見劉淑玲，〈《大公報》與中國現代文學〉，《河北學刊》，第二十四卷第三期（二〇〇四年五月），頁一三二。

39 相關的文章有："A Poet in Our War Time," *Asia* (New York) 42 (1942.8), pp. 479-481; "Sun," *New Republic* 111 (1944.10.30), p. 566; "Poems of the Border Region," *Asia* (New York) 45.7 (1945.7), p. 338.

40 〈美國文藝的後顧與前瞻〉，《新路》，第二卷（一九四八年），頁一七—二〇；按《新路》周刊由中國社會經濟研究會出版，其文藝欄的編輯是蕭乾；參考謝泳，《儲安平與〈觀察〉》（北京：中國社會出版社，二〇〇五），頁一一四—一二三。

41 楊牧，〈編輯報告〉，《陳世驤文存》，頁二六八；又參楊牧，〈柏克萊〉，頁二三〇。

42 參考解志熙，《生的執著：存在主義與中國現代文學》（北京：人民文學出版社，一九九九），第一章〈存在主義在現代中國：傳播與接受〉，頁五〇—八八。

三、《文賦》英譯的意義

陳世驤到了加州柏克萊大學以後，以陸機《文賦》之英譯正式開展了他的古典文學研究生涯。[43]翻譯的成果和相關論述發表在一九四八年出版的《北京大學五十周年紀念論文集》（*National Peking University Semi-Centennial Papers*）。這一套大型紀念論文集的作者陣容非常鼎盛，除了當時校內的教授以外，還有與北大相關的學者；當中包括燕卜蓀（William Empson, 1906-1984）、房兆楹、孟森、陸侃如、賀麟、魏建功、容肇祖、瞿同祖、朱光潛、錢學熙、袁可嘉、夏濟安等。陳世驤之作共七十一頁；大概因篇幅較大，所以自成一冊（第十一冊）；其題目是《文學作為對抗黑暗之光》（*Literature as Light Against Darkness*），封面上還有幾行說明：

> 本篇研究陸機《文賦》與其生平、與中世紀中國歷史，以至與現代批評觀念的關係，並以詩體翻譯全文。[44]

文章分三部分：一、〈陸機生平與《文賦》之撰定時間考〉（Lu Chi's Life and the Correct Date of his "Essay on Literature"）；二、〈談譯文中部分概念和用語〉（Discussion of Some

Ideas and Expressions in the Translation）；三、〈《文賦》英譯〉（An English Version of the "Essay on Literature"）。這個可能是《文賦》最早之英譯本，雖然由中國重要學術中心北京大學隆而重之地籌劃出版，但面世時適值中國政局劇變，其流通量似乎非常有限。有鑑於此，陳世驤於一九五三年把譯文單行出版，但刪去第一、二部分的研究論述；譯文前有張充和手書《文賦》原文，後加上〈附記〉（Supplementary Note）一篇，交代他和逯欽立在一九四八、一九四九年間就陸機《文賦》撰寫年代的討論。[45]書前新撰〈導言〉（Introduction），從比較文學及文學史的角度申論陸機和《文賦》的意義；書名逕題《陸機文賦》（*Essay on Literature: Written by the Third-Century Chinese Poet Lu Chi*）。[46]相對來說，一九四八年的譯本比一九五三年本有更多陳世驤對《文賦》的解說，故以之為下文討論的主要根據；然而一九五三年本的〈導言〉亦深刻精要，將參酌採用。

43 與英譯《文賦》出版的同一年，他與柏克萊的同事，漢學家卜弼德（Peter A. Boodberg, 1903-1972）合著《絕句廿五首．附詞彙練習》（*Twenty-five Chinese Quatrains, with Vocabulary Exercises*, Berkeley: University of California Press, 1948），屬於中國文學入門的教科書。

44 "Being a study of Lu Chi's 'Essay on Literature', in relation to his life, his period in medieval Chinese history, and some modern critical ideas; with a translation of the text in verse." *Literature as Light Against Darkness*, cover page.

45 見陳世驤、逯欽立，〈關於文賦疑年的四封討論信〉，《民主評論》，第九卷第十三期（一九五八年七月），頁三六〇—三六二。

《文學作為對抗黑暗之光》以相當的篇幅論述陸機的生平，並考訂其創作《文賦》的年分。學界對陸機撰《文賦》的年代，以前多據杜甫《醉歌行別從侄勸落第歸》「陸機二十作文賦」一語，以為是他年輕時期的作品。陳世驤則認定是永康元年（西元三〇〇年）之作。他的判斷其實與逯欽立同於一九四八年發表的〈《文賦》撰出年代考〉非常接近，主要證據同是陸雲〈與兄平原書〉「兄頓作爾多文」之說，以為「多文」包括《文賦》和《感逝賦》；後者可能就是見諸《文選》的《歎逝賦》，其序有「余年方四十」之句。陳世驤因此以為《文賦》和《感逝賦》同作於陸機四十歲，也就是永康元年；逯欽立則以為陸雲的信撰於永寧二年（三〇二年），《文賦》應是永寧元年歲暮之作品。[47]二人對這個問題有往返四封信討論，補充了論據，但結論沒有改變。[48]

我們在此不必追問誰人的考證比較詳實可靠，[49]值得一提的是兩人的考證過程所顯示出來的學術風格。逯欽立是非常嚴謹地安排資料，用平實的語言進行乾嘉考據式的推理。陳世驤則筆端常帶感情，解讀文獻時表現出敏銳的文學觸覺。例如他會從感情邏輯看陸機〈弔魏武帝文〉，哀憫「格乎上下者藏於區區之木，光於四表者翳乎蕞爾之土」，以為兩年後陸機寫《文賦》，正是這個感慨的自然發展：以詩賦文章為人心之大用（the best of the mind），以超越生死界限而至不朽（immortality）。他非常在意把《文賦》之撰年考定於永康元年。這一年趙王倫誅賈謐，陸機因參預其事而獲賜爵關中侯；然而，曾賞識陸機兄弟而力加薦引的張華卻因此事而被殺。政治世情波譎雲詭，陸機身不由己，三年後就因身陷八王亂事而喪命。陳世驤指出陸機在永康元年突然爆發出強大的創作力，正是一個苦悶的靈魂在漆黑昏暗中尋覓光源的表現，所以陸雲信上說：「兄頓作爾多文，而新奇乃爾，真令人怖！」陳世驤又以為「多文」中的《羽扇賦》和《漏刻賦》讓人聯想到人類如何面對「命運無常」與「時間」，《感逝賦》、《詠德賦》和《述思賦》是追思張華，感懷時世之作，尤其《感逝賦》所

46 *Essay on Literature: Written by the Third-Century Chinese Poet Lu Chi* (Portland, Maine: The Anthoensen Press, 1953). 據書後說明，這個版本也只印四百本；後來白之編《中國文學作品選》抽選了陳世驤英譯之正文，是為陳譯流通最廣的版本，見 Cyril Birch, ed., *Anthology of Chinese Literature* (New York: Grove Press, 1965), pp. 204-214. 此外楊牧把陳世驤的英譯和徐復觀〈陸機文賦疏釋初稿〉合為一集，再加其他注疏與個人闡釋發明，撰寫《陸機文賦校釋》（臺北：洪範出版社，一九八五），於是陳世驤的譯文亦在華文學界流通。

47 *Literature as Light Against Darkness*, pp. 11-20；逯欽立，〈《文賦》撰出年代考〉，《學原》，第二卷第一期（一九四八年五月），頁六一—六四。

48 〈關於文賦疑年的四封討論信〉，頁三六〇—三六二。

49 至今學界對有關問題還有不同的說法，例如王夢鷗以為《文賦》之作約在元康八年（二九八年）以前；胡耀震認為是元康元年（二九一年）；鍾新果以為在太康十年（二八九年）以前；分見王夢鷗，〈陸機文賦所代表的文學觀念〉，《中外文學》，第八卷第二期（一九七九年七月），頁四—一四；胡耀震，〈文賦撰出年代新證〉，《遼寧師範大學學報》，一九九九年第二期（三月），頁二三—二七；鍾新果，〈《文賦》寫作年代新斷〉，《中國韻文學刊》，二〇〇九年第二期（六月），頁一一三—一一六。張少康在檢討過不同的說法以後說：「目前尚無材料可以確切地說明《文賦》的創作年代，不能輕下結論。好在這個問題對理解《文賦》的內容並沒有甚麼影響。」見張少康，《文賦集釋》（北京：人民文學出版社，二〇〇二），頁三—四。然而，創作年分的確立對陳世驤來說，卻是一個非常重要的問題。

說：「悲夫，川閱水以成川，水滔滔而日度，世閱人而為世，人冉冉而行暮」，「然後弭節安懷，妙思天造，精浮神淪，忽在世表」，正是這深受折騰的心靈在昏暗歲月中掙扎和求索的表現；而《文賦》就是他的求索所得的正式宣告：以文學作為對抗黑暗之光！

陳世驤的考訂，其實是一位敏感的批評家對一顆文學心靈的追蹤，是超越時空阻隔的知音感會。他和逯欽立討論雙方的論據後總結說：

> 任何考據，多難免臆測成分，惟以最近於良心，合於物證，故堅持之。[50]

所謂「臆測」，所謂「良心」，最難把握；無論怎樣嚴謹的考據，都需要敢於冒險的想像力來推動。除了文獻功夫之外，陳世驤所倚仗的就是那種心靈追跡的能力。同時此一考訂也顯示陳世驤對「詩」——或者說「創造性文學」（creative literature）——之為用的理解。我們回看他在一九四二年寫的〈戰火歲月一詩人〉（A Poet in Our War Time）一文，也會見到同一的信念的宣示。

這篇文章的論述對象是他的好朋友卞之琳，這也是陳世驤作為現代詩評論家的又一次精彩演出。[51]篇中主要討論卞之琳於一九四〇年在香港出版的《慰勞信集》。[52]詩集內容是應當時「中華全國文藝界抗敵協會」的號召而寫的「慰勞信」，功用是宣傳抗戰，這與卞之琳以個人私我作基調的前期詩歌大不相同。對這些作品最理所當然的評論就是指出卞之琳的思想轉向，走向人民大眾，宣揚愛國精神。[53]可是，批評家陳世驤卻從詩人特有的魅力和感應力（inborn poetic charm and sensitivity）去閱讀卞之琳這一組寫於滄溟鼎沸的戰時詩歌；他眼中的卞之琳有如：

50〈關於文賦疑年的四封討論信〉，頁三六一。

51 陳世驤在一九四五年任教加州柏克萊大學以後，轉以研究中國古典文學為主，現代文學評論相對減少；比較重要的論文有以魯迅文論為出發點的〈波蘭文學在中國與作為「摩羅詩人」的密茨凱維奇〉("Polish Literature in China and Mickiewicz as 'Mara Poet'," in Wacław Lednicki, ed., *Adam Mickiewicz in World Literature* (Berkeley: University of California Press, 1956), pp. 569-588）；本書下一章會作探討。此外，他又主持加大中國研究中心的一個「中國共產主義語彙研究」計畫（Studies in Chinese Communist Terminology），先後招聘張愛玲、夏濟安、莊信正等參與研究；他個人也撰寫了好幾篇相關論文："Multiplicity in Uniformity: Poetry and the Great Leap Forward," *China Quarterly* 3 (1960), pp. 1-15; "Metaphor and the Conscious in Chinese Poetry under Communism," *China Quarterly* 13 (1963), pp. 39-59; "Artificial 'Flowers' during a Natural 'Thaw'," in Donald W. Treadgold, *Soviet and China Communism, Similarities and Differences* (Seatle: University of Washington Press, 1967), pp. 220-254; "Language and Literature under Communism," in Wu Yuan-li ed., *China: A Handbook* (Newton Abbot: David and Charles, 1973), pp. 705-735. 但其觀察的角度近似情資研究，和過去的文學批評態度不盡相同。

52 陳世驤在文中說是昆明出版。卞之琳對此有所解釋：「《慰勞信集》剛寫成，恰逢友人來游峨嵋山，一讀就要去給他在香港新辦的明日社。一九四〇年出版這個單行本的明日社當時是在香港，卻掛名在昆明。」卞之琳，〈十年詩草．重印弁言〉，江弱水、青喬編，《卞之琳文集》（合肥：安徽教育出版社，二〇〇二），頁五。

53 參考杜運燮，〈捧出意義連帶著感情——淺議卞詩道路上的轉折點〉，袁可嘉、杜運燮、巫寧坤主編，《卞之琳與詩藝術》（石家莊：河北教育出版社，一九九〇），頁八六—九一。

> 浮泛於崩石的浪濤間的一隻白鴿，它最能感應到其中的怒潮，但卻能翩然地舒展如雪的雙翼，溷濁不沾。

但他仍然臨顧人間，清楚聽到自己的脈動。[54]因為詩的力量，可以戰勝黑暗，可以感應滄桑；能不為物質世界所限囿，卻又不離人世；就如《文賦》所宣示的一樣。

因此，在陳世驤眼中，莊嚴深刻之作如《文賦》，只會是陸機這位深陷苦痛中的詩人方能寫出；其中對「文學創作的體悟」，是「在超離昏亂世局的昇華時刻」才得達致（the contemplation of creation at a sublime hour of detachment from the world's chaos and gloom）。[55]

陳世驤在其批評和學術的著作中，以特有的敏感觸覺去體貼或遠或近的詩心，彰顯文學的創造力量，其實也有藉此抒發己懷之意。他的北京大學老師艾克敦在其後的回憶錄中，對陳世驤英譯《文賦》時期的境況有相當深入的記述。艾克敦看到從前的學生已成大器，更是一位已然啟悟的人文主義者（an enlightened humanist）。他又察覺到這時的陳世驤其實猶如身陷亂世的陸機。當世人紛紛逃遁於道佛之門時，陸機仍然堅守聖人之道，成為「最後的儒者」，[56]如同陳世驤在堅持他的人文主義信念。艾克敦更認為陳世驤因為與陸機同樣認為「文學」可以是「對抗黑暗的光」，才有信心面對「回去中國」還是「留在加州」的猶疑。[57]艾克敦曾目睹當時頗有一些前來勸歸的說客；在這位「唯美者」眼中，陳世驤回到中國會比不上留在柏克萊，因為此間可以繼續薪傳中國文化的火光。因此，翻譯《文賦》可謂別具深義；艾克敦甚至認為陳世驤之以現代英語去捕捉中世紀中國書寫的思想與意象，其實就是一次艱辛的歷險（exacting venture）。[58] 斯時兩人又合作英譯《桃花扇》，在陳世驤心內，黍離麥秀之感一定非常強烈。[59] 再參看陳世驤和逯欽立隔洋討論《文賦》繫年的第二封信所說：

> 且國內大杌隉，而兄能靜心澄思，鈎尋典籍，益見修養之深，不勝佩慰。[60]

---

54 "A Poet in Our War Time," pp. 479-481.

55 *An Essay on Literature*, "Introduction," p. xiii.

56 *An Essay on Literature*, pp. x-xi

57 除了政治、文化和人生信念以外，陳世驤對時局與去留問題的思考，也可能有個人情感問題牽扯其中。一九四七年，與陳世驤結婚只有幾年的姚錦新女士毅然離去，返回北京到清華大學就教職。陳世驤當時心情之昏暗無光，可以想見；參夏志清，〈悼念陳世驤〉，頁一九；*More Memoirs of an Aesthete*, p. 265.

58 *More Memoirs of an Aesthete*, pp. 263-264.

59 *More Memoirs of an Aesthete*, p. 265；兩人的譯稿及複本一直留在各自的抽屜，直到陳世驤身後，才由白之整理出版；見 Cyril Birch, "Acton as a Translator from the Chinese,' p. 43. 對此，我們可以有這樣的詮解：二人翻譯《桃花扇》是心靈安頓的儀式多於學術工作，是否出版不一定重要。

60〈關於文賦疑年的四封討論信〉，頁三六二。

這封信寫於一九四八年十二月二十七日，當時逯欽立尚在南京中央研究院工作。[61]時局變化當然勾連思緒，陳世驤這幾句話應是他自己內心世界的反映。

從這個角度去理解陳世驤在古典文學研究的首航，我們需要究問的就不應停留在「純學術」的問題，例如：他的《文賦》繫年是否確鑿不移？他的譯本是否符合「信、達、雅」的要求？反而，我們可以留心他為何對「文學」的「秩序」那麼重視？為何他會把「情」翻成「ordeal」（試煉）？

以後者而言，陳世驤特別解釋他譯「余每觀才士之作，竊有以得其用心。……每自屬文，尤見其情」的後兩句作「When I compose my own works, I am more keenly aware of the ordeal.」他指出「情」是一個具備雙重意義的詞：同時指向「主觀經驗」及「客觀境況」，所以一般分別譯作「feeling」或者「situation」；[62]而《文賦》此處討論的是作家寫作過程，譯作「試煉」可同時兼指作者嘗試處理的境況，以及作家感應情緒之激越。[63]這是陳世驤嘗試以學理來解釋這個特殊的譯法。但若果我們換一個角度去理解陳世驤之情，其實作為批評家或者隔世譯者如他，要貼近原作者的心靈，還不是要想盡辦法「得其用心」、「見其情」？正如艾克敦說，這是一種「艱辛的歷險」，也是一種「試煉」。沿用陳世驤理解陸機的邏輯，我們如能體會陳世驤的心靈，就可以明白譯成「試煉」的真意。

至於文學中「秩序」之義，更是陳世驤再三致意之處。《文賦》中有「選義按部，考辭就班」兩句，從文意看來，不外指謀篇布局，如徐復觀所說：

> 寫作首須謀篇佈局。「選義按部」兩句，皆謀篇佈局之事，而以「選義按部」句為主；蓋辭附於義，辭之班次乃由義決定。[64]

現代有學者對「選義按部，考辭就班」的比喻性感到興趣，以為這是政治官場的比喻，重點是「考」和「選」，而「選義」顯然比「考辭」重要。[65]陳世驤卻對「按部就班」比較感興趣，因為橫亙於他胸中的是「秩序」的重要性。他譯「班」為「order」，然後引用柯立芝（S.T. Coleridge, 1772-1834）在《桌邊文談》（*Table Talk*）的話作解釋：

---

61 逯欽立早前的〈《文賦》撰出年代考〉，發表於徐復觀在南京主編的《學原》；後來逯欽立把逯、陳兩人往返討論的信件再交《學原》；但因時局不靖，《學原》編務停頓。徐復觀把文稿帶到香港，直到十年後才在香港出版的《民主評論》中刊登。可見亂世文章，也如浮萍漂泊。

62 Stephen Owen則譯作"And whenever I myself compose a literary piece, I perceive full well their state of 'mind' or 'the situation'"。*Readings in Chinese Literary Thought* (Cambridge, Mass.: Council on East Asian Studies, Harvard University, 1992), p. 80.

63 *Literature as Light Against Darkness*, p. 23.

64 徐復觀，〈陸機文賦疏釋〉，《中國文學精神》（上海：上海書店，二〇〇四），頁二三一。

65 參Stephen Owen, *Readings in Chinese Literary Thought*, p. 104；朱曉海〈文賦通釋〉，《清華學報》，新三十三卷第二期（二〇〇三年十二月），頁三二三—三二四。

詩＝以最佳的秩序佈置最佳的字詞（Poetry=the best words in their best order）。[66]

這個定義本身並非特別高深，但陳世驤再進而追問「最佳秩序」從何而來？以誰的觀點來判定？所以他再從柯立芝的《文學傳記》第十八章（*Biograhia Literaria*, Chapter XVIII）找答案。柯立芝在此非常熱心地細論「秩序」的意義，指出這「秩序」來自詩人的內在力量（inner power）；詩人必須有此能力「去措置其內心的經驗」（to order his inner experience）。陳世驤認為陸機對詩的理解和柯立芝一樣，所以「選義按部，考辭就班」的思考不僅止於修辭技巧的經營，而是源於內心世界的一種「秩序」的追求，源於所處世界一切崩壞和混亂所激發的熱忱。文學的理想「秩序」，包含了對新生的盼望，對光明的不斷尋索。[67]

四、結語

以上對陳世驤早期文學經驗的追蹤，大概可以見到二十世紀中前期一位年輕敏慧的批評家如何養成他的文學信念。從三〇年代中的一篇卞之琳和臧克家的作品評論看來，陳世驤表現出深刻的鑑賞能力，對詩歌語言非常敏感。他想著「詩人操著一種另外的語言，和平常語言不同」，而這語言「可以代表我們的靈魂上的感覺與情緒」。他關心的就是內心世界（「我們的靈魂」）與外在世界的關聯，「文學」（以「另外一種語言」構成）在這兩個世界之間的作用。「文學」雖說是「理想」之物，但這理想卻是「內心」、「現世」之間最有效的中介。再參詳陳世驤的文學訓練，發覺到他的老師如艾克敦對「文學」的理想的見解，頗有向中國抒情傳統靠近的表現；至於當時對陳世驤有直接影響的京派學人如朱光潛等，亦在思考中國文學傳統可以為現代文學提供什麼資源，國人應如何從更寬闊的視野理解傳統。這些論述對日後移居美國，在西方的東亞學系中從事教研工作的陳世驤，應該有啟發的作用。

陳世驤在美國再論卞之琳。時當抗戰歲月，卞詩主題亦毫不隱晦。在這個語境底下我們可以見到陳世驤的論述並不是脫離現實的玄想。他只是關心文學如何感應現實，呼應現實而又不為現實羈絆；甚而以其所具力量豐富現實。這種力量就是他的《文賦》英譯和詮釋所揭示的以文學為「對抗黑暗之光」。上文交代了陳世驤如何從感情邏輯去追蹤陸機寫作《文賦》的心情，再從《文賦》探視這一代天才的靈魂深處，體認其文心。事實上，從陳世驤的詮解過程我們得悉，他之書寫陸機和《文賦》，實在也寄寓了他的鬱結和探求對抗黑暗之光

66 *Literature as Light Against Darkness*, p. 30. 此外，陳世驤在翻譯「普辭條與文律，良余膺之所服」時，也參照柯立芝之說譯作：“To the all-pervasive law of word order and literary discipline / I have devoutly dedicated myself.” Ibid. p. 66.

67 *Literature as Light Against Darkness*, pp. 20, 31.

的盼望。

在此以後，陳世驤以古典文學為研究重心，先是一九五一年〈探求中國文學批評的起源〉（In Search of the Beginnings of Chinese Literary Criticism），接著《文賦》英譯開出的思路，從「詩」字意義，到「言志」、「緣情」到「情志」的觀念變化，去說明中國文學批評的思想方式。其他重要論文如一九六一年〈中國詩字之原始觀念試論〉，一九六六年的〈早期中國的詩觀念〉（Early Chinese Concepts of Poetry），一九六八年的〈《八陣圖》圜論〉（To Circumvent 'The Design of Eightfold Array'），一九六九年的〈《詩經》在中國文學史與詩學的文類意義〉（The Shih-ching: Its Generic Significance in Chinese Literary History ad Poetics），與在他離世後刊布的〈論時：屈賦發微〉（The Genesis of Poetic Time: The Greatness of Ch'ü Yuan）等，[68]其思慮基點亦多牽及詩人心靈世界、內在力量，以至秩序的意義等，可說是陳世驤文學觀的一貫發展。至於他的扛鼎論文〈論中國抒情傳統〉中所說：

> 歌——或曰：言詞樂章（word-music）所具備的形式結構，以及在內容或意向上表現出來的主體性和自抒胸臆（self-expression），是定義抒情詩的兩大基本要素。《詩經》和《楚辭》，作為中國文學傳統的源頭，把這兩項要素結合起來。[69]

兩大要素，也就是陳世驤一向關注的「秩序」的布置與「內在經驗」的宣示，出諸同向的思考。當然，陳世驤後期的論述絕對比早前的意見深刻而精微；其間浸漸發展之跡，值得我們細意觀察。

68 參見 "Bibliography of Chen Shih-hsiang, 1912-1971, Part I: Writings in English," pp. 150-152; "Bibliography of Chen Shih-hsiang, 1912-1971, Part II: Writings in Chinese," pp. 153-154.

69 陳世驤，〈論中國抒情傳統〉，見本章〈附錄〉。

附錄

論中國抒情傳統

——一九七一年美國亞洲研究學會比較文學討論組致辭

陳世驤著
楊彥妮、陳國球合譯

女士們、先生們，各位同道、朋友：

以下我要討論的課題，也是作為這個討論組的一個導言。或者，我應該稱之為「引言」而不作「導言」，正如中文成語所講的那樣，讓我「拋磚引玉」。考慮到我們即將討論的是抒情精神這樣優美精緻的話題，在此情此境採用「磚塊」的比喻可能不夠典雅，那麼，讓我換個說法，我將拋之以「砂」，來引出討論組諸位成員和在座傑出聽眾的美玉和寶石。

作為導言，我會把以下的討論限定於中國抒情傳統，或許從某種意義上說，這在中國周邊其他遠東國家的文學傳統裡也是非常典型的。因為中國傳統在遠東最為古老，所以即使它不那麼典型的地方，也可能刺激其他傳統發展出更多本身的特點來。

為了節省時間，我不會按照一般的歷史順序去說明中國抒情傳統的起源和影響；又為了配合此間的旨趣，我會以比較的方式來突顯其存在並且展示其重要性。

比較文學這門學科的主要關注點是：在不同文學之間尋找不管多抽象的共同點，或者共相，再進一步偵察雙方的獨特之處。經過具體例證的並舉對照之後，彼此的獨特之處會更清晰地顯露。這比僅在單一傳統下的觀照，更能探得深義。因此，這樣的工作不會止於發現雙方的對等或關聯之處，而是要創建新的體會和辨識。

當我們說起一種文學的特色為何時，我們已經隱含著將之與其他文學作比較了。而如果我們認為中國抒情傳統在某種意義上代表東方文學的特色時，我們是相對於西洋文學說的。正是透過這種對照並觀，我們發現中國抒情傳統之卓然突顯，發現在分析研究世界文學時這傳統的更大意義會得彰明。

為了把珍貴的時間留給討論組的諸位，我只會用小量時間去說明我的看法。因此，我將盡量簡約，然而這樣難免會有苟簡或過當之虞，先請大家理解和原諒。

我想大家會同意，中國的古典傳統之於遠東的其他文學，就像希臘傳統之於歐洲其他文學那樣，在創作實績和批評理念方面都處於開創性的地位。與歐洲文學傳統——我稱之為史詩的及戲劇的傳統——並列時，中國的抒情傳統卓然顯現；我們可以同時在文學創作活動以至批評的經典著述中，得到證明。標誌著希臘文學初始盛況的偉大的荷馬史詩和希臘悲劇喜劇，是令人驚歎的；然而同樣令人驚異的是，與希臘自西元前十世紀左右同時開展的中國文學創作，雖然毫不遜色，卻沒有類似史詩的作品。這以後大約兩千年裡，中國也還是沒有戲劇可言。中國文學的榮耀別有所在，在其抒情詩。長久以來備受稱頌的《詩經》標誌著它的源頭；當中「詩」的定義是「歌之言」，和音樂密不可分，兼且個人化語調充盈其間，再加上內裡普世的人情關懷和直接的感染力，以上種種，完全契合抒情詩的所有精義。

接下來就是動人心魄的《楚辭》——我以為可以更恰當地譯作「楚地哀歌」（Ch'u Elegies），它代表了抒情的另一個主要方向。之所以這麼說是因為當中的代表篇章〈離騷〉，其宏闊的視界、豐富的神話、輝煌的景象與意境，無論就形式還是意旨來說，都非史詩也不是戲劇。然而通篇近四百行的詩句中——套用當代討論抒情詩的一句話——「藝術家以與自我直接關涉的方式呈示意象」。那是詹姆斯・喬伊斯（James Joyce）這樣一位敏慧天才為抒情詩所下的、為人廣泛引用的定義。[70] 提到喬伊斯，我突然想起他還在某些奇怪的時刻發明了「中國式精神分析」（sino-psychoanalysis）和「中國式精神變態」（sino-psychosis）的說法，好像是特意要讓中國研究受惠。眾所周知，《楚辭》中的其他篇章全都是抒情體：如祭歌、頌詩、悼辭、葬歌，或者其他主觀的、激情地抒發一己之渴求、控訴、吶喊的韻文。

歌——或曰：言詞樂章（word-music）所具備的形式結構，以及在內容或意向上表現出來的主體性和自抒胸臆（self-expression），是定義抒情詩的兩大基本要素。《詩經》和《楚辭》，作為中國文學傳統的源頭，把這兩項要素結合起來，只是兩要素之主從位置或有差異。自此，中國文學創作的主要航道確定下來了，儘管往後這個傳統不斷發展與擴張。可以這樣說，從此以後，中國文學注定要以抒情為主導。抒情精神（lyricism）成就了中國文學的榮耀，也造成它的局限。漢代的兩大類文學創作：樂府和賦，都延續並發揚了這一趨勢。樂府回歸《詩經》一脈，擴大了這古老的抒情回響。又正如「樂府」一名所暗示，它把詩與樂歌合一的傳統制度化下來。而賦所顯露的抒情精神的優點，與其局限一樣多；抒情精神已成為縈繞不散的一縷精魂。作為韻文與散文的奇異駁雜體，賦把個體於公於私的感與抒懷，混入客觀的描寫和渺遠的視境之中。無論從形式、風尚還是意圖來看，賦都說不出一段史詩式的故事，演不出一幕戲。然而由於賦沒有足以撐持繁重結構的故事情節、劇場扮演和動作，賦家的文學絕技的精髓，反而更靠近阿博克羅姆比（Lascelles Abercrombie）觀察所得的抒情詩要義：「透過語言中悅耳和令人振奮的音樂性，把要說的話有力地送進我們的心坎裡。」[71]我往往會這樣解說：賦中若有些微的戲劇或小說的潛意向，這意向都會被轉化，轉成抒情式的修辭；賦中常見鋪張聲色、令人耳迷目眩的詞藻，就是為了要達成這抒情效應。

70 詹姆斯・喬伊斯（James Joyce, 1882-1941）在小說《一位年輕藝術家的畫像》中討論到「抒情的」、「史詩的」、「戲劇的」三種藝術形式的定義；原文是：“These forms are: the lyrical form, the form wherein the artist presents his image in immediate relation to himself; the epical form, the form wherein he presents his image in mediate relation to himself and to others; the dramatic form, the form wherein he presents his image in immediate relation to others.” *A Portrait of the Artist as a Young Man* (1916; Oxford: Heninemann Educational Books, 1986), p. 218.

71 「Lascelles」陳世驤英文原作誤拼為「Laecalls」；阿博克羅姆比（Lascelles Abercrombie, 1881-1938）是英國詩人批評家，其說見所著 *Poetry: Its Music and Meaning* (Oxford: Oxford University Press, 1932), p. 47.

由是，樂府和賦拓寬並加深了以抒情精神為主導的中國文學傳統的主流。這一局面貫穿六朝、唐代甚至更久遠，而其他方面如敘事或戲劇的發展，都只能靠邊站，長期萎弱不振，或者是被兼併、淹沒。我們不消細說其間歷史，我們只要留意，當戲劇和小說的敘事藝術極其遲緩地登場以後，抒情精神依然繼續主導，滲透，甚或顛覆它們。所謂的元曲、明傳奇，乃至清崑曲，每一部不都是由數以百計精妙的抒情詩堆成的作品嗎？抒情精神在小說中常常是隱沒不顯的，然而當我們閱讀傳統的章回小說時，哪一個不曾對每部小說中點綴穿插的抒情詩留下深刻印象（又或有時被惹惱）？中國小說這一形式上的特徵被認為是受到了印度的影響。然而，如果我們說，來自印度抒情詩的影響力植入的是一塊本就非常肥沃的土地，又或者說本土的抒情種子業已生根發芽，印度的舶來品適足以催熟它，這樣的推論可以算是審慎的吧？我在這兒討論的，不過是傳統小說其中一項形式特徵——在散文體敘述中遍插抒情詩。我相信，抒情精神如何滲透中國小說藝術，潤色之、增美之，將會在米樂山教授（Professor Miller）的論文中有更精細和具體的說明。[72]

我的總體意見是：經過以上的廣泛回顧，如果說中國文學傳統從整體而言就是一個抒情傳統，大抵不算誇張。我認為這個簡括的說法對我們研究世界文學，可能是有用的參照。由此，我們可以將中國文學的傳統，以及大致一體的東方文學（因為前者或可在不同程度上代表了遠東的文學傳統），擺放在一個聚焦點下，與歐洲文學傳統並置、區辨。這個聚焦點就在於並置中的東方抒情傳統與歐西史詩及戲劇傳統，因互相映照而突顯的地方。證據歷歷可見，一邊是原生的、足為範式的作品《詩經》、《楚辭》，另一邊是荷馬史詩和古希臘戲劇，啟動了兩大文化的兩個極其豐盛的文學傳統。此二者我們習以為常地稱之為「東方」（Oriental）和「西方」（Occidental），雖則從地理誌與種族學來看，這命名方式實在有點彆扭。

我很快就要結束發言，先留下這個想法請諸位思考：體認「抒情精神」為中國乃至遠東某些文學傳統的精髓，或許有助於解釋東西方之間在傳統形式和價值判斷上很多不同的、甚至相互矛盾的現象。時間只容許我們舉例說明這遙遙相隔之兩地的文學創作活動各自的特色。至於這些差異何來？基於哪些文化、歷史、語言或者哲學的複雜因素？在座都是飽學之士，或者我們可以稍後繼續討論——如果還有時間，諸位又對文化比較的議題感興趣的話。就「文學」研究而言，目下我們關心的一個明顯現象是：同一些複雜因素，因不同的著眼點而產生了迥異的基本「批評」觀念。在此讓我鄭重申明，我絕不是說古希臘沒有抒情詩，那裡有莎芙（Sappho）和品達（Pindar）的名篇。如果我們考慮到任何知識領域內的門類分界難免有所交叉重疊，我們會留意到希臘悲劇的合唱中有許多美麗的抒情時刻；甚而可以在荷馬作品中摘出一些頌詩和傳語，視之為抑揚格（iambic）抒情詩的片段。然而，合唱在希臘

72 米樂山（Lucien Miller）是陳世驤在加州柏克萊大學的學生，一九七〇年以《紅樓夢》的研究論文取得博士學位，後來在麻省大學任教，直到二〇〇五年退休。他在會議上提交的論文為〈中國小說的抒情精神〉（Lyricism in Chinese Fiction）。有關美國亞洲研究學會一九七一年會議資料承哈佛大學許明德博士提供，謹此誌謝。

悲劇中占不了主要的地位，比不上幾乎構成每齣元明戲劇全部內容的、數以百計的精緻抒情詩；荷馬也沒有在史詩中大量摻入頌詩、雋語，像中國的章回小說塞滿詩詞韻句。有一點值得我們注意的是，在希臘哲學和批評理念中，史詩與戲劇是如此的先入為主，以致亞里斯多德在他的《詩學》第一部第六、七節中指出用抑揚格、輓歌體（elegiac），或用其他相類格律寫成的抒情體韻文，「迄今尚無名稱」。戲劇和史詩的高度主導地位，使古希臘的歌唱詩（Melic poetry）相形失色，以致希臘人講文學創作時，就一面倒偏重敘事情節結撰、戲劇行動（dramatic action），或者角色塑造的考量。與此形成鮮明對比，中國古代的批評或審美關懷只在於抒情詩，在於其內在的音樂性，其情感流露、或公或私之自抒胸臆的主體性。當孔子在《論語》中提及「詩」之喜悅、哀怨、禮儀等等，我們往往難以判定他是在談詩的音樂還是詩的文辭。對於孔子來說，詩的目的在於「言志」，在於傾吐心中的欲望、意向或者懷抱，故此其重點就是情感上的自抒胸臆，而這正是抒情詩的標誌。

因此，歐洲與中國批評傳統的古典根柢可說截然不同。經歷漫長歲月，自然衍生錯綜的變化；但最根本的批評傾向，不管怎樣嬗遞變形，卻依然可以辨識。大略言之，以史詩和戲劇為首要關注點的歐洲古典批評傳統，啟動了後世西方講求客觀分析情節、行動和角色，強調衝突和張力的趨向；即使今日我們研究詩歌和其他文學作品，還有所追隨。傾重抒情詩的中國古典批評傳統，則關注詩藝中披離纖巧的細項經營，音聲意象的召喚能力，如何在主觀情感與移情作用感應下，融合成一篇整全的言詞樂章（word-music）。衝突和張力在中國某些傑作中也有出現，也能一時打動讀者，然而傳統批評家對此並無多大興趣。可以這樣說，中國傳統批評家在祖傳的抒情精神啟導下，會追求和諧；當他進入知性之域，他會追尋言外的寓意，好比音樂所能暗示的，不管是道德的還是審美的意義。故此，相對來說，說明、釐清、闡發都是西方傳統的專長；另一方面，依實感實悟而擷精取要，以見文外曲致重旨，是中國或者東方傳統之所尚。由是，雄辯滔滔的議論對比警策機智的立言，辨析審裁對比交感共鳴，就造成了東西方傳統文學批評的差異。我相信以下克蘭斯頓教授（Professor Cranston）就日本最富啟發的批評術語「幽玄」的研究，會給我們一個很好的例證。[73]然後，李教授和高教授（Professors Lee and Ko）將會精彩地宣示他們對韓國詩歌的實感實悟。[74]

且讓我作個總結：比較文學的目的是在偉大的傳統之間尋找差異和相同或者互通的地方。一個存活的傳統總是充滿動力的；回應與對回應的回應總是不斷發生。當這一切發生

73 克蘭斯頓（Edwin A. Cranston）於一九五八至一九六二年在加州柏克萊大學攻讀研究所課程，後來轉校到史丹佛大學取得博士學位，然後在哈佛大學東亞系任教日本文學。他在會議提交的論文是〈日本文學的抒情精神〉（Lyricism in Japanese Literature）。

74 李教授即李鶴株（Peter H. Lee），先後任教於夏威夷大學及加州洛杉磯大學，曾於一九六九至一九七〇年任加州柏克萊大學訪問教授；他的論文題目是〈韓國抒情詩的形式〉（Forms of the Traditional Korean Lyric）。高教授即高遠（Ko Won），原名高性遠（Ko Sung Won），美國紐約大學博士，曾在紐約城市大學布魯克林學院、加州河濱大學及拉孚恩大學（The University of La Verne）任教。他的論文題目是〈韓國詩的抒情精神〉（Lyricism in Korean Poetry）。

時，我們必須更進一步注意，這些傳統之間在古代一個關鍵時刻展現出根本的差距，並不排除它們在後世交流中變得類同、有所共鳴，以及相互親和。抒情精神在中國傳統之中享有最尊尚的地位，正如史詩和戲劇興致之於西方。然而在歐洲，抒情精神的評價從中世紀開始漸漸提高，經歷文藝復興，直到浪漫主義更賦予它最高的品位。在我們這個世紀，英國詩人兼評論家德靈克沃特（John Drinkwater）可以宣稱「抒情詩是『純』詩質活力的產物」，因此「抒情詩（lyric）和詩（poetry）是同義詞」。[75]如果我們同意，並補充上柯立芝的浪漫主義觀點——所有成功的文學創作，不管是散體還是韻文，都可算是詩——那麼我們也許可以回到古代中國的，或者說泛東方的立場，即從「精純」之意義來看，所有文學傳統都是抒情傳統。我肯定這是誇張的。可是既然我們正在議論東方抒情傳統，並給予它應有的重視，而我自己充分明白它的種種局限，一如清楚它的真正的榮耀，所以我就拋出了這最後一粒有吸引力的、但也許太過浪漫的砂子，來引出諸位討論組成員的美玉，當然，也希望引出在座的親愛的聽眾的很多塊智慧的寶石。謝謝！

---

75 德靈克沃特（John Drinkwater, 1882-1937）論抒情詩之語見於所著 *The Lyric: An Essay* (1915; London: Martin Secker, 1922), p. 34. 又：以上所引Joyce, Abercrombie, Drinkwater等人之論，均見Alex Preminger, ed., *Encyclopedia of Poetry and Poetics* (Princeton: Princeton University Press, 1965), pp. 460-470；相信這《詩與詩學百科全書》是陳世驤撰寫這篇發言時的主要參考資料。

第二章

異域文學之光

陳世驤讀魯迅與波蘭文學

一、「抒情傳統論」與陳世驤的著作

「抒情傳統」之論早在上世紀七〇年代具體成形。由陳世驤在一九七一年以〈論中國抒情傳統〉一文正式宣告，再經高友工〈中國抒情美典〉、〈中國藝術精神〉、〈中國文化史中的抒情傳統〉等文章建構其理論體系，再經幾代學者發揚、擴充，以至變奏；由古典文學到現當代文學、由本體論到認識論、由中西比較到古今對話，以及許許多多具體文學現象的詮釋與重新認知，其影響既深且廣。在現代狀況下「抒情論述」如何與為何開出文學研究的一個重要路向，值得我們深入探討。其中奠基者陳世驤由北京到柏克萊的學思之旅，尤具象徵意義。本書上一章從他的文學養成、對現代詩學的關注，到英譯陸機《文賦》的心路歷程作出剖析，作為理解他日後標舉「中國文學抒情傳統」的基礎。本章承此而下，再集中討論陳世驤一篇未為前賢注意的文章，進一步揭示陳世驤的學術思維之態度和方式。

二、陳世驤讀魯迅〈摩羅詩力說〉

〈波蘭文學在中國與作為「摩羅詩人」的密茨凱維奇〉（Polish Literature in China and

Mickiewicz as "Mara Poet"）一文刊於一九五六年出版的《世界文學中的阿當．密茨凱維奇》（*Adam Mickiewicz in World Literature*），可說是陳世驤對魯迅在半個世紀以前發表的〈摩羅詩力說〉的閱讀與詮釋。[1]

魯迅的〈摩羅詩力說〉寫於一九〇七年，發表於一九〇八年二、三月；[2]即光緒三十三年到三十四年，滿清皇朝日薄西山的時候。當時魯迅留學日本，在異域中讀古國文化史，想到印度、希伯來、伊朗、埃及等古文明，「燦爛於古，蕭瑟於今」；由是感懷故國，思量如何發揚「國民精神」：

> 意者欲揚宗邦之真大，首在審己，亦必知人，比較既周，爰生自覺。自覺之聲發，每響必中于人心，清晰昭明，不同凡響。（頁五八）

魯迅認為有必要透過比較的視野，審察外國的經驗，以反思本邦未來的取向。觀察與比較的目光，於魯迅來說，就應該放在寄寓「心聲」的詩歌之上：

---

1 Shih-Hsiang Chen, "Polish Literature in China and Mickiewicz as 'Mara Poet'," in Wacław Lednicki, ed., *Adam Mickiewicz in World Literature* (Berkeley: University of California Press, 1956), pp. 569-588.

2〈摩羅詩力說〉，原刊《河南》月刊第二、三號（一九〇八年二月、三月），署名令飛；收入魯迅，《墳》（北京：人民出版社，一九八八），頁五六—一〇八。以下引用以《墳》本為據，僅注頁碼。

蓋人文之留遺後世者，最有力莫如心聲。古民神思，接天然之閟宮，冥契萬有，與之靈會，道其能道，爰為詩歌。其聲度時劫而入人心，不與緘口同絕；且益曼衍，視其種人。（頁五六）

而異邦詩歌中：

力足以振人，且語之較有深趣者，實莫如摩羅詩派。（頁五九）

至於何謂「摩羅詩派」？魯迅作出如下的界定：

凡立意在反抗，指歸在動作，而為世所不甚愉悅者悉入之。……凡是群人，外狀至異，各稟自國之特色，發為光華；而要其大歸，則趣于一：大都不為順世和樂之音，動吭一呼，聞者興起，爭天拒俗，而精神復深感後世人心，綿延至于無已。（頁五九）

這個定義重點在於「反抗」、「挑戰」、「爭天拒俗」，要求詩歌能刺激、振動人心；而其基本觀點是詩的作用與人的本能是相通的：

蓋詩人者，攖人心者也。凡人之心，無不有詩，如詩人作詩，詩不為詩人獨有，凡一讀其詩，心即會解者，即無不自有詩人之詩。無之何以能解？惟有而未能言，詩人為之語，則握撥一彈，心弦立應。其聲澈於靈府，令有情皆舉其首，如睹曉日，益為之美偉強力高尚發揚，而污濁之平和，以之將破。（頁六一）

魯迅一方面說「摩羅詩派」是異邦新聲，但另一方面卻指出這新聲其實也源自「凡人之心無不有詩」的普遍人性。[3]看來傳統詩學的「在心為志，發言為詩」、「情發於聲，聲成文謂之音」的觀念，也是「摩羅詩力」的基礎；只因本邦「後賢」盡力「設範以囚之」，才有「持人性情」、「詩無邪」等違反人性的主張。（頁六一）所以異邦的「摩羅詩派」其實是在普遍原理之上發揚其動態的面向，而為詩的目標仍是「發為光華」、「令有情者皆舉其首如睹曉日」；也唯有在這種體認和主張之下，「別求新聲於異邦」才有可能，才有意義。

陳世驤這篇在一九五六年發表的文章，對魯迅的「摩羅詩力說」，有以下這些重要的觀察：

---

3 魯迅又說：「由純文學上言之，則以一切美術之本質，皆在使觀聽之人，為之興感怡悅。文章為美術之一，質當亦然。」（頁六四）

一、相對於清朝末年知識界追求西方科技物質上之富強、淪為口號的「眾治」，青年魯迅的思想絕對超前；他接引尼采、齊克果（Søren Kierkegaard, 1813-1855）等的哲學思想，以人為本，認同「個人主義」；[4]

二、魯迅對大眾群相謳歌西歐以及美國之財富物力，不以為然；他關心苦難中被壓迫的民眾，支持「革命理想主義」（revolutionary idealism），重視弱勢的斯拉夫民族——尤其波蘭——的文化與藝術；[5]

三、魯迅早期的文言文論述標誌了他個人的思想史歷程，尤其這篇以典雅而充滿詩意的古文寫的〈摩羅詩力說〉，從視野到文體，都貫注了魯迅對本邦文化傳統的關懷。[6]

陳世驤這些半個世紀以前的洞見，多年後才有其他魯迅研究者陸續注意而加以探究。[7]

魯迅在〈摩羅詩力說〉中分別討論了裴倫（G. Byron, 1788-1824，現今通譯拜倫）、修黎（P. Shelley, 1792-1822，雪萊）、普式庚（A. Pushkin, 1799-1837，普希金）、來爾孟多夫（M. Lermontov, 1814-1841，萊蒙托夫）、密克威支（A. Michiewicz, 1798-1855，密茨凱維奇）、斯洛伐支奇（J. Słowacki, 1809-1849，斯洛伐斯基）、克立旬斯奇（Z. Krasiński, 1812-1859，克拉辛斯基）、裴彖飛（S. Petőfi, 1823-1849，裴多菲）等「摩羅詩人」；然而陳世驤則只聚焦於波蘭詩人密茨凱維奇。這個選擇固然有可能出於實際的需要：《世界文學中的密茨凱維奇》一書由美國波蘭文理學院（Polish Institute of Arts and Sciences in America）為紀念密茨凱維奇逝世一百周年而編集。陳世驤應邀撰稿，文章必然與密茨凱維奇密切相關。然而，我們閱讀這篇文章時應該注意的是：二十世紀中葉在美國的陳世驤如何閱讀與詮釋二十世紀初在日本的魯迅對密茨凱維奇的詮釋。

正如上文所述，魯迅的確對波蘭文學有所偏愛，而陳世驤也細心地從相關的傳記資料取證，[8]他認為：

4 Shih-Hsiang Chen, "Polish Literature in China and Mickiewicz as 'Mara Poet'," p. 573. 魯迅〈破惡聲論〉也提到：「故今之所貴所望，在有不和眾囂，獨具我見之士，洞矚幽隱，評隲文明，弗與妄惑者同其是非，惟向所信是詣。」見魯迅，《集外集拾遺補編》（北京：人民文學出版社，一九九三），頁二二。

5 Shih-Hsiang Chen, "Polish Literature in China and Mickiewicz as 'Mara Poet'," pp. 573-574. 魯迅在不少文章提及對波蘭的好感，例如〈破惡聲論〉說：「波蘭雖素不相往來，顧其民多情愫，愛自繇，凡人之有情愫寶自繇者，胥愛其國為二事徵象，蓋人不樂為皂隸，則孰能不眷慕悲悼之。」〈題未定草．三〉又說：「紹介波蘭詩人，還在三十年前，始于我的《摩羅詩力說》。那時滿清宰華，漢民受制，中國境遇，頗類波蘭，讀其詩歌，即易于心心相印。」分見魯迅《集外集拾遺補編》，頁三〇；《且介亭雜文二集》（北京：人民文學出版社，一九五八），頁一一一。

6 Shih-Hsiang Chen, "Polish Literature in China and Mickiewicz as 'Mara Poet'," p. 574. 魯迅在《墳》的〈題記〉說：「因為那編輯先生有一種怪脾氣，文章要長，愈長，稿費便愈多。所以如《摩羅詩力說》那樣，簡直是生湊。……又喜歡做怪句子和寫古字，這是受了當時的《民報》的影響。」《墳．題記》，頁一。據黃軼的考證，魯迅提及的編輯是河南留日同盟會員劉積學（一八八〇—一九六〇）；見黃軼，〈有關《河南》幾個問題的辨證〉，《中國現代文學研究叢刊》，二〇〇六年第五期（九月），頁二八九—三〇四。

7 參考 Jon Eugene von Kowallis, "On the Critical Reception of Lu Xun's Early Classical-Style Essays of the Japan Period," *Journal of Chinese Literature and Culture*, 3.2 (Nov., 2016), pp. 357-399. 寇志銘（Kowallis）在文中詳細交代中外學界對魯迅〈摩羅詩力說〉等早期文言論文的接受史，可惜他沒有注意陳世驤這篇一九五六年的論文。

> 在此時，即便有著語言隔閡且地理位置相距遙遠，波蘭文學中一道偉大的光芒，早已深深觸動魯迅的想像力。或許不能說是出人意表，但確實也如奇蹟一般，這道照亮魯迅這顆偉大的中國文學心靈的光芒，就是早已享富盛名近半世紀的密茨凱維奇。[9]

為陸機《文賦》中閃耀的光芒所撼動的陳世驤，想像到魯迅心靈也曾觸動於密茨凱維奇在半世紀前開始照亮人心的文學之光。[10]他認為魯迅的〈摩羅詩力說〉擺落當時盛行於中國知識界的庸俗的物質主義和淺薄的「民主思想」，彰顯「文學的尊嚴與功效」（the dignity and efficacy of literature），啟迪了眾多新一代的中國作家。[11]陳世驤又認為魯迅這篇文章開首關於拜倫以至雪萊的論述，較多宗教神學意義的聯想；到了中段談論斯拉夫詩人時，就轉入人間世，所感應的盡是民族感情以至人格德行等人世事。換句話說，陳世驤對魯迅的閱讀，就在於後者如何感應密茨凱維奇詩篇中的人情。[12]

他明白由於當時書冊匱乏、加上語言的隔閡，魯迅其實未必能直接閱讀密茨凱維奇的作品，只能透過勃蘭兌思（Georg Brandes, 1842-1927）的間接述說。[13]有關〈摩羅詩力說〉的取材所據，日本學者北岡正子作了很細密的查考對照，從中我們更加清楚見到魯迅論述與材源之間的異同和依違所在。[14]陳世驤未及看到這些考證，但還是能夠從細讀中忖度魯迅如何理解密茨凱維奇。他認為魯迅在閱讀密茨凱維奇的過程中，添加了許多中國傳統的想像。

例如密茨凱維奇因初戀失敗而走上浪漫主義之路；其初戀對象本是出身名門，魯迅卻稱之為「鄰女」，陳世驤以為這種安排讓讀者以中國社會常見之少年暗戀鄰家女孩的故事作想像；又例如密茨凱維奇與俄國詩人普希金有往來交誼，陳世驤又指魯迅根據傳統文人結交時以詩互相贈答的習慣來比附兩人的不同作品。陳世驤可說運用了他的「抒情式」閱讀，嘗試了解魯

---

8 陳世驤曾參考小田嶽夫《魯迅傳》及周遐壽《魯迅的故家》的說明，見 Shih-Hsiang Chen, "Polish Literature in China and Mickiewicz as 'Mara Poet'," pp. 574, 577。有關魯迅對波蘭文學的態度，又可參考李堅懷、賈中華，〈異域盜火——論魯迅與波蘭文學〉，《贛南師範學院學報》，二〇〇七年第四期（八月），頁五五—五九。

9 Shih-Hsiang Chen, "Polish Literature in China and Mickiewicz as 'Mara Poet'," p. 574.

10 陳世驤曾英譯陸機《文賦》，並作繫年考證，合為一文，題作〈文學作為對抗黑暗之光〉：Shih-Hsiang Chen, "Literature as Light Against Darkness," *National Peking University Semi-Centennial Papers* (Peiping: Peking University, 1948).

11 Shih-Hsiang Chen, "Polish Literature in China and Mickiewicz as 'Mara Poet'," p. 575.

12 魯迅的確關心人間世，但密茨凱維奇一生經歷和文學觀卻不乏宗教神學甚至非正統的神祕教義的影響，參考 Jan Parandowski, "Introduction to the Life and Work of Adam Mickiewicz," Jan Parandowski et al., *Adam Mickiewicz 1798-1855: In Commemoration of the Centenary of His Death,* (Paris: UNECO, 1955), pp. 11-35; Wiktor Weintraub, "Adam Mickiewicz, 1798-1855: A Biographical Sketch," *Adam Mickiewicz in World Literature*, pp. 589-601.

13 George Brandes, *Poland: A Study of the Land, People, and Literature* (London: William Heinemann, 1903).

14 北岡正子著，何乃英譯，《摩羅詩力說材源考》（北京：北京師範大學出版社，一九八三）；又參考北岡正子著，李冬木譯，〈寄託於詩力的救亡之夢——惡魔派詩人〈摩羅詩力說〉之構成〉，《魯迅救亡之夢的去向：從惡魔派詩人論到《狂人日記》》（北京：生活・讀書・新知三聯書店，二〇一五），頁三一—八五。

迅為文時的用心。

陳世驤也注意到魯迅論密茨凱維奇之為「摩羅詩人」，其要緊處在於「復仇」之聲。他說這聲音並非源自「摩羅」與「上帝」之爭，而是人間的抗爭英雄與壓迫者的對壘。魯迅引錄《先人祭》（〈摩羅詩力說〉作《死人之祭》）中三個囚犯分別唱的歌，然後作總結說：

> 報復詩華，蓋萃于是；使神之不直，則彼助自報之耳。（頁八八）[15]

陳世驤的判斷是魯迅正當辛亥革命前夕，密茨凱維奇那借來的聲音，正四處迴盪。[16] 不過，魯迅復仇之念，可能有更具體事由：〈摩羅詩力說〉撰寫於一九〇七年；該年七月，魯迅同鄉徐錫麟、陳伯平、馬宗漢，以及秋瑾等因「安慶起義」失敗，相繼被滿清政府殺害。消息傳到日本，魯迅當時內心的怨憤，可以推知。[17]

然而，魯迅意識到自身不是行動者，他的使命是文化批判。〈摩羅詩力說〉最後一節說：

> 今索諸中國，為精神界之戰士者安在？有作至誠之聲，致吾人于善美剛健者乎？有作溫煦之聲，援吾人出于荒寒者乎？（頁九三）

魯迅在往後的日子，的確以「精神界之戰士」自任。陳世驤指出魯迅日後的革命文學理論，意識上以「摩羅詩人」為前驅；〈摩羅詩力說〉所宣示的反抗精神，可說是一九一七年文學革命的先導；「新文學運動」要對抗古老落後的社會制度、道德陋習與頑固偏執，必須有強大的戰鬥力。魯迅以《狂人日記》、《阿Q正傳》等小說衝擊舊中國，繼而以雜文作匕首投槍，批判時弊；陳世驤認為他已然化身為中國的「摩羅詩人」。[18]

三、從中國閱讀波蘭

〈波蘭文學在中國與作為「摩羅詩人」的密茨凱維奇〉一文的結構方式也值得我們注意。魯迅於一九〇七年完成的〈摩羅詩力說〉是全文焦點，約占一半篇幅。然而陳世驤的文章是以一九二一年十月文學雜誌《小說月報》的「被損害民族的文學號」作起結。從他引述專號的〈引言〉，我們很容易理解其關心所在：

---

15 參考 Brandes, *Poland: A Study of the Land, People, and Literature*, pp. 260-261.

16 Shih-Hsiang Chen, "Polish Literature in China and Mickiewicz as 'Mara Poet'," pp. 580-581.

17 參考 Jon Kowallis, "Lu Xun and Terrorism: A Reading of Revenge and Violence in *Mara* and Beyond," Peter Zarrow, ed., *Creating Chinese Modernity: Knowledge and Everyday Life, 1900-1940* (New York: Peter Lang, 2006), pp. 83-97.

18 Shih-Hsiang Chen, "Polish Literature in China and Mickiewicz as 'Mara Poet'," p. 581.

他們（按：指「被損害的民族」）中被損害仍舊向上的靈魂更感動我們，因為由此我們更確信人性的砂礫裏有精金，更確信前途的黑暗背後就是光明。[19]

這裡「黑暗」與「光明」的比喻，正是陳世驤閱讀《文賦》時的感受。按照他的閱讀，「專號」中有關波蘭的描述是以「抒情的語言」（lyrical language）出之，當中充滿親近相通的情愫，有力地表達了高度的推崇；同時，「對於中國人來說，從這個國家的身上可以奇妙地看到自身的影子」。

以《小說月報》打開話匣子以後，陳世驤更展示他對事況起源的興趣；[20]開始追溯波蘭與中國的關聯。他以波蘭史家揚・德烏戈什（Jan Długosz, 1415-1480）寫於一四五五至一四八〇年的《波蘭史》（*Historiae Polonicae*）、一三七〇年貝瓊應召編修的《元史》中〈朮赤傳〉，以及俄羅斯漢學家貝勒（E. Bretschneider, 1833-1901）《中世紀研究》（*Medieval Researches*, 1888）的發現，串連起波蘭與中國同被蒙古人侵害的災劫歷史；再以濃墨重筆刻畫〈摩羅詩力說〉面世以前二十年，康有為向光緒帝呈上所撰的《波蘭分滅記》所引發的晚清政治危機：康有為以波蘭歷史上被三次瓜分的悲劇作借鑑，勸光緒帝實行變法圖強，以免重蹈被列強瓜分的覆轍；結果引發「戊戌政變」，慈禧太后重掌政權，光緒帝幽囚，「戊戌六君子」被殺，康有為逃亡海外。陳世驤指出中國多難，與意想中的波蘭同病相憐：

在一八九八年的政變之後，中國仍處於革命、內戰與外國強權侵略交逼所帶來的動亂與苦難之中。對於中國人來說，波蘭所呈現的形象是另一個同樣遭逢磨難的國家，一個他們認為具備了諸多美好品德與格調，並進而喚起自身認同與同情之心的兄弟之邦。[21]

以下陳世驤就進入魯迅〈摩羅詩力說〉的討論，以魯迅對密茨凱維奇的閱讀闡發文學的信念，再藉由這位偉大詩人燃亮之光引領，回到一九二一年前後《小說月報》翻譯波蘭文學的意義。

陳世驤認為當時波蘭文學的介紹，是有意的選擇；經過譯者的處理，《小說月報》上的作品「呈現出某種一致性」、「足以說明波蘭文學在中國的呈現方式與精神內涵」、「深受中國讀者喜愛」。陳世驤把當中的性質作出如下的歸納：

19 Shih-Hsiang Chen, "Polish Literature in China and Mickiewicz as 'Mara Poet'," p. 569；〈被損害民族的文學號・引言〉，《小說月報》，第十二卷第十號（一九二一年十月），頁二—三。

20 參考陳國球，〈陳世驤論中國文學——通往「抒情傳統論」之路〉，《漢學研究》，第二十九卷第二期（二〇一一年六月），頁二三一—二三五。

21 Shih-Hsiang Chen, "Polish Literature in China and Mickiewicz as 'Mara Poet'," p. 573.

當中縱有深沉的憂鬱，但絕不會有灰暗陰鬱的悲觀主義；有著悲哀，卻不失去歡欣與幽默的心；或許秉持著反抗的精神表達異議，但卻少見極端憤怒的怒吼或狂暴的心緒。中國人也格外看重並珍視波蘭作者那超乎尋常的細膩感性，這份感性在他們的文學創作中表露無遺。就好像波蘭靈魂中似有某種讓中國人自然而然感到意氣相合的特質，這份特質不僅在自然與生命萬物中找到自身的表達，同時也昇華了與其相合呼應的一切萬物。[22]

我們可以看到，這是借波蘭論中國，是陳世驤對他心中的民族文化的描述；這也是他的「抒情傳統」觀的基礎。他注意到這些譯自波蘭的小說一般只有一、兩個人物，在他們面前的往往是廣漠的大自然景觀；這好比國畫山水中有疏落的點景人物；波蘭、中國乃有美感經驗的滙通之處。不過，陳世驤更在意的是當中人與自然的關係。他看到波蘭作品中「以受盡折磨與掙扎的人性對比大地上的浩瀚無垠」，尤其重要的是：

在這些故事裡人與自然仍是和諧共存，甚或在自然中找到寄託、啟示或慰藉。然而自然也被人性照亮（humanity in turn illuminates nature）。[23]

陳世驤說中國讀者在波蘭小說中體味人與自然的共存；實際上他正在中國文化與波蘭文學的對讀中，思量人性（humanity）的照明力量。或者這就是儒家所秉持的「人能弘道」的信念。

在文章的末尾，他不再停留於評論魯迅或一般中國人如何閱讀波蘭作品，而是逕自進行小說的文本分析。他以含英咀華的方式讀戈木列支奇（Wiktor Teofil Gomulicki, 1848-1919）的〈農夫〉和〈燕子與蝴蝶〉、式曼斯奇（Adam Szymański, 1852-1916）的〈猶太人〉、普路斯（Bolesław Prus, 1847-1912）的〈影〉、顯克維支（Henryk Sienkiewicz, 1846-1916）的〈二草原〉、萊蒙脫（Władysław Stanisław Reymont, 1896-1924）的〈審判〉、科諾布涅支加（Maria Konopnicka, 1842-1910）的〈我的姑母〉。這些波蘭小說中的主要人物，在面對外在無端的廣漠時，往往顯示出「恆久無盡的忍耐與最純真無垢的心靈，將一切擔負在他的肩頭」；更見深義的是「身處在我們當中驅逐黑暗，但卻不為人們所見」的「荷光者」。

陳世驤在這些作品中看到足以啟迪「中國新文學運動在一九二〇年代早期的發展」，例如其中有以「寫實粗獷的筆法描繪農民……，庶民性被轉化為理想化的無產階級性質」，有以「細膩地刻畫一位獨身女子和兒童在相處時複雜而微妙的心理情結」，於中國「革命文學」及「女性主義文學」的產生，有著推波助瀾的效果。[24]

---

22 Shih-Hsiang Chen, "Polish Literature in China and Mickiewicz as 'Mara Poet'," p. 583.
23 Shih-Hsiang Chen, "Polish Literature in China and Mickiewicz as 'Mara Poet'," pp. 583-584.
24 Shih-Hsiang Chen, "Polish Literature in China and Mickiewicz as 'Mara Poet'," pp. 584-586.

陳世驤之閱讀魯迅、閱讀波蘭文學，看來是他讀陸機的延續。他在尋繹文學的「光」，思索文學在紛亂、黑暗世界的意義。在他心中，「光」就是「人性」高尚而堅韌的一面。這個求索而得的信念，支撐了他在多難的時局中往中國文化的人情深處探照，他在學術路上的「抒情傳統論」也緣此而生。

第三章

高友工抒情美典論初探

一、高友工震盪

一九七二年十一月，創刊剛半年的《中外文學》月刊發表了黃宣範翻譯的長篇論文——〈分析杜甫的〈秋興〉——試從語言結構入手作文學批評〉。本期〈編後記〉說：

〈分析杜甫的〈秋興〉〉一文，原由兩位中國學者（一位對我國詩詞造詣極深，一位為語言學專家）用英文在美國發表，因為它的方法新穎，見解深到，曾受到國外漢學界普遍的重視。……像這種利用最新語言科學方法來討論我國古典文學的論文，是每一位嚴肅而又關注學術的中國人所不能忽視的。[1]

這是梅祖麟和高友工的名字第一次在臺灣中文學界出現。他們合寫的另外兩篇長篇論文——〈論唐詩的語法、用字與意象〉、〈唐詩的語意研究：隱喻與典故〉，同樣由臺灣大學外文系任教的黃宣範翻譯，先後在一九七三至一九七四年及一九七五至一九七六年於《中外文學》分期連載。[2]《中外文學》自面世以後，其文學研究的文章，一直引領風潮，長期成為臺灣以至大陸以外華文地區的學術聖殿。[3]梅、高三文正是《中外文學》奠定其學術地位的重頭文章之一部分。

一九七八年高友工應臺灣大學文學院院長侯健之邀返臺客座。在這學年之內，他參加了中華民國第三屆比較文學會議，提交論文〈文學研究的理論基礎——試論「知」與「言」〉，另外又撰寫了〈文學研究的美學問題（上）——美感經驗的定義與結構〉、〈文學研究的美學問題（下）——經驗材料的意義與解釋〉，幾篇大文章，都在《中外文學》發表。[4]文章面世後，激發了學界的熱烈討論，一時有「高友工震盪」之說。[5]一九八七年夏，高友

1《中外文學》，第一卷第六期（一九七二年十一月），頁一九八—一九九。當時總編輯是臺灣大學外文系的胡耀恆。

2〈論唐詩的語法、用字與意象〉（上）、（中）、（下），分見《中外文學》，第一卷第十期（一九七三年三月），頁三〇—六三；第一卷第十一期（一九七三年四月），頁一〇〇—一一四；第一卷第十二期（一九七三年五月），頁一五二—一六九；〈唐詩的語意研究：隱喻與典故〉（上）、（中）、（下），分見《中外文學》，第四卷第七期（一九七五年十二月），頁一一六—一二九；第四卷第八期（一九七六年一月），頁六六—八四；第四卷第九期（一九七六年二月），頁一六六—一九〇。

3《中外文學》創刊之初，曾由發行人朱立民、社長顏元叔、總編輯胡耀恆署名發表給讀者的信，當中提到刊物的第一個重點是「文學評論」，並說：「我們將邀約並歡迎海內外的學者專家，對古今中外著名的作家和作品，撰寫有分量的批評分析文章。對中國古典及現代文學的論評，我們強調使用新方法、新觀點。同時，我們將以比較文學的方法，用中國文學的觀點談論外國文學，用外國文學的觀點談論中國文學；期得相互參證的效果。」《中外文學》，第一卷第一期（一九七二年），夾頁。

4〈文學研究的理論基礎——試論「知」與「言」〉，《中外文學》，第七卷第七期（一九七八年十二月），頁四—二一；〈文學研究的美學問題（上）——美感經驗的定義與結構〉，《中外文學》，第七卷第十一期（一九七九年四月），頁四—二一；〈文學研究的美學問題（下）——經驗材料的意義與解釋〉，《中外文學》，第七卷第十二期（一九七九年五月），頁四—五一。

工又應邀到臺灣參加清華大學主辦的文學理論研討會，講述有關中國抒情美典的問題。這次演講的流風不墜，又影響許多年輕學人。「中國抒情傳統」之說，在臺灣先有陳世驤開風氣之先，[6]繼而由高友工的「抒情美典」進一步發揚；二人先後的論述，雖然不一定有直接的傳承關係，但都能造成聳動的聲勢。中國文學文化具備「抒情精神」的講法，已成為大陸以外華文地區的共識。本文以高友工的「抒情美典」相關文章為探討對象，試圖釐清這一套體大思精的思辨系統的論述脈絡和意義。

二、高友工的文學論述歷程

高友工（一九二九－二〇一六），安東省鳳城（現屬遼寧省）人，生於瀋陽，於重慶及北平完成中學教育，一九四七年考入北京大學法律系，一九四八年舉家移居臺灣，一九四九年入臺灣大學。一九五二年中文系畢業，兩年後赴美國哈佛大學，在楊聯陞教授指導下攻讀中國歷史。一九六二年以「方臘研究」取得博士學位，並在普林斯頓大學任教。七〇年代末到九〇年代間，曾多次到臺灣及香港講學，到一九九九年正式退休。

高友工第一次到臺灣大學客座時，以三篇論文驚動學界，很多人邀請他撰寫文章，但都沒有應約。不過他曾經表示要完成兩本學術著作，其一是《中國文學的抒情傳統》，從語言藝術探討文化主流的形成，內容包括五篇文章：〈詩經中語言的藝術〉、〈楚辭的結構〉、〈五言詩的形成〉、〈律詩的藝術性〉、〈小令和長調的語言結構〉；其二是《關於文學研究的幾個問題》，以《中外文學》的幾篇文章為主。[7]可惜，與陳世驤的宏圖未遂一樣，[8]高友工的學術構想也未曾實現，兩本專著都沒有完成。然而從上世紀六〇年代到本世紀初，他發表了相當數量的學術論文，其線索亦不離上面所提及的章節內容。只是各篇散落在不同的書刊之中，尋檢不易。二〇〇四年臺灣大學柯慶明為此蒐羅編集，整理成《中國美典與文學研究論集》一書，收入文章共十二篇；[9]二〇〇八年北京三聯書店又以臺灣大學版為據，增收四篇文章，合共十六篇為一冊，題作《美典：中國文學研究論集》，是目前討論高友工學術研

5 思兼，〈高友工談文化理想〉，《聯合報》，一九七九年七月十九日；高大鵬，〈介紹高友工先生的文學思想〉，《書評書目》，第八十期（一九七九年十二月），頁一六—二三。

6 參陳世驤，〈中國的抒情傳統〉，載《陳世驤文存》（臺北：志文出版社，一九七二），頁三一—三七。此文另有楊彥妮、陳國球新譯，改題〈論中國抒情傳統〉，見本書第一章附錄。

7 思兼，〈高友工談文化理想〉。

8 夏志清序《陳世驤文存》提到陳世驤曾說：「《詩經》、《楚辭》多年風氣似愈論與文學愈遠；樂府與賦亦失澆薄。蓄志擬為此四項類型，各為一長論，即以前《詩經》之文為始，撮評舊論，希闢新程，故典浩瀚，不務獺祭以炫學，新義可資，惟求制要以宏通。庶能稍有微補，助使中國古詩文納入今世文學巨流也。」頁二七。

9 《中國美典與文學研究論集》（臺北：國立臺灣大學出版中心，二〇〇四）；本書於二〇一一年再版，二〇一六年三版，書前增添陳國球〈如何閱讀高友工的「中國抒情美典」說〉一文，並為其中〈中國文化史中的抒情傳統〉一文補遺。

究最方便的文集。[10]然而，這兩本文集尚有不少遺漏，其編輯工作主要是按類相次，未有隨文記錄各篇出處和發表時間，對理解高友工的整個學術和思辨的歷程，尚有遺憾。因此，筆者將所見的高友工（以及與梅祖麟合著的）中英文論文略作整理，依發表先後排列如下表，以便進一步討論：

年分	論文
一九六三	A Study of the Fang La Rebellion
一九六六	Source Materials on The Fang La Rebellion
一九六八	Tsu-lin Mei and Yu-kung Kao, "Tu Fu's 'Autumn Meditations': An Exercise in Linguistic Criticism"
一九六九	Yu-kung Kao and Tsu-lin Mei, "Ending Lines in Wang Shih-chen's '*Ch'i-chüeh*': Convention and Creativity in the Ch'ing"
一九七一	Yu-kung Kao and Tsu-lin Mei, "Syntax, Diction, and Imagery in T'ang Poetry"
一九七四	"Lyric Vision in Chinese Narrative: A Reading of *Hunglou meng* and *Rulin waishi*"
一九七八	Yu-Kung Kao and Tsu-lin Mei, "Meaning, Metaphor, and Allusion in T'ang Poetry"
一九七八	〈文學研究的理論基礎——試論「知」與「言」〉
一九七九	〈文學研究的美學問題（上）——美感經驗的定義與結構〉
一九七九	〈文學研究的美學問題（下）——經驗材料的意義與解釋〉

一九八〇	"Approaches to Chinese Poetic Language"
一九八二	"Aesthetics of Regulated Verse"
一九八五	"Chinese Lyric Aesthetics"
一九八六	〈詩經的語言藝術〉
一九八六	〈試論中國藝術精神〉
一九八七	〈中國戲劇美典的發展〉
一九八七	"The Nineteen Old Poems and the Aesthetics of Self -Reflection"
一九八九	〈中國語言文字對詩歌的影響〉
一九八九	〈評沃海默的《繪畫藝術》〉（Richard Wollheim, *Painting as an Art*）
一九九〇	〈詞體之美典〉
一九九一	〈我心目中的文化評論：從自我出發〉
一九九二	〈小令在詩傳統中的地位〉
一九九三	〈看裴艷玲《夜奔》〉
一九九四	〈中國戲曲美典初論——兼談「崑劇」〉
一九九七	〈中國之戲曲美典〉
一九九八	〈從《絮閣》、《驚變》、《彈詞》說起——藝術評價問題之探討〉
二〇〇二	〈中國文化史中的抒情傳統〉[11]

三、高友工與梅祖麟

從高友工的著述歷程來看，與梅祖麟（一九三三—）合著的三篇唐詩論文可以是考察他的文學研究的一個起點。[12]〈杜甫的〈秋興〉：一個語言學批評的練習〉一文，曾被周英雄及鄭樹森視為結構主義的代表作。[13]然而，梅、高二人早在文章中申明他們的方法論：

> 從整體規程可以看出，我們的〔研究〕可以歸類於與燕卜遜〔蓀〕及瑞恰慈等名字連在一起的語言學批評。[14]

燕卜蓀是瑞恰慈（I. A. Richards, 1893-1979）的學生，二人是所謂「劍橋學派」的代表，將語意學帶到文學批評來，瑞恰慈更是文學批評的「細讀」法（close reading）的重要推手；他們也被視為英美「新批評」的前期代表。梅、高這篇論文之創新之處，並不在改變歷來文學史對杜甫的判斷，事實上梅、高二人承認他們的研究「不能動搖杜甫的地位」；然而過去的評論以為杜甫之偉大在於他的「博學多聞、記述時事細緻入微，或者充滿忠君愛國、民胞物與的精神」，梅、高二人認為這些都是外緣的解釋，他們不能同意。在兩人眼中，詩的主要關懷是如何造就優質的語言製品（to make excellent verbal artifacts），所以要從「內在的標準」（intrinsic criterion）如音位、節奏、句構、語法、意象、措辭等語言元素入手探測，以見杜詩之語言藝術冠絕同儕。由二人之立場聲明，可見梅、高思考的方向，主要還是新批評所提出的「內在」、「外緣」之分，而新批評「重內」的傾向，促使他們對此一「語言學批評的練習」的合理性毫不懷疑。[15]

高友工和梅祖麟合作的〈杜甫的〈秋興〉〉，加上〈唐詩中的句法、措辭與意象〉和〈唐

10《美典：中國文學研究論集》（北京：生活・讀書・新知三聯書店，二〇〇八）。

11 各篇文章按最早發表（包括提交學術會議）時間先後排列；部分未能追查最早發表之形式，則據登載於書刊之日期排列。

12 他雖然以方臘研究取得博士論文，但從〈杜甫的〈秋興〉：一個語言學批評的練習〉一文開始，他似乎不再涉足歷史研究，對文學所處的歷史脈絡，也沒有太多的探索。

13 周英雄更將這篇文章與耶考布森及李維史陀（Claude Lévi-Strauss, 1908-2009）合寫的結構主義文學研究著名論文：〈波特萊爾的《貓》〉（Baudelaire's "Les Chats"）相比。見周英雄、鄭樹森，《結構主義的理論與實踐》（臺北：黎明文化公司，一九八〇），頁二一一；周英雄《結構主義與中國文學》（臺北：三民書局，一九八三），頁二一二—二一四。又本文提及高友工相關英文論文，以原文為據；其中文題目的中譯或內容撮述，均筆者為之，與現行譯本不盡相同。

14 Tsu-Lin Mei and Yu-Kung Kao, "Tu Fu's 'Autumn Meditations': An Exercise in Linguistic Criticism," *Harvard Journal of Asiatic Studies* 28 (1968), p. 44. 高友工後來在一篇訪談中提到這篇文章，說：「我們所謂的語言結構，可以說是跟結構主義毫無關係，可以說僅是從語言的構成和純語言的形式來討論文學。」見高天生，〈談文學理論與文學批評：與高友工教授一席談〉，《書評書目》，第七十一期（一九七九年三月），頁八一。

15 "Tu Fu's 'Autumn Meditations'," p. 73.

詩中的意義、隱喻與典故〉兩篇論文，是普林斯頓大學「中國語言學研究計畫」（Chinese Linguistic Project）之下「近體詩研究」項目的部分成果。兩人的計畫看來並沒有完成，但所留下的三篇文章仍然是空前的成就。[16]兩篇唐詩論文視野比前更加寬闊，關注面由個別作品擴展到文體的範圍。〈唐詩中的句法、措辭與意象〉的出發點仍是燕卜蓀式（Empsonian），[17]這是〈杜甫的〈秋興〉〉一文的「語言學批評」的延續；文中所徵用的主要理論還包括荷姆（T. E. Hulme, 1883-1917）、費諾羅莎（Ernest Francisco Fenollosa, 1853-1908）、卡西勒（Ernst Cassirer, 1874-1945）、朗格（Susanne K. Langer, 1895-1985）等家之說，其實他們都不是嚴格的語言學家。荷姆和費諾羅莎與龐德（Ezra Pound, 1885-1972）有關，對現代主義尤其是「意象派」的詩學觀念起過重要的作用；朗格則深受卡西勒影響，二人從哲學角度研究「象徵」的意義。當然這些論者都關心語言與詩或者藝術的關係，因此高友工和梅祖麟藉以支撐其文的語言學論述，效果益彰。

〈唐詩中的句法、措辭與意象〉一文值得注意的地方有二：

一、作為語言學與文學研究的結合，這是梅祖麟與高友工二人研究的一個新起點。在此以前梅祖麟曾發表過〈文法與詩中的模稜〉，[18]專論唐代律絕詩；當中的燕卜蓀式取向已很明顯，同時因著杭士基（Noam Chomsky, 1928-）的「變換—生成語法」（transformational-generative grammar）的影響，其重點放在「詩語言」怎樣生成，而不是「詩功能」如何發揮；至於〈杜甫的〈秋興〉〉一文則是個別作品的實際批評（practical criticism），對唐詩以至中國詩歌傳統的普遍現象未暇深究。此文則開展了二人對「詩功能的理論」（theory of poetic function）的探討。[19]

二、此文主要是沿著意象的／論斷的、非連貫的／連貫的、空間的／時間的、客觀的／主觀的幾組軸心作討論。[20]其二元論色彩非常濃厚，高友工後來的「美典」論的思考模式與此相近。

〈唐詩中的意義、隱喻與典故〉則是旗幟鮮明的結構主義研究；全文以耶考布森（高友工中文論文的譯名，通譯耶考布森，Roman Jakobson, 1896-1982）的「等值原則」（principle of equivalence）為主要論據，並根據中國近體詩的狀況對耶考布森之說作出批駁和修訂。特別是指出耶考布森以「詩語言」與「日常語言」為兩種截然不同的語言之不當；認為二者其實只有程度的差別——日常語言有較多分析成分，而詩語言有較多的隱喻成分；而隱喻成分

16 參考 Tsu-Lin Mei and Yu-Kung Kao, "Syntax, Diction, and Imagery in T'ang Poetry," *Harvard Journal of Asiatic Studies* 31 (1971), p. 51, note 1；梅祖麟，〈我的學思歷程〉，臺灣大學共同教育委員會編，《追求卓越》（臺北：國立臺灣大學出版中心，二〇〇七），頁一一二—一一五。

17 "Syntax, Diction, and Imagery in T'ang Poetry," p. 90.

18 梅祖麟，〈文法與詩中的模稜〉，《中央研究院歷史語言研究所集刊》，第三十九本上冊（一九六九年一月），頁八三—一一三。

19 "Syntax, Diction, and Imagery in T'ang Poetry," p. 63.

20 "Syntax, Diction, and Imagery in T'ang Poetry," p. 59.

與意象語言、神話思維相關，分析成分則與論斷語言（propositional language）、概念語言（conceptual language）有關。[21]這個觀察角度正好將〈唐詩中的句法、措辭與意象〉與此文連貫起來。兩篇文章，一從語法角度，另一從語意角度，分途切入，而互為呼應，又補足了耶考布森專意於語音的論述。〈唐詩中的意義、隱喻與典故〉值得注意的另外兩點是對「抒情詩」的專節討論，以及超越新批評和結構主義的「文本中心」的意識。

文中舉出英語詞典所下的「抒情詩」定義：內容偏重主觀與情感，形式則簡約緊湊。以此觀測中國的近體詩，尤其最短篇的五言絕句，認為最能符合這個定義。而詩聯作為近體詩的意義單位，更可說是一首小型的抒情詩。又從劉勰和鍾嶸等的言論，判斷抒情論述的自覺意識始於六朝時期，甚至以為劉勰之論印證了「等值原則」，對詩的結構分析實有其中國的本源。[22]這裡對「抒情詩」的討論只能算是未來高友工「抒情美典」論的雛形，但卻可以顯示這個論述的起步點。

至於「文本中心」論的超越，主要見於高、梅對耶考布森的「等值原則」說的不滿，以為耶考布森自囿於文本的「言語」（*parole*），而他們的論述則注意到詩中「言語」的語意運作牽涉更大的範圍，更觸及詩與傳統的關係，因此他們自以為擺脫了新批評和結構主義語言學的教條。[23]現在看來，此文的論述範圍其實還停留在文學的「內部脈絡」立言，對社會時代的大背景，仍沒有觸及。不過，我們可以留意這種往外看的意識後來在高友工的「美典」論有何發展。

四、文學研究與美感經驗

二〇〇〇年梅祖麟在臺灣大學演講，回憶他和高友工合作撰寫「近體詩研究」的計畫擱淺：

> 我漸漸瞭解我的性格根本不適於研究文學。……於是，“Meaning and Metaphor in T’ang Poetry”一九七六年發表後，我就跟文學分了家。[24]

---

21 Yu-Kung Kao and Tsu-Lin Mei, “Meaning, Metaphor, and Allusion in T’ang Poetry,” *Harvard Journal of Asiatic Studies* 38.2 (1978.12), pp. 349-351. 事實上，耶考布森也曾為文研究中國的律詩，當中指出梅祖麟曾經提供意見；見 Roman Jakobson, “The Modular Design of Chinese Regulated Verse,” in Roman Jakobson *Selected Writings Vol. 5: On Verse, Its Masters and Explorers* (The Hague: Mouton, 1979), pp. 215-223.

22 “Meaning, Metaphor and Allusion in T’ang Poetry,” pp. 319, 323-324, 349.

23 “Meaning, Metaphor and Allusion in T’ang Poetry,” pp. 347-348.

24〈我的學思歷程〉，頁一二一一五。文中有些細節不太準確：“Meaning, Metaphor and Allusion in T’ang Poetry”一文發表於一九七八年，但文稿已早交由黃宣範中譯，於一九七五至一九七六年在《中外文學》刊載。梅祖麟後還有與文學相關的著述，如一九八二年的〈從詩律和語法來看《焦仲卿妻》的寫作年代〉，《中央研究院歷史語言研究所集刊》，第五十三本第二分（一九八二年六月），頁二二七—二四九，一九九一年與梅維恆（Victor Mair）合寫“The Sanskrit Origins of Recent Style Prosody,” *HJAS* 50.2 (1991.12), pp. 375-470；篇中引用了高友工〈律詩的美典〉（一九八六）一文的主要觀點。

這就是說，在〈唐詩中的意義、隱喻與典故〉一文以後，基本上二人不再作共同研究；高友工獨自上路，在一九七八到一九七九年在臺灣大學客座時發表了三篇非常理論化的文章——〈文學研究的「知」與「言」〉、〈文學研究的美學問題〉上篇和下篇，由「經驗之知」於人文研究的意義，到「美感經驗」的結構與解釋，細意析論；可說奠定了他的「抒情美典」論的基礎。後來若干重要的理論文章都與此有所呼應，又或者在這個基礎上增潤、發展。有關理論建構部分，下文再有討論；現在我們先檢視這幾篇文章的上下承傳的作用。

高友工在〈文學研究的「知」與「言」〉中花了相當多的氣力去指陳「分析語言」的局限，但其實他的整體進路基本上也離不開英美分析哲學或者語言哲學的框架。對此，他在〈文學研究的美學問題（上）〉有所解釋：

我的理想是勾畫出一個「美學理論」的藍圖，一方面接受了這分析傳統的語言和方法，但另一方面卻能兼容中西文化的美學範疇與價值。[25]

高友工努力的方向是在認清分析哲學的效用邊界後，謀求開拓疆土甚至衝破邊界的可能。他從分析哲學的「知識論」切入，以「經驗之知」擴展知識論的領域，揭示語言的感性方向，以觀測「想像世界」，以及其中所能體現的文化理想和價值。〈文學研究的美學問題〉

上下兩篇之以「美感經驗」為重心，也是因為：

> 「美感經驗」正是假設這經驗是導源於一個外在的，共同的藝術（或自然）媒介。……可以從我們對這外在的共同「媒介」的認識和對這「經驗」的想像來了解這個「經驗之知」的性質，形態。所以最後或許我們能以藝術的美感經驗來體會智慧的某一境界。[26]

觀此，高友工的個人學術發展雖然仍是沿著語言學和語言哲學之路前行，但其宗旨目標已遠遠超過〈杜甫的〈秋興〉〉、〈唐詩中的句法〉和〈唐詩中的意義〉三文。比方說，〈唐詩中的意義〉大量借用耶考布森的「等值原則」討論近體詩的對聯問題，同時指出對「毗鄰原則」的詩學作用之輕忽有待將來補足；到〈文學研究的美學問題（下）〉，高友工於「毗鄰軸」就有深入的討論。文中規劃出一個對「美感經驗」的相關藝術過程作「解釋」和「觀照」的論述架構：認為面對「經驗材料」可以有四種可能的解釋方式：直覺的

25〈文學研究的美學問題（上）〉，《美典：中國文學研究論集》，頁一九。本文引述高友工的中文論述，除非別有聲明，皆以北京三聯版《美典》為據。

26〈文學研究的美學問題（上）〉，頁二〇。高友工以為「美感經驗」為「價值」之表現方式，因此「道德理想」也可以自成一種美的境界的實現；見頁三八。

（intuitive）、等值的（equivalent）、延續的（continuous）、外緣的（contextual）；「直覺的」出現在初始的接觸階段，而「等值的」和「延續的」，屬於結構階段，「外緣的」指向最終的理想體現階段。於是，前文的偏重和未處理的部分，現在都有兼顧，重新被置放於一個森然的系統架構之內，從「等值原則」和「毗鄰原則」的角度解釋「等值」、「通性」、「延續」、「傳移」等結構作用。[27]

再如以往〈唐詩中的意義〉談到「抒情詩」，明顯以「體類」為著眼點，以西方文類的「lyric」定義為據，與中國近體詩中最短小的五絕作配對，以證成耶考布森的「詩學功能說」：「詩的功能在於把等值原則從選擇軸投射到組合軸。」[28]在〈文學研究的美學問題（下）〉，「抒情」的重點已經不在於「一個傳統上的『體類』的觀念」，「不只是專指某一詩體、文體，也不限於某一主題、題素」；廣義的「抒情」涵蓋了「整個文化史中某一些人的『意識形態』包括他們的『價值』、『理想』，以及他們具體表現這種意識的方式」。基於此，他正式提出「抒情傳統」的觀念，以廣義的「詩言志」申明中國「抒情」傳統的根本精神。設定了這個背景，體類的意義就不再是說明：「這個作品屬於何體？何類？表現何種價值與理想？」而是「為什麼它屬於此體類，能表現此種價值」？這時，高友工舉出「律詩」（而不是包含更廣的「近體詩」，或者更具體的「五言絕句」，如〈唐詩中的意義〉所述）作為「抒情詩之典型」，以為「『律體』自有一美典」，而「視之為抒情精神的核心」。由於這篇文章涉及的面向廣泛多向，無論「抒情傳統」和「律詩美典」都只能稍稍觸及。[29]更深入的探討，見諸隨後的長篇專論，例如高友工回到美國，在一九八二年參加「詩的演化：從漢到唐」會議（Evolution of *Shih* Poetry from the Han through the T'ang）所提交的論文——〈律詩的美典〉（The Aesthetics of Regulated Verse），就是進入「體類」而又超出「體類」之限囿的文學研究示範。

五、律詩的美典

在未進入〈律詩的美典〉一文的中心論旨時，我們可以先談談「美典」一詞的意義。中文的「美典」二字，可說是高友工論述的一個標籤；他在北京出版的論文集就逕題作《美典》，副題才補足「中國文學研究論集」的說明。前此高友工在他的中文文章〈文學研究的美學問題（下）〉第一次用到這個術語；文中提到他將「律體的一種自有的『美典』（esthetics）」，視作「抒情精神的核心」，但沒有進一步解說「aesthetics」

27〈文學研究的美學問題（下）〉，《美典：中國文學研究論集》，頁六〇—七七。
28 "Meaning, Metaphor and Allusion in T'ang Poetry," pp. 315-319.
29〈文學研究的美學問題（下）〉，頁八〇、八三—八四、八五。

（或「esthetics」）為何要譯作「美典」。[30]在本文的開首，他提到律詩有「潛藏的美典」（underlying aesthetics），說這美典由許多因素組成，包括詩人如何在一定形式規限之下搆結作品，如何及為何選擇某種主題，作什麼思想取向等；這些所有的選取作為總合起來（this integral of choices），就造成了詩的美感和價值。高友工又說這是詩人和讀者共有的一種「詮釋的典則」（an interpretative code）。有了這典則，詩人可以不受制於字面的意思（textual meaning），而讀者也可以領會文本背後的意義（contextual significance）。這種「典則」並非個別的私用密碼，但又不是一些明文細則；作者讀者都是對典範作品心領神會（internalizing models）而得以掌握。[31]高友工對一般譯作「美學」的「aesthetics」作這樣的理解，自有其一貫的條理，也與其理論的焦點有關，下文再會論及。而〈律詩的美典〉所論，則是高友工對律詩體式相應的各種美典的辨識。

〈律詩的美典〉主要有兩大部分：一是論「五言詩」，二是論「律詩」。在兩部分各冠以論「音律規則」及「修辭規則」兩節，然後於「五言詩」部分再有「早期抒情美典與《古詩十九首》」、「六朝美典：從山水詩到宮體詩」兩節；「律詩」部分則有「初唐詩人的藝術視境」、「盛唐『山水詩人』的生命視境」、「盛唐末期杜甫的宇宙視境」三節。有關五言詩和律詩的「音律規則」與「修辭規則」之發展成形，古今論述所在多有；如指出五言詩開展了音節（syllable）上有規律又有變化的詩行格式，律詩在「平仄」、「對仗」、「黏對」等成規的演進等，均是文學史上常見之論。比較值得注意的是高友工於此沿用他和梅祖麟合作討論的方向，從語法與語意的角度申論；例如分析「名詞」主導詩行與少用「虛字」的意義、「題釋句」（topic-comment）和「主謂句」（subject-predicate）對詩行與詩聯的影響、「詩聯」漸漸成為結構單位、「行」（line）與「句」（sentence）之別等。更精彩的是從「等值原則」去思考「類同」與「對照」在律詩成規上的作用，以及因「對等」造成的詩聯獨立與彌補獨立分割而出現的「連續」性詩聯的意義結構。[32]事實上，這些論見都萌發於早期高、梅合撰的唐詩論文，在此再有深化。

以上這些「規則」，還不能等同於高友工所謂「美典」。高友工認為隨著五言詩體製確立而新生的「抒情美典」，根源於古已有之的「詩言志」詩學傳統；他又從「表現」的角度來詮釋這句話，指出：要表達「志」——內心世界——必須要透過藝術語言——「詩」、「文」（如《左傳》所謂「言以足志，文以足言」）；心志之呈現，又使得「自我」（self）得

---

30 〈文學研究的美學問題（下）〉，頁八五。

31 "The Aesthetics of Regulated Verse," in Shuen-fu Lin and Stephen Owen eds., *The Vitality of the Lyric Voice: Shih Poetry from the Late Han to the T'ang* (Princeton: Princeton University Press, 1986), pp. 332-333. 高友工在文章的第一個注釋聲明他所用的「aesthetics」一詞，是以宇文所安的《盛唐詩》一書所說為據。但覆檢宇文之書，讀者會發覺當中所用「aesthetics」一詞只是一般的用法，並沒有高友工所講的特殊意思；見 Stephen Owen, *The Great Age of Chinese Poetry: The High T'ang* (New Haven: Yale University Press, 1981), p. 14.

32 "The Aesthetics of Regulated Verse," pp. 335-338, 351-361.

以抒發、「自我」得到體認；其中關鍵的兩個程序是「內化」（internalization）和「形式化」（formalization）。高友工以為這兩個程序是「抒情美典」的基本。他認為詩自始有三種模式：「敘事模式」（narrative mode）、「描寫模式」（descriptive mode）和「抒情模式」或「表現模式」（lyric or expressive mode）。「敘事模式」在民間文學中流行，「描寫模式」則發揚於漢賦，而「抒情模式」則在「五言詩」成立以後成為主流。因為五言詩的體製特徵，不利於「敘事模式」的應用：如詩聯的獨立自足妨礙了敘述的線性發展，避用虛字弱化了敘述的語法等。「描寫模式」的情況好一點，因為新體製的詩聯結構，可以在時間流程中呈現空間，有助描寫的發揮。以《古詩十九首》來說，其中十七首是「抒情」，兩首是「描寫」，無一是「敘事」。

高友工又認為大部分《古詩十九首》的開端，無論與下文有無直接關聯，往往是自然景物的呈現；彷彿詩人在觸物而動之後，要藉詩向你傾訴他的感受。高友工又以為《十九首》各篇的結尾往往呈現詩人與他的朋友的交流互動。這種開端與結尾的結構方式，都是日後抒情詩的發展方向。至於《十九首》中的描寫模式詩篇，所刻畫亦是詩人面對外界自然的印象，其深層仍是詩人的抒情。其他詩篇中固然不乏描寫成分，但都被融合到抒情的表達模式之中。對外物的用心描寫其實就是用間接的方法去表達那難以言喻的內心世界。內心深處既不易觸摸，則以高度形式化的語言（formalized language）寫能見的外物，是曲徑通幽的一個可行方法。因此依高友工的觀點，「抒情美典」的主要方向就是發展一種足以表達內心世界的形式化語言。[33]

在《古詩十九首》以後，高友工以為「描寫模式」發展成「詠物詩」，「表現模式」演化成「詠懷詩」。沿著這個思路，他再探索了「遊仙詩」、「玄言詩」、「山水詩」、「宮體詩」。其中「宮體詩」被認為是「律詩」的「祖型」（prototypes），高友工細緻地梳理「抒情美典」在此期間的發展。他很著意追蹤詩人的內心經驗：如阮籍詠懷的挫折、孤獨、無奈；嵇康、郭璞在遊仙、隱逸與自訴衷懷間游走，帶來了樂觀的色彩；曹丕、張華、謝靈運，以至謝朓等對感官經驗的開發。他也留心表達形式的進展：如《十九首》以還對仗技巧的演進；謝靈運以對偶呈現山水遊蹤的巧妙；以及音律的發展等等。他的結論是到了「宮體詩」時，詩所表達的內心世界，已經不限於意向、意念，也不止於思想和感情；感官體驗正式被納入藝術經驗的範圍。不知不覺間，詩的煩憂心曲被美觀與和諧的圖像取代了。「印象」與「表現」不再對立。由是「宮體詩」的新美典也發揮了持續的影響力。[34]

高友工筆下「真正的律詩」在七世紀初面世。他舉出由初唐到盛唐三種「律詩美典」作為討論對象；這三種美典分別由初唐詩人、王維，以及杜甫的作品中之視境（vision）展現出來。

33 "The Aesthetics of Regulated Verse," pp. 338-345.
34 "The Aesthetics of Regulated Verse," pp. 345-351.

討論律體開始定型的初唐時，高友工繼續關注「表現」與「描寫」（即「詠懷傳統」與「宮體傳統」）的結合；進而解釋一首律詩有「四聯」的意義。相對於長篇大製，律詩只有四聯；這篇幅的限制，使得律詩的結構必須緊湊，一般就只作「本體」與「結語」的二重架構。這樣一來，支撐律詩美典的「內化」與「形式化」兩個支柱就更形鞏固了。他又引用王夫之的說法，指出篇幅太大的詩篇「非言情之體」，[35]因為詩人的聲音難以支配全局，而時間延宕又使詩篇失去了「現時感」。四聯的長度則讓「抒情聲音」比較突出，「抒情自我」（lyrical self）和「抒情時刻」（lyrical moment）得以呈現。他又認為律詩的「描寫」與「表現」成分，分別帶來了外向的（extroverted）、印象式的（impressive）呈示（exposition），以及內向的（introverted）、表現式的（expressive）自省（reflective introspection）；而外向其實又是一種「內化」（internalization of the external），內向卻又為了「外化」（formalization of the internal）。這裡的論述好像說內即是外、外又是內，看來高友工在演出一場文字遊戲，以表現機智。事實上，這正是高友工論述位置最清楚的顯示。的確，當關注點在「自我」與「現時」的特定經驗時，則內心與外界的互動自然會被鎖定於一個藝術的視界之內。[36]

以上所述，應該是高友工所理解的「律詩美典」中最為中正的一種。接下來所論的王維與杜甫的視境，大概是初唐美典的增潤或者焦點更換。例如王維從陶淵明的「田園詩」中有所體會，就推動了「律詩美典」的發展路向。據高友工的理解，王維學陶，不在於田園山水的主題層面，也不在於隱逸避世的行為；他從陶淵明所得的是於時間流程中對事的「不用心」（casualness in the temporal flow of events），以及於空間延展中「完整」地感知當前之境（completeness in the spatial extension of one's field of perception）；這「不用心」和「完整」可以無瑕地融入當前的「律詩美典」之中——各自獨立的詩聯並列可見其「不用心」，詩聯之內成一自足世界是「完整」。當進入律詩的本體（前三聯）時，作者和讀者就會沉湎於這個時間停頓、忘我的幻境之中。王維所造就的另一種視境是如「江流天地外，山色有無中」的一種世外的「空無」，其背後實有佛教「彼岸」的象徵意味。高友工指出王維以所營造的這些人生視境（life vision），創立了異於初唐正宗的新美典；雖則他的山水詩以外的大部分作品其實沿襲著比較傳統的美典，而他的詩篇也有若干不能成就視境的失敗之作。[37]

至於杜甫的美典則建築於歷史的視境——包括個人的歷史、國家時局的歷史，以及文化傳統的歷史。於杜甫而言，這三個層次歷史實在不可分割，全都內化為個人的記憶和想像。盛唐的美典或以「自然」的象徵（symbols from nature）傳遞個人感覺；杜甫的美典則以「具體專名」作象徵（symbols of proper names）來傳達歷史意蘊。杜詩的歷史感為詩篇中各個象徵力量建立關係，從而在記憶與想像中構成一個歷史文化的象徵世界。依高友工的

35 高友工引王夫之之說見戴鴻森，《薑齋詩話箋注》（北京：人民文學出版社，一九八一），頁五七。
36 "The Aesthetics of Regulated Verse," pp. 361-368.
37 "The Aesthetics of Regulated Verse," pp. 368-375.

歸納，在杜甫的新美典中，律詩的首三聯呈現這個內心的象徵結構，而結尾則往往顯示出投入生命的熱忱和緣此而生的沉痛。這歷史感所營造的恢宏氣象，就是高友工所講的「宇宙視界」。[38]

從論文的議題組織看來，〈律詩的美典〉一文是高友工著述中最有文學史意味的一篇。全文從律詩的「原型」（五言詩）開始，一直講到律體的成熟（初唐詩人）與變化發展（王維、杜甫）。然而，此一文學史論述基本上從屬於高友工的理論架構；他是從他要建立的理論邏輯去發掘相應的歷史材料，而加以編派詮釋。我們在高友工往後的論述中，也見到這種以理論結構吸納歷史的論述方式。

六、從美典到抒情傳統：中國文化史中的抒情傳統

（一）三篇相關文章

〈律詩的美典〉完成以後，高友工的「美典」論述開始進入高峰時期。一九八五年五月在美國紐約大都會博物館舉行的「詩書畫三絕」研討會，高友工在會上發言討論「中國抒情美典」（Chinese Lyric Aesthetics），後來增改成長篇英文論文，與研討會其他文稿同收入一九九一年出版的《文字與意象：中國詩歌、書法與繪畫》（*Words and Images: Chinese Poetry,*

Calligraphy, and Painting）論文集中。[39]一九八六年十二月六日《九州學刊》舉辦創刊年會，高友工發表〈試論中國藝術精神〉；文章後來在一九八八年一月出版的《九州學刊》第二卷中刊載。除了這兩篇文章，高友工還有一篇全面討論「抒情傳統」的中文論文，刊登在二〇〇二年三月出版的《中國學術》。[40]

三篇文章中的第一篇（英文）與第三篇（中文）發表時間相隔十多年，但似乎是同一文稿的不同版本。〈中國文化史中的抒情傳統〉一文在結尾部分還提到「詩書畫三絕」的問題，似是早年會議主題的呼應。此外，全文分四節，文中屢屢提到這是四次系列演講之講稿，很有可能是指一九八七年七月高友工到臺灣參加清華大學主辦的「文化、文學與美學」研討會時所作之四次演講。這篇中文論文到二〇〇二年正式發表，當中應該包含了高友工多年來對「抒情精神」或者「抒情傳統」的思考積聚。當中內容較英文版〈中國抒情美典〉豐富，但基本架構和主要論點沒有太大的改變。至於〈試論中國藝術精神〉的討論角度則變化

---

38 "The Aesthetics of Regulated Verse," pp. 375-384.

39 Kao Yu-kung, "Chinese Lyric Aesthetics," Alfreda Murck and Wen C. Fong, ed., *Words and Images: Chinese Poetry, Calligraphy, and Painting* (New York: The Metropolitan Museum of Art, 1991), pp. 47-90.

40 高友工，〈中國文化史中的抒情傳統〉，《中國學術》，第三卷第三期（二〇〇二年十一月），頁二一二—二一六。高文收入《中國美典與文學研究論集》（初版、二版）和《美典：中國文學研究論集》時，有部分遺缺；《中國美典與文學研究論集》第三版補全。本文引述，以刊於《中國學術》者為據。

較多，[41]我們在此一併討論。[42]

高友工在這三篇論文都採用同一樣的二段模式：先以「一個較普遍的理論架構」開始，然後作「歷史性的敘述」。根據〈中國文化史中的抒情傳統〉的解釋，前者有助歷史性敘述「不至於流於支離瑣碎，而局限在某一個特定文化的範圍中，失去理論解釋的可能性」；而後者為理論架構提供了例證，而使之「免於空疏」。[43]我們也可以順著這個次序來檢視高友工的論述。

〈中國抒情美典〉等三篇論文，沿著〈文學研究的美學問題〉的思路，以「美感經驗」作為「美學」或者「美典」的主要思辨範圍。我們在此可以再檢討高友工對「aesthetics」一語的理解。「Aesthetics」本義指對感官刺激的反應，十八世紀一位德國哲學家鮑姆加登（Alexander Baumgarten, 1714-1762）正式以此詞命名「感官經驗的科學」，也就是現代所理解的「美學」的開端。自康德以還，「美感經驗」（aesthetic experience）已是傳統「美學」的中心環節。高友工在〈中國抒情美典〉中也說：「從比較傳統的意義來說，美學（aesthetics）指在理論架構下從事美感經驗的研究。」[44]在〈中國文化史中的抒情傳統〉一文中，他又說：「西洋美學（aesthetics）一詞通常譯作美學，是作為哲學中的一門，但此詞另一用法常用以指一個創作者甚至欣賞者對創作、藝術、美以及欣賞的看法，故實當譯作『創作論』或『審美論』，可以簡名之為『美論』或『美觀』。」[45]接著，他再引申這「看法」：

> 我則認為這套理論在文化史中往往形成一套藝術的典式範疇，因之稱之為「美典」。也即是承認它不僅是一個個人對美的獨特看法，更有意無意地演變為一套可以傳達繼承的觀念……，可以是無意地蘊藏在作品本身，而由經對作品的欣賞而傳播。而我們的討論正是奠基於這種客觀的現象之上，進而推想藝術家主觀的創造過程。[46]

事實上，高友工對「aesthetics」作出這樣的詮釋，最低限度有兩個方面值得注意：一、他重視美感經驗的研究，而這經驗又以創作者（藝術家）的「創造過程」所涉者為基礎；欣賞者的作用和欣賞過程，主要是追溯和印證創作過程的美感經驗，而這也是高友工

---

41 本篇原未收入臺灣大學版《中國美典與文學研究論集》，北京三聯版《美典：中國文學研究論集》據《九州學刊》補入；這裡的引述仍用《美典》本。

42 三篇文章一脈相承處可以從其重複徵引的論證見到，例如各篇都曾引用分析哲學家查爾斯．泰勒（Charles Taylor, 1931-）關於人性的討論：「他認為人的基本定義是他尋求自我解釋的需要。」高友工用以說明「經驗之成為自省，本身就有高一層的意義。此種經驗在實現生命意義時，可以說把美感帶進了一個真正撼人心弦的層次。這時美感實與真理、道德融為一體。」見頁二二〇。又參 "Chinese Lyric Aesthetics," p. 52、〈試論中國藝術精神〉，頁一六二。

43 〈中國文化史中的抒情傳統〉，頁二一二。

44 "Chinese Lyric Aesthetics," p. 48.

45 〈中國文化史中的抒情傳統〉，頁二一三。

46 〈中國文化史中的抒情傳統〉，頁二一三。又參〈中國之戲曲美典〉，頁三〇六；〈中國戲曲美典初論——兼談崑曲〉，頁三二六。

所重視的「中國傳統文學批評」的主要傾向。據此，大概可以說明「美學」與「美典」的意義關聯。

二、他的「美典」牽涉到「傳承」和「典範」的意識，也就帶動了超越個人的「集體」和「歷時」層面的思慮；高友工由此進入文化史的論述，看來也就自然而然了。

然而，看似順流而下的論述背後其實有相當多的曲折。正如上文交代，高友工的思考模式和論述工具主要得自他最熟悉的英美分析哲學；其美學的理論資源也是同一方向。這種「分析美學」（analytic aesthetics）的思潮，講求概念的明確和語言的清晰；認為傳統的美學論述充斥著含糊不清的概念，有若泥沼爛澤。「美感經驗」也就是其中的大塊泥團。大部分「分析美學家」對這個論題都抱著懷疑的態度，又或者略而不提。高友工〈中國文化史中的抒情傳統〉就說「恐怕美感經驗已經被大家忽視了幾十年」；[47]他又在〈中國抒情美典〉引述他所敬佩的分析美學家斯克拉頓（Roger Scruton, 1944-2020）的話：

在我看來，當代分析美學過度關注藝術的質性（the nature of art）問題，而忽略了康德所關心的、更基本的問題——審美趣味的質性與價值問題（the nature and value of aesthetic interest）。[48]

高友工接著解釋，斯氏所講的「審美趣味」即是他要重點討論的「美感經驗」。事實上，高友工和斯克拉頓一樣，要在分析美學的語境內重新檢視幾被棄置的主體「經驗」的問題。[49]

另一方面，分析美學首重概念和語言的釐清，著意把問題拆解成基本單元，以探問其最根本的組合邏輯或活動模式，其「並時」（synchronic）和「非歷史」（ahistorical）傾向成為思考的主導；即使討論藝術史時，也會以內部發展（internal development）為焦點，堅持其獨立自主的（autonomous）地位；[50]因此，這一派的美學家通常不願意處理藝術的社會和文化背景問題。[51]我們必須理解英美分析美學的基本取向，然後再檢討高友工如何以分析美學為基礎開展他的「美典」論，才能更深刻地體會其取徑的艱難和用心之苦。

47〈中國文化史中的抒情傳統〉，頁二一四。

48 "Chinese Lyric Aesthetics," p. 49. 又高友工在〈中國語言文字對詩歌的影響〉說：「斯氏是近年西洋美學家中我所欽服的一位，他的《藝術與想像》（一九七四）和《美感認識》（一九八三）都是不可多得的好書。」見頁二一一。

49 有關分析美學中的美感經驗研究，可參考 Richard Shusterman, "The End of Aesthetic Experience," *The Journal of Aesthetics and Art Criticism*, 55.1 (1997), pp. 29-41.

50 如斯克拉頓就堅持藝術史的自主："[T]he discipline of art history… has the kind of autonomy constitutive of a genuine independent subject." Roger Scruton, *Aesthetic Understanding: Essays in the Philosophy of Art and Culture (London: Methuen, 1983)*, p. 167.

51 在高友工撰寫〈中國抒情美典〉及〈中國藝術精神〉時期，有關英美分析美學傳統的發展變化可參 Richard Shusterman, "Analytic Aesthetics: Retrospect and Prospect," *The Journal of Aesthetics and Art Criticism*, 46.3 (1988.3), pp. 115-124：文中指出了當時分析美學的「非歷史」傾向。有關此一美學思潮更周全的歷史敘述可以參考 George Dickie, *Introduction to Aesthetics: An Analytic Approach* (Oxford: Oxford University Press, 1997)。

採用了分析哲學的入手門徑，高友工以「活動理論」（theory of action）和語言理論（theory of language）開展他的論述。在〈文學研究的美學問題〉中他把「經驗」視作活動的「內在目的」，作為實現外在目的的手段，因此也是「活動的一環」。[52]在〈中國抒情美典〉中高友工則提出我們對人類行為可以有不同的詮釋態度（different philosophical interpretations of the human act）：可以是「離心的（centrifugal）詮釋」，也可以是「向心的（centripetal）詮釋」。「離心的」活動理論會留意行動的外在目的和關聯，把行動置放於更大的脈絡之中；「向心的」活動理論卻專注內在經驗（inner experience）如何成為思想行為的多個層面和多種流向的匯聚，並以經驗的過程為一自主和自足的行為或狀態。高友工先界定人類行為包括外向和內向部分，再把對這兩個不同的方向的論述理解為不同的詮釋態度，進而把這不同態度歸結為不同的文化取向；於是，被視為「重現實」（reality-oriented）的「西方傳統」，會傾向接受「離心」詮釋；而「中國傳統文化」則表現為「向心」關切。[53]

以「向心的」詮釋立論，高友工再解析「經驗」的三個階段：一、意識行為（act of consciousness）；二、反省行為（act of reflection）；三、反省的反省（reflection of reflection）。其中「反省行為」是一種將「內外」和「過去、現在」的印象整合的心力（integrative mental force），而「反省的反省」則是綜攝全局以保存於記憶之中，以為「再經驗」之資。再換一角度看，「經驗」是可覺知的表面與潛藏的內中的互動，也是從「印象」（impression）到「表現」（expression）之間的中介。高友工認為這個內化的活動過程

（process of internalization），正是「抒情美學」的神髓。[54]

至於語言理論方面，高友工討論了語言的「代表功能」（representational function）和「體現功能」（presentational function）；[55]以為語言的「代表功能」的確比較明顯，其「體現功能」不及其他藝術媒體般即刻與直接，但其聲音及可持久存在的圖像，也有其效用，不應被忽略。他指出西方語言學家比較偏重語言的代表功能，重視語言的交際作用（communication）；這是因為他們的觀察對象是口語，以為書面文字只是口語的紀錄。高友工認為「書寫的語言」的根本功能是保存——包括公共事務的紀錄和個人私我的記憶。譬如寫詩，固可以傳情達意，但也可以是為了個人的內省，以了解現在和重拾過去。書面語言之超越時間的能力正好切合那反省和回憶的要求。此外，高友工又注意到語言的「代表」功能又包括「外指」（extension）和「內涵」（intension）兩種意義：[56]前者呼應了「離

52 參〈文學研究的美學問題（上）〉，頁二四。

53 “Chinese Lyric Aesthetics” p. 50.

54 “Chinese Lyric Aesthetics” pp. 50-51.

55 高友工〈文學研究的美學問題（下）〉把「representational」及「presentational」分別譯作「代表」和「體現」，頁四五，與現今文學研究的通常譯法不同；但高友工的翻譯直接反映他對這些概念的理解，與他的論述又有密切的關係，故本文討論也採用了他的譯法。

56 “Chinese Lyric Aesthetics, p. 55；〈中國文化史中的抒情傳統〉，頁二二五。「外指」與「內涵」的譯法也是以高友工所用譯詞為據。

心」的詮釋，作具體的指涉，有助交流；後者指向「向心」的詮釋，傾向反省與想像，意義由是更深刻繁富。[57]高友工又認為詞語的「內涵」義使符號轉化成象徵，脫離具體指涉而指向抽象的「性質、本性」（qualities）；這樣一來，就與其他視覺藝術及聽覺藝術的媒介導向「性質、本性」的情況相同。高友工這個方向的思考，促使他修正了原先所立以「內化」（internalization）及「形式化」（formalization）作為抒情美典的基本原理的講法，改為「內化」及「象意」（symbolization）。「形式化」變成「象意」表示高友工更加重視由「符號形式」化生豐富「內涵意義」的過程，也有助他申論「抒情美典」如何體現人生意義和文化理想。[58]這是高友工從文學論述擴展為藝術甚至文化傳統思考的重要出發點。

上述對人類行為和語言的分析，都牽涉到觀察和詮釋態度的問題，在高友工的辨析中，很容易就出現了對立二分，[59]從而引入「抒情美典」（或稱「內向美典」）和「敘述美典」（或稱「外向美典」、「構象美典」）的比較對照。三篇文章中有大量的篇幅是這種對照的申論。我們稍加整理如下：

	抒情美典	**敘述美典**
性質	內向（introversive, centripetal）	外向（extroversive, centrifugal）
對象	創作過程—美感經驗	創造的成品—藝術品
目的	保存「自我」「現時」的經驗	交流

方法	從「內化」（internalization）到「象意」（symbolization）	始於「外現」（display）而終於「代表」（representation）
創作理想	傳神	如真
作品的表現	由「結構」透過「象意」達致覺悟人生意義的「境界」	由「對立」、「衝突」到「超越對立」、「化解衝突」
讀者重點	重新經驗原始的創造過程	詮釋過程
欣賞準則	創作／閱讀的美感經驗	作品的客觀解釋／分析
理論分類	美典／美學（aesthetics）	詮釋論／藝術論（theory of art）

然而，我們也不要忘記高友工很明確指出：

57 除了當前討論的三篇論文以外，高友工更有專文〈中國語言文字對詩歌的影響〉（一九八九）討論中國的「文字語言」所造成的內省、想像和內在解釋的架構，其關注點也在於「抒情美典」的構成；見《美典》，頁一七九—二一六。前此他先有論文"Approaches to Chinese Poetic Language,"承接他和梅祖麟在唐詩研究的論見，對中國文字和語言的詩歌功能以至形成「抒情美典」的作用，開展了同一方向的理論探索。"Approaches to Chinese Poetic Language," *Proceedings of the International Conference on Sinology: Section on Literature* (Taipei: Academia Sinica, 1981), pp. 423-453.

58 "Chinese Lyric Aesthetics" pp. 55-57；〈中國文化史中的抒情傳統〉，頁二一五、二二五。

59 高友工曾指出「美典」尚有其他類別；見"Chinese Lyric Aesthetics" p. 49；〈中國文化史中的抒情傳統〉，頁二一五。

抒情傳統的創作論和敘述傳統的審美論雖然貌似相反相成，其實是兩種不同的觀點和視野，層次不同，目的也不同。不過為了方便我們一概名之美典，而指出它們不同的特色。[60]

因此我們要明白這「二分」不過是權宜之計；按照高友工的理解，所謂「敘述美典」，其論述方式應該完全不同。由於他的目的在於分析解說在中國文化史上占重要位置的「抒情美典」，於是「敘述」、「外向」設為對照，是行方便而已。事實上，據高友工的定義，「美典」一詞本就「著眼於創作者的心理狀態和活動以及他所運用媒介的方式和目的」，是因應他心中的「抒情美典」而立下的；要將重點在於「藝術品」的「敘述傳統」容納到這個論述架構，反而有需要作出調整。[61]因此，正如〈中國文化史中的抒情傳統〉說：

我將會討論若干由以上抒情美典基礎而產生的細節。至於敘事美典只會作為對照而偶然提及。詳細的討論只能留待將來了。[62]

高友工這個態度在三篇論文都是一貫的；「敘述美典」在他的論述位置的重要性遠遠比不上「抒情美典」。雖然他表明要在「較普遍的理論架構」下講「美典」問題，[63]但他刻意用力的地方是「內向」、「內化」、「反省」、「內涵」、「象意」等與他所界定的「抒情美典」直接相關的範疇。比方說，分析美學也有討論「美感經驗」，高友工之考析「感性」、

「結構」、「象徵」等，都是分析美學的理論工具；但正如高友工所說，他們是「從作品講美感」，[64]而高友工卻聚焦於創作的經驗以至閱讀的再經驗，取徑明顯不同。這就是說，他應用了他所掌握的西方理論利器，去開發西方理論所忽略的領域。進一步而言，他細意析論的「抒情美典」，實在是西方文化傳統未及發揚的部分。例如，他注意到在西方傳統中也有重視藝術的「內化」和「內象」的理論家如克羅齊，然而：

> 〔克羅齊的學說〕備受西洋美學的攻擊。……他的思想是非常接近抒情美典的，在以敘述性的小說戲劇為藝術中流砥柱的世界中自難以立足。[65]

60〈中國文化史中的抒情傳統〉，頁二一七。

61〈試論中國藝術精神〉，頁一四三—一四四。

62〈中國文化史中的抒情傳統〉，頁二一五。高友工說將來再論「敘事美典」，但這個諾言其實並沒有正式實踐；高友工的部分想法，大概可在討論「戲曲美典」的幾篇文章見到。

63〈中國文化史中的抒情傳統〉，頁二一二。

64〈中國文化史中的抒情傳統〉，頁二一八；參見 Richard Shusterman, "The End of Aesthetic Experience"; Diané Collinson, "Aesthetic Experience," in Oswald Hanfling ed., *Philosophical Aesthetics: An Introduction* (Oxford: Blackwell, 1992), pp. 117-178; Nelson Goodman, "The Activity of Aesthetic Experience," in John W. Bender and H. Gene Blocker eds., *Contemporary Philosophy of Art: Readings in Analytic Aesthetics* (Englewood Cliffs, NJ: Prentice Hall, 1993), pp. 396-401.

65〈試論中國藝術精神〉，頁一五五。

高友工言下之意是：因為克羅齊的論說接近「中國的」抒情美典，所以他在以敘述性文學為主的「西方」世界備受抨擊。由此可見高友工是有意識地從文化傳統的角度去解說「美典」。〈試論中國藝術精神〉一文就說：

> 一言以蔽之，中國藝術精神是在抒情美典中顯示。[66]

〈中國文化史中的抒情傳統〉也說：

> 講抒情傳統也就是探索在中國文化（至少在藝術領域）中，一個內向的（introversive）價值論及美典如何以絕對優勢壓倒了外向的（extroversive）美典，而滲透到社會的各階層。[67]

從「文化傳統」的角度觀察現象，其啟示就是真理不止於一種；換言之，不同的傳統可以有不同的立場，對事物有不同的詮釋。上文已經提到，高友工有意在這一系列的三篇論文把許多論題的基礎化解為不同的「詮釋」，譬如〈中國抒情美典〉對「人類行為」分析部分，就題作「人類行為的詮釋」（Interpretation of the Human Act）。再如〈試論中國藝術精神〉一文，更聲明「美典」是一個「信念」的問題。[68]〈中國文化史中的抒情傳統〉又指出

「抒情傳統」「體現了我們文化中的一個意識形態或文化理想」。[69] 這些論點背後的思維，其實已很明晰了。

原本分析美學是以揭示「人類」普遍行為或思想為鵠的，並沒有文化意識的思考牽涉其中，更不倚賴「文化史」的背景來輔佐議論。但無可否認，英美分析美學家們的確是處身於西方文化的森羅萬象之中，其思維模式和思考範圍受制於他們所熟悉的世界，亦難避免。高友工深入於這種論述時，一方面感受到其為器用之鋒利，另一方面又發覺此利器不能直接操作於自己最了解的中國文化現象，於是文化區別的意識被喚醒，試圖從「文化傳統」的角度去補充分析美學之不足。這一點可以從高友工就「抒情美典」和「抒情傳統」所作的區分來體會。他在〈中國文化史中的抒情傳統〉說：

> 我提出對抒情傳統的建立與發展的解釋是基於一套基層的美典的成長。這套美典因為與抒情傳統息息相關，可以名之為抒情美典。……抒情傳統中的詩篇可以是不符合抒情

66〈試論中國藝術精神〉，頁一五一。
67〈中國文化史中的抒情傳統〉，頁二一七。
68 高友工說：「藝術活動與美感經驗到底是和一般活動與經驗同類，還是有本質的差異呢？其實回答這個問題就已經決定了個人所相信的美典。」見〈試論中國藝術精神〉，頁一四四。
69〈中國文化史中的抒情傳統〉，頁二一二。

美典的。這一方面由於抒情傳統是較廣義的，而抒情美典也可以說是我們假設的一個理想架構。另一方面又是因為傳統是不斷在演化，它所表現的美典也即有階段、層次的差異。[70]

在高友工心中，「抒情傳統」與「抒情美典」的意義有廣狹之別。他以「非歷史」的分析美學作理論工具，可以建設「抒情美典」這樣一個「理想架構」，「並時」地與「敘事美典」來作對照。然而，他又意識到這種理論設定，很難圓足地解釋在「歷時」層面的種種演化。於是他把視野放寬，以「美典」在文化史中的遞變來把握文化傳統中的「抒情精神」，而以「抒情傳統」的理解作為他的理論探索的更高目標。[71]

以下我們要進一步分析高友工體會的「中國抒情美典」的歷史表現及其與中國文化史的關係。

（二）抒情美典的文化關聯

高友工長於思辨；當他試圖從以律詩為典型的「抒情詩」跨步到「抒情精神」、「抒情美典」，以至「抒情傳統」，藉以辨析中國文學的精神結構與理想時，都能提出精微而獨到的見解。然而，每當觸碰到更廣闊的文化脈絡時，他卻表現出非常謹慎，有時甚或是迴避。問題是：他是主動引導他的讀者注意文化的關聯，然後又說要交由文化史的專家去處理。高友工的典型講法是這樣的：

「文化史」中各型思想如何形成傳統而且相互影響自然是一個人人都應該關切的題目。但勾劃這一種文化的「形態、結構」的全圖是文化史家的工作了。[72] 我認為中國抒情思想很早成為了一個主導系統，……細節以後我還會談，這兒我願回到一個更迫切的問題，即是為甚麼中國文化會有這個取向？真正的回答是要待文化史家的努力。[73]

在討論任何中國美典以前，無疑地我們該問何以此種美典在當時的文化背景中產生，抒情美典自亦不能例外。至少我們應該看一下跟美典最有關係的思想背景，解釋一下整體的思想體系。這樣這整個體系中的美的觀念也自迎刃而解。但是我不但沒有篇幅，也沒有能力這樣做。這些大的文化史與思想史的問題只有留給文化史家、思想史家去解決。[74]

70 〈中國文化史中的抒情傳統〉，頁二一三。
71 這也可能是同一篇文章的前後稿採用不同題目的原因：較早出現者題作“Chinese Lyric Aesthetics”，後來發表就題作〈中國文化史中的抒情傳統〉。
72 〈文學研究的美學問題（下）〉，頁八八。
73 〈試論中國藝術精神〉，頁一五二。
74 〈中國文化史中的抒情傳統〉，頁二二六—二二七。

高友工這個模稜的態度，或者可以反映出一種微妙的心理。這一點我們下文再談。現在我們再具體檢視高友工的文化史視野。

觀乎他所引用的權威，比較重要的就是徐復觀、牟宗三，以及余英時。高友工以為徐復觀《中國藝術精神》論孔子和莊子，有助他說明「抒情美典」的先導；而牟宗三所講的「境界形態的形而上學」說法，正好解釋了中國的「抒情美典」如何從「境界形態」的「自我實踐中發展出來」。[75]至於余英時的論述，更是高友工所搭建的文化史架構最重要的支柱。在〈試論中國藝術精神〉一文，高友工的自述很值得注意：

三年前我曾寫過一篇中國抒情美典的發展一文，……迄今我大體上仍然相信這個發展嬗變的間架，只是始終覺與整個文化史的發展似乎一直不能找到一個因果脈絡。但一年來在兩個不同的場合聽到余英時教授討論到中國文化史上的四個重要的突破，事後又與他討論過我關於中國藝術史上的幾個轉捩點，覺得我自己的想法在很多方面可以包容在他所提出的框架之中。[76]

高友工所說的三年前的文章，是指英文論文〈中國抒情美典〉。當中講到此一「美典」的四個階段：第一階段為「發端」——以先秦音樂美學為論；第二、三階段「精進」（分二階段）——分別以陸機《文賦》及劉勰《文心雕龍》的文學理論、唐代律詩成立及草書理論為中心；第四階段「正典化」——以北宋各派畫論的匯合為證。高友工又指出第四階段由西元第十世紀延展到二十世紀初古典時期的終結。[77]

高友工以這個框架對「抒情美典」的演進作出歷史追蹤。先是音樂以最早的藝術形式出現，而「樂由中出」的觀念奠定了「內向」的道路。繼而出現了抒情美典的宣言——《文賦》，以及博大精深的《文心雕龍》；陸機《文賦》正式把文學理論帶到「創作論」之上，而作品的意義只在於記錄創作的行為；劉勰的〈神思〉與〈情采〉兩篇討論「心」的作用，以至由「形文」、「聲文」及「情文」顯示出的「純粹形式」和「象意形式」的意義。[78]到了唐代，律詩的建立證成了「意的形構」（structuralization of aesthetic idea），將情、景化為「意境」成了「美典」目標；[79]而同期草書理論則發揮了以「點劃為情性，使轉為形質」，也就是「氣的質現」（materialization of inner force），以「氣勢」為美典的理想。再而「意境」

75〈中國文化史中的抒情傳統〉，頁二二七。

76〈試論中國藝術精神〉，頁一六四。

77 "Chinese Lyric Aesthetics," p. 47.

78 高友工在文中直接把「情采」翻譯作「Lyrical Expression」，又認為「情文」可被視為「lyrical form」；見"Chinese Lyric Aesthetics," pp. 66-67.

79 高友工於此以「inscape」譯「境」和「意境」，見"Chinese Lyric Aesthetics," 74。前此他也以同一詞彙譯「境界」。

和「氣勢」分別又是山水畫和水墨畫的主要宗尚，而其總匯又在於宋以還的「文人畫」：

> 我以「游心空際」總結中國詩中意境的領域，以「寫意象外」代表中國書法中氣勢的指向。而二者是文人畫的始與終。……抒情美典在游心一層中作到內化的一面，在寫意一層中顯示它特有的象意的方法。……由於繪畫在美典上繼承、綜合、擴展了詩與書的美典，所以在表現的形式上亦能達到相輔的境界。詩書畫三絕的理想幾乎是這新美典的水到渠成的成果。[80]

〈中國抒情美典〉和〈中國文化史中的抒情傳統〉兩篇相關的文章，都以「文人畫」作為「抒情美典」的歷史敘述的終點。當中的論述和舉證固然比以上的摘要介紹豐富和具體，但我們刻意精簡正想突顯高友工的論述邏輯。他的歷史書寫其實還是離不開「分析美學」所偏重的「內部史」（internal history），主力在追蹤「抒情美典」的內部結構——尤其是「內化」與「象意」——的發展，有關「美典」變化的文化史「因果脈絡」的交代，並不充分。

對「抒情美典」作「文化史」解釋既然成為高友工「美典」論述的追求目標，而他又自覺力有未逮，於是余英時（高友工在普林斯頓大學的同事）對中國社會文化作思想史詮釋的論述，就成為他最親近的「解倒懸」方案。高友工比較積極地應用余英時的「中國文化史四次突破論」，並嘗試為「美典」的演進提供更多的思想文化背景的解釋，見於〈試論中國藝術精神〉一篇，文中第三節〈中國藝術精神的發展階段〉先有余英時之說的介紹：

> 〔余英時〕提到的四次突破，代表了中國文化在本體或形式上的重要轉變。第一個突破是東周時期從春秋末季到戰國中期，也即是公元前五世紀和四世紀。第二個突破是在漢魏之際，亦即公元二、三世紀的時代。第三個突破可以說是唐宋之際，五代與北宋特別是十及十一世紀正是其關鍵時期。第四個突破是明清之交替從萬曆到順治的十七世紀反映了這個轉變。[81]

高友工在撰寫他這一系列文章時，其實並未見到余英時對中國思想的「四次突破」的完整論述，但這裡的簡介大致不差。[82]余英時近期發表〈我與中國思想史研究〉，對自己如何發展這「四次突破」論，有扼要的介紹，在此我們可以引為討論的根據。按照余英時的看法，每次思想「突破」都有其政治文化的因緣：第一次突破的背景是「禮壞樂崩」，先秦諸子的思想緣是而生；第二次突破發生在漢帝國開始分裂之時，出現「群體秩序」與「個體自

80〈中國文化史中的抒情傳統〉，頁二五八。

81〈試論中國藝術精神〉，頁一六四。

82 高友工在文中亦交代自己從不同的場合聽到余英時的說法，加上二人長期在普林斯頓大學共事，討論的機會不會太少，所以高友工較早得知余說的梗概，也是可能的。

由」、「名教」與「自然」、「情」與「禮」之爭；第三次突破關乎唐、宋之際的大變動，這時「新禪宗」的「入世傾向」引導出宋代「道學」倫理，以「得君行道」為理想；第四次突破具體以王陽明的「致良知」之教為表徵，「得君行道」既不可得，於是「覺民行道」的思想代之而興。[83]

將余英時的具體論述與高友工提出的中國抒情美典發展間架相較，可以見到兩者既有互相融會的可能，但也有不少看來是圜鑿而方枘的地方。高友工論「第一次突破」，借用了余英時的「禮樂崩壞」而至「人性覺醒」的觀察，[84]進一步推衍解釋音樂內在結構的形式基礎與自然現象的關係，認為當中出現了以「等值性的比喻關係」補充自古以來的「延續性的因果關係」，使「音樂」與「情志」的象徵關係得以建立；而這種人文主義的思潮，又是抒情傳統的主流。高友工此說雖然也有許多心證的成分，但與余英時的講法沒有明顯的矛盾，甚至可以說是擴闊了余說的空間。

至於「第二次突破」的文化背景，在高友工眼中表現為在「名教」的危機下「個人從社會的、外在的道德世界退隱到一個自我中心的、內在的心象世界」；當中「由自我精神的內省到表現」，就是抒情美典的發展方向。高友工這樣的分析，不難和余英時之說調協。二人的不同處在於對這次「突破」的範圍之理解。余英時以為這次「突破」由漢末開始，持續到南北朝。高友工則不單由《古詩十九首》講到陸機《文賦》和劉勰《文心雕龍》，更要把盛唐的書法和詩學視為「第二次突破」的「餘波」。這樣的擴張又似乎太過寬鬆，可能是因為他要為自己「抒情美典」論述的關鍵——律詩美典——尋找適當的位置和意義。

更多問題是對唐宋之際的「突破」的論述。高友工說唐代藝術「在以後文化上的突破已經由『果』轉變為『因』」，如古文運動就推動了「第三次突破」；但將古文運動與「抒情精神」扣連其實並不容易，更何況從唐「律詩」到「藝術」，再到「古文運動」，中間還有不少論證的缺口有待補充。按高友工的另外兩篇論文（〈中國抒情美典〉和〈中國文化史中的抒情傳統〉）的論述架構，這次「突破」的主體應是北宋以還的繪畫和理論，但他在本文又添加了七絕（絕句與偈語「同源、同形」）和詞體的「長調」（依循詩人心聲而伸屈），試圖證明當時「形式上的探求」都反映了「人生意義的追尋」。同樣，如果我們不想簡單以「牽強」二字下判語，則有必要進行更大規模的論證工程。

為了配合王陽明「心學」所代表的「第四次突破」，高友工提出了戲曲新美典之說；但據他另外一些論文的解釋，這已是「外投美典」的問題，與純粹「內向」的「抒情美典」分屬不同的發展趨勢了。[85]或者，歷史書寫總讓人期待一個結局。前此高友工探討過《紅樓夢》與《儒林外史》的抒情視界，在此正可供應用；高友工指出這兩本小說「融合抒情、敘事傳

83 見余英時，〈我與中國思想史研究〉，《思想》，第八輯（二〇〇八年），頁一—一八。

84 更準確地說，余英時以為這時期中國的「哲學突破」是以「心學」取代了「神學」。〈我與中國思想史研究〉，頁七。

85 參〈中國之戲曲美典〉，《美典》，頁三〇六—三二二；〈中國戲曲美典初論——兼談崑劇〉，《美典》，頁三二三—三四三。

統」，「也可以被看作抒情美典的『天鵝之歌』」。[86]只可惜無論在早前的論文還是本篇，都沒有見到高友工嘗試探討這兩闋「天鵝之歌」如何與王陽明啟動的「覺民行道」相關聯。

既然余、高二人對思想史或者文化史的都有相同的詮釋範圍，我們可以稍稍比較二人的態度。余英時說：

我研究每一個思想變動，首先便從整體觀點尋它的歷史背景，盡量把思想史和其他方面的歷史發展關聯起來，其次則特別注重「士」的變化和思想的變化之間究竟有何關係。[87]

事實上，余英時第二點提到「士」的主題，就好比高友工論述中的「抒情精神」或者「內化」到「象意」，同是在歷時研究中建立觀察點的方法。高友工也和余英時一樣，覺得有需要把研究的對象置放到一個更大的脈絡中，就如前面引述過的話：「該問何以此種美典在當時的文化背景中產生。」或者因為余英時得助於其史學訓練，可以將「思想史和其他方面的歷史發展關聯起來」，而高友工在窮心於內部理論分析之後，無餘力解釋「整體的思想體系」，只能「留待文化史與思想史家去解決」，又或者「假設這方面的問題已經解決」。有時甚而會感慨地說：

在複雜而且整體的文化現象分辨因果往往只是徒勞。[88]

當然他這句話的目的是想說明歷史上的文化現象可以互為因果，又或者既是因也是果，但多少也反映了他在面對龐雜的歷史狀況時，或有難以措手的焦慮。

七、結語

我們回看高友工建立他的「抒情美典」論述的過程，見到他（和梅祖麟）先是從「抒情詩」這個西方的「體類」觀念起步，其定義是：內容偏重主觀與情感、形式則簡約緊湊；最初找到中國文學上的對應是「五言絕句」。但隨著對「主觀」和「簡約」等觀念的深入思考，高友工漸漸覺得律詩才是更有代表性的「抒情詩之典型」，而抒情詩又是「抒情傳統」之理想最圓滿的體現。從這個方向觀察律詩的成立過程，高友工又得出「內化」和「形式

---

86 "Lyric Vision in Chinese Narrative: A Reading of *Hunglou meng* and *Rulin waishi*," Andrew H. Plaks, ed., *Chinese Narrative: Critical and Theoretical Essays* (Princeton, N.J. : Princeton University Press, 1977), pp. 227-243.

87 余英時，〈我與中國思想史研究〉，頁九。

88〈試論中國藝術精神〉，頁一六五。

化」是「抒情美典」的基本原理。後來「形式化」被置換為「象意」，表示他對「抒情」的文化意義有更多的思考，他的探索範圍拓展到音樂、文學理論、書法，以至繪畫與畫論，追尋其間共通的「抒情精神」，以至「抒情美典」與中國文化的關聯。

我們也看到高友工的理論資源主要是探求人類思想和行為之普遍原理的語言學和分析哲學，以及這哲學系統影響下的分析美學。掌握了這些理論工具，高友工為現代的中國文學研究示範了前所未有的細緻解剖和精微觀測。然而，他的作為與二十世紀七、八〇年代港臺比較文學研究盛行套用西方文學理論以說明中國文學現象之暗合者不同。高友工從借用這些看似「普世」的理論之始，就警覺其未能圓足解說中國文學的現象，而謀求補救甚至重新改造。譬如對耶考布森的「詩歌功能說」之偏重「選擇軸」而輕忽「毗鄰軸」，對現代語言學之強調口語及語言交流功能而貶低文字及其記憶功能的意義，對分析美學之重視藝術客體而疏略創作以至欣賞過程之主觀經驗等，都作出了重要的修訂，甚而是全力開發這些西方論述所不及的領域。「抒情美典」的思考就在這個論述語境中漸次成熟。

我們說高友工的文化意識是在開發「抒情美典」的過程中被喚醒的。對於西方理論之不周延，高友工歸因於文化理想之價值取捨不同於中國。於是「文化」和「傳統」的解釋在高友工的論述中愈來愈重要。這可以從他前後兩篇文章的觀點差異可以見到。在一九七九年發表的〈文學研究的美學問題（下）〉的結論部分，高友工說：

> 無疑地有人會推想我是在以此抒情精神為中國的文化精神，以悲劇精神為西方的文化精神。姑不論這種簡化的公式是否有意義；我個人根本對中西文化比較這個題目沒有太大的興趣。我的興趣毋寧是貫注在幾種不同的思辨、表現的方式。……各種的表現方式在它最簡單的形式階段可能（而且必須）在任何一個成熟的文化中出現。……但是文化的演變必由簡單日趨複雜，而各種條件的交綜錯離就形成了無數的文化的「複合結構」，這就不是每一個文化都能共有的了。我們可能作的只是忠實地描寫這些結構，而觀察它們在一個文化中的相互影響與排斥，以及它們的消長興衰。[89]

於時，高友工的興趣在於思辨和表現方式，關心的是這些方式如何在一個文化中組成「複合結構」。思考方向是以結構模式作為主導的，歷史變化也被吸納到結構思考之中，這也是分析美學的「非歷史」以至「內部史」的基本特色。但隨著思辨層次的遞進深入，高友工的文化區別的意識漸強。到了二〇〇二年的〈中國文化史中的抒情傳統〉，其文的尾聲有這樣的講法：

> 我希望在高處看，所講的還可以在理論層次與西洋文化有一種比較。我個人一直以為

89〈文學研究的美學問題（下）〉，頁八八。

比較文學在歐洲文學限制之內是可以有很大貢獻的，但若就兩個迥異的文化，其比較只能在理論的層次上進行。而中西藝術精神的比較正只能從兩種不同美典在兩種文化中的比重來看。用最粗淺的話來說，中國的抒情精神正和西洋的戲劇精神分別在它們文化中同樣居於一個中心的樞機。[90]

從對「中西文化比較」不感興趣，到主張「在理論層次」作中西比較，不是輕率地以今日之我打倒昨日之我；高友工是深入以英美分析哲學為中心的現代理論之後，而得出這樣的見解。但他並沒有因此簡單地批評西方理論不足取，從而閉關自守。他希望把「文化史」的視野帶到理論的高度來思考，目標是「超越局限自己的美典而設身處地想像其他的經驗」：

只有在這種想像的擴展開拓後，我們的藝術經驗才能更成熟，更豐富。也許在遍嘗之後，我們仍然回到自己的舊癖。但願意進入其他人的條件和目的，也是培養人本精神的唯一階梯。[91]

事實上這種想法是相當有啟發性的，可以提醒我們時刻反省自身的偏蔽，嘗試了解甚至欣賞別人的傳統；或者這就是現今人文學科研究的一個應行的方向。當然，要實踐這個理想並不是輕而易舉的。就以高友工對「抒情美典」和「敘事美典」的對照比較看來，他還是比較欣賞自己所熟悉的文化藝術，認同其背後的人生理想。[92]

此外，高友工的「美典」論述還有一些特點值得我們深思。其一是理論與歷史的輕重問題。高友工論述的重要貢獻在於其理論思考的深刻和格局的整齊；對於中國傳統詩學以至文化藝術理論之現代詮釋，應有極大的助益。然而，正如前文所述，高友工的理論思考主導往往讓具體的歷史現象沒有機會呈現，容易招致學有專門的文史研究者非議。例如論唐代律詩只舉初唐詩人、王維的山水詩、杜甫的律詩，目的在說明「律詩美典」的幾個面向；但唐詩專家們會很容易指出王維的作品風格不是如此局限，中晚唐以至兩宋還有許多別樣的詩風等。又如論文人畫之不重具象模擬，兼容「氣勢」與「意境」，成就全面的「抒情美典」，也曾被藝術史家高居翰（James Cahill, 1926-2014）質疑，舉南宋院畫反證「抒情」不必放棄「形似」。[93]再者，如我們上文所述，高友工對文學或者藝術的「內部」發展邏輯往往有精微觀測，但對其外緣因素的關聯卻不一定有準確的把握。諸如此類，予批評者很多責難的機會。[94]然而，如果我們能掌握其理論架構的意向，再行補強修正其間歷史細節，使其論述更準確周延不是辦不到的事。高友工在〈試論中國藝術精神〉的結語說：

90〈中國文化史中的抒情傳統〉，頁二五九。這些結論和感想是一九八五年的〈中國抒情美典〉所未有的。

91〈中國文化史中的抒情傳統〉，頁二六〇。

92 對於「抒情美典」的局限有較多批評的是〈試論中國藝術批評〉一文。

93 James Cahill, *The Lyric Journey: Poetic Painting in China and Japan* (Cambridge: Harvard University Press, 1996), pp. 7-72.

我所希望的是這裏至少能提出一個大的間架，橫的結構和縱的史觀都有一個輪廓。至於修正與補充則有待來日，有待諸君了。[95]

或者我們不應看成是客套的閒言語。

高友工「美典」論述的另一個問題也是因為理論成分特強，其思維的周折繁複，讓許多初學者望而卻步。幸好高友工的早期難讀難懂的文章如〈文學研究的美學問題〉的主要論點，經過蔡英俊、呂正惠吸收消化，充實以具體例證，修補其不足，寫成平易暢達的文章，[96]高友工論述的主體精神才得以在學界有廣泛的流播。假如高友工其他長篇論文也有適當的介紹，讓更多年輕學人領會其理論的優缺，則「抒情傳統」論述在文學研究以至學術史的意義，相信會更加深遠。

94 事實上，高友工以方臘研究完成博士課程，照理應有足夠的史學訓練；但他後來的論著卻是理論先行，歷史論據比較薄弱。

95 〈試論中國藝術精神〉，頁一七二。

96 呂正惠〈形式與意義〉、蔡英俊〈抒情傳統與抒情精神〉，均見蔡英俊編，《抒情的境界》（臺北：聯經出版公司，一九八二），頁一五—六五；六七—一一〇。

第四章

美典內外

高友工的學思之旅

一、前言：從「高友工震盪」說起

一九七八年十一月四日到六日，「中華民國第三屆比較文學會議」在臺中國立中興大學舉行。第二天第一場的論文發表人是留美廿五年後首度回臺灣客座的高友工，論文題目〈文學研究的理論基礎——試論「知」與「言」〉；講評人齊邦媛指出這是高友工專著《中國文學的抒情傳統》的第一章。當日在場發言的師範大學余玉照指出高友工的文章與論述在臺灣的影響，造成「高友工震盪」。[1]在此之前，高友工與梅祖麟合撰的文章如〈分析杜甫的〈秋興〉——試從語言結構入手作文學批評〉、〈論唐詩的語法、用字與意象〉、〈唐詩的語意研究：隱喻與典故〉，由臺灣大學外文系黃宣範譯出，先後在《中外文學》刊登，已經轟動一時。[2]這時高友工在臺灣大學客座，也在其他大學演講，年內撰寫了幾篇擲地有聲的文章，包括〈文學研究的理論基礎〉，以及〈文學研究的美學問題〉上、下篇；都一新臺灣學界的耳目；[3]「高友工震盪」之說，並非虛言。

自此以後，一直在美國普林斯頓大學任教的高友工，繼續與臺灣學界保持聯繫，其中比較重要的兩次回臺訪問，都與清華大學有關。[4]一九八七年夏國立清華大學人文社會學院主辦「文化文學與美學研討會」，高友工與葉維廉、詹明信（Fredric Jameson）等前來演講，高友工的講題就是「中國抒情美典」，共四講。[5]另一次是一九九三年十月清華大學文學研究所邀請高友工回臺作系列演講，講題包括：「中國詩傳統的形式藝術：聲語的節奏」、「中國詩傳統的形式藝術：形語的結構」、「文學藝術的道德層面」、「中國戲曲的寫實與象徵成分」。[6]

---

1 參考思兼，〈第三屆全國比較文學會議特別報導〉，《聯合報》，一九七八年十一月十九日；思兼，〈高友工談文化理想〉，《聯合報》，一九七九年七月十九日；張靜二，〈比較文學在臺灣的拓展：中華民國比較文學學會簡介之二〉，《中外文學》，第十七卷第九期（一九八九年二月），頁五九—七九。

2 高友工、梅祖麟，〈分析杜甫的〈秋興〉——試從語言結構入手作文學批評〉，《中外文學》，第一卷第六期（一九七二年十一月），頁八—二六。高友工、梅祖麟，〈論唐詩的語法、用字與意象〉（上）、（中）、（下），分見《中外文學》，第一卷第十期（一九七三年三月），頁三〇—六三；第一卷第十一期（一九七三年四月），頁一〇〇—一一四；第一卷第十二期（一九七三年五月），頁一五二—一六九。高友工、梅祖麟，〈唐詩的語意研究：隱喻與典故〉（上）、（中）、（下），分見《中外文學》，第四卷第七期（一九七五年十二月），頁一一六—一二九；第四卷第八期（一九七六年一月），頁六六—八四；第四卷第九期（一九七六年二月），頁一六六—一九〇。

3 高友工，〈文學研究的理論基礎——試論「知」與「言」〉，《中外文學》，第七卷第七期（一九七八年十二月），頁四—二一；高友工，〈文學研究的美學問題（上）——美感經驗的定義與結構〉，《中外文學》，第七卷第十一期（一九七九年四月），頁四—二一；高友工，〈文學研究的美學問題（下）——經驗材料的意義與解釋〉，《中外文學》，第七卷第十二期（一九七九年五月），頁四—五一。

4 高友工首次在臺灣大學客座的時候，蔡英俊是臺大的研究生，呂正惠則從東吳大學來旁聽；二人親受教益，後來又同在清華大學任教。蔡、呂又都有發揚師說，寫過重要的「抒情傳統」論述文章；參陳國球，《抒情中國論》（香港：三聯書店，二〇一三），頁一三一—一三八；呂正惠，〈追懷高友工先生〉，《保馬》，二〇一六年十一月十三日。

5 記者，〈文化文學美學的邂逅：國內外學者開研討會〉，《民生報》，一九八七年七月十六日。

6 記者，〈高友工返國赴清大講學〉，《中國時報．開卷周報》，一九九三年十月一日。

一路走來，從二十世紀七〇年代到八〇年代中後期，高友工建構了他的「美典」說，後期更從文化史的宏觀角度進一步申述；在中國文學的「抒情傳統」論說中，別成一家規模完整，體系森嚴的論述。他以細密的思維分析，推敲探索中國詩學與藝術批評的各種元素和各個層次，以至其組合成型的過程與表現方式。在處理細節時，高友工仿似一位巧藝的機械錶製作師，游心於錶內十、百個大大小小的齒輪；其構建的整體規模，則廊腰縵迴，簷牙高啄，有如高第（Antoni Gaudí）所打造的巴塞隆納聖家堂（Sagrada Família）。他的態度與方法，可說是一種現代式的涵詠體味；古老的舊學由是面貌一新。在北美學界，他的學生如林順夫、孫康宜、蒲安迪等，繼續發揚他的古典文學論述的不同面向，帶動了文學審美研究的風尚。至於東亞地區，高友工的影響或者更深更遠。他對文化傳統的尊重，贏得開明的學界前輩如徐復觀等的稱譽。[7]年輕一代受他薰染的甚多，當然更多的是在面對「美典」說高華嚴整的體貌時，目眩神迷，只會遙望讚歎；但經過蔡英俊、呂正惠、張淑香、蕭馳等闡發弘揚之後，隔代受沾溉者，又不在少數。[8]

高友工早年曾經表示要撰寫兩本學術著作：一、《中國文學的抒情傳統》，從語言藝術探討文化主流的形成，內容包括五篇文章：〈詩經中語言的藝術〉、〈楚辭的結構〉、〈五言詩的形成〉、〈律詩的藝術性〉、〈小令和長調的語言結構〉；二、《關於文學研究的幾個問題》，以《中外文學》的幾篇中文文章為主。[9]這兩個計畫並未正式實現，但部分內容已收入已出版的兩本高友工文集之中。首先是二〇〇四年出版的《中國美典與文學研究論集》；

據編者柯慶明交代，高友工對文章結集意願不高，只是勉強同意由柯慶明全權處理。或許是這個原因，我們見不到高友工為此著撰寫序文或後記；書前只有編者所撰的〈導言〉。[10]再而是二〇〇八年北京三聯書店根據臺大出版中心初版重新編排，並增補了四篇文章；書前有梅祖麟〈序〉及高友工〈自序〉。[11]此外，高友工和梅祖麟最早合作撰寫的三篇唐詩論文，除了曾刊《中外文學》的黃宣範譯本之外，於一九八九年由大陸學者李世躍重新翻譯，合成一集出版，題作《唐詩的魅力》。[12]總合而言，高友工留下的著作數量不算特別豐盛，但新創

7　徐復觀曾稱賞高友工〈文學研究的理論基礎〉一文為「臺灣三十年來所見最傑出之文論」；見徐復觀，〈從顏元叔教授評鑑杜甫的一首詩說起〉，《中國時報》，一九七九年三月十二日、十三日。

8　參考本書第三章〈高友工抒情美典論初探〉；以及陳國球《抒情中國論》，頁一三二—一三八、一五五—一六四。

9　思兼，〈高友工談文化理想〉，《聯合報》，一九七九年七月十九日。又：據林順夫一九七八年出版的《中國抒情傳統的轉變》一書所載，高友工將有討論「抒情傳統」的專書出版，題作 *Problems in the Growth in Chinese Lyrical Tradition*；見 Shuen-Fu Lin, *The Transformation of the Chinese Lyrical Tradition* (Princeton: Princeton University Press, 1978), p. 19, note 30。可知在七、八〇年代高友工原有完整的寫書計畫。

10　高友工著，柯慶明編，《中國美典與文學研究論集》（臺北：國立臺灣大學出版中心，二〇〇四）。此書至今有三版：二〇一一年二版，二〇一六年三版。其中三版又於書前增添陳國球〈如何閱讀高友工的「中國抒情美典」說〉，陳國球並為原編中〈中國文化史中的抒情傳統〉一文的缺漏補全。

11　高友工，《美典：中國文學研究論集》（北京：生活．讀書．新知三聯書店，二〇〇八）。

12　高友工、梅祖麟著，李世躍譯，《唐詩的魅力》（上海：上海古籍出版社，一九八九）；此書新版改題《唐詩三論：詩歌的結構主義批評》（北京：商務印書館，二〇一三）。

或重新定義的術語和觀念頗多，思路和演繹方式既細密、多向又迂迴，予人難讀難明、拒於千里之外的感覺。然而，與高友工親近的朋友，或者曾經親炙的學生晚輩，卻深受他親和、灑脫、樂觀的性格所吸引。根據他的朋友和學生的描繪，可知高友工「愛好並享受一切美的藝術經驗」，是芭蕾舞迷，自己也是舞者、大學本科生的芭蕾舞導師；也喜愛西洋歌劇、古典音樂，中國崑曲、平劇；為人瀟灑脫俗，逍遙如莊子。[13]這種形相風神，與書面的莊嚴肅穆、深曲難測，大不相同。

或者我們可以推想，高友工的生命形態本就豐富多端；從知人論世的角度而言，深於學問者，其著述也是人生觀照的一種表現方式。筆者曾撰文討論高友工「抒情美典」說的學理規模與論述邏輯；[14]本文另尋幽徑，嘗試從高友工的學思旅程中的境遇切入探察，希望對於這位極具影響力的現代學者及其學說的成長軌跡，有進一步的認識。

二、早年問學

高友工，安東鳳城人，一九二九年出生於瀋陽，十八歲考入北京大學法律系，只念了一年，就隨父親及家人從大陸遷居臺灣。那是一九四八年十一月。父親高惜冰（一八九三—一九八四）名介清，畢業於清華學校，公費留學美國，曾任東北大學工學院院長、察哈爾教育廳廳長、安東省政府主席。

高友工少年時代在戰火中成長，他小時候在察哈爾省會張家口居住，因日軍侵略而遷居天津租界，一九三六年高惜冰出任國民政府銓敘部育才司司長，家人隨遷南京；「七七事變」後高惜冰出任國民政府軍需物資官職，家人移居上海法租界。一九三九年再離開上海，經香港、河內抵達昆明；至一九四〇年於重慶與父親重聚，在此過了大概六年相對安定的生活。當時高友工在重慶南開中學就讀，開始埋首於文史古籍，尤其對唐宋詩詞特感興趣。[15] 至日本戰敗，高惜冰受任安東省主席，先在北平候命，準備次年赴東北主持接收工作；[16] 高友工也隨之轉學北平育英中學，一九四七年考入北京大學法律系。當時他的大學國文課老師

---

13 參考梅祖麟，〈序〉，高友工，《美典：中國文學研究論集》，頁一—一六；林順夫，〈「遊戲人」之典範：緬憶恩師高友工先生〉，《中國文哲研究通訊》，第二十七卷第二期（二〇一七年六月），頁三—七；孫康宜，〈懷念恩師高友工〉，《中國文哲研究通訊》，第二十七卷第二期，頁九—一一；劉婉，〈往事依依憶高師〉，《中國文哲研究通訊》，第二十七卷第二期，頁一七—二〇；江青，〈貼「心」朋友高友工〉，《回望：比雷爾與我》（臺北：爾雅出版社，二〇一八），頁一二三—一四一；Kang-I Sun Chang, et al. ed., *A Celebration of the Life of Professor Yu-Kung Kao, 1929-2016: Reminiscences* (unpublished memorial booklet, 2016).

14 見注8、注10。

15 參考Chun-Juan Kao Wang, "A Message from the Family of Kao Yu Kung," *A Celebration of the Life of Professor Yu-Kung Kao, 1929-2016: Reminiscences*, p. 87。

16 參考高惜冰，《遠東紅禍的前因後果》（臺北：反攻出版社，一九五〇），頁二；劉毅夫，〈認識高惜冰先生的追憶〉，《傳記文學》，第四十六卷第二期（一九八五年二月），頁九七—九九。

有語言學家周祖謨、作家廢名（馮文炳，一九〇一－一九六七）。[17]這兩位老師看來對他日後在學術上的發展都有或多或少的影響。尤其廢名於詩與生活的體會、文學與思想之感興式解悟，對他日後思考美感經驗的深層意義，相信有大幫助。

據高友工日後回憶，他還記得廢名其中以一堂課的時間來發揮《論語》「吾十有五而志於學」一章的意義，令他「咀嚼一生還未能盡興」；對於廢名「小說的抒情詩意及哲理的深度」，更佩服不已。[18]廢名一九二九年在北京大學英文系畢業，因為其創作的成績而留校在國文系任講師，教散文習作、現代文藝。[19]我們覆檢廢名在三、四〇年代的著述文章，可知他在一九三六年北平《世界日報》副刊《明珠》，以馮文炳的名義發表了〈志學〉一文。[20]在此之前和以後，他還寫了好幾篇談《論語》的文章：早在一九三四年就有〈讀《論語》〉，一九三六年又有〈孔子說詩〉、〈如切如磋〉、〈陳亢〉、〈孔門之文〉等。[21]抗戰結束後，再有〈小時讀書〉（一九四七）、〈立志〉（一九四八）、〈我怎樣讀《論語》〉（一九四八）、〈讀朱注〉（一九四八）等篇。[22]

我們發覺廢名雖是在意於孔子的思想，但所引述幾乎都是孔子的讀《詩》意見。〈志學〉談到「立志」，就想到啟蒙之始，孔子教兒子伯魚，要學《周南》、《召南》；再由《周南》、《召南》想到這是「亂世之詩」——「文王之世不亦亂世乎」，是「人倫之美，亦民族之詩」。[23]較早的〈讀《論語》〉也借「思無邪」、「正牆面而立」、「鳥獸不可與同群」等語申論孔子「了解文藝」之「透澈」，是建基於「人之情總在人間」。[24]廢名在一九四八年的一篇〈我怎樣讀《論語》〉，說自己寫〈讀《論語》〉時還沒有到三十歲，以後「年年有進益」，「到現在可匡程朱之不逮，我真應該注《論語》了」。[25]高友工正是一九四七到一九四八年入讀北京大學，所接觸的應該是這個時期的廢名想法。

我們比照廢名前後的論說，於詩學觀念而言，還是一以貫之。他心中的孔子思想，就是在「生活」中，「我們不從生活是不能懂得聖人了」。[26]他的一篇一九四六年的文章〈響應「打開一條生路」〉，也有從孔子出發講「文藝」，再次引述孔子問伯魚有沒有學《周南》、《召南》的故事，以及讚美《關雎》「樂而不淫，哀而不傷」，認為當中是「生活的藝

17 高友工，〈自序〉，《美典：中國文學研究論集》，頁一九。

18 同前注。

19 馮榮光，〈廢名生平年表〉，載王風編，《廢名集》（北京：北京大學出版社，二〇〇九），第六卷，頁三四四九；〈廢名生平年表補〉，載王風編《廢名集》，第六卷，頁三四八九。

20 見王風編，《廢名集》，第三卷，頁一三五二—一三五三。

21 同前注，頁一二九四—一二九六、一三六〇—一三六一、一三六四—一三六五、一三六六—一三六七、一三七三—一三七四。

22 同前注，頁一四四五—一四四八、一四五一—一四五二、一四六九—一四七五、一四七六—一四七九。

23 同前注，頁一三五三。

24 同前注，頁一二九五—一二九六。

25 同前注，頁一四六九。

26 同前注，頁一四七五。

術」。[27]文中又引述〈陽貨〉篇的話：

小子何莫學夫《詩》？詩可以興，可以觀，可以群，可以怨，邇之事父，遠之事君，多識於鳥獸草木之名。

然而作出疏解說：

這叫做詩的生活，生活的詩。這個詩是中國民族的詩。這裏也就是道，因為孔子的道是倫常，離開倫常就沒有道。這個倫常之道又正是中國的民族精神。中國的文學，從《三百篇》以至後代，凡屬大家，都不出興觀群怨君父國家鳥獸草木的範圍，屈原是如此，杜甫是如此，杜甫所推崇的庾信也是如此。後來還有《牡丹亭》罷。[28]

廢名認為從生活中來的詩，就是「道」，也是「中國民族精神」的表現；文學史上的「大家」，莫不如是。這也可以說是「中國抒情傳統」觀的一些先導言論；高友工後來講中國文化史上的「抒情傳統」時，其論述中的「境界」指向民族文化的價值觀，大概是同一方向的感知。

此外，廢名在一九四八年發表論卞之琳的〈《十年詩草》〉一文，以《論語》的句法比擬卞之琳新詩的句式。他認為卞之琳造句既是「歐化」，也是「古風」，因為二者同一脈絡。[29]這種穿透語言句式以論詩的方法，頗有後來高友工與梅祖麟論唐詩的味道。雖則廢名主要是意興感發，而高梅則借助語言學的結構分析。

至於高友工所受的語言學訓練，主要得之於往後的求學階段，尤其是留美以後師友之間的講習商量。他晚年回想在北京大學上過周祖謨的課，可能是因後而思前。這一點我們下文再作析述。

三、莫問的記憶

高友工離開中國大陸以前，其學思萌發過程可能還有一個奇異的元素：比他年長九歲的哥哥高而公（一九二〇—一九七六）的影響。高惜冰有子三人：而公、友工、而立。[30]高而立的行跡比較不顯著，但高而公卻是卓爾獨立，另有一番人生況味。高惜冰是國民黨企劃東

27 同前注，頁一四二一。
28 同前注，頁一四二四。
29 王風編，《廢名集》，第四卷，頁一七六九—一七八七。
30 承林順夫教授賜示：而公和友工是同母兄弟，而立乃異母所生，排行第三。

北地區的要員，但長子而公在北平一中學讀書開始，已經受共產主義思想影響，卻又雅好文藝，曾經發表新詩、小說，與評論。七七事變後高而公隨母親家人同遷入上海法租界，據說他就為弟妹講魯迅的文學與革命思想；這時高友工不到十歲，他的感受如何，我們並不清楚。但無疑兄弟二人都對文學感興趣。

高而公在一九四〇年考入他父親曾任院長的東北大學，入讀政治系，積極從事學生運動，辦讀書小組，主編壁報《合唱群》，內容包括雜文、隨筆、詩歌、漫畫、評論等，他筆下的〈人間夜記〉、〈達爾文先生的科學態度〉等文，都予人深刻的印象，大家認為有魯迅之風。他又組織「三合實驗劇團」，演老舍、宋之的、夏衍、曹禺等的話劇，宣傳愛國思想。後來加入東北問題研究社，參加「新文學研究小組」。可見他在文字書寫與閱讀方面都非常用心。高惜冰與而公的關係也很值得注意，據說許多活躍的左翼知識分子因為而公的關係，得到高惜冰的關顧而免被軍情當局拘禁。父子二人於政治路向上有大分歧，但高惜冰始終曲意維護兒子的政治活動。

也因為高惜冰的人脈關係，而公於一九四四年東北大學畢業以後，回到重慶，任中央社記者，暗中為共產黨竊取國民黨內部消息。又以筆名古甲在《新華日報》發表文章，例如〈紀念蔡元培先生誕辰：李四光教授學術講演〉（一九四五年一月十二日）一文在共區文化圈就備受稱賞。一九四五年十月高而公以返回東北家鄉工作為由，向父親告別，以後與家人就沒有再見的機會。他在往東北的途中轉赴冀魯豫解放區，並在軍政大學學習；一九四七年二月，以中央社記者名義發表了一篇著名通訊〈記解放區的一個細胞〉，寫他在河北採訪的見聞，連續四天在延安《解放日報》刊登，引起轟動。此後，他留在解放區迎向一九四九年的乾坤逆轉。[31]

一九四四年到一九四五年間的重慶時期，應該是高而公與高友工兄弟最親近的一段時光。高友工入讀當時遷到重慶的南開中學，思想開始成熟，也培養出個人的閱讀和寫作的興趣，在課後多讀文學古籍、唐宋詩詞。[32]高而公則愛讀魯迅，偏好左翼思潮的著作。兄弟二

31 以上有關高而公生平的記述，主要參考以下文獻：中央人民廣播電臺、北京廣播學院編《高而公文集》（北京：中國廣播電視出版社，一九八五），「第一部分：回憶高而公同志」，頁一—六四；李振水，〈深切的哀思誠摯的敬意——紀念高而公同志誕辰六十五周年〉，《現代傳播》，一九八五年第四期（一九八五年八月），頁一—三；王振乾、丘琴、姜克夫，《東北大學史稿》（長春：東北師範大學出版社，一九八八），頁一二九—一三二；楊重華，〈一個記者——高而公傳略〉，柯昌俊主編，《梓州忠魂》（三台：中共三台縣委黨史工委辦公室，一九九四），頁一一七—一二六；劉黑枷，〈遙望巴山憶而公〉，《寫在心中的書簡》（瀋陽：春風文藝出版社，一九九七），頁一六七—一七一；劉朝蘭，《想家的時候》（瀋陽：遼寧少年兒童出版社，一九九七），頁二七八—二七九；劉書峰，〈人民廣播早期的探索者——高而公〉，《中國廣播》，二〇一一年第五期（二〇一一年五月），頁四八—五〇；劉書峰，〈著名廣播記者高而公〉，程曼麗、喬雲霞主編，《中國新聞傳媒人物志（第十輯）》（北京：長城出版社，二〇一四），頁一一—一五；張在軍，〈高而公與讀書會、《合唱群》〉，《戰亂與革命中的東北大學》（臺北：獨立作家，二〇一五），頁二五八—二六三；邵燕祥，《我死過，我倖存，我作證》（北京：作家出版社，二〇一六），頁一一五—一一八，一八七—一八九；袁宏舟，〈高而公——「為人民獻身」的新聞人〉，《青年記者》，第三十五期（二〇一八年十二月），頁一一六—一一七。

人閱讀範圍似不相近，雙方的文藝思想有無交集？是一個有趣的問題。一九四七年高友工進入北京大學攻讀法律，卻在「大一國文」課深受廢名的啟迪。差不多同時，投身解放革命的高而公，在河北鄉間卻也向人借閱陸游《劍南詩鈔》，抄寫細讀〈送七兄赴揚州帥幕〉、〈塔子磯〉、〈獵罷夜飲示獨孤生三篇末一首〉、〈泊公安縣〉、〈夜步庭下有感〉、〈書憤〉、〈十一月四日風雨大作〉、〈關山月〉等詩。[33]這些詩篇不乏蕩氣迴腸之句，例如「急雪打窗心共碎，危樓望遠涕俱流」（〈送七兄赴揚州帥幕〉）、「七澤蒼茫非故國，九歌哀怨有遺聲」（〈塔子磯〉）、「無窮江水與天接，不斷海風吹月來」（〈泊公安縣〉）、「驚鵲遶枝棲不穩，冷螢穿竹遠猶明」（〈夜步庭下有感〉）等，都可歸為抒情傳統中的佳作。陸游固然被追封為「愛國詩人」，但其詩還是「詩言志」的正朔，與全力奮進昂揚的現代革命風潮不太協調。兄弟雖然分處不同空間，二人有沒有互相感念的可能？高友工日後的文學思想，在精密繁複的思維結構底下，不乏淑世精神；當中有沒有高而公的影響？都值得我們再三體味。

一九四八年十一月，高友工隨父親及家人渡海到臺灣。高而公則留在內地，從此參商永隔。而公在一九五〇年進入中央人民廣播電臺，馬上（一月）到山西文水採訪，撰寫國共內戰時十五歲共產黨員劉胡蘭犧牲的故事，在電臺連續廣播，深受大眾歡迎；後來改寫成《劉胡蘭小傳》，以筆名梁星刊行，也成為共產革命的經典文宣。[34]

至於高惜冰與家人到了臺灣，定居臺中，籌辦彰化紗廠，重拾年輕時實業救國的理想。一九五〇年當高而公去採訪共產革命烈士的事蹟時，高惜冰自費出版了《遠東紅禍的前因後果》，以東北地區為中心，從國際局勢以至國民政府的失策，說明共軍節節得勝的原因。[35]當他下筆之時，有沒有回想長子而公的思想與行動與他的分歧？一九四九年冬，原本在北京大學主修法律的高友工，以借讀生名義入讀臺灣大學特別班。據他自己的追述，這時他已經覺得「以法治救國這條路恐怕是今後無用之地」；[36]再加上他在北大與臺大特別班，讀了四個學期的「大一國文」，深受廢名、周祖謨、王叔岷、董同龢幾位老師的啟發，故此決心轉入中文系。

高友工日後緬懷追念臺大文學院臺靜農、戴君仁、鄭騫、方豪、方東美、沈剛伯諸位老師，可以推想他的學習生活應該是愉快而且收穫滿滿。[37]對照身處彼岸的高而公，滿腔革命熱情迎接新中國，卻在山西採訪回來不久患了精神分裂症，要送院治理。一九五三年被派

32 Chun-Juan Kao Wang, "A Message from the Family of Kao Yu Kung," *A Celebration of the Life of Professor Yu-Kung Kao, 1929-2016: Reminiscences*, p. 87.

33 據高而公在一九四九年以後結交的好友邵燕祥所記；見邵燕祥，〈獨對殘篇憶而公〉，《高而公文集》，頁四〇。

34 梁星，《劉胡蘭小傳》（北京：中國青年出版社，一九五一），收入《高而公文集》，頁六五—一一八。

35 高惜冰，《遠東紅禍的前因後果》（臺北：反攻出版社，一九五〇）。

36 高友工，〈自序〉，《美典：中國文學研究論集》，頁一八；又參高天生，〈談文學理論與文學批評：與高友工教授一席談〉，《書評書目》，第七十一期（一九七九年三月），頁七七。

37 高友工，〈自序〉，《美典：中國文學研究論集》，頁一九；高大生，〈談文學理論與文學批評：與高友工教授一席談〉，頁八四—八五；林順夫，〈「遊戲人」之典範：緬憶恩師高友工先生〉，頁五。

往朝鮮採訪韓戰最後階段的新聞。隨後又發表傳誦一時的通訊〈王崇倫和他的錶〉，表揚一位以一年時間完成四年工作量的英雄。這對於急著「超英趕美」的政權是非常有貢獻的工作。然而共產黨組織對高而公並不信任；他一直要面對連年的政治運動衝擊，精神病發作不斷。據他身邊朋友的憶述，這一方面與高而公的家庭和階級背景有關，也因為他的政治敏感度不足，例如在反蘇聯修正主義的運動期間，還表示支持赫魯雪夫的鬆動政策。到了文化大革命，命途更是坎坷，自不在話下。據說在當時熱熾狂亂的氛圍中，他還輾轉向朋友借閱唐詩，談論《紅樓夢》。或許是這一分文學心靈，讓他支撐到文革結束。一九七六年十一月在北京離世。[38]

一九七二年十二月，年近八十歲的高惜冰在臺中重印《遠東紅禍的前因後果》；〈再版序言〉說：

> 回想民國三十七年十一月來臺灣時，即抱定決心，今後要就個人所學，紡紗織布，不再參加政治工作。可是過去四十年間，糊里糊塗，走到政治圈裏，不知不覺和左傾份子碰頭，對于共產黨乃有相當深刻的認識，在腦海中永久留著不能泯滅的陰影。[39]

和高惜冰碰頭的「左傾分子」，包括骨肉至親；他「腦海中永久留著不能泯滅的陰影」，當中應該有長子離家出走的一幕；雖則文字上找不到任何痕跡。同樣，高友工日後所有的文字書寫，都沒有出現過「高而公」三字。

四、留學進修

高友工一九五二年自臺灣大學畢業，服兵役兩年後，於一九五四年獲派到美國哈佛大學留學；同在飛機上的還有影響他轉讀中文系的臺灣大學老師董同龢（一九一一—一九六三）。[40]董同龢當時是以哈佛燕京學社第一屆訪問學人的身分赴美。二人在美國成為鄰居，從生活上以至為學態度，高友工都受到感染。前此他在北京大學讀書的時候，曾受教於語言學家周祖謨；而周祖謨昔日在南京中央研究院史語所與董同龢同事兼宿友，周、董都是語音史專家，精研中古音到上古音。高友工後來的文學研究，與語音史關係不多；然而，據梅祖麟的觀點，傳統聲韻學中的《韻鏡》、《切韻指掌圖》等，往往用方陣表明聲母與韻母的搭配關係，有強烈的結構意識；這就與高、梅二人後來的結構主義式唐詩研究有所關聯。[41]梅

38　參考劉黑枷，〈遙望巴山憶而公〉，《寫在心中的書簡》，頁一六七—一七一；邵燕祥，〈獨對殘篇憶而公〉，《高而公文集》，頁四四—四五。

39　高惜冰，《遠東紅禍的前因後果》（臺中：自印本，一九七二），〈再版序言〉，頁一。

40　高天生，〈談文學理論與文學批評：與高友工教授一席談〉，頁七七。

祖麟就是採用這個角度去說明高友工研究思路的源頭之一；林順夫也認為「往語言轉向」是高友工學術論著的一個顯著特色。[42]

高友工在哈佛大學的研究生階段，師從楊聯陞（一九一四－一九九〇）。楊聯陞以中國社會經濟史名世，但他的學問很廣博，自比為「雜貨鋪」。[43]即以語言學而論，他曾與趙元任合編《國語字典》，又有《中國語文札記》等著述。[44]他的經濟史專業非常關注交易對價，其思維當中頗有等值結構的意味：例如他的名篇〈報：中國社會關係的一個基礎〉，深入中國儒家思想的「分殊主義」背後的等值結構，指出其思維規律與西方基督教道德的「普遍主義」大相逕庭。[45]高友工往後的結構主義趨向，與楊聯陞這個方向的學術觀念大概可以如此聯繫。就研究的具體內容和範圍來說，日後高友工的美學認知與藝術精神論述，似乎與楊聯陞指導下完成的論文關係比較疏遠；不過我們還是可以從中尋繹其前後關聯之線索。

高友工於一九六二年完成的博士論文《方臘之亂研究》，後來分為兩篇論文——〈方臘之亂研究〉及〈方臘之亂原始資料〉——在《哈佛亞洲研究學刊》發表。[46]後者是四篇原始文獻的英譯和注釋，前者才見到高友工的論述策略。〈方臘之亂研究〉一文分四節：第一節〈導論：中國歷史上的農民叛亂〉，分別討論「經濟與政治模式」與「意識形態模式」；第二節是「方臘之亂」的歷史考述；第三節和第四節再回應第一節的兩種模式，分別是〈方臘之亂的政治與經濟背景〉與〈方臘之亂的宗教背景〉。這種處理方式似乎不以單一歷史事件為研究目標；「導論」是以社會史的角度去說明中國歷史上先後出現的民亂模式，第三、四節是以方臘之亂的社會、經濟、宗教信仰等具體歷史事件和現象，以印證第一節提出的兩種模式。從論述結構而言，我們可以依稀見到高友工後來總括「抒情美典」的三篇論文——〈試

---

41 高天生記載高友工對董同龢的印象：「他給我們的訓練是一種科學方法、客觀方法。」見〈談文學理論與文學批評：與高友工教授一席談〉，頁八四。又林順夫記述同為董同龢學生的張亨的記憶，認為高友工「一定是在那堂課上被董先生的治學方法所吸引」，因為董同龢在課堂上展現出「他的新穎的、富創造性的、嚴謹不苟的治學方法」；見林順夫，〈「遊戲人」之典範：緬憶恩師高友工先生〉，頁五。又參丁邦新，〈董同龢先生對語言學的貢獻〉，《臺灣語文研究》，第四期（二〇〇九年七月），頁一四九—一五八。

42 梅祖麟，〈跋〉，高友工、梅祖麟，《唐詩三論：詩歌的結構主義批評》，頁二一九—二二三；林順夫，〈「遊戲人」之典範：緬憶恩師高友工先生〉，頁五。

43 楊聯陞曾致函周法高，說：「我因在外國教書關係，只能開雜貨。」見周法高，《漢學論集》（臺北：正中書局，一九六五），頁二六。

44 Yuen Ren Chao and Lien Sheng Yang, *Concise Dictionary of Spoken Chinese* (Cambridge, Mass.: Harvard University Press, 1947)；楊聯陞，《中國語文札記》（北京：中國人民大學出版社，二〇一一）。

45 Lien Sheng Yang, "The Concept of *Pao* as a Basis for Social Relations in China," in J. K. Fairbank ed., *Chinese Thought and Institutions* (Chicago and London: The University of Chicago Press, 1957), pp. 291-309. 此文有段昌國譯，〈報：中國社會關係的一個基礎〉，《食貨月刊》，第三卷第八期（一九七三年十一月），頁三七七—三八八。後來楊聯陞再由這篇文章擴充相關的觀念，另成《中國文化中「報」、「保」、「包」之意義》（香港：香港中文大學出版社，一九八七）。

46 Yu-Kung Kao, "A Study of the Fang La Rebellion: A Thesis" (PhD Thesis, Harvard University, 1962). Yu-Kung Kao, "A Study of the Fang La Rebellion," *Harvard Journal of Asiatic Studies*, vol. 24, no. 1 (1962-1963), pp. 17-63. Yu-Kung Kao, "Source Materials on The Fang La Rebellion," *Harvard Journal of Asiatic Studies*, vol. 26, no. 2 (1966.12), pp. 211-240.

論中國藝術精神〉(一九八八)、〈中國抒情美典〉(一九九一)與〈中國文化史中的抒情傳統〉(二〇〇二)——的規模：先搭建一個理論框架，再以史實充實之。[47]至於〈方臘之亂研究〉與這「美典三篇」在形式結構以外的關聯，下文再有析論。

高友工在哈佛大學取得博士學位之前，他的問學階段有兩點值得注意。首先是高友工曾經旁聽來自多倫多大學的教授傅瑞（或傅瑞爾，通行譯作弗萊：Northrop Frye, 1912-1991）的文學理論與批評課，當時傅瑞在哈佛大學客座。另一點是高友工修滿博士課程學分之後，在西岸史丹佛大學謀得教職，並在此撰寫他的「方臘研究」論文。他以兩年時間（一九六〇—一九六二）完成論文，取得博士學位後，獲聘到普林斯頓大學任教至退休。在史丹佛大學期間，加州大學柏克萊校區的陳世驤教授也曾來講課，高友工也是座上的聽眾。[48]傅瑞課堂影響，在高友工日後的著述中，顯而易見，可說是構成他的文學論述其中一個主要元素；這一點下文再作申論。至於陳世驤則是公認的「抒情傳統」論推手，他的課堂講論是否也影響到高友工後來的「抒情美典」說，則尚待細考。

五、由語言學而詩學

一九六七年，高友工〈方臘之亂原始資料〉發表後一年，普林斯頓大學「中國語言學研究計畫」（Chinese Linguistic Project）項下出版的一份校內刊物《麒麟》（*Unicorn*）第一期，刊出了梅祖麟和高友工的論文〈杜甫的〈秋興〉：一個語言學批評的練習〉；這篇論文次年再在《哈佛亞洲研究學刊》正式發表。[49] 梅祖麟與高友工同年進哈佛大學研究院，二人常常切磋論學。梅祖麟原本研究數學，後轉讀耶魯大學從事語言哲學研究，取得博士學位；繼後以漢語語言學為專業，深受結構主義語言學家勃勞克（Bernard Bloch, 1906-1965）的影響。[50] 然而高友工和梅祖麟合作的〈秋興〉研究，卻不能算作結構主義文學批評，只可稱

47 高友工，〈試論中國藝術精神（上）〉，《九州學刊》，第二卷第二期（一九八八年一月），頁一—一二；〈試論中國藝術精神（下）〉，《九州學刊》，第二卷第三期（一九八八年四月），頁一—一二；Yu-Kung Kao, "Chinese Lyric Aesthetics," in Alfreda Murck and Wen C. Fong, ed., *Words and Images: Chinese Poetry, Calligraphy, and Painting* (New York: The Metropolitan Museum of Art, 1991), pp. 47-90；高友工，〈中國文化史中的抒情傳統〉，《中國學術》，第三卷第三期（二〇〇二年十一月），頁二一二—二六〇。

48 參考高天生，〈談文學理論與文學批評：與高友工教授一席談〉，頁七七。有關高友工曾聆聽陳世驤講課之情況，見鄭毓瑜，《姿與言：詩國革命新論》（臺北：麥田出版，二〇一七），〈後記〉，頁三二一；陳世驤到史丹佛大學兼課的情況，見〈夏濟安致夏志清（一九六一年十月三日）〉，王洞主編，季進編注，《夏志清夏濟安書信集：卷四》（臺北：聯經出版公司，二〇一九），頁五三七。

49 Tsu-Lin Mei and Yu-Kung Kao, "Tu Fu's 'Autumn Meditations': An Exercise in Linguistic Criticism," *Harvard Journal of Asiatic Studies*, vol. 28, no. 1 (1968.6), pp. 44-80；又參考黃宣範譯，〈分析杜甫的〈秋興〉——試從語言結構入手作文學批評〉，《中外文學》，第一卷第六期（一九七二年十一月），頁八，篇前說明。以下引述高友工各篇以英文撰寫的文章，均以原文為據；篇題及引文中譯，均筆者為之，故與現行譯本不盡相同。

為精微的「新批評」練習。正如兩人在文中聲明這篇文章：「可以歸類於與燕卜蓀及瑞恰慈等名字連在一起的語言學批評」。[51]燕卜蓀（William Empson, 1906-1984）是劍橋大學瑞恰慈（I. A. Richards, 1893-1979）的學生，二人是二十世紀文學研究的「劍橋學派」代表；尤其瑞恰慈更是邏輯實證主義哲學與文學批評的重要橋梁，是「新批評」之「細讀」法（close reading）的重要推動者。[52]燕卜蓀則在文學批評的領域內大大發揮了語意研究的作用。師生二人都曾到中國講學，對上世紀三、四〇年代中國的文學研究有重要影響。[53]瑞恰慈離開中國以後，從一九三九年到一九六三年在哈佛大學任教；[54]但高、梅兩人卻從未提到曾聽過他的課。

〈杜甫的〈秋興〉〉一文的理論資源，開篇就有很清楚的交代；燕卜蓀的《七種模稜》（*Seven Types of Ambiguity*, 1930）、《複雜詞的結構》（*The Structure of Complex Words*, 1951），瑞恰慈的《實際批評》（*Practical Criticism*, 1929）、《修辭哲學》（*The Philosophy of Rhetoric*, 1936）是主要的依據。此外，傅瑞《穩重的批評家》（*The Well-Tempered Critic*, 1963），與他所編的《聲與詩》（*Sound and Poetry*, 1957）序文，也被列明為重要參考。至於傳統杜詩評論意見，主要是參酌葉嘉瑩《杜甫秋興八首集說》（一九六六）。[55]整篇論文從聲韻、節奏、句式等語言的活動與表義能力為論；不算誇張的說，這是燕卜蓀的詩意模稜說的一次語言學操演。

〈秋興〉一文是高友工與梅祖麟在普林斯頓大學的「中國語言學研究計畫」的一項研究

成果；在這個計畫之下，兩人有意合寫一本以語言學為基礎的「近體詩研究」著作。[56]這本書最後沒有完成，但因之撰寫的論文就有一九七一年的〈唐詩中的句法、措辭與意象〉和一九七八年的〈唐詩中的意義、隱喻與典故〉，同在《哈佛亞洲研究學刊》發表。[57]兩篇都是

50 梅祖麟，〈我的學思歷程〉，收入國立臺灣大學共同教育委員會編，《追求卓越》（臺北：國立臺灣大學出版中心，二〇〇七），頁三一六。

51 Tsu-Lin Mei and Yu-Kung Kao, "Tu Fu's 'Autumn Meditations': An Exercise in Linguistic Criticism," p. 44.

52 參考 Graham Chainey, *A Literary History of Cambridge* (Cambridge: Cambridge University Press, 1985, revised edition), pp. 221-266。

53 參考陳國球，〈文學批評作為中國文學研究的方法——兼談朱自清的文學批評研究〉，《政大中文學報》，第二十期（二〇一三年十二月），頁一—三六；季劍青，〈「實際批評」的興起：二十世紀三〇年代北平的學院文學批評——以葉公超、瑞恰慈為中心〉，《中國現代文學研究叢刊》，二〇〇八年第一期（二〇〇八年一月），頁一六一—一六九；肖柳、王澤龍，〈燕卜蓀與西南聯大詩人群的詩藝探索〉，《江漢論壇》，二〇一九年第五期（二〇一九年五月），頁九〇—九五。

54 Helen Vendler, "I. A. Richards at Harvard," *Boston Review*, April, 1981.

55 Tsu-Lin Mei and Yu-Kung Kao, "Tu Fu's 'Autumn Meditations': An Exercise in Linguistic Criticism," pp. 44-45.

56 參考 Yu-Kung Kao and Tsu-Lin Mei, "Syntax, Diction, and Imagery in T'ang Poetry," *Harvard Journal of Asiatic Studies*, vol. 31, no. 1 (1971.6), p. 51, note 1；梅祖麟，〈我的學思歷程〉，頁一二—一五。

57 Yu-Kung Kao and Tsu-Lin Mei, "Syntax, Diction, and Imagery in T'ang Poetry," pp. 49-136; Yu-Kung Kao and Tsu-Lin Mei, "Meaning, Metaphor, and Allusion in T'ang Poetry," *Harvard Journal of Asiatic Studies*, vol. 38, no. 2 (1978.12), pp. 281-356.

長篇大製作，篇幅在一百頁上下。

〈唐詩中的句法、措辭與意象〉一文的結尾表示：這篇文章或許可以題作「唐詩的（不同）語言」（The Languages of T'ang Poetry）；他們想發揮的論見就是指出唐詩當中，既有「意象語言」（Imagistic language），也有「論斷語言」（Propositional language）；以此呼應卡西勒《語言與神話》（*Language and Myth*, 1925）中的「神話式思維」（mythical thinking）與「概念式思維」（conceptual thinking）。文章透露出的消息是，高、梅二人合力在語言結構的基礎上，尋索穿越封閉框架的可能。事實上，文中不同意諸如龐德或瑞德（Herbert Read, 1893-1968）等的主張。龐德和瑞德認為「論斷語」只能用以撰寫散文，是「非詩」的。但高、梅二人卻借用傅瑞的「向心」（centripetal）和「離心」（centrifugal）觀念，審察「詩語言」如何在句法與文字肌理的「向心」層面發揮作用；以及更重要的，「詩語言」是如何「離心」地產生「意義」，因為「詩意」的追跡探尋是「詩學」的首要任務。[58]他們發現：中國「近體詩」的「詩意」構成過程中，「論斷語」的重要性不比「意象語」低。通常在詩篇收尾部分，「論斷語」可以聯結詩篇的內外世界。高、梅更認為，「自我」（ego）與「世界」（world）的分裂，是一種「創傷的經驗」（traumatic experience），亟待撫慰。[59]近體詩以「論斷語」收結可以帶來整體（wholeness）與融合（integration），將斷裂的碎片串連起來。從「新批評」到「結構主義詩學」，詩論家都傾向在文本內尋求意義之圓足。耶考布森最著名的「等值原則」（principle of equivalence）說，就是「詩功能」以「等值原則從選擇軸投射於組合軸之上」；其關注點是語言的自我指涉。[60]但高、梅卻偏要借語言「離心」能力突圍。

「近體詩研究」計畫的下一篇文章，〈唐詩中的意義、隱喻與典故〉可說是耶考布森的「詩語言」與「詩功能」論說的全面檢討。高、梅的策略是採用「對比式研究」（contrastive study）：研究重心是中國近體詩，而以英詩作為參照對比。由〈唐詩中的句法、措辭與意象〉開始，高、梅依循耶考布森的「等值原則」作為思考的根據，再從各個語言單位和層次作深入勘察。上一篇主要關注「句法」的作用，以及「意象語」與「論斷語」如何在句法層面互補；本篇則以「意義」的生發為重點，「意象語」與「論斷語」的對照，就換位成「隱喻語」（metaphoric language）與「分析語」（analytic language），甚或是「神話思維」（mythical thinking）與「概念思維」（conceptual thinking）的分立與互動（interplay）。正是

---

58 Yu-Kung Kao and Tsu-Lin Mei, "Syntax, Diction, and Imagery in T'ang Poetry," pp. 90-92。「離心」與「向心」是傅瑞的重要術語；參考Northrop Frye, Fables of Identity (New York: Harcourt, Brace & World, Inc., 1963), pp. 7-9。

59 Yu-Kung Kao and Tsu-Lin Mei, "Syntax, Diction, and Imagery in T'ang Poetry," p. 131。高、梅文中借用佛洛伊德的心理分析理論，以「本我」（Id）依附的「快樂原則」（pleasure principle）管理「意象語」，而「自我」（Ego）所循的「現實原則」（reality principle）掌管「論斷語」；見pp. 129-131。

60 "The poetic function projects the principle of equivalence from the axis of selection into the axis of combination." Roman Jakobson, "Linguistics and Poetics," in Thomas Sebeok ed., *Style in Language* (Cambridge, Mass.: The MIT Press, 1960), p. 358.

這種對「意義」的追問，驅使高、梅的思考不會囿於一個劃定邊界的「文本」範圍。從詞義到「語意的類型」（semantic category），從文本到語境（context），從個別詩篇到文學傳統，不停地追索，不斷地延伸；以至對耶考布森的詩學理論的基礎——「等值原則」、「詩語言」與「日常語言」之二分等——都作出嚴格的審問，提出異議。文末更提出詩學研究不應僅限於「等值原則」，語言的另一個方向——「毗鄰」（contiguity）的原則，以及相關的「提喻」（synecdoche）和「換喻」（metonymy）都可以作進一步研究。文末也提到有些問題有待未來解決，可惜這一篇論文已是高友工和梅祖麟最後一篇合作的文章。

事實上，〈唐詩中的意義、隱喻與典故〉英文原文發表於一九七八年，距離上一篇有七年之遙；其中譯較早發表，估計原稿在一九七五年底前完成，但仍然與〈唐詩中的句法、措辭與意象〉一文相隔了四年。[61]從次篇文章之滯後情況來看，二人的合作研究是否遇上困難？或者我們可以從梅祖麟的回憶看出端倪。

有關高、梅二人的合作，梅祖麟曾經有三篇文章追述：一是二〇〇〇年梅祖麟在臺灣大學回顧個人學思歷程的講稿；二是二〇〇八年為高友工《美典：中國文學研究論集》一書寫的序；三是二〇一三年梅祖麟為二人合作的三篇唐詩論文結集再版的《唐詩三論》所撰寫的跋。[62]據梅祖麟回憶，他在一九六七年到一九六八年從哈佛大學休假，到高友工任教的普林斯頓大學做「中國語言學研究計畫」的訪問學者，二人合寫「近體詩研究」文章。前兩篇順序於一九六八年和一九七一年刊出。作為研究工具的語言學理論，是梅祖麟的強項，高友工則是文學感應比較敏銳。他們合作的方式大抵是先由高友工撰寫中文稿，梅祖麟再按中文稿改寫英文。過程中梅祖麟對這個方式漸漸沒有信心，說自己：

> 寫英文稿時，往往抓不住友工的思路，自己也不知道是否充分表達了中文稿的精彩論說。[63]

梅祖麟又分析自己和高友工的差別：

> 我漸漸瞭解我的性格根本不適於研究文學，高友工碰到一首好詩、一場芭蕾舞、一場話劇，可以如癡如醉，講起他的文學理論，也可以手舞足蹈，我則是無動於衷。……我自覺對中國古典文學的感受先天不足。我是比較善於分析，善於推理，而且有個強烈

---

61 黃宣範中譯〈唐詩的語意研究：隱喻與典故〉，分上、中、下三篇於一九七五年十二月至一九七六年二月於《中外文學》刊載。

62 梅祖麟，〈我的學思歷程〉，頁三—三一；梅祖麟：〈序〉，高友工，《美典：中國文學研究論集》，頁一—一六；梅祖麟，〈跋〉，高友工、梅祖麟，《唐詩三論：詩歌的結構主義批評》，頁二一八—二三四。

63 見梅祖麟，〈跋〉，《唐詩三論：詩歌的結構主義批評》，頁二一八。這些話語或者有客套自謙的成分，但應該離實況不太遠。

的結構意識。這種性格來研究文學，簡直是趕著鴨子上雞架。……於是，"Meaning and Metaphor in T'ang Poetry" 一九七六年發表後，我就跟文學分了家。[64]

此外，梅祖麟還提到兩件事和一個想法。先是一九七二年他們的好朋友張光直對兩篇文章的評價是：「野狐禪」；再而是梅祖麟在一九七五年到一九七六年到日本京都見吉川幸次郎、小川環樹時，二人對他送呈的兩篇唐詩文章都不屑一顧。最重要的一點是，梅祖麟真的認為這些文章只是研究方法的操練，先是「試用新批評」，到耶考布森的結構主義詩學「異軍突起」，「成為顯學」，於是也用到唐詩研究之上；[65]然而，他會想到：「文學批評還有許多流派，……我們是否要一一去嘗試？嘗試完了又怎麼樣？」心無宗旨，向外沒贏得讚賞，向內並無工具手段以外的得著，因而怯懦思退，也是學術中人的正常反應，可以理解。不過，高友工並沒有梅祖麟的困擾，因為他知道自己在追問什麼。

六、人文教育與人生意義

高友工和梅祖麟三篇論文的中譯本在臺灣引來熱切的關注；一九七八年至一九七九年高友工獲臺灣大學文學院院長侯健邀請到外文系和中文系客座。在臺期間接受訪問時，談到他開的課「比較詩歌」：

> 「比較詩歌」是講所謂的「詩歌語言」，從文學批評上講是研究語言，或者更進一步講是詩的語言，「詩語」，實際上也是研究它的語意和語法，當然最高層的語意則是研究它怎樣表現一種人生的理想。[66]

由此可見，高友工理想中的研究雖然是從「語言」切入，但透過「意義」的考究，他希望能貫通到「人生理想」的層面。在這個訪問中，高友工又講及他對「文學批評」的見解；

---

64 梅祖麟，〈我的學思歷程〉，頁一二—一五。文中有些細節不太準確："Meaning, Metaphor and Allusion in T'ang Poetry" 一文發表於一九七八年，但文稿已早交由黃宣範中譯，於一九七五至一九七六年在《中外文學》刊載。梅祖麟後來還有與文學相關的著述，如一九八二年的〈從詩律和語法來看《焦仲卿妻》的寫作年代〉，《中央研究院歷史語言研究所集刊》，第五十三本第二分（一九八二年六月），頁二二七—二四九；一九九一年與梅維恆（Victor Mair）合寫 "The Sanskrit Origins of Recent Style Prosody," *Harvard Journal of Asiatic Studies*, vol. 50, no. 2 (1991.12), pp. 375-470，篇中引用了高友工〈律詩的美典〉（一九八六）一文的主要觀點。

65 梅祖麟在哈佛大學時有去聽耶考布森的課；見梅祖麟，〈我的學思歷程〉，頁九。事實上，耶考布森也曾為文研究中國的律詩，於一九七〇年發表〈中國近體詩的模組化設計〉一文；文章收入他的文集：Roman Jakobson, "The Modular Design of Chinese Regulated Verse," in Roman Jakobson, *Selected Writings Vol. 5: On Verse, Its Masters ad Explorers* (The Hague: Mouton, 1979), pp. 215-223.

66 高天生，〈談文學理論與文學批評：與高友工教授一席談〉，頁七八。

其中有兩點最值得注意：

一、他將「文學理論」與「文學批評」作出分劃；前者「可以有一種普遍性」，後者「是一個價值判斷和價值取向的問題，是和文化緊黏在一起」；

二、文學批評不是一種科學，而是人文教育；教育的問題也就是怎麼樣培養自己。文學批評能使人的眼界擴大；整個人文教育的目的，也是在擴大人的視野。[67]

這些觀點很明顯和梅祖麟的想法不同。高友工的文學論述，無論是和梅祖麟合寫的文章，還是後來個人的發表，滿眼盡是方法與技藝的細節，看來是知識場域的演練；然而，他卻有其文化關懷在。早期文章如是，其學問的結穴亦如是。

在訪談中高友工表現出對人文教育和文化價值的重視，並說明這是他的臺灣大學老師沈剛伯（一八九六—一九七七）的影響。沈剛伯主要研究西洋史，高友工選過他的「世界通史」、「英國史」等課。杜正勝曾指出沈剛伯治史略似柯靈烏（R. G. Collingwood, 1889-1943），認為歷史除了「過去」的意義之外，還有「當代」之意義；他也是一位自由主義學者。[68]在高友工的記憶中，沈剛伯在課堂上就是講文化史；教導學生「做學問」不只是在做學問而已，「還要能夠追求一個更高的價值」。他又說：

> 沈先生給我們的教育，使我們想到整個文化價值是怎麼樣使我們能夠把握住；這還需要從文化史上下手。我覺得文學在中國文化史上可以說是一個很理想的代表，文學是代

表一個理想的理想。[69]

高友工在這裡提到沈剛伯課堂的記憶，可能是他心中恆存的理念之疊影；正如他回憶北大時期廢名的《論語》課就有詩與人生之感召。或許他在哈佛大學另一個課堂記憶也是呼應。他在博士論文以後的著作中，提得最多的理論家是傅瑞；高、梅合寫的幾篇文章中，不難見到他們多次引用《批評的剖析》、《認同的寓言》、〈批評之路〉等。[70]再留意他在臺灣客座期間發表，引起「高友工震盪」的三篇文章：〈文學研究的理論基礎——試論「知」與「言」〉、〈文學研究的美學問題（上）——美感經驗的定義與結構〉、〈文學研究的美學問題（下）——經驗材料的意義與解釋〉，都在各種語言理論和分析哲學的學理演練之後，乘間展

---

67 同前注，頁七八、八六。

68 杜正勝，〈新史學之路——兼論臺灣五十年來的史學發展〉，《新史學》，第十三卷第三期（二〇〇二年九月），頁二六—二九。

69 高天生，〈談文學理論與文學批評：與高友工教授一席談〉，頁八四。

70 Northrop Frye, *Anatomy of Criticism: Four Essays* (Princeton: Princeton University Press, 1957); Northrop Frye, *Fables of Identity* (New York: Harcourt, Brace & World, Inc., 1963); Northrop Frye, "The Critical Path: An Essay on the Social Context of Literary Criticism," *Daedalus*, vol. 99, no. 2 (Spring 1970), pp. 268-342. 上列最末一項後來經傅瑞擴充成書：Northrop Frye, *The Critical Path: An Essay on the Social Context of Literary Criticism* (Bloomington and London: Indiana University Press, 1971).

露他所領受的傅瑞的文化觀念。例如論「知」與「言」的第一篇，透過現象拆解、概念界劃，一步一步審問「經驗之知」的研究可能與方法之後，有點出乎意料之外地帶出一個新的議題——「文學批評」的意義；高友工畫龍點睛地說：

> 文學批評正如經驗之知是不能突然地改變我們的趣味、修養。但是潛移默化是可能的，正如傅瑞所說文學批評是一種人文教育。……文學批評則是每個尊重人生價值（的人）所不能避免的課題。[71]

我們檢視傅瑞《批評的剖析》，其中最後一章〈暫時的結論〉說：

> 批評理論於教育層面是抱持「人文精神」——我們認為直接關乎教與學的是批評而非文學。[72]

對於不少論者來說，傅瑞是探察文體結構或者神話原型的形式主義批評家，尤其只關注《批評的剖析》或《認同的寓言》的讀者。[73]然而，傅瑞的詩學卻一貫地充滿社會意識，即使《批評的剖析》的結論部分都有我們剛引述的「人文教育」的目標。他的《批評之路》一書，副題就是「一篇談論文學批評之社會脈絡的文章」（An Essay on the Social Context of

Literary Criticism），其基本觀念和態度是：

> 批評家不應將文學塞入一個預先制定好的歷史框架，而應該視文學為一個首尾貫徹的結構；它會有歷史規限，卻自成其歷史；它的形體會對外部歷史的過程作反應，但不會受其絕對限定。……
>
> 視文學本身為一個整體不會使它脫離社會脈絡；相反，這會使文學在文明的位置更清晰。批評就恆常有兩個方面：一是轉向文學結構，另一轉向形成文學之社會環境的其他文化現象。[74]

這也是高友工的基本研究態度，我們還可以從〈文學研究的美學問題〉上、下兩篇看到

71 高友工，〈文學研究的理論基礎——試論「知」與「言」〉，頁二一。

72 Northrop Frye, *Anatomy of Criticism*, p. 342.

73 事實上，傅瑞非常抗拒別人稱他作「容格派批評家」（Jungian Critic），參考 David Cayley, *Northrop Frye in Conversation* (Toronto: House of Anansi Press, 1992), pp. 76-78。另一方面，《批評的剖析》面世時，已有評論注意到傅瑞以一種「純如數學」的象徵方式，指向文明的終極目標與倫理意義；見 Frank Kermode, "Review of *Anatomy of Criticism*," *The Review of English Studies*, vol. 10, no. 39 (1959.8), p. 322。

74 Northrop Frye, *The Critical Path*, pp. 24-25.

相關的討論。〈文學研究的美學問題〉上篇討論「經驗」的研究時，很快就展示出他對「人文研究」的理解。他說：

「人文研究」的目的不僅是在追求客觀事實或真理，而是在想像自我存在於此客觀現象中的可能性。因此「人文研究」中的客觀性只是一種工具或手段，而其最終目的即是一種「價值」的追求、「生命意義」的了解。[75]

在具體討論「美感經驗」時，高友工提出客觀現象與自我價值融成一體的可能和過程；這些「現象」與「價值」的思考，就一定會跨越「語言」、「文本」的樊籬，再由個人而社會、而歷史、而文化。高友工論述中的「境界」說，就是這個方向的發展。

七、境界與慧覺

高友工在〈文學研究的美學問題〉特闢一節討論「美感經驗的美的境界」，他由「經驗主體」如何觀照和內省「經驗材料」說起：

> 「刺激」真正內化為「經驗材料」與其他的「經驗材料」並立、交錯，同為這「心境」中的成分。而「快感」透過了個人「價值」成為這「經驗主體」的「心志、意旨」。所以這個「心境」可以被人比喻為「心景」（interior landscape）、「心流」（stream of consciousness），它是「心象」（internal object）與「心志」（intention）的結構體。……
>
> 這個「心境」的內容也是在客觀的材料層次溶入主觀的自我層次時得到一種「價值」。……「客觀現象」最後可能完全與「自我價值」融為一體。我們可以視之為外物「人化」（personification），或「主觀化」以與自我人格交流，表現深入的情感。也可以視為自我人格體現於外在現象中，這則是一種「物化」（objectivization），或「客觀化」。但二者都做到一種「價值」與「現象」合一的中文中所謂「境界」。[76]

他採用語言分析的拆解再綜合的方式，描述美感經驗的價值如何形成；在過程中又將中國文學批評的術語依序引進，最後歸結到「境界」一詞。

「境界」的觀念，以上承中國古典詩論、下啟近現代詩學的王國維之說，最為人熟知。王國維在《人間詞話》說：

75 高友工，〈文學研究的美學問題（上）——美感經驗的定義與結構〉，頁一一。

76 同前注，頁一九—二〇。

> 詞以境界為最上。有境界則自成高格，自有名句。
>
> 滄浪所謂興趣，阮亭所謂神韻，猶不過道其面目，不若鄙人拈出「境界」二字，為探其本也。[77]

後來有關「境界說」的討論非常多。[78]然而高友工的興趣不在詮釋王國維之說或者中國傳統詩論；而是別有目的，意在將他自語言心理分析所構建的「美感經驗」概念，與傳統「境界」說作出融合，以互補的方式貫通為一體。高友工自言：

> 人往往喜以「世界」（world）一詞譯「境界」二字，但我卻愛取柯勒（Jonathan Culler）所用的「內境」（inscape）一詞。因為此時的「境界」並不是泛泛之「境」，而是「情景交融」的階段，而且可以進一步反映一種價值。用柯勒的話來說是：「在意義徹悟的瞬間，形式呈現為整體，表層表現了深層。」[79]

用「world」一詞來翻譯「境界」，早見於劉若愚的《中國詩學》（一九六六）一書；當時最流行的涂經詒《人間詞話》英譯本（一九七〇），也沿襲這個譯語。[80]高友工卻捨之不用，寧願借一個從西方詩學出發的用詞「inscape」作對譯。文中舉出柯勒在《結構主義詩學》一書的詮釋，意指由形式引導而至意識昇華，達到靈光一閃的徹悟（epiphany）；柯勒在書中是聯繫到「意象派」如龐德的抒情詩的一種展現手法。事實上，柯勒此處於「inscape」只是輕輕一筆帶過。[81]高友工對這個用詞的理解，可能也出於他讀傅瑞的印象；因為早在《批評的剖析》，傅瑞講到以有限見無限，一首詩相當於整個文學宇宙，眾多象徵總匯成一個永恆無量的語言象徵時，表示這就是喬伊斯（James Joyce, 1882-1941）講題材的「epiphany」，以及霍普金斯（Gerard Manley Hopkins, 1844-1889）談形式時的「inscape」。[82]稍加追查，可知「inscape」原是霍普金斯的詩學觀念。他認定詩人觀物，觀者

---

77 彭玉平，《人間詞話疏證》（北京：中華書局，二〇一四），頁一四九、二三七。

78 參考薛宇飛，《王國維研究資料要目》（武漢：崇文書局，二〇一一）。

79 高友工，〈文學研究的美學問題（上）——美感經驗的定義與結構〉，頁二〇。柯勒的原文是："[A] moment of revelation in which form is grasped and surface becomes profundity." Jonathan Culler, *Structuralist Poetics* (London: Routledge & Kegan Paul, 1975), p. 175.

80 James J. Y. Liu, *The Art of Chinese Poetry* (Chicago: University of Chicago Press, 1966), pp. 84, 96; Tu Ching-I trans., *Poetic Remarks in the Human World* (Taipei: Chung-Hwa Book Co., 1970), p. 1.

81 Jonathan Culler, *Structuralist Poetics*, p. 175. 柯勒在近期出版的《抒情詩理論》詳細析論傅瑞《批評的剖析》的抒情詩論時，才對後者的一對觀念——「inscape」和「outscape」——作比較詳細的討論。參考 Jonathan Culler, *Theory of the Lyric* (Cambridge, Mass.: Harvard University Press, 2015), pp. 246-258; Northrop Frye, *Anatomy of Criticism*, pp. 293-303, esp. p. 297。

與被觀之物皆有其生氣（energy）；二者互為牽動，相生相發，緣此成詩可得「至真」（vital truth）。[83]換言之，雖則思想背景有異（基督教義是霍普金斯以及傅瑞詩學思想的基礎），「inscape」這個詞語從霍普金斯、傅瑞，到柯勒，其物我相觸而至昇華以存真的意味，的確與中國詩論中「情景交融」觀念頗有相通之處。但最值得注意之處，還在於高友工接引「inscape」的經驗結構，使之與「境界」融通之後，再就「境界」所關聯的「價值」作引申，「在美感經驗中求道德生命之體現」：

在美的境界之中，我們經驗的是經驗而已，但是此一經驗卻已體現了一個我們所已解釋、了悟的價值。

他想導向的結論是：

「美感經驗」為「價值」之表現方式，因此「道德理想」也可以看成一種美的境界的實現。……這也許是可以把「智慧」看作與「美」的境界遙遙相通的一個原因吧！[84]

高友工這種從理論層面聯繫「美」與「價值」的努力，可以見證他與只看文本之內在構成、排拒外緣因素的「新批評」思想的距離。事實上，對文學的人文「價值」的嚮往，才是他的學術旅程的目標。

高友工在以三篇理論文章搭建好「文學之美學」的分析架構之後，不忘初心，回首高、梅未完之約，以個人之力續寫了「近體詩研究」的又一篇，在一九八二年一個會議上發表。這篇在他的學術生涯起著承先啟後作用的論文——〈律詩的美典〉（The Aesthetics of Regulated Verse），開展了他對「美典」的思索；「aesthetics」開始被理解為「潛在的」（underlying）、「詮釋的典則」（interpretative code）。在追溯「典則」形構的邏輯程序中，高友工也慢慢受到時間軌跡牽引，預示了日後的「文化史」勘測工程。本書第三章已詳細討論高友工由律詩研究到文化史中的美典之發展途徑，於此不再深論。我們只想再提醒讀者留意高友工如何在這篇文章寄寓他的信念和理想。他在討論律詩宣告成體的初唐美

82 Northrop Frye, *Anatomy of Criticism*, p. 121；又參考Kermode的書評，pp. 317-323; esp. p. 321。此外，傅瑞還在《批評之路》徵用霍普金斯的觀念來解釋那種深度的「理想的經驗」（ideal experience）；見*The Critical Path*, pp. 30-31。

83 有關霍普金斯這個術語的哲學與美術來源，可參考Thomas A. Zaniello, "The Sources of Hopkins' Inscape: Epistemology at Oxford, 1864-1868," *Victorian Newsletter*, no. 52 (Fall 1977), pp. 18-24; Barbara Boehnke, "The Perceptual Origins of Inscape," *The Hopkins Quarterly*, vol. 24, no. 3/4 (Summer-Fall 1997), pp. 71-94。一般討論霍普金斯的「inscape」觀念，通常會聯繫到另一個相關的觀念「instress」，參考Marjorie D. Coogan, "Inscape and Instress: Further Analogies with Scotus," *PMLA*, vol. 65, no. 2 (1950.3), pp. 66-74; Leonard Cochran, "Instress and Its Place in the Poetics of Gerard Manley Hopkins," *The Hopkins Quarterly*, vol. 6, no. 4 (Winter 1980), pp. 143-181。然而高友工並未有談及「instress」。

84 高友工，〈文學研究的美學問題（上）——美感經驗的定義與結構〉，頁二〇—二一。

典時，焦點放在「外在（景象）之內化」（internalization of the external）以及「內在（心象）之外化」（formalization of the internal）的構建作用；談到王維時，重點在其「於時間流動中之不繫心」（casualness in the temporal flow of events）與「感知於空間中延展之完足」（completeness in the spatial extension of one's field of perception）如何融入已成形的美典；轉入杜甫美典時，則關注他由「觀人、觀世、觀古今」匯通成「宇宙視境」（cosmic vision）。然後，高友工再回到中國詩學批評的「境界」一詞。他說「境界」是「山水詩」（或「風景詩」，"landscape poetry"）與「律詩」發展下來的昆裔，既是「情景交融」，也是他所分析的「印象」與「表達」的整合。初唐律詩之意景遇合、王維律詩之物我參悟、杜甫律詩之天時冥會，綜之也就是「inscape」的多元表現。[85]

高友工的文學論述，從技術層面看，精微而玄深，紆曲卻又開闊；但其中盡有鳶飛魚躍之處，正在「境界」或者「inscape」觀念之意通內外；而他的「抒情美典」說，就是以此為結穴。以下我們再就高友工的最重要的「美典三篇」略作檢視。一九八五年五月美國大都會博物館舉行「詩書畫三絕」國際研討會，高友工在會中以「抒情美典」作報告；後來改寫成長篇論文〈中國抒情美典〉，於一九九一年出版；[86]一九八六年高友工在《九州學刊》創刊學術會議發表〈試論中國藝術精神〉，文章定稿發表於一九八八年《九州學刊》，分兩期刊完。[87]一九八七年他又到臺灣國立清華大學出席「文化、文學與美學」研討會，作一系列四次演講；最後寫成的中文論文〈中國文化史中的抒情傳統〉，遲至二〇〇二年才刊登於《中國學術》之上。[88]其中第一篇〈中國抒情美典〉與第三篇〈中國文化史中的抒情傳統〉，雖然原作一為英文，另一為中文，發表時又相隔超過十年，但文章結構論點基本相同，後出者應是前者的增補潤飾，內容沒有大改變。至於〈試論中國藝術精神〉一篇則變化稍多，也更多講到抒情美典「獨大」帶來的負面效果。[89]然而三篇文章都講「境界」與「價值」。我們可以引述〈試論中國藝術精神〉比較完整的論述作為例子：

---

85 Yu-Kung Kao, "The Aesthetics of Regulated Verse," in Shuen-fu Lin and Stephen Owen ed., *The Vitality of the Lyric Voice: Shih Poetry from the Late Han to the T'ang* (Princeton: Princeton University Press, 1982), pp. 332-385. 高友工此文先後有三個譯本：一、劉翔飛譯，〈律詩的美典〉（上）、（下），《中外文學》，第十八卷第二期（一九八九年七月），頁四—三四；第十八卷第三期（一九八九年八月），頁三二—四六；二、黃寶華譯，〈律詩的美學〉，載倪豪士編選，《美國學者論唐代文學》（上海：上海古籍出版社，一九九四），頁二四—七九；三、王宇根譯，〈律詩美學〉，載樂黛雲、陳珏編選，《北美中國古典文學研究名家十年文選》（南京：江蘇人民出版社，一九九六），頁六三—一〇九。三個譯本以劉譯為最佳。劉翔飛是高友工的博士生，回到臺灣大學任教期間譯出此文；她曾參考高友工的英文打字原稿，師生之間理解更深。可惜臺灣大學出版中心和北京三聯書店的高友工文集都收入黃譯，這應該不是高友工的決定。

86 Yu-Kung Kao, "Chinese Lyric Aesthetics," in Alfreda Murck and Wen C. Fong ed., *Words and Images: Chinese Poetry, Calligraphy, and Painting* (New York: The Metropolitan Museum of Art, 1991), pp. 47-90. 編者在序文中特別提到高友工收入本集的論文是重新撰寫的，見p. xi。

87 高友工，〈試論中國藝術精神（上）〉，《九州學刊》，第二卷第二期（一九八八年一月），頁一—一二；〈試論中國藝術精神（下）〉，《九州學刊》，第二卷第三期（一九八八年四月），頁一—一二。

88 高友工，〈中國文化史中的抒情傳統〉，《中國學術》，第三卷第三期（二〇〇二年十一月），頁二一二—二六〇。

經驗之所以能為經驗而不外化為活動，全在它具有內在的自發的意義或價值。首先是基層的快感，其次是中層的結構的圓滿感。但若只止於此，那麼我們只停留在感官美、形式美的層次。美感經驗的最高層次卻是在此形式美能予經驗者某種意義。而這種意義在其最能撼動人心時實是對人生意義的一種洞見和覺悟。因為這種意義必須在形式中體現，故可稱為一種境界。因為這種意義是人生智慧的體現，故可視為一種慧覺或悟感。藝術只有達到這種境界，閃鑠這種慧覺，才能從它的圓滿的層次進入超越的層次。……

這種經驗自生的意義可以說能給予經驗者以最大的滿足，即使此種滿足也許只是一個瞬間，但它對此個人影響的深度和廣度是無與倫比的。因之美感經驗到達了這種境界，我們才能說這是美的巔峰。但是為什麼它能有這樣的震撼力呢？就它外在的幅度說，它體現了文化中某一種的理想；就內在的幅度說，它體現了個人生命的意義。……

正如結構要藉感象來實現，悟感也要靠結構來實現。因此它必須不僅是知性的，還是感性的。藝術家之與一般人的分野是他在感性經驗中把握到一種內在結構，體會到一種內在意義，而且能進一步用他可以控制運用的材料和形式把這結構意義表現出來。……這種結構的意義既不是藝術家直接認知的，又無法用語言直接表達的。在最動人的藝術中此一結構正體現此一意義，也是他所洞見理想的象徵。這個經驗本體中的「境界」，從創造個人來說，體現了他的「氣」、他的「神」。專就這個象徵結構來講，這也是一個「視界」（vision）。[90]

高友工此中的說法，比諸〈文學研究的美學問題〉時更完足，對「形式」與「意義」、「結構」與「悟感」、「美」與「智慧」、文學藝術的「內」與「外」，諸般交涉交代得更有層次。當然，他指向的目標就是藝術帶來的「美」的「悟感」，以至「慧覺」、「境界」。在〈中國文化史中的抒情傳統〉一文，高友工更清楚地指明這「慧覺」就是「美感」與「真理」、「道德」融為一體。[91]在這三篇文章中，可以見到「境界」或者「inscape」，就是「慧覺」、「悟感」；與之相通，甚而互換的詞彙，還有「境」、「意境」、「視界」、「vision」等。這些頻繁的交換，應該是高友工不斷從各個角度思考文學藝術的終極問題。

在「美典三篇」中，我們還可以注意到一個現象，就是這「境界」觀念的理論構建方式。上文提到，「境界」以王國維之論最廣為人知，這不會超出高友工的認知範圍。但他卻選取了新儒家的進路，以此綰合由霍普金斯、傅瑞，到柯勒一路演化的「inscape」。再

89 高友工說：「在中國過去藝術傳統中，抒情美典的獨立也同樣地剝奪了其他藝術形式發展的機會。因此敘述文學以及戲劇誠然在中國很早就已發展，但始終需要其他的功能來作它的幌子，否則只能視為雕蟲小技，匠人的工藝，難登大雅之堂。」他甚至用過「抒情文學的霸權」一語來說明中國文學史上「寫實性」、「敘述描寫性」的材料之被掩蓋。〈試論中國藝術精神（下）〉，頁三、一〇。

90 高友工，〈試論中國藝術精神（下）〉，頁三—四。

91 高友工，〈中國文化史中的抒情傳統〉，頁二二〇。

者，他在說明「境界」或者「inscape」的時候，都會引用加拿大哲學家泰勒的論述作為基礎。泰勒也屬於分析哲學傳統中人，他的經典之作《自我之源》（*Sources of the Self*）出版於一九八九年，高友工當時應該未及參考；不過他徵引泰勒的〈解釋自我的動物〉（Self-interpreting Animals）一篇，可說是《自我之源》全書的出發點。[92]高友工指出泰勒以「尋求自我解釋的需要」來定義「人」，而自我解釋是在自我觀察，亦即自省、內觀。這個內轉的自省活動面，結合到意義的生發以至提升的解說，環環相扣，步步推進，本是分析哲學拿手好戲；再聯繫霍普金斯等的「inscape」，也是無縫接合。然而高友工還希望可以尋得文化資源以圓足「抒情美典」的解釋結構。牟宗三對中國哲學的觀察是「盡其在我」、「操之在我」，以「生命」為研究對象；而「境界」是透過個人的「實踐」經驗而了解生命，從而抵達的境地；這與西方的一貫向外探索並不相同。因此，高友工認為牟宗三所講的「境界形態的形而上學」，正好與自己的論述榫接。[93]〈中國文化史中的抒情傳統〉說：

> 牟先生以為道、佛、儒都有境界形態的意味，而抒情美典正和此三個系統密切相關，他同時以為儒家卻還有實有形態，道家卻無此形態，從這個線索推想亦可知中國文化中並不會沒有客觀外向的敘述傳統，只是其發展是受壓抑而已。[94]

有關高友工如何參酌新儒家如徐復觀與牟宗三等的思想以申論己說，曾守正〈融合與重鑄：高友工與當代新儒家〉一文有精闢而深入的剖析。曾文指出高友工之論「確實受了當代新儒學的影響」，然而「部分觀點溢出，甚或偏離新儒學的慧命血脈」；可謂一針見血。[95]

八、結語：一生何求

有關高友工研究，重點應該是綜覽其論述架構，展現其體系規模，再剖析其構建程序與方式。例如黃錦樹就指出高友工「從高處搭架，從理論、理念的角度設定抽象的模子（『理想架構』），而且嘗試界定『抒情』的哲學預設（和諧、自然、自足的理想）」，「是抒情傳

92 Charles Taylor, "Self-interpreting Animals," *Philosophical Papers, Vol. 1: Human Agency and Language* (Cambridge: Cambridge University Press, 1985), pp. 45-76. 據高友工的學生和助教劉婉的記憶，泰勒的《自我之源》剛出版時，他立即引用於課堂講綱之上；她說高友工「與這位西方哲學家雖然各自關注的文化價值觀架構全然不同，卻有很多觀點不謀而合」；見劉婉，〈往事依依憶高師〉，頁一九。

93 牟宗三，《中國哲學十九講》（臺北：臺灣學生書局，一九八三），頁一六、四五、四九、九四、一〇三。

94 高友工，〈中國文化史中的抒情傳統〉，頁二二七；又參 Yu-Kung Kao, "Chinese Lyric Aesthetics," p. 60。

95 曾守正，〈融合與重鑄：高友工與當代新儒家〉，《淡江中文學報》，第二十六期（二〇一二年六月），頁七九－一一五。除了「境界形態」以外，文中還討論到徐復觀的「再體驗」與孔子莊子之「藝術精神」、牟宗三「魏晉人物品鑑」之為「美學的判斷」等觀念，與高友工論說之異同。

統建構史的一大高峰」。[96]王德威〈「有情」的歷史〉認為陳世驤的抒情傳統「到了高友工的筆下，更形成一種龐大的認知體系」，「賦予抒情一個嚴絲合縫的世界觀：起自文體，發而廣之成為一種文類、生活風格、文化史觀、價值體系，甚至政教意識形態」。[97]筆者前此也是沿著這個途徑去探索，就其理論邏輯作出梳理闡釋。[98]

然而，當我們跳出高友工所設定的框架去審視，追問其學與思的軌跡時，頓時會生出許多疑問。正如「美典三篇」，基本論點是一致的，或者可以說互為補充。但細看三篇的結尾，卻停駐在不同的位置上。一九八八年出版的〈試論中國藝術精神〉在析述抒情美典在文化史上的四個轉捩點的表現之後，宣布抒情傳統已由《紅樓夢》和《儒林外史》奏起「天鵝之歌」；傳統詩詞在今日，「也許只是一個無根之蘭」。這個判斷可能有其負面意思；但換個角度來看，個中縈繞不絕的花果飄零之感，不是一種憂愁幽思嗎？

至於出版於一九九一年的英文論文〈中國抒情美典〉的收結，卻在於文人畫的「美典」之呈現為視象化的「inscape」，力求「平淡」與「古拙」。回看他多年來不斷為「inscape」定義，意圖說明這個概念同時指涉作品內在意蘊和外緣意義，則「平淡」、「古拙」的嚮往，固然是高友工歸納的藝術史現象，會不會同時又寄寓了他的人生選擇呢？

再看二〇〇二年的「抒情美典論」收官之作〈中國文化史中的抒情傳統〉的最後段落，高友工先批評當時美國「失去了立場」的評論家；[99]面對「大道多歧」，他的主張是：

> 超越局限自己的美典而設身處地想像其他的經驗。只有在這種想像的擴展開拓後，我們的藝術經驗才能更成熟，更豐富。……願意進入其他人的條件和目的，也是培養人本精神的唯一階梯。[100]

「培養人本精神」，也就是高友工念茲在茲的「人文教育」。

這三種結局的餘韻，很難從其半生著述的具體內容去疏解。再回顧他的為學歷程，好比說，他的博士論文研究方臘，與他赴美前的訓練，以及獲博士學位以後的文學事業，旨趣不同。其中，有多少成數是出於他的選擇？再從他的文學論述來看：當時美國的人文研究以語

---

96 黃錦樹，〈抒情傳統與現代性——傳統之發明，或創造性的轉化〉，《中外文學》，第三十四卷第二期（二〇〇五年七月），頁一六九—一七〇。本文經修訂後，收入黃錦樹，《論嘗試文》（臺北：麥田出版，二〇一六），頁四七—八六。

97 王德威，〈「有情」的歷史——抒情傳統與中國文學現代性〉，《中國文哲研究集刊》，第三十三期（二〇〇八年九月），頁八六。王德威在近著《史詩時代的抒情聲音》中，對高友工作出另一層次的析論，指出高友工「乍看系出形式主義」，而實已「賦予現象學色彩」；認為高友工與李澤厚「如同二十世紀中期的前行者，他們再一次證明抒情論述不是孤立現象，而是中國不斷探索群與己、個人與社會性實踐的一部分」。此說確為的論。見《史詩時代的抒情聲音：二十世紀中期的中國知識分子與藝術家》（臺北：麥田出版，二〇一七），頁六〇〇—六〇二。

98 請參考本書第三章〈高友工抒情美典論初探〉。

99 高友工應該是對當時的「解構理論」非常不滿。他在〈試論中國藝術精神〉一文就提到：「每（個）人以他自以為是的經驗來解構藝術對象，竟以自己的多變與曲解沾沾自喜。」見〈試論中國藝術精神（下）〉，頁五。

100 高友工，〈中國文化史中的抒情傳統〉，頁二六〇。

言理論、分析哲學為主脈，他深受薰染，習得其間技藝；他與梅祖麟合作施用在中國文學之上，也開出一個局面。但不久梅祖麟於中道訣別，大概二人對前行方向有不同的決斷。高友工似乎不甘受限於方法學的樊籬，一直要往分析哲學力所不逮的方向進發，探索「經驗之知」、叩問「美感經驗」、追尋語言文本以內和以外的「意義」、試圖連結「inscape」與「境界」……等等，甚至原本旨在理論模式的「美典」思考，最後又歸宗文化史的「傳統」；這都是打破關鎖門禁的嘗試。高友工為何有這種偏向難關闖的想法？僅憑高友工的學術論文，很難找到圓滿答案。

以上幾節我們徵集了一些看來零散的資料，在爬梳時也嘗試作了一些推斷，意在解釋高友工的學思路向。現在或者我們聚焦於一點，試作臆解。我們推想，比他年長九歲、人生路向迥異的哥哥高而公，是否有可能在他的思想領域中有「不在場的在場」之意義。從現有的文字紀錄，包括高友工的朋友對他生平的憶述，好像從來未有出現過「高而公」的名字。對於以前在大陸的生活，他只作過非常粗略的憶述，例如簡單提到曾在重慶、北平念中學，一九四七年進北京大學，一九四八年十一月遷臺，如此而已。[101]然而，他父親高惜冰是國民政府的要員，兄長而公卻投奔共產革命，當時應該是家中一件晴天霹靂的大事。高友工少年時，高而公往往讀書在外，但共住的日子不是沒有。據記載高而公也願意為家中弟妹講讀魯迅，大概也希望喚醒他們的革命精神。尤其一九四四年到一九四五年間，兄弟同在重慶居住；高而公大學畢業，而高友工正讀高中，二人應該是生活與思想都有更多的來往。高而公辭家奔赴解放區，又在報上發表眾所矚目的通訊文稿，高家上下應該都會相當難受。不久國民黨敗走臺灣，高家渡海。父親高惜冰於一九五〇年自費出版了《遠東紅禍的前因後果》，講的是國家大事，難道沒有家庭破裂的記憶在紙墨背後？高友工原在北大主修法律，廢名課堂上的孔子《論語》，對高友工思考人生路徑，會不會因為兄長的選擇而有更深邃的刺激？到臺大正式放棄修讀法律系，又有沒有對政治法制沒有信心的可能？

高友工到美國追隨楊聯陞讀歷史，他自言受臺大沈剛伯老師的影響。但他的博士論文選題為什麼是「宋代方臘之亂」？我們知道博士論文的主題，按照一般慣例，指導老師的訓示與規限非常重要；故此楊聯陞所關注的社會經濟史應該是高友工考慮的範圍。[102]然而，我們或者稍作推敲：這個「農民叛亂」的主題，會不會與高友工心中無法忘記，卻又不願宣之於口的，兄長高而公走過的道路有所關聯？論文中比較清晰的線索是，高友工指出方臘軍士作戰方式極度靈活流動，可視為「現代游擊戰的前驅」（the forerunner of today's guerilla fighting）。[103]再者，他析述的歷代民亂模式，包括根源自統治階級的經濟剝削、政治腐敗，是否當年國民黨政治的影射？文中又提到「民亂」往往在意識形態上依賴非正統的宗教式信

101 高友工，〈自序〉，《美典：中國文學研究論集》，頁一八。

102 根據梅祖麟的說法：「友工在哈佛主修的是中國古代歷史，副修記得是羅馬史，博士論文寫的是《宋代方臘之亂》，題目是楊聯陞先生出的。」梅祖麟，〈序〉，《美典：中國文學研究論集》，頁四。

103 Yu-Kung Kao, "A Study of the Fang La Rebellion," p. 36.

仰（unorthodox religious beliefs），例如方臘就以「食菜事魔」的摩尼教信仰作號召；[104]這與自蘇聯傳入的共產主義信仰，是否可以比附？或者，有如高惜冰在一九五〇年寫《遠東紅禍的前因後果》一書以政治分析為家與國之崩亂尋解說，高友工考究「民亂模式」時，也是以歷史書寫與家族記憶作心靈對話？

當然，高友工的學術志業，以畢業後的詩學與美典研究為顯著。他與梅祖麟互相配合，由語言學出發，以分析哲學為基礎，本是一種規行矩步的細密功夫。這就與高而公的反叛思想、革命行動有不同的方向。然而，我們又知道高友工日常生活並非嚴守紀律，反而是瀟灑通侻，逍遙自在；因此，他不會像梅祖麟守著語言學的規範，一味分析推理；他會讓文學的感覺游走宇外，不斷闖關。因此高友工的學術方法其實有其二重性：表面看來是嚴格工整，但處處尋找通道，試圖穿越不同界面，接合異種殊枝，以構築嶄新的範型。上文引述曾守正的精準論見，點出高友工的「美典」說曾採納新儒學的學理，但「部分觀點溢出，甚或偏離新儒學的慧命血脈」。事實上，高友工不單用新儒學而又偏離新儒學之理；更是本分析哲學而又破分析哲學之限。正宗的分析哲學家大概不會問高友工相同的問題，也不會同意他的貫通方法。換言之，我們要檢查的不是他是否偏離分析哲學的方向、是否符合新儒家的學理？又或者是否異乎常見的學術通識？我們要審視的是：到底他建構的「美典」論本身是否合理周延？能予後來者什麼啟示？是否有增添我們對中國文學各種現象的理解、或者具體作品的分析？如果當中與我們的思想進路不同、結論不一，高友工有沒有他的理念和根由？於我們有沒有參考價值？

上文就指出高友工的論學宗旨在於「人文教育」；他不像一般「純文學」研究者之排拒文學的社會意義。他之所以特別欣賞另一個文化背景出身的傅瑞學說，最重要的原因應該是看到傅瑞在貌似封閉的文學語言系統中揭露其社會脈絡，而共生於這脈絡的是「自由」（freedom）的想望與社會的「關懷」（concern）。[105]我們可以推想高友工小時在家聽兄長講魯迅、講社會正義，有沒有留下一些種子，在多年後成為當下省思的參照？高而公為了他心中的社會價值，出走到延安參加革命；高友工在他最嚴謹的文學論述中，解說「人文研究」的目的不僅是追求「客觀事實或真理」，而是「想像自我存在於客觀現象中的可能性」。[106]高而公選擇的「可能性」，高友工會怎麼理解呢？他講「抒情美典」時說：「願意進入其他人的條件和目的，也是培養人本精神的唯一階梯」，應該也是對自己的要求和體驗吧？[107]

---

104 Ibid., pp. 24-25.

105 Northrop Frye, *The Critical Path*, esp. 56-78; David Cayley, *Northrop Frye in Conversation*, pp. 112-121; 207-216. 又有評者指出傅瑞著述的深層政治，其所抗衡的包括法西斯主義、麥卡錫主義，與馬克思主義；詩歌之用是意識形態的批判，是直面政治而非逃避政治：Jonathan Hart, "Northrop Frye and the End/s of Ideology," *Comparative Literature*, vol. 47, no. 2 (Spring 1995), pp. 160-174.

106 高友工，〈文學研究的美學問題（上）——美感經驗的定義與結構〉，頁一一。

107 高友工，〈中國文化史中的抒情傳統〉，頁二六〇。

在高友工心中，種種學理、方法、工具、模式，「其最終目的即是一種『價值』的追求、『生命意義』的了解」。[108]人生於世，要當革命家？要當學者？還是「現代莊子」？高而公本著「關懷」之心，走上革命道路；革命成功後，他曾經有一段好好發揮的日子，寫下有名的《劉胡蘭小傳》，以及「抗美援朝」的通訊等。他本來是文藝愛好者，在中學時已發表過小說《生路》，文章風格近魯迅；辭家遠赴陝北解放區時，既唱當地民歌，也抄讀《劍南詩鈔》。[109]據好友邵燕祥（一九三三—二〇二〇）憶述，朝鮮戰爭後期，高而公還在前線坑道寫過詩，「很帶勁，很新穎，與當時流行的詩取材、手法都不同」，因此不能公開發表。[110]但不久，跟好多會思考的知識分子一樣，他就嘗到前所未料的苦果；尤其他出身國民黨家庭，更動輒得咎。從五〇年代開始，多次因精神崩潰入院，先後關入牛棚，下放養鴨等等。期間兩岸情勢緊張，不能通郵。即使高友工到美國留學，看來也未必有通音問的機會。我們只知道一九七一年高友工和梅祖麟在美國發表〈唐詩中的句法、措辭與意象〉的前後，高而公因心臟病而離開河南幹校回京，託人向邵燕祥借得仇兆鰲《杜詩詳註》、林庚、馮沅君編的《中國歷代詩歌選》等書來閱讀。一九七四、一九七五年間，邵燕祥多次探望高而公，談《紅樓夢》；而高友工研究《紅樓夢》和《儒林外史》的文章也在差不多的時間完成；[111]高友工、梅祖麟合寫《唐詩中的意義、隱喻與典故》完稿後，由黃宣範中譯，在《中外文學》於一九七五年底到一九七六年初連載。高而公逝世就在一九七六年十一月。高友工早年文章提到「自我」（ego）與「世界」（world）的分裂，是一種「創傷的經驗」（traumatic experience）；於抒情美典沉潛經年之後，他認識到「人」是「自我解釋的動物」，緣此以審視經驗由內省心象如何昇華至「境界」、「慧覺」。高而公則經歷多番的肉身試煉，晚年留下一則冥思語錄，直率淺顯，而深義存焉：

〈畫魂兒〉

——心裏一直畫魂兒

畫人畫馬難畫骨，

知人知面不知心。

畫家口訣民間傳，

---

108 高友工，〈文學研究的美學問題（上）——美感經驗的定義與結構〉，頁一一。

109 鹿野，〈追求者的腳步——悼而公〉，《高而公文集》，頁三三；劉黑枷，〈遙望巴山憶而公〉，《寫在心中的書簡》，頁一六八；邵燕祥，〈獨對殘篇憶而公〉，《高而公文集》，頁四〇。

110 邵燕祥，〈獨對殘篇憶而公〉，《高而公文集》，頁四二。

111 同前注，頁四五。高友工的〈中國敘事體中的抒情視境，《紅樓夢》與《儒林外史》的一種讀法〉，是參加一九七四年一月二十一至二十二日的「普林斯頓中國敘事理論會議」（Princeton Conference on Chinese Narrative Theory）宣讀的論文，文章於一九七七年收入文集：Yu-Kung Kao, "Lyric Vision in Chinese Narrative: A Reading of *Hung-lou Meng* and *Ju-lin Wai-shih*," in Andrew H. Plaks ed., *Chinese Narrative: Critical and Theoretical Essays* (Princeton: Princeton University Press, 1977), pp. 227-243.

至今胸中神——鬼爭議在畫魂兒

一九七四年七月二十四日[112]

兄弟二人，因為大時代的崩裂，遙隔海天；或許大家讀唐詩、《紅樓》的心靈，終會在空中相遇，一起在天上互訴「畫魂兒」，反反覆覆思量生命的意義。

112 見邵燕祥，〈獨對殘篇憶而公〉，《高而公文集》，頁四六。邵燕祥抄錄〈畫魂兒〉之後，加上按語：「也許這只是由一個詞語觸發的聯想，並無深意；也許，聯繫寫作的時間，如實地寫出而公當時有許多問題反覆思慮不決的心境：恐怕永遠也不會有確鑿的解釋了。」

第五章

林庚的「詩國文學史」

在二〇〇〇年發表的一篇訪談錄中，林庚說：

> 中國的文學傳統不是戲劇性，而是詩意的，……中國還是詩的國度，所以我寫文學史，也是拿詩為核心。[1]

這個說法，是林庚一貫的主張，從三〇年代到二十世紀完結，他以大半個世紀的時間，成就了三個階段的文學史論述，但從沒有放棄這個觀點。[2]

林庚（一九一〇—二〇〇六），字靜希，父親林宰平是哲學宗教研究專家。林庚十八歲考入清華大學物理系；兩年後轉入中文系，受教於朱自清、楊樹達等，畢業後留校任助教，協助聞一多批改學生功課。抗日戰爭爆發，到廈門大學任教，一九四七年回北京任教於燕京大學；一九五二年調派到北京大學中文系，直至退休。林庚是著名的古典文學研究者，著作包括《詩人屈原及其作品研究》（一九五三）、《詩人李白》（一九五四）、《天問論箋》（一九八三）、《唐詩綜論》（一九八七）、《西遊記漫話》（一九九〇）等；又是一位詩人，有詩集《夜》（一九三三）、《春野與窗》（一九三四）、《北平情歌》（一九三六）、《冬眠曲及其他》（一九三六）等。這兩重身分，互相交迭影響，他的創作和研究因而別具特色。他的古代文學史研究，可說迥拔孤秀，見解和書寫方式與一般著作有很多不同之處。他的第一本《中國文學史》寫成於一九四七年，由廈門大學出版。從五〇年代開始，他重新改寫這本文學史，另題《中國文學簡史》，於一九五四年由上海文藝聯合出版社出版「上卷」。一九八八年《中國文學簡史》「上卷」修訂再版，一直到一九九五年全書才告完成，由北京大學出版。由於一九四七年出版的《中國文學史》特色最為顯著，故此本文以這本文學史為主要討論對象。

---

1 張鳴，《林庚先生談文學史研究》，《文史知識》，第二期（二〇〇〇年二月），頁一〇—一一。

2 林庚這個判斷，是以西方文學作為參照系所作的；他又說過：「中國人是『詩』的，西方人是『劇』的。西方文學不是以詩歌為核心，從古希臘一直到莎士比亞、歌德、雨果等等，西方的整文學發展是以戲劇為核心的。」林在勇、林庚，〈我們需要「盛唐氣象」、「少年精神」〉，《新詩格律與語言的詩化》（北京：經濟日報出版社，二〇〇〇），頁一七三；又參考林清暉，〈林庚教授談古典文學研究和新詩創作〉，《群言》，第十一期（一九九三年八月），頁二一；林庚，〈新詩的形式〉，《問路集》（北京：北京大學出版社，一九八四），頁一九二—一九四；〈漫談中國古典詩歌的藝術借鑑——詩的國度與詩的語言〉，《新詩格律與語言的詩化》，頁二一一—二二四。這個主張當然不是林庚所獨創，例如聞一多就有許多相類的見解，林庚曾擔當他的助教，可能受過他影響。參考聞一多，〈文學的歷史動向〉、〈四千年文學大勢鳥瞰〉、〈中國上古文學〉，載孫黨伯、袁謇主編，《聞一多全集》（武漢：湖北人民出版社，一九九四），第十冊，頁一七—四九；又參林繼中，《文學史新視野》（北京：北京大學出版社，二〇〇〇），頁一六—二三；然而聞一多留下的相關著述不多，而且主要是講稿大綱，未作詳細闡釋。根據現存的資料，我們還是可以肯定地說：林庚是最認真地從中國詩原質的探索去印證這個主張的人。

一、四個階段的文學史架構

《中國文學史》原是林庚在廈門大學講授「中國文學史」時的講義，其中前三編「啟蒙時代」、「黃金時代」、「白銀時代」，於一九四一年出版油印本；一九四六年撰成第四階段「黑夜時代」，一九四七年全書由廈門大學出版委員會正式出版。這本文學史的內容取捨清楚顯示出林庚對文學傳統的認知和理解；全書的論述模式，也是以「詩的」語言策略來醞釀經營。在未進一步說明林庚文學史論述的特色之前，我們可以先檢視一下他所設定的文學史框架。

《中國文學史》的討論範圍始於遠古而終於「新文學運動」之前。全書共三十六章，分成四個階段：「啟蒙時代」、「黃金時代」、「白銀時代」，以及「黑夜時代」。[3]這些名目基本上是古希臘羅馬神話的挪用。在這些神話中，太初是一段「渾沌時代」（Chaos），然後由「渾沌」進入文明的高峰「黃金時代」，以下歷經「銀」、「銅」、「鐵」三個時代，每況愈下。這是由今思古的神話幻設，以為宇宙世界經歷了一段人性趨惡、文化衰敗的過程。[4]林庚沒有完全依據原來神話的格式，他的挪用，只說明了他要借助神話的語言來喻示他的觀察。在《中國文學史》的正文，林庚並沒有就「啟蒙」、「黃金」、「白銀」和「黑夜」這四個名目的具體意義作進一步說明，也沒有正面解釋他的分期依據，但只要配合具體章目的安排，讀者不難意會林庚的意見：中國文學由「蒙昧」到「啟蒙」，再發展到高潮的「黃金時代」，以後就是下坡的走向，直到「黑夜」時期；在「黑夜」結束之前，我們見到「文藝曙光」，預示光明的「新文學」的來臨。林庚借用西方神話，以「懷舊」（nostalgia）寄託理想的方式，去為他參與的「新文學時期」建立即將重返「樂園」（paradise）的新神話。[5]

3 「黑夜時代」，原書作「黑暗時代」，這裡按林庚先生本，以及一九九五年版《中國文學史簡史》（北京：北京大學出版社，一九九五）附錄更正。

4 這裡的撮述是參考羅馬詩人奧維特（Ovid, B.C. 43-A.D.18）在《變形記》（*Metamorphoses*）中的描寫；見 Ovid, *The Metamorphoses of Ovid*, trans., Allen Mandelbaum (New York: Harcourt Brace & Co., 1993), pp. 3-9. 金、銀、銅、鐵等時代的記述，早見於西元前八世紀末到七世紀初的希臘詩人赫西俄德（Hesiod）的長篇敘事詩《工作與時日》（*Works and Days*）；不過赫西俄德的講法比較粗疏，在金（Gold）、銀（Silver）、銅（Bronze）時代之後，插入一個英雄（Heroes）時代，然後才是鐵（Iron）時代；見 Hesiod, *Works and Days · Theogony*, trans., Stanley Lambardo (Indianapolis, Indiana: Hackett Publishing Co., Inc., 1993), pp. 26-29, lines 130-245.

5 林庚在《中國文學史・自序》說有「溝通新舊文學的願望」，又說：「這部書寫的時候，隨時都希望能說明一些文壇上普遍的問題，因為普遍的問題，自然就與新文學特殊的問題有關。」見林庚，《中國文學史》（廈門：廈門大學出版社，一九四七），卷前，無頁碼。他在一九九三年一次訪問中回顧自己的文學史研究工作時，更明確地說：「五四時期開始了反封建時代的新文學，文學又掀起了新的啟蒙的一頁。歷代研究古典文學的學者多著重在對過去的研究上，我寫文學史著眼點卻是在未來，是為新文學服務的。我曾親自經歷了五四以後的新文化運動，我是一個寫新詩的人，我的主要興趣是在新詩上。而中國文學史事實上乃是一個以詩歌為中心的文學史，研究它，對於探尋詩歌美學的奧祕，詩歌語言的形成過程，都是理想的窗口和例證。」見林清暉，《林庚教授談古典文學研究和新詩創作》，頁二一。

在林庚搭建的這個文學史架構中，屬於「啟蒙時代」第一個階段的包括第一章〈蒙昧的傳說〉、第二章〈史詩時期〉、第三章〈女性的歌唱〉、第四章〈散文的發達〉、第五章〈知道悲哀以後〉、第六章〈理性的人生〉、第七章〈文壇的夏季〉、第八章〈苦悶的覺醒〉共八章。我們如果不看目錄頁所附的綱目，只看章題，就會不知所云，摸不著頭腦。其實這部分無論從內容和書寫方式，都為全書定了方向。例如：中國沒有史詩和悲劇；中國的語言和文字不一致；語言、思想、人世經驗與文藝的互動關係等，都在此安排了討論的線索。至於論述的文學史內容則由遠古神話傳說，到《詩經》的《雅》、《頌》、《國風》；先秦諸子散文、《楚辭》；再到漢代的辭賦、東漢樂府和四言詩等。所論主要指向全書的第一個重點——《楚辭》的「驚異精神」，為以後的論述開路。

第二個階段「黃金時代」共十章。其中第九章〈不平衡的節奏〉，討論從建安開始到唐以前的五言詩發展；第十章〈人物的追求〉和第十一章〈原野的認識〉分別論述六朝時候對「美」的追求和對「大自然」的感應，及其在駢文和詩歌的表現；第十二章〈旅人之思的北來〉以北朝的剛勁活力與南方文化融合的過程為論；第十三章〈主潮的形式〉專門討論林庚心目中的唐詩的主要形式——七言詩——在初唐以前創生的過程；第十四章〈詩國高潮〉以「少年精神」為基準探索中國文學史上最輝煌的盛唐詩歌的風貌；第十五章〈古典的先河〉講杜甫以精製的律詩啟動文學「典式」，致使後來詩歌的活力漸漸銷沉；第十六章〈修士的重現〉、第十七章〈文藝派別〉講文學形成「典式」以後中晚唐詩的兩種應變——或採超脫的生活態度而成隱逸沖淡詩風，或用力於字句而走上苦吟、寫實、象徵的道路；最後第十八章〈散文的再起〉則批評唐代古文運動之以「典式」為主的復古傾向。這個時段的論述已包含攀至頂峰然後下滑的過程。

第三階段「白銀時代」先有第十九章〈口語的接近〉分析詩歌語言在不同情況下向口語靠近，補充解釋中晚唐以來通俗淺易詩風的現象。從第二十章開始，到第廿六章，除了其中兩章以外，其餘〈凝靜的刻畫〉、〈抒情時期〉、〈駢儷的再起〉、〈古典的衰歇〉、〈第四樂府〉五章分別討論晚唐兩宋詞以及元散曲，由興盛到衰亡而至被替代的循環過程。這些歷程的述論很大程度是唐詩興衰過程的複寫，看來是五四以還唐詩宋詞元曲「一代有一代文學」[6]之說的變相；[7]林庚的新意在於對其間每種文體的「活力」生成過程作出細緻精巧的描述；他對詩歌體裁的「新鮮」取代「陳熟」的過程的分析，有點像俄國形式主義的「陌生化」（defamiliarization）文學史觀，只少了其「科學」的外觀，而加添了「感悟」的色彩。

6 鄭志明，〈五四思潮對文學史觀的影響〉，中國古典文學研究會編，《五四文學與文化變遷》（臺北：臺灣學生書局，一九九〇），頁三九〇—三九一。

7 龔鵬程，〈試論文學史之研究〉一文指出「詩體代興」之說本來出自宋明以來「極隘的文體觀念和崇古論」。但在五四時期，「一代有一代之文學」卻被看作文學上「物競天擇」的「進化論」。林庚的講法沒有「文（詩）體進化」的味道，反而有回到傳統「詩尊盛唐」的傾向。參龔鵬程，〈試論文學史之研究〉，《文學散步》（臺北：漢光文化公司，一九八五），頁二五二—二五五。

此外第廿二章〈晚唐餘風〉主要是歐陽修以至蘇軾、黃庭堅等宋代詩風的批評，可說是傳統詩論「尊唐輕宋」的「林庚式」詮解。第廿五章〈文藝清談〉指摘宋代以「詩話」為主流的批評風尚，認為是「古典」程式化過程的「又一角落」。最後第廿七章〈理性的玄學〉集中討論宋代理學；林庚認為宋儒以形而上的「玄學」為儒家的「理性人生」作理論上的補充，這是「文藝衰落」的時世，「人們乃轉求於思想上的解脫」。林庚這番論說主要是從旁渲染中國文學在「黃金時代」以後走向下坡的圖像，但我們可以在此再一次看到林庚以「文藝」為生命的最高表現的觀點。[8]

最後的「黑夜時代」是全書論述重點的一大轉向：從抒情體的「詩歌文學」轉到敘事體的「故事文學」。第廿八章〈夢想的開始〉和第廿九章〈講唱的流行〉基本上和一般通行的小說史一樣，追溯六朝筆記小說、唐代傳奇，以至民間俗講、變文，到宋代話本的發展；第卅二章〈章回故事的出現〉與第卅四章〈女性的演出〉討論長篇小說的形成以至成熟的過程。第三十章〈雜劇與院本〉、第卅一章〈舞臺重心〉、第卅三章〈夢的結束〉則是古代戲劇發展的析論。林庚明言，中國文學以詩歌為中心，但他也接受新文學運動以來的習見的看法，以為宋元以後，中國文壇已是小說與戲曲的天下，所以他用全書四分之一的篇幅去敘述這個現象。雖然情非得已，但林庚的分析並沒有令讀者失望，這一點下文將有細論。本時段的最後兩章是第卅五章〈詩文的回溯〉和第卅六章〈文藝曙光〉。前者集焦於八股程式對詩文的影響，以勾勒「自金元以迄明清」詩文的衰頹面貌；最後一章討論晚明小品文及清代諷刺小說，認為二者帶來的「破壞」以至「反抗」，正是催生新時代文藝的動力。讀者在掩卷前，將會對《中國文學史》這個文本以外的黎明曙光，有所希冀期待。[9]

從以上的提綱挈領，我們可以留意到林庚的《中國文學史》，基本上沒有離開自新文學運動以來一般文學史著作的論述範圍。可是，林庚特有的書寫方式，卻使這部「文學史」的面貌不比尋常。以下我們就幾個關鍵論點，對林庚的「詩國文學史」及其書寫作進一步的分析。

---

8 這一點和林庚在《中國文學史》的〈自序〉說：「我以為時代的特徵，應該是那思想的形式與人生的情緒。」按照他的理路，所謂「思想的形式和人生的情緒」的最高的表現就在於「文藝」。在「文藝」衰落時，才有其他的表現形式作補充。

9 林繼中根據朱自清編《聞一多全集》（北京：生活．讀書．新知三聯書店，一九八二年版）的序文轉述，指出聞一多的文學史論說與林庚頗有相似之處；見林繼中，《文學史新視野》，頁一六。按聞一多〈四千年文學大勢鳥瞰〉一文經整理收入湖北人民出版社《聞一多全集》。我們把文中的中國文學史分期摘錄如下：第一大期「黎明」（夏商—周成王中葉）；第二大期「五百年的歌唱」（周成王中葉—東周定王八年）；第三大期「思想的奇葩」（周定王九年—漢武帝後元二年）；第四大期「一個過渡期間」（漢昭帝始元元年—漢獻帝興平二年）；第五大期「詩的黃金時代」（東漢獻帝建安元年—唐玄宗天寶十四載）；第六大期「不同型的餘勢發展」（唐肅宗至德元載—南宋恭帝德佑二年）；第七大期「故事興趣的醒覺」（元世祖至元十四年—民國六年）；第八大期「偉大的期望」（民國七年—　）；見《聞一多全集》，第十冊，頁二二一—三六。

二、「沒有史詩」、「沒有悲劇」的抒情傳統

早在廈門大學版《中國文學史》面世以前，林庚於一九三五年發表了一篇長文：〈中國文學史上一個謎〉，試圖解釋「一個中國文學史上特殊的現象」：

> 中國為什麼沒有史詩？

由這個問題再作延伸，據他的觀察：

> 史詩我們是沒有的，神話我們是說不上的，早期的戲劇我們是沒有的，較長一些敘事詩我們是沒有的，即使晚一些我們的長篇小說也還幾乎可以說是沒有的。[10]

《中國文學史》延續了這個「為什麼沒有」的追問：為什麼中國欠缺西方文學的「故事傳統」？為什麼沒有希臘羅馬的美麗神話和傳說？為什麼沒有史詩、沒有悲劇？中國今天留存的有關遠古的「零星材料」，最多只能「作為當時的神話目錄看」。[11] 中國經歷過「最適宜史詩的」遊牧時期，可是只留下簡陋的卜辭：

這將進於農業社會的遊牧時代，這以迷信與戰爭為生活上的刺激的時代，那對於初期的農產品——酒的珍貴，這些曾使得希臘神話裡產生了最有趣的牧羊神、酒神、預言之神、戰神，以及長篇的史詩，偉大的悲劇，這些為什麼我們沒有呢？[12]

林庚就是帶著這個「不解」去思考中國文學傳統。中國之成為「詩的國度」而不是「戲劇的國度」或者「故事的國度」，看來與此有關。林庚後來在〈漫談中國古典詩的藝術借鑑——詩的國度與詩的語言〉一文再提到這個觀點說：

就文學史來說，這的確是一個很大的損失，並且沒有含有神話的悲劇和史詩，古代完整的神話保留下來的自然也較少。付出了這麼大的代價，得到是什麼呢？那就是以十五國風代表的抒情傳統。[13]

---

10 林庚，〈中國文學史上一個謎〉，《國聞周報》，第十二卷第十五期（一九三五年四月），頁一—七。

11 林庚，《中國文學史》，頁八。

12 林庚，《中國文學史》，頁一四。

無論如何，這些「沒有」，始終是一個遺憾。

中國文學傳統沒有史詩和悲劇的遺憾，確是當時中國文學論者難以釋懷的。我們看到清末梁啟超以杜甫〈北征〉、韓愈〈南山〉、古詩〈孔雀東南飛〉等與荷馬的史詩比較後的失望和遺憾，[14]也可以見到王國維舉《紅樓夢》為悲劇的補償心理，[15]更不要說胡適基於「文學革命」的需要而全面自我批判、覺得中國文學事事不如西方之說了。[16]林庚窮極思考，提出了很值得注意的解釋，他把這個現象歸結於中國的書寫系統與口語系統之間的斷裂。他認為印度與希臘用的都是拼音字母，口語可以有即時的記錄；中國的象形文字創制困難，不像西方的言文一致。於是，該產生史詩的時期，就只留下龜甲的卜辭；到中國有可用的文字時，本來可產生悲劇的活潑的娛神活動已不再出現，換成了封建時代的「嚴肅的空洞的」祭祀儀式。[17]

從語言特色去解釋中國文學的現象，並不罕見。但林庚思考的角度，卻別具意義。從「白話文運動」和「文學革命」的時代開始，文言文的「言文不一」已被視為中國文學以至文化落後的重要根源，是革命的對象。林庚也坦承中國文字有其缺點，[18]但他接著以他的方式理解中國的言文不一：

> 這種文字的運用，並不就等於語言。它乃是一個語言的省略，好比我們在冰河上插一面紅旗，那便是代表這塊地方危險的意思。……不知經過了多少年月，經過了多少的創

造與使用，漸漸的熟能生巧，文字才有了充分的表現能力，而語言也受文字的影響漸漸互相接近。[19]

書寫文字不等同口頭語言，而只是一種省略的提示；這種想法精彩之處在於擺脫了「語音中心主義」（phonocentrism）和「邏各斯中心主義」（logocentrism）——書寫系統作為口

---

13 林庚，〈漫談中國古典詩的藝術借鑑——詩的國度與詩的語言〉，《新詩格律與語言的詩化》，頁一一三。原刊《社會科學戰線》，第四期（一九八五年八月），頁二七一—二七七。林庚在此提出「抒情傳統」這個概念。此外，他在一九八六年為《中國文學簡史》的修訂版撰寫後記，也再次提到：「寒士文學的中心主題，語言詩化的曲折歷程，這與浪漫主義的抒情傳統，無妨說乃正是先秦至唐代文學發展中的三個重要組成部分。」見林庚，《中國文學簡史》（北京：北京大學出版社，一九八八修訂版），頁七三六。

14 梁啟超，《飲冰室詩話》（長春：時代文藝出版社，一九九八），頁四。

15 王國維，〈紅樓夢評論〉，《王觀堂先生全集》（臺北：文華出版公司，一九六八），頁一六四〇—一六五九。

16 胡適，〈建設的文學革命論〉，《胡適文存》（臺北：遠東圖書公司，一九七五），頁七二—七三；〈文學進化觀念與戲劇改良〉，《胡適文存》，頁一四八—一五六；又參陳國球，〈傳統的睽離：論胡適的文學史觀〉，收入陳國球、王宏志、陳清僑編，《書寫文學的過去：文學史的思考》（臺北：麥田出版，一九九七），頁二五—八四。

17 林庚，《中國文學史》，頁一四—二〇。

18 林庚說中國早期文字「習慣了省略」，「所以長篇的敘事在這文字上便無從產生」。「中國的文字籠統而不明白，喜歡結論而不愛分析，都是詩的」。見林庚，《中國文學史》，頁一六、三九。

19 林庚，《中國文學史》，頁一六。

語，或者思想概念的複製，所以只有從屬地位——的限制。[20]當然，如果我們說林庚意識到「邏各斯—語音中心」的問題是不對的，因為林庚明顯以為西方拼音文字能夠直接表達口語是其優勝之處。不過林庚認為中國文字從開始就與口語斷裂，有獨立的發展體系的想法，就意外地打破了書寫文字必須緊隨口語的思想規限。這個因誤解而得的想法在第四章〈散文的發達〉中就發揮了作用。林庚認為從《左傳》到先秦諸子的散文，作為書寫系統，可以帶動口語，甚至引領思想的進一步發展：

它〔散文〕不僅是記憶，而且是發揮；不僅是語言，而且是思想本身。語言受了它的影響，才變為更高的語言；思想受了它的磨練，才變為更銳利的思想。……散文的光芒，乃籠罩了整個思想界，那美妙的言辭，崇高的文化，都為這時代增加了光榮，從各方面啟發了人們的智慧。[21]

在林庚的理解中，書寫系統可以透過「散文化」和「詩化」的不同途徑和口語交迭磨合，甚而推動思想。這種對思想、語言和文學之間關係的「詩性感悟」和探索，是林庚的文學史論述最精彩的地方。我們強調林庚的「詩性感悟」，是因為林庚「理論邏輯」或者「散文邏輯」的意識並不強，[22]在論述中偶有鑿枘矛盾之處；但他有最敏感的觸覺，有直探根源的悟力，往往為我們開示文學藝術的精微之處；例如他對《楚辭》語言藝術與生命意識的掌握，就是極好的例子。

三、楚辭的意義

林庚在全書的開卷部分抱怨中國文學沒有神話傳說的留存，也沒有史詩和悲劇的產生；他之所以有這樣的遺憾，是因為他對「無可考」的，或者「糾纏不清」的過去年代，有許多揣測推想，由是感慨這些生命的痕跡沒有機會以文學的方式保留下來。在他的想像拼圖中，初民生活有這樣的經驗：

> 日月的運行，是最能引起初民的驚異的。[23]

---

20 德希達（Jacques Derrida）解構論的重點就是對這個限制的揭露和批評；見Jacques Derrida, *Of Grammatology*, trans. Gayatri Chakravortry Spivak (Baltimore: Johns Hopkins University Press, 1976), pp. 164-268 and *passim*.

21 林庚，《中國文學史》，頁三二一。

22 林庚曾說：「我哪有甚麼現成的文藝理論呢，只是隨便說說而已。我覺得，美，真正的美，就是青春。」所說雖然是謙辭，卻也可以見到他直觀感悟式的美學思考；見林在勇、林庚，〈我們需要「盛唐氣象」、「少年精神」〉，頁一八〇。

至於「史詩時期」的遊牧生活，林庚又有這樣的猜想：

所謂史詩時期，乃是一個民族開始進于文明的時候。這時有了閒暇而又不十分安定，有了收穫而又不失其為新奇，一種生之驚異，一種命運的喜悅，於是有了種種傳說。[24]悲劇的產生，是原始人對於宇宙的驚異與命運的反抗的表現。[25]

可惜這些「驚異」的經驗隨著生活方式改變而消失。及至農業社會出現，生活穩定下來，中國才有《詩經》，作為「民族最古的一聲歌唱」；其中顯示的生活經驗已有不同：

原始人的驚異，遊牧時代的旅人之感，已經過去了；農業社會的田園的家的感情，乃是女性最活潑的表現。[26]

在林庚的想像中，「家」的安穩感覺與原始的「驚異」是相反的。「家」既是「女性」的世界，也是「兒童」的世界。其代表的生活經驗是「健康與喜悅」：

它是樸實的生活素描，是生趣的敏銳的愛好。[27]

他強調的是對「生活的美趣」的敏感，就像兒童一樣：「隨處都可以找到興趣」[28]；「物與人與生活，整個在美化中打成一片」；[29]他的重要結論是，這種「女性的」、「童年的」文藝：

能安于一種新鮮天真的喜悅；它富有生活趣味而不甘於寂寞，有客觀的愛好，而不十分注意自我。……保留在文藝上乃是更諧和的；生活上日常的變動，普遍的心情，都是這時文藝的特色。我們說它是集體的創造，因為它本來缺少自我。[30]

23 林庚，《中國文學史》，頁七。
24 林庚，《中國文學史》，頁一四。
25 林庚，《中國文學史》，頁一八。
26 林庚，《中國文學史》，頁二八。
27 林庚，《中國文學史》，頁二四。
28 林庚，《中國文學史》，頁二四、二六。
29 林庚，《中國文學史》，頁二五。
30 林庚，《中國文學史》，頁二九—三〇。

林庚在這個設想中建構的是一種平靜的和諧。所以用「家」來作比喻。《詩經》既是中國「民族歌唱」的第一聲，林庚也從中領略不少「美趣」，可是他卻沒有滿足於這「諧和安穩」。因為：

在《詩經》裡，我們只看見一片生活。它雖然可愛，卻並沒有客觀的認識。[31]

《詩經》所未有的「客觀的認識」，用林庚的話說，是指「人與人生的分離」，「認識與生活對立」，由此「我們才自覺於自我的存在，才把生活放在一個客觀的地位，而有了更深刻的認識，這便是一切思想與藝術的發現」。林庚先從春秋戰國的諸子散文講起，他說這時的散文開始了「思想冒險的少年時代」，「散文徹底的精神打破了女性溫柔的歌唱」。[32]當中所顯示出來的人生情緒，可以楊朱「傷歧路」和墨子「悲染絲」的故事為代表。楊朱「為我」是放棄人間；墨子「兼愛」是放棄自己，兩者的相同之點是對「人生極度的悲哀」的感知：

楊與墨否定了世間的一切，認為人生都在苦海之中，這是人與人生間的衝突，也便是一切傳統與生活將被打破的時候。這一個激烈的撞擊，像火花，像怒潮，乃成為偉大的壯觀，這是一個可以驚異的時代，我們不只看見思潮的澎湃，而且產生了文藝上的異果。[33]

這個「異果」就是以屈原作品為代表的《楚辭》。林庚說屈原一生燃燒在「捨棄人間」與「犧牲自己」兩種衝突的苦悶感情之中：

這是人與人生的歧路，是藝術與生活的分化，是悲哀的開始。[34]

林庚對屈原的理解，其實是以《詩經》所代表的「思想形式」為對照的：

在《詩經》裡，我們只看見一片生活。它雖然可愛，卻並沒有客觀的認識，而在這尖銳的衝突下，認識與生活顯然對立了，我們才自覺於自我的存在，才把生活放在一個客觀的地位，而有了更深刻的認識，這便是一切思想與藝術的發現。[35]

31 林庚，《中國文學史》，頁四八。
32 林庚，《中國文學史》，頁三二、四四。林庚又說：「少年的徹底的精神，原始的遙遠的情操，那單純的思維，那自由的信念，總要求一次盡情的表現；這使得先秦的思想造成無可比擬的光輝，它同時帶來了男性的一切。」見頁三七。
33 林庚，《中國文學史》，頁四七─四八。
34 林庚，《中國文學史》，頁四八。
35 林庚，《中國文學史》，頁四九。

在現代詩學理論中，「自我」意識的構建是一個重要的命題。[36]林庚正是從這個角度去觀察，為中國文學史上「作家」位置建立的時序作出疏釋：

> 這時期以後，作家便自然的成為作品的主人。文藝開始離開了一般的生活，而發展為上層的文化。[37]

林庚留意到「自我」意識於文藝上的位置，創作成為「有意的追求」，而不是「無意的獲得」。依此，文學的藝術本質就指向一種「動力」，而《楚辭》也因此開啟了中國「文藝」之途：

> 從《詩經》到《楚辭》，這是一個文學上的關鍵，從此我們才有了純粹的文藝的創作。……《楚辭》才是作者就為了表現自己而作的。……所以《楚辭》以前，都是無意的獲得；《楚辭》以後，才開始了有意的追求。藝術的意思，本是人工的心血，《詩經》裡所要說的話，原在一般生活上。《楚辭》它才開始領導著生活，它所表現的是人人還未知道的事物，這是一個啟示，屈原所以才驚醒了一代的人們。[38]

按林庚的說法，文藝由生活之中被離析出來，成為一種可以究心追求的活動，是由於人與生活之間的不能諧協；有了自我和世界的內外之分後，這種對一切的「驚異」、「懷疑」和「缺憾」的感覺，以及隨之而來的「悲哀」，就成為當時主要的思想的形式。林庚說：

> 所以一切都是不固定的，都是適宜于創造的，於是我們有了《楚辭》。[39]

林庚對形式的重視，更顯現在他對《楚辭》體的考索。首先是「兮」字的作用。「兮」字作為《楚辭》詩句的面貌特徵，自然受到不少學者的注目，例如游國恩在一九二七年出版的《楚辭概論》就指出「兮」在《詩經》，尤其《二南》中，已有出現，加上〈越人歌〉、〈滄浪歌〉等楚地民歌，都帶有「兮」字，是《楚辭》的先聲。[40]這個論點主要是在「詩歌」

---

36 參考 Charles Taylor, *Sources of the Self: The Making of Modern Identity* (Cambridge, M.A.: Harvard University Press, 1989); Stanley Corngold, *The Fate of the Self* (Durham: Duke University Press, 1994).

37 林庚，《中國文學史》，頁四九。

38 林庚，《中國文學史》，頁五一。

39 林庚，《中國文學史》，頁四九。

40 洪湛侯主編《楚辭要籍解題》（武漢：湖北人民出版社，一九八四）指出游國恩《楚辭概論》（一九二六）「把《詩經》中以『兮』字為助詞的詩分為八類，然後與《楚辭》中的《天問》、《九歌》、《九章》諸篇詳加比較，探索他們的淵源關係。得出《楚辭》不少章句是由《詩經》演化而來的結論。」頁二九九。

的傳統中作梳理，認為由《詩經》中屬於南方的民歌，以至其他楚地民謠，到《九歌》、《離騷》，有一條發展的脈絡。林庚對這種說法，顯然不能同意。他的思路與前面提到的「思想的形式」的觀察，是可以互相配合的。[41]他認為《楚辭》的體式，與當時諸子散文的關係比較大，他說：

> 這是一個散文發達的時代，一切思想的形成，既由於此；一切思想上的苦悶，當也非散文不足以暢快表達。《詩經》裡的兮字本是屬於詩的，這時的兮字乃開始與散文發生了更大的關係。一切詩體的演變，便隨著這詩歌的散文化而來；詩歌從省略的文字上，又獲得更明白更合於語吻的文字。[42]

《楚辭》是詩的散文化，而作為「語辭」的「兮」字，則在散文化中帶來節奏的感覺，轉過來讓散文詩化。[43]林庚以為《楚辭》的體裁有兩種：一種是「改良的」，如《天問》、《招魂》等；一種是「革新的」，如《離騷》、《九歌》等。前者是把《詩經》的四言詩句重疊加長，然後將「兮」字（或其他語辭）加在句末。[44]後者是在參差不齊的散文式長句中以「兮」字為半句的一逗，做成詩的節奏。[45]

此外，林庚又看到《楚辭》的押韻方式與《詩經》的不同。《楚辭》基本上句句用韻，他的解釋是為了協調新（《楚辭》式）舊（《詩經》式）的習慣：

因為句法突然間變長了一倍以上，對於傳統的習慣，自不能不留一點餘地。句句用韻，則兩句同時可以作四句讀，而仍不失其四句二韻的形式。[46]

這一個推想也是基於由散文化到詩化的轉向而作疏解。這種對詩歌節奏的感會，又促使

41 林庚在寫《中國文學史》的前後，又有〈從楚辭的斷句說到涉江〉（一九四一）和〈楚辭裡「兮」字的性質〉（一九四八）兩文，對這個問題都有深入的剖析。前篇中提到：「我們要瞭解斷句上表面的形式，我們必須先瞭解《楚辭》文藝上更內在的形式，一切表面的形式都生於內在形式的要求。」見《詩人屈原及其作品研究》（上海：棠棣出版社，一九五三五版），頁八五—八六；後篇見同書，頁七四—八一。

42 林庚，《中國文學史》，頁四九—五〇。

43 林庚在《楚辭裡「兮」字的性質》發展了他的論點；他說：「沒有《楚辭》，『兮』字只是一個語吻字，從《楚辭》開始，『兮』才突出而成為一切文字之外的一個新字，……它似乎只是一個音符，它因此最有力量能構成詩的節奏，這就是《楚辭》裡『兮』字的性質。」見頁八〇—八一。

44 林庚在《從楚辭的斷句說到涉江》說：「當時的人既久已習慣於《詩經》的斷句，所以作者總願意在句尾上放一個語吻字，如『兮』『些』『只』字之類，以表示它應當一口氣讀完才對的。」見頁九三。

45 林庚在《從楚辭的斷句說到涉江》再說：「一則句尾有韻已足以收斷句之效，二則到了句尾辭氣也自然會表示收煞；三則有了半句上的一逗，下半句自然也就與上半句取得對稱；所以兮字移到半句上來，使得太長的句法在適宜的地方換一口氣，使得散文的形式有了詩的節奏，這是兮字更進步的運用。」見頁九三。

46 林庚，《中國文學史》，頁五〇。

林庚發現《楚辭》體的一項特點：

這新興的詩體，一方面反映著時代的影響，一方面適應著詩體上發展的要求，在二字節奏之外，加進了三字的節奏；……詩風到此乃並促成了形式上的轉變。……《楚辭》所以成為一切新興詩篇的根據，這樣在散文時代之後，我們又有了全新的詩的時代。[47]

有關「三字節奏」的情況，林庚在往後有更多的觀察和體會。[48]這種對文體形式的關注，是他往後的文學史論述中最觸目的一面。

相對來說，林庚有關「思想形式」方面，就潛藏和隱晦得多了。然而這卻是《中國文學史》其中最值得深考的一面。我們可以先留意林庚如何描繪屈原在文學史上的「驚醒」作用：

他從日常的生活中，飛躍到最後的理想的追求；……他的悲哀是人性上永久的缺憾，這訴之於人性的永恆的感情，才是走入純文藝領域的第一步。

平靜的生活時代過去了，人們的情操冒險在驚濤怒浪中，屈原以他不可抑制的天才，便在這旅程上演著偉大永恆的悲劇。[49]

在《離騷》中，林庚看到「在深沉的悲哀之中，又有一片鮮明的朝氣，這是屈原人間的憎與愛的對照，正是這一個時代的驚異的表現」。[50]他又認為《天問》從天地開闢直問到楚國當前，「氣脈之大，正是前所未有！這初次的懷疑上爆發的雄厚的力，我們開始看見從狹小的生活，放眼到更廣泛的問題上，這對於驚異的時代，乃有絕大的意義」。[51]至於時人以為《離騷》前身的《九歌》，[52]林庚則看成是《楚辭》演進的成熟，因為「《九歌》的成功，使得詩的散文化又回到詩化來」。[53]至於祭祀儀式本來有一定的戲劇性，當初應該是有所本的，但林庚認為《九歌》的重要性是其中「詩的表現」，這卻是出自屈原之手，「才變成偉大的藝術品」。[54]

47 林庚，《中國文學史》，頁五一。

48 參考林庚的《唐詩的語言》（一九六三），見林庚，《唐詩綜論》（北京：人民文學出版社，一九八七），頁八〇—九九；《中國文學簡史上卷》（上海：上海文藝聯合出版社，一九五四），頁一〇二—一〇五；《中國文學簡史》（北京：北京大學出版社，一九九五），頁七一—七三。

49 林庚，《中國文學史》，頁五一、五二。

50 林庚，《中國文學史》，頁五四。

51 林庚，《中國文學史》，頁五六。

52 游國恩的《楚辭概論》就以為《九歌》原是楚國民間的祭神歌，是屈原作品的先聲。

53 林庚有〈九歌不源於二南〉（一九五〇）一文，明顯是針對游國恩之說而作。見《詩人屈原及其作品研究》，頁一〇四—一〇八。文中說：「《離騷》是詩歌打破傳統走向散文化的階段，《九歌》以至七言是詩歌又回到詩的傳統形式上來；前者必然漫長些，後者必然簡短些，這證之『五四』以來的新詩運動所產生的漫長的散文的傾向，與今天的又要逐漸回到簡短的民族形式上來，正是詩歌發展的自然順序。」（頁一〇五）由此又可見林庚的思考方法。

在此之餘，林庚還根據他對屈原生平的理解，分別品評了《橘頌》、《抽思》、《招魂》、《哀郢》、《涉江》、《懷沙》等作品。但這方面的品析還比不上他對宋玉和他的《九辯》的詮解。林庚認為屈原是「特殊的」，他的身世非人人所常有；宋玉則是「一個不重要的寒士」，他的心情，便成為每個人的寫照。由特殊回到一般，於是：

這時代的驚異，永恆的悲哀，在一度爆發後才更深的普遍到人間去，這是文藝的又一個階段。[55]

林庚又特別對「宋玉悲秋」作出詮釋：

我們到現在，還不時聽到「宋玉悲秋」的話，可見宇宙雖有四時，獨宋玉才知道悲秋。秋與人本來「干卿底事」，然而當人們從日常的生活裡跳出來，而放眼于更廣大的世界，當自我的自覺，成為一個藝術生活，我們對於大自然才開始有了人類的感情。這是生活的範圍的擴大，這都由於原來狹小的生活的打破，這是藝術的領域的新的園地。又因為那感情是普遍於一切事物之上，便不專屬於某一事物，宋玉便是第一個人，開始僅寫一個情緒，而不說任何事情，文藝產生於日常的事物上，而終於又超過了這些事物。《九辯》的一開端，便欲完成了這一個新的使命。……這一段突然的啟示，遂開了後代人的耳目。[56]

首先，這一段論述發展了上文「思想的形式」和「人生的情緒」所講的生活與文藝的思路。「日常的生活」充斥著各樣的事情，囿於其中，生活就變得狹小。要跳出這個範圍，自我就須有在藝術中生活的感覺，這樣感情才可以投射到大自然、宇宙的四時季候。這就是林庚所謂「生活範圍的擴大」、「藝術領域」的新拓展；文學甚至可以僅寫一個情緒。另一方面，由宋玉開展的驚異情緒的深化和普遍化路向，又因為他作為「一個不重要的寒士」而相互印證。這個「不重要」的身分更是林庚日後文學史論述的重要線索。他在一九五四年改寫中國文學史時，就以「寒士文學」和「布衣感」為另一種的「思想形式」的追尋。[57]

54 林庚，《中國文學史》，頁六一。

55 林庚，《中國文學史》，頁六四。

56 林庚，《中國文學史》，頁六四。

57 林庚於這方面的探索其實是為了適應當時的意識形態而作出的努力；可是這份誠意卻並未見賞，反而惹來「極左思潮」的猛烈批判。見中國人民大學新聞系文學教研室古典文學組編著，《林庚文藝思想批判》（北京：人民文學出版社，一九五八）。有關由屈原到宋玉的發展，還可參考他的〈屈原與宋玉〉，見《唐詩綜論》，頁二七四—二八二。

四、唐詩的「少年精神」

在林庚的文學史論述中，唐代是一個非常重要的時期，甚至是新文學出現以前的整個中國文學歷程的高潮——本書第十四章就以〈詩國高潮〉為題。據他的理解：「中國第一次的驚異時代在戰國」，而「唐代承繼著南北文化的交流，成為中國第二次的驚異時代」。[58]在林庚筆下，唐人生活是「一種豪逸奔放的生活」，[59]是「活潑的」、是「浪漫和健康」。[60]綜合各種圖像，林庚得出這個結論：唐人生活是「極端男性的表現」[61]至於這個生活的表現，當然就是唐詩，[62]而且是這樣的唐詩：

七言詩以一個全新的姿態出現在詩壇上，這才是一個完全男性的文藝年代。這時代表著唐代詩壇特色的是七絕和七古。[63]

在這裡，林庚再一次以唐詩的表現與人世的經驗相比擬：

這時一切都在詩的不盡的言辭中得到解決，生活的驚異，美的健康，使得人生不復成為一個惆悵。[64]

它面對人生而無所懷疑，接受著現實而無所恐懼，一切的悲哀都過去了，這是一個憑藉在詩歌上的無拘〔束〕的時代。[65]

林庚這些描述明顯想告訴讀者，第二次的「驚異時代」與以《楚辭》為代表的第一次「驚異時代」不同。後者的文藝表現是：

它一方面由於人生的幻暫，而驚覺于永恆的美的追求；一方面它已開始離開了童年，而走上了每個青年必經過的苦悶的路徑。[66]

58 林庚，《中國文學史》，頁一六三。
59 林庚，《中國文學史》，頁一六四。
60 林庚，《中國文學史》，頁一六六。
61 林庚，《中國文學史》，頁一六六。
62 林庚在本章也稍稍提及唐代的傳奇：「所記的故事，又莫非即以唐人的生活為張本，……這正足以說明，只有唐人的生活才是有意味的。」見林庚，《中國文學史》，頁一六四。
63 林庚，《中國文學史》，頁一六七。
64 林庚，《中國文學史》，頁一六八。
65 林庚，《中國文學史》，頁一六八—一六九。
66 林庚，《中國文學史》，頁四九。

而唐代文壇卻「不復是苦悶的象徵了」。[67]二者的不同，主要就表現在「人生的情緒」上。

在比對《楚辭》與唐詩的表現後，我們可以見到林庚以「少年活潑的情趣」作為後者的時代精神，他反覆用「少年的風趣」、「少年的世界」等譬喻，[68]來渲染這個感覺。由是林庚的唐詩閱讀，就有異於傳統的文學史見解；他以為自己要訪尋的「少年精神」，表現在於王維早期的作品之上。於是，林庚特意稱賞王維十七歲的作品〈九月九日憶山東兄弟〉、十八歲作品〈洛陽女兒行〉、十九歲作品〈桃源行〉，以及〈少年行〉、〈隴頭吟〉等作，以坐實「少年」的意味。[69]一般人以「清靜隱者」一派看王維，讚揚王維「似僧似禪」的作品；林庚不以為然，認為這類作品是王維「不足道之處」。[70]林庚從王維詩中找到「那異鄉的情調，浪漫的氣質」，而這都是「少年心情的表現」。[71]林庚甚至認為王維的出現，「使得唐詩各方面都獲得完全的發展」。[72]

林庚這個看法，與向來的詩歌批評傳統和習見的文學史評價有很大的差異。自宋以後，論唐詩者多數會高舉李白和杜甫，[73]很少見到有如林庚一樣，認為王維是「詩壇真正的盟主」。[74]其實若以林庚所重視的「創造力」而言，李白詩足以為唐詩的冠冕。事實上林庚也說李白可「與王維分庭抗禮」。[75]他對李白的稱讚包括：「那豪放的情操，無盡的馳想，使得『溫柔敦厚』全變為無用」，[76]「字句變化莫測，而轉折之間，無不驚心動魄」；[77]「如呼吸在最新鮮自由的空氣中，這便是盛唐的健康」；[78]「完成了那男性的文藝時代，為詩國的

67 林庚，《中國文學史》，頁一六八。

68 林庚，《中國文學史》，頁一六六。

69 這個論述方式很易受到批評，如秦准〈評林庚著《中國文學簡史》上卷〉一文，雖然討論的是林庚另一本文學史，但所涉問題一樣；秦准說：「中國歷史上每個朝代都不乏少年天才；如此，豈非每個朝代都是『解放的少年時代』了嗎？」見秦准，〈評林庚著《中國文學簡史》上卷〉，《文學遺產》編輯部編，《文學遺產選集二輯》（北京：作家出版社，一九五七），頁六〇；又請參閱下文相關討論。

70 林庚，《中國文學史》，頁一七二。

71 林庚，《中國文學史》，頁一七二。

72 林庚，《中國文學史》，頁一七〇。

73 如宋代張戒《歲寒堂詩話》所講的「世以王摩詰律詩配子美，古詩配李白」（張戒，《歲寒堂詩話》，陳應鸞箋注〔成都：四川大學出版社，一九九〇〕，頁八八），已經是少有的抬舉。像明代陸時雍《詩鏡總論》所說的「世以李、杜為大家，王維、高、岑為傍戶」；見陸時雍，《詩鏡總論》（《歷代詩話續編》本，北京：中華書局，一九八三），頁一四一二，才是最通行的見解。王瑤〈評林庚著《中國文學史》〉一文，為林庚的看法找出清代的王士禎作為原型，其實並不準確；見王瑤，〈評林庚著《中國文學史》〉，《王瑤文集》（石家莊：河北教育出版社，二〇〇〇），第二冊，頁五四七。王士禎確是欣賞王維，不喜歡李白、杜甫，但他標榜的是「神韻」、「清淡」的王維詩；反觀林庚先聲明他不重視王維的「似禪似僧」詩，他追求的是「浪漫」、「活潑」、「驚異」等「少年精神」。林庚的取向與王士禎相差甚遠。

74 林庚，《中國文學史》，頁一七〇。

75 林庚，《中國文學史》，頁一七四。

76 林庚，《中國文學史》，頁一七四。

77 林庚，《中國文學史》，頁一七五。

78 林庚，《中國文學史》，頁一七六。

高潮增加了無限聲勢」；[79]諸如此類，都顯示出李白詩充分具備林庚追求的「驚異」特質。這樣一來，如果林庚的文學史定位工程以李白為重心，是否就可以解決問題，免受質疑呢？

事實上，問題並不是這麼簡單。因為林庚眼中的王維和李白確有差別。林庚曾比較二人說：

> 王維所代表的，是詩壇的完善與普遍，李白所代表的，直是創造本身的解放。[80]

王維與李白不同之處，就在於王維「使得唐詩各方面都獲得完全的發展」這一點。意思是王維代表圓滿、無憾，照林庚的看法，李白在這層次顯然有所不及。或者我們可以參看林庚在〈唐代四大詩人〉一文中更清楚的解說：

> 如果說，李白是在追求盛唐時代可能會得到的那些東西，因而成為一個集中的表現，那麼，王維則是反映了盛唐時代已經得到的那些東西，因而成為一個普遍的反映。[81]

在討論王維的作品時，林庚這類「完全」、「圓滿」的評語，更是多見；例如說「情致的美滿豐富，在有唐一代正是首屈一指」、「在動靜之間，成為完整的佳作」、「天才的完善」、「空靈得令人不可盡說」、「飽滿得令人不可捉摸」。[82]因此，我們可以再進一步了解林庚所謂「少年精神」，其實是一個想像的「完全」（perfect equilibrium）。如果要作比較，那代表《楚辭》「驚異精神」的，是一位剛剛離開童年，滿腔苦悶、充滿懷疑的青年人；代表唐詩「少年精神」的，卻是擺開一切困擾，專意浪漫、品嘗青春的「遊俠」。由此看來，林庚之標舉王維，應有其特別的考慮。這個選擇與他對「少年精神」的理解有關。

至於杜甫的定位問題，則關乎林庚的「古典」的觀念。林庚對杜甫的評論分見於第十四章〈詩國高潮〉和第十五章〈古典的先河〉。一方面林庚認為杜甫五、七言古詩「不愧為詩國高潮的產物」，但另一方面他覺得杜甫「把更大的精力用在律詩上，這使得他與盛唐諸人，不免有一點質上的差異」。[83]這是說，林庚對杜甫有兩種不同方向的評價：一是指出杜甫確有寫出和盛唐精神相通的作品，這部分作品主要「受李白的影響」；[84]另一是指杜甫的律詩開啟了「古典文藝」的方向，這就與「少年精神」大不相同了。[85]林庚借用了當時流行

79 林庚，《中國文學史》，頁一七七。
80 林庚，《中國文學史》，頁一七四。
81 林庚，《唐詩綜論》，頁一一九。
82 林庚，《中國文學史》，頁一七一—一七二。
83 林庚，《中國文學史》，頁一八〇。
84 林庚，《中國文學史》，頁一七九。
85 林庚，《中國文學史》，頁一八四。

的「古典」「浪漫」二分法去描述文學史發展的節奏與「創造力」盈虧的關係。

林庚認為「浪漫」與「古典」的分野在於前者是感情主導的一種追求，形式也在這種內在的需求而具體成型；後者則是以形式美為起點的變化，藉著美的形式與格律，鞏固現有的傳統。前者是追尋、發展；後者是沿襲、凝定。林庚在〈古典的先河〉一章費了許多言詞去解釋、同時消解傳統論評對杜甫的重視。他的主要論點是，杜甫在格律形式上集前人之大成，建構了可供後人追隨的典型：

> 杜甫所以開了方便之門，普濟眾生，使得人人都可憑一種方式獲得那詩的金匙。因此他成為詩壇萬世的尊師。它有可傳授，有可衣承，同時文壇的苦吟與模擬，乃也都隨著典型的追求而產生。[86]

林庚視「古典文藝」為歷史發展過程的一個階段，而不是個人風格的選擇；他說「文藝的表現，隨形式的大臻于完善而空洞」；他又加上決定論的解釋：「世界上原不許太多完美的東西的存在。」[87]意思是唐代文藝在充滿創造活力的高潮之後，難免走上「古典」的道路，於是「苦悶」一語，才再在唐代文學的敘述中出現：

> 杜甫的苦悶，正是古典傾向下詩壇共同的苦悶，那便是離開了感情漸遠，而加入理智

的安排愈多。美的形式永遠不能獨立存在，典型失去了內容，乃變為純粹技巧的欣賞了。[88]

傳統的文學史論述固然認為杜甫在律詩藝術上有重要的貢獻，但五四以來重視「為人生」、以寫實為尚的講法，使得杜甫的「詩史」角色更受重視。林庚指出杜甫有〈三吏〉、〈三別〉、〈茅屋為秋風所破歌〉等作品，但他說這只是「一種實際的痛苦」；杜甫作品中，更具代表性的是「花近高樓傷客心，萬方多難此登臨」（〈登樓〉）一類詩歌，「能藉著字句的美化與精巧，使得因為人生美麗與活潑的一面，不至於沉入更深的絕望」，因為「主觀的情緒，於「客體」詩歌的藝術表現過程中得到釋放。[89]因此在林庚的詮釋架構中，杜甫的重要性在於建立表現形式的「典型」；這已經偏離「少年精神」的活潑意趣，開啟了純技巧的發展。因此杜甫雖受後人膜拜，林庚也承認他有「驚人的藝術」[90]、「深厚的天才」[91]，但

86 林庚，《中國文學史》，頁一八五。
87 林庚，《中國文學史》，頁一八四。
88 林庚，《中國文學史》，頁一八六。
89 林庚，《中國文學史》，頁一九三—一九四。
90 林庚，《中國文學史》，頁一七九。
91 林庚，《中國文學史》，頁一八五。

不認為他可以做「盛唐氣象」的代表；只能成為文藝發展另一階段的先導。從以後的敘述當中見到，杜甫幾乎被視作中國詩歌發展衰落的源頭，因為：

> 文藝形成典型後，一切都趨於固定僵硬，這便是一種死亡的象徵。[92]

林庚認定杜甫建立「典型」，開始了中晚唐詩衰落的軌跡，以致被詞體代替了詩壇的主要位置，而詞後來又為曲所代替。無論詩、詞、曲，都重複這個「充滿活力地興起、建立典型後衰亡」的過程。有關過程，本文第一節已有簡介，這裡不再細論。下文將要探討林庚如何處理他視為「黑夜時期」的文學現象。

五、小說與戲曲的興起

五四以來的「中國文學史」敘述，講到宋元之際，通常都有一個轉折，把討論重心從詩詞等抒情文類轉到小說戲曲等敘事文類之上。這種析述架構除了受史實的制約之外，也繫於多重纏夾的文學觀念。[93]林庚雖然一直強調中國文學史的中心是詩歌，但他也接受宋元以後小說戲曲為文壇的主角的成說；用他的話來說：

元曲以來，文壇已是故事的天下，詩文毫無起色。[94]

林庚以「故事」一詞來概括小說和戲曲的特徵，也就是注意到這兩種文類的敘事性質。[95]然而敘事（或者「故事」）的文學意義又何在呢？林庚又以「詩」為定位，選取獨特的視角作詮釋：

詩是一種富有統一性的文字，因此能以簡短的語言，表現著不盡的言說。然而當其開始衰落的時候，這力量已經渙散，雖以千言萬語，轉不能道出當時的隻字，這便是化為散文的傾向。這傾向正宜於故事的敘述，也正是需要故事的寫出。因為在那裡，另外的

92 林庚，《中國文學史》，頁二二九。
93 這些觀念及其作用包括：一、胡適的「白話文學正宗」說，對以詩文為主的傳統文學史架構造成衝擊；二、晚清以來以「小說戲曲為改造國民工具」的論見，促成適時的啟蒙主義文學史觀；三、中國文學史家處身西方強勢文化的陰影下，急於探尋可與西方文學的敘事主流相比擬的文學體制；四、中國詩論傳統中的「詩盛於唐」、「宋以後詩不足論」的觀念在一定程度上迎合了反傳統詩文的五四文學觀。
94 林庚，《中國文學史》，頁三九三。
95 聞一多《四千年文學大勢鳥瞰》把元世祖至元十四年到民國六年的「第七大期」稱作「故事興趣的醒覺」，其思考的模式與林庚也很相似；見聞一多，《聞一多全集》，頁三二一。

一種統一性，又表現在故事性的結構上。這便是當時文壇的趨勢。[96]

林庚在這裡對「活力」又有進一步的解釋，提出當中的「統一性」；這「統一」也可說是「力量」的凝聚。以詩來說，力量之凝聚表示以少馭多——「以簡短的語言表現著不盡的言說」。林庚認為在詩歌衰落以後，這力量就表現在「故事性的結構上」。林庚在一九四八年寫成的〈詩的活力與詩的新原質〉對這個觀念作出詳細的闡釋：

在漫長歷史的發展上，這歷史雖是一條線，其力量最初則只在一點上，這條線拉得愈長創造力也就愈弱，這條線變得愈短創造力就愈強，如果這條線短到只是一個點，這就是創造力本身，它如同光之聚於一個點上，這樣藝術家把歷史聚為一個焦點，戲劇小說也就是這樣把整個歷史縮短到一個故事上。詩所以是一切藝術最高的形式，因為它真正就是那點的發光的發身。[97]

這是林庚極富個人的風格的論述。他的意思是詩與戲劇小說都是以其「創造力」(「活力」)表現「歷史」，後者的「創造力」表現形式為「故事」(「結構」)，前者更把「歷史」聚焦成一個點，這就是「創造力」本身。然而，據林庚的觀察，自唐詩以後，這種力量已經開始渙散，漸漸聚結於戲曲小說的故事結構上。於是，他的論述重點就轉到以「結構」為軸心的敘事文類。於此，林庚又提出不少新穎的見解。

林庚從中國文學中的故事形態之源起開始論述，留心早期的敘事體如何從如《穆天子傳》的「平實的記載」，轉成交代「因果」，因而「有了結構上的傾向」，如吳均《續齊諧記》中的「陽羨鵝籠」故事。[98]講「章回故事」時，指出其濫觴是「相近的短篇」聚集成「許多回」，當中「並無結構的進展」[99]，話本小說，也只是「故事若斷若續」[100]，到《金瓶梅》「已經離開章回說話的階段，而成為一部結構完整的寫法」[101]。由此可以見到，林庚在追尋「結構」的成熟過程。

除了文本內情節的因果關聯之外，林庚還為「結構」這個觀念賦予一個更深的意義：文學上的「結構」與人世生活有著依違互動卻不是鏡像反映的關係。從第二十八章論述敘事文學的部分開始，我們看到「夢想的開始」[102]、「夢的結束」[103]等的標題，也有「以夢想為故事

96 林庚，《中國文學史》，頁三二四。
97 林庚，《新詩格律與語言的詩化》，頁一五二。
98 林庚，《中國文學史》，頁三二四。
99 林庚，《中國文學史》，頁三六五。
100 林庚，《中國文學史》，頁三六六。
101 林庚，《中國文學史》，頁三八二。
102 林庚，《中國文學史》，頁三二三。
103 林庚，《中國文學史》，頁三七三。

的典型」[104]、「夢的結構」[105]、「夢意」[106]、「夢的故事的神髓」[107]、「以夢起，以夢結」[108]、「夢意起，夢意終」[109]等的評斷。要解釋林庚所講的「夢」與「故事」的關係，並不容易，[110]而其一貫的文藝筆觸和跳躍的言說方式，也需要耐心體會。然而，只要讀者能把相關的線索串連起來，其中的意向脈絡還是可以見到的。

在論述「夢的結構」之先，我們看到林庚再一次以「詩」的經驗作為說明的根據：

> 詩是生活的指點，在剎那間完成；剎那之後，我們仍然落在生活中，不過覺得心地更不同罷了。它雖然是完整的，卻並不就是生活的結束。[111]

以詩為喻，文學雖然從生活而來，但兩者並不完全對等。人生布滿多向龐雜、不同層次的各種經驗；文學卻在它的結構中有一個完整的表現。這個完整的經驗可以給予人生無窮的啟示。當作者或者讀者經歷一次完整的文學經驗以後，回到生活，就得到許多的「指點」。從這個角度，我們可以嘗試解釋：林庚所謂「夢的結構」就是以「夢」來象喻「故事性的結構」。在論述中，林庚的確專門標舉以「夢」為題材的作品；但其實這個「夢的結構」可以引申為中國文學中所有敘事體的共有本質。「夢」由現實世界（actual world）的生活而生，卻是現實生活以外的一個「可能的世界」（possible world）。[112]夢中諸種情事，源於實際生活的體驗和想像，但卻不能直接延伸到現實世界中。林庚甚至以「夢的結構」來解釋中國缺少悲劇的原因。他認為歐洲文學的「悲劇結構」是「以整個生命去換取一個意義的形式」。換句話說，西方的敘事文學與生命同構，而中國敘事文學則是生活之外的一個馳想園地；[113]西方「悲劇結構」指向一種身陷其中、不能自拔的命運；中國「夢的結構」則是置身局外的、抽離的「靜觀」和「欣賞」，好比莊周對「蝴蝶夢」的凝想冥思。[114]由此而言，人世的生活經驗可以「夢」為鏡像作映照，然而鏡像之自成結構畢竟又與生活不同。這就是林庚所說：

> 夢的寫作一方面是想像的自由，一方面是避免悲劇的結果。因為夢中的事最多不過是

---

104 林庚，《中國文學史》，頁三二三。

105 林庚，《中國文學史》，頁三二五。

106 林庚，《中國文學史》，頁三七四。

107 林庚，《中國文學史》，頁三七九。

108 林庚，《中國文學史》，頁三八七。

109 林庚，《中國文學史》，頁三九一。

110 因為其間再有林庚論述常見的毛病，分不清比喻和實說，混淆了喻依與喻旨。下文第六節會有進一步的討論。

111 林庚，《中國文學史》，頁三二五。

112 在此借用了杜勒熱爾（Lubomír Doležel）的虛構小說語意學（fictional semantics）的術語和概念；見Lubomír Doležel *Heterocosmica: Fiction and Possible Worlds* (Baltimore: Johns Hopkins University Press, 1998)。

113 林庚，《中國文學史》，頁三二五。

114 林庚，《中國文學史》，頁三二六。

一場夢罷了。東方的故事所以始終是一個詩意的欣賞。[115]

所以「夢的結構」不是題材的問題，而是「故事性結構」的中國模式。我們可以林庚幾個說「夢」的例子來作補充。例如：在分析湯顯祖《紫釵記》時，林庚說劇中「那黃衫客的出現直如一個夢意」，是全劇的「神髓」；[116]又如論孔尚任《桃花扇》，指出《餘韻》一齣，是「全劇點睛之處」、是「夢的故事的神髓」。[117]這裡所講的「夢意」、「夢的故事」已超出內容題材的範圍，而指向「結構」的功能。我們再對比林庚說《紅樓夢》「以夢起，以夢結」，和說《桃花扇》之「以說書起，說書終」的性質，[118]就可以明白林庚在提醒讀者注意故事結構的框架。在統一性的結構框架之中，故事就如「夢的結構」一樣，與真實生活區隔。因為有這樣的區隔，故事反而可以包容更多的生活真實，以供「靜觀」和「欣賞」。又因為有這樣的區隔的意識，才有可能作「蝴蝶夢」式的穿梭，於「夢」與「真」的不同境地作更深的冥想玄思。由此可見，林庚說「夢」的重要之處固然不在內容題材，但也不是純形式的思考，因為林庚心裡想的是寄存於形式的義蘊：一種東方的，或者中國的文藝形態。

林庚在思考中國文學中的敘事體類的發展時，其實念念不忘「詩意」的承傳。他在討論關漢卿、王實甫、馬致遠三位元曲大家時，分別以「以劇寫劇」、「以詩寫劇」和「以劇寫詩」三語為評。[119]按他的標準，三人中以馬致遠為最高，因為他的傑作「幾乎都在寫一段詩情，也近乎一點哲理」，「成為元曲中更近於東方趣味的一派」。[120]他討論孔尚任時又說「自馬致遠、湯顯祖以來，鼎足而三，達到了那以劇寫詩的手法」。[121]可見他的目光專注所在。至於近似西方悲劇的劇目如《趙氏孤兒》、《賺蒯通》，或者以曲折情節取勝的《爭報恩》、《燕青搏魚》等，就不為林庚欣賞了。[122]其實他所講的「夢意」，可算是「詩意」的變身；只是「夢」具備了「故事性結構」而已。[123]

除了「夢的結構」之外，林庚還從敘事文學中努力搜索爬梳「詩」的精神替代。他在「故事」的領域內找到「童心」的表現，在討論《西遊記》時有別具神采的發揮。但這份「童心」的揣摩，也幫忙林庚解釋敘事體類的特性。他在講解早期的〈韓朋賦〉和〈燕子賦〉

115 林庚，《中國文學史》，頁三三二。
116 林庚，《中國文學史》，頁三七五。
117 林庚，《中國文學史》，頁三七九。
118 林庚，《中國文學史》，頁三八七、三七九。
119 林庚，《中國文學史》，頁三五七。
120 林庚，《中國文學史》，頁三六一—三六三。
121 林庚，《中國文學史》，頁三八〇。
122 林庚，《中國文學史》，頁三六三。
123 林庚就說過由北曲而南曲，「詩意漸少」，舞臺上的故事「遂必須兼有完整的詩意」，於是「一種夢意的寫作乃獨擅了劇壇的風流」。又說孔尚任《桃花扇》中有「夢的人生的默化」，把悲劇「沖淡而成為一個詩意」，可見「詩意」和「夢意」的對應關係；見林庚，《中國文學史》，頁三七四、三七九。

等「俗賦」故事時，提出：

故事的愛好建築在普遍的興趣上，兒童之所以愛好故事，正因為兒童事事都易發生興趣，我們對於故事的每一件小事，每一個小人物，都要發現它的興趣，而且表現了這興趣。……我們如果只對於故事中的主角發生興趣，則這興趣的狹窄必將使得故事的源泉涸竭。[124]

林庚從兒童的心理去理解敘事體的審美效應。敘事結構雖然有統一性，但到底不如詩的簡短和集中。故事的構成除了主角的形象、行為和經歷之外，還有不少填塞敘事架構的枝節。這些周邊的細節情事，與主幹情節可能只有間接的關係，但也有機會引發讀者的興趣。按林庚的解釋，這個愛好的根源正是「事事都易發生興趣」的「童心」。林庚之說是試圖解釋敘事體與詩歌體各具不同程度的「包容性」：詩歌是力量高度集中的表現；相對來說故事則比較渙散，其凝聚力除了結構上的「統一性」之外，更繫於「童心」的誘發。因此林庚對能觸動「童心」的敘事體特別感興趣。他說〈燕子賦〉是「很有情趣的童話」[125]；對《西遊記》也別有會心，認為「其想像之妙，文字的活潑，乃使得一部志怪之書變為純粹的童話」[126]；並感慨地說：

中國缺乏神話，尤缺少童話，《西遊記》正補足了這個缺點。[127]

林庚對《西遊記》的「童話精神」，後來有了更深的發掘，最後寫成《西遊記漫話》（一九九〇），是《西遊記》研究的重要創獲。事實上，林庚揭示的「童話精神」，雖然與唐詩「少年精神」並不相同，卻也是他要追蹤的文學史的「活力」的一種。

在此，我們可以稍作回顧：林庚在敘述詩歌發展時，追求的是本質以外的異質——詩的理想不在安靜和諧的家裡，而在少年浪蕩的旅途上。但他在剖析中國的戲劇小說時，卻刻意追尋內裡的「詩情」、「夢意」，以中國方式詮解中國敘事體的理想結構；對近似西方劇情的中國故事，一般都是輕輕帶過。如果我們要作臆測，則這種心理可說另一種的補償：以中國的固有為尚，放棄欽羨西方的想望，補償以往所受的打擊。

124 林庚，《中國文學史》，頁三三八—三三九。
125 林庚，《中國文學史》，頁三四〇。
126 林庚，《中國文學史》，頁三六九。
127 林庚，《中國文學史》，頁三七二。

六、《中國文學史》與「詩性書寫」

《中國文學史》面世半個世紀以後，在二〇〇〇年北京大學為九十高齡的林庚出版了一本《空間的馳想》，內中囊括了他數十年來的冥想玄思，究問空間、時間的奧祕，思索宇宙的無邊；其中心命意是「美是青春的呼喚」、「青春應是一首詩」；生命就與文藝／詩以隱喻的方式扣連對等。[128]我們還注意到林庚有這樣的說法：

> 人如果單憑感官功能，那麼聽力、視力等便都遠遠不如飛禽走獸，因此一切藝術乃都是思維，都是語言。[129]

林庚的意思是，人之異於禽獸，是因為人能夠透過藝術去思想、去說話，以藝術的想像力開拓經驗世界；人不單經驗這個世界，甚至可以說，人創造這個世界：

> 人經過這世界又創造著世界。創造是青春的一頁；生命在投入又獨來獨往，異鄉欣欣的宇宙感。[130]

人不僅創造了物質世界，而且創了精神世界；有音樂的耳、藝術的眼、詩的心；人因而也同時在創造著自己。[131]

林庚在《中國文學史》出版之後的一年（一九四八）寫成上文引述過的那篇極富啟示意味的文章——〈詩的活力與詩的新原質〉，其中一個重要的論點是：

我們如果以為宇宙是一個漫長的歷史，則人類的歷史相形之下當然短暫得很。然而人類的歷史雖然短暫，而人類之創造這一個歷史，卻與宇宙之創造宇宙的歷史並無不同。它都需要一個力量，這力量是從開始時便已決定了的。正如一個種子之發芽生長，雖然因其環境的不同而有所變更；而其籌備這一件事的力量卻是並無變更的。我很想說明這一點力量，這便是詩的活力。[132]

林庚所說的「人創造歷史」的講法，要和「人創造著世界」聯繫起來理解。其實指向人

128 林庚，《空間的馳想》（北京：北京大學出版社，二〇〇〇），頁三、三三。
129 林庚，《空間的馳想》，頁四八。
130 林庚，《空間的馳想》，頁五一。
131 林庚，《空間的馳想》，頁五二。
132 林庚，《新詩格律與語言的詩化》，頁一五一。

在意識上的開發能力。而這種能量，顯現在藝術——尤其是詩——的「創造力」之上。林庚這個觀念，很容易讓我們聯想到維柯（Giambattista Vico, 1668-1744）《新科學》（*Scienza Nuova; New Science*）的許多論點。

維柯不同意笛卡兒（René Descartes, 1596-1650）以真理具有先驗性質的看法，以為「認識和創造是同一回事」；[133]朱光潛在《新科學》譯注中指出這是維柯的一個基本哲學原理，即：

> 知與行或認識與實踐的統一，人類世界是由人類自己創造的。[134]

維柯認為文化的開始也就是語言的開始。[135]最早的語言產物是神話，是初民「只憑肉體的想像力……，以驚人的崇高氣魄去創造」：

> 因為能憑想像來創造，他們就叫做「詩人」，「詩人」在希臘文裡就是「創造者」。[136]

初民沒有能力作智性的抽象化思維，他們有的是「詩性邏輯」或者「詩性智慧」，以「隱喻」的方式去掌握自然；維柯又以為「詩」是語言的基本，由有條理的「散文」到「抽象邏輯」，是後來的發展，也是一種偏離，也代表了現代人喪失了「想像力」。[137]

我們不需要過分地渲染林庚的文學觀與維柯的相似性，也不必考究林庚有沒有讀過維柯的著作；[138]我們卻可以借用維柯的論述，幫助我們理解林庚的《中國文學史》的論述模式——一種以「詩性智慧」或者「詩性邏輯」進行的書寫。

林庚的書寫方式，往往是將自己處置在一個非常敏感的狀態，類似初民認識自然一樣，去感覺、去認識。在《中國文學史》中最具體的表現當然就是「驚異精神」的揭示。林庚也是以初民對天象變化的「驚異」來追寫文學史的蒙昧的初始。[139]著眼於初民內心所生的「生

---

133 Giambattista Vico, *The New Science of Giambattista Vico* (3rd ed., 1744), trans. Thomas Goddard Bergin and Max Harold Fishch (Ithaca: Cornell University Press, 1968), p. 349；中譯參維柯著，朱光潛譯，《新科學》（北京：人民文學出版社，一九八六），頁一四六。又參 Hayden White, "The Tropics of History: The Deep Structure of the *New Science*," *Tropics of Discourse: Essays in Cultural Criticism* (Baltimore: The John Hopkins University Press, 1978), p. 197.

134 Giambattista Vico, *The New Science of Giambattista Vico*, p. 331；維柯，《新科學》，頁一三四—一三五、一四六；又參 Giambattista Vico, "Introduction," *The New Science of Giambattista Vico*. B8；在《新科學》中這個世界指人創造的「民政世界」（the civil world），與上帝創造的「自然世界」不同。

135 Hazard Adams, *Four Lectures on the History of Criticism and Theory in the West* (Taipei: Hongfan Book Co., 2000), p. 64.

136 Giambattista Vico, *The New Science of Giambattista Vico*, p. 376；維柯，《新科學》，頁一六二。

137 Hazard Adams, *Four Lectures on the History of Criticism and Theory in the West*, pp. 66-74.

138 維柯著作的傳入中國，有賴朱光潛在六〇年代到八〇年代介紹和翻譯；參岳介先、錢立火，〈朱光潛與維柯的《新科學》〉，載文潔華主編，《朱光潛與當代中國美學》（香港：中華書局，一九九八），頁六三—八〇。林庚在廈門從事《中國文學史》的書寫過程中，大概未有接觸過維柯的思想。

之驚異」和「宇宙的驚異」。[140]由此推衍下來的便是以這種「驚異」的感覺，對楚辭和唐詩的文學特色作出聯想。

維柯解釋「初民」作為「詩人」，運用「以己度物」的「隱喻」時說：

由於人類心靈的不確定性，每逢墮在無知的場合，人就把自己當作權衡一切事物的標準。[141]

人們在認識不到產生事物的自然原因，而且也不能拿同類事物進行類比來說明這些原因時，人們就把自己的本性移加到那些事物上去。[142]

詩的最崇高的工作就是賦予感覺和情欲於本無感覺的事物。[143]

我們當然不能說林庚於中國文學史上的種種現象「無知」，然而我們會說林庚以「詩人」的感覺去重新認識這些現象，他再把「自己」所最親切的「感覺」移加其上。於是我們見到《中國文學史》中的「文壇的夏季」、「夢的結束」、「知道悲哀以後」、「苦悶的醒覺」等等標題，尤其對人生各種情緒——例如「苦悶」，更有深刻的體會，著墨尤其濃重：

文藝開始離開了一般生活，而發展為上層的文化。它一方面由於人生的幻暫，而驚覺于永恆的美的追求；一方面它已開始離開了童年，而走上了每個青年必經過的苦悶的路徑。[144]

這一段的譬喻特色很明顯，文學史的歷程比作人生的旅程。「文藝」被擬人化作一個故事的主人翁：兒童長大了成為青年，離開了在家中受保護的歲月，自己獨自上路；面臨的不可知的未來，苦悶的感覺油然而生。這種體會文學史的方式，主要是憑藉個人感受的具體經驗，移加到一個集體的抽象的運動中。

維柯又說初民有如兒童，未曾能夠形成抽象的「類概念」以前，會創造出一些「想像的類概念」（imaginative class concepts）：

139 林庚，《中國文學史》，頁七。

140 林庚，《中國文學史》，頁一四、一八。

141 Giambattista Vico, *The New Science of Giambattista Vico*, p. 120；維柯，《新科學》，頁八二。

142 Giambattista Vico, *The New Science of Giambattista Vico*, p. 180；維柯，《新科學》，頁九七。

143 Giambattista Vico, *The New Science of Giambattista Vico*, p. 186；維柯，《新科學》，頁九八；又參朱光潛，〈維柯的《新科學》的評價〉，《朱光潛美學文集》，第三卷（上海：上海文藝出版社，一九八三），頁五七一—五七二；Hayden White, "The Tropics of History: The Deep Structure of the *New Science*," p. 205.

144 林庚，《中國文學史》，頁四九。懷特（Hayden White）指出維柯特別強調隱喻中的感覺與情緒的關係；見 Hayden White, "The Tropics of History: The Deep Structure of the *New Science*," p. 205。這一點恰巧也是林庚的特色。

兒童們的自然本性就是這樣：凡是碰到與他們最早認識到的一批男人、女人或事物有些類似或關係的男人、女人和事物，就會依最早的印象來認識他們，依最早的名稱來稱呼他們。[145]

林庚在《中國文學史》用了許多的「女性文藝」、「男性精神」等的譬喻。這些講法，一直不易為人理解。其比況的模式，或者可以借維柯所說的「想像的類概念」來作詮解。林庚之所以用最基本的對立（dichotomy）來譬喻他對中國文學的深層感受，正因為其背後的心理可能由深沉的「無意識」驅使，於是其「類概念」就採用最原始的性別二分。差不多五十年後，於一九九五年林庚回顧這個二分的譬喻說：

「美」與「力」，女性的美和男性的力，按中國的說法，「陰柔的」與「陽剛的」，這兩者反正都不可偏廢。[146]

似乎因為反省的思維，促使他重新選用比較抽象的「陰」、「陽」概念。我們可以想像，這會不會是歷盡人世滄桑之後的一種調整？

以上維柯論說的借用，最易啟人疑竇的地方是，維柯看來只在描述「初民」的創造力，不能隨便等同後世的文藝創作。韋勒克（René Wellek, 1903-1995）在《近代批評史》就批評說：

> 維柯實際上並未看出詩歌與神話的差異，他所謂的「詩的智慧」……僅指低級認識。[147]

於此，我們有兩點回應：一者，維柯所論雖有其具體文化史語境，但當他選用「詩性」來規限「智慧」、「邏輯」、「語言」等概念時，其對照當然是「散文」的性質；[148]由是，這些言說的涵蓋面自然會指向更「普遍」的意義。正如海薩特・亞當斯（Hazard Adams）的分析指出，維柯之說是洛克（John Locke, 1632-1704）論說的逆反。洛克在《人類理解論》

---

145 Giambattista Vico, *The New Science of Giambattista Vico*, p. 206；維柯，《新科學》，頁一〇二—一〇三。朱光潛對此的闡釋是：「例如見到年長的男人都叫『爸』或『叔』，見到年長的女人都叫『媽』或『姨』。『爸』、『叔』、『媽』、『姨』這類詞對兒童還不能是抽象的類概念，還只是用來認識同類人物的一種具體形象，一種想像性的類概念。」見朱光潛，〈維柯的《新科學》的評價〉，頁五七二；又參Donald Phillip Verene, *Vico's Science of Imagination* (Ithaca: Cornell University Press, 1981), pp. 65-95；Hayden White, "The Tropics of History: The Deep Structure of the *New Science*," p. 205.

146 林在勇、林庚，〈我們需要「盛唐氣象」、「少年精神」〉，頁一七三。

147 René Wellek, *A History of Modern Criticism*. Vol. 1 (New Haven: Yale University Press, 1955), p. 178.

148 參Giambattista Vico, *The New Science of Giambattista Vico*, pp. 409, 460；維柯，《新科學》，頁一八三、二一三—二一四。

（*Essay Concerning Human Understanding*, 1690）中展示一種對譬喻的鄙夷態度，以為理想的語言是全無譬喻的。[149]維柯則提醒我們「詩語言」比「散文語言」是更為基礎的、「正式的」語言形式。[150]亞當斯並以為，我們有可能在「詩」的語言中恢復我們經驗的生命力（reanimate our experience）。[151]

再者，我們以「初民的」（「詩性」）想像與林庚的思維比較，是想說明他在觀察感受文學史的諸般色相時，仍然保有一份赤子之心。其實，現代人要摒除現實許多的抽象概念並不容易；這種敏感的「詩性」心態只能是一個出發點。林庚的論述也不是要回復到「純感官的」、被動的感受，也不只限於以「童心」作想像。與「想像力」相輔而行的，是許多非常精微的思考。例如他從「思想的苦悶」去體會散文化傾向對《楚辭》的影響；又從「兮」字探測《楚辭》的散文句構如何「詩化」，就是很精彩的「文學史」考述。[152]上文第三節已經指出，林庚後來的「楚辭研究」不少創獲都是沿著這個「詩性邏輯」的方向深思，再加以琢磨鍛鍊而達致的。

前文提到林庚以譬喻為論述的重要模式，其中包含豐富的想像力，可以開拓讀者的思維空間；然而，林庚卻也經常犯了一個毛病，就是當譬喻用多了以後，往往分不清喻依與喻旨，把許多譬喻的說法坐實了。例如「男性」、「女性」之喻，本來是兩種「文藝精神」的比況，不專指男性或者女性作家的創作；林庚曾以「女性的歌唱」來總括《詩經》的「農業社會的田園的家的感情，乃是女性活潑的表現」，[153]這種訴諸感覺的論述，並無不是之處。

然而，林庚再進一步說：

> 這些可喜悅的詩篇，卻往往出諸女子之手。……《國風》裡女性之作占去大半，這個如果我們曉得希臘早期偉大的抒情詩人Sapho乃是一位女性，而中國至今產生山歌最盛的地帶，它的創造者也多是女子，對於《國風》裡女性的特徵，乃可以有所領悟。[154]

這裡把「喻依」當作「喻旨」，概念上就有所混淆了。又如「黑夜時代」以「夢」的故事性來譬喻結構，以「夢」與「醒」的糾結說明「文藝」與「生活」的關係，都是令人驚歎

---

149 Hazard Adams, *Four Lectures on the History of Criticism and Theory in the West*, pp. 50-62.

150 Giambattista Vico, *The New Science of Giambattista Vico*. p. 409；維柯，《新科學》，頁一八三。

151 Hazard Adams, *Four Lectures on the History of Criticism and Theory in the West*, p. 76. 維柯在卷首就聲明「詩性智慧」是開啟他的「新科學」的鑰匙。Giambattista Vico, *The New Science of Giambattista Vico*, p. 34；維柯著，《新科學》，頁二八。費倫（D. P. Verene）依據這個聲明，在他的研究專著（*Vico's Science of Imagination*）深入探析維柯的「想像論」的普遍意義。又巴拉殊（Moshe Barasch）《藝術理論》（*Theories of Art*）一書，也有專節討論維柯《新科學》的論見與現代藝術理論的種種關涉，見Moshe Barasch, *Theories of Art* (New York: Routledge, 2000), pp. 7-16。

152 林庚，《中國文學史》，頁四九—五一。

153 林庚，《中國文學史》，頁二八。

154 林庚，《中國文學史》，頁二八。

的想像。可是林庚又會說：

> 這一時期中最主要的戲劇，又莫不都以夢想為故事的典型。[155]
> 夢的寫作乃成為故事中一大主流。[156]

這也是自己跌進自設的語言陷阱。[157]王瑤〈評林庚著《中國文學史》〉一文也挑出這兩處毛病；他說：

> 《國風》中也不能全然指為出於女子之手。[158]

> 用「夢」來敘述所謂「黑暗時代」的文學，原是頗富詩意的；但戲曲中也並不全是夢想的故事。……〔戲曲小說中〕夢的故事雖然很多，卻並沒有普遍的代表性。[159]

依我們看來，林庚這些錯誤本來並不致命；只要稍事修訂，把喻依和喻旨分別清楚，就可以把傷害減到最低。

對於大多數「文學史」專家來說，林庚《中國文學史》最嚴重的缺點在於不遵守「史」的書寫規範。王瑤對林庚之作最不滿的地方是：「本書的精神和觀點都是『詩』的，而不是『史』的。」[160]王瑤在他的書評中也舉出了許多例證，說明林庚的書寫不重視「史的」關聯，所評都非常客觀合理。問題是本書本來就沒有使用「散文語言」、沒有依隨「散文邏輯」。林庚的論說顯示的是「詩性智慧」，如果我們沒有這個準備，或者沒有這分寬容，就難以接受這種「詩性書寫」。[161]尤其當個人空間愈趨狹小的年代。

155 林庚，《中國文學史》，頁三二三。

156 林庚，《中國文學史》，頁三三一。

157 上文曾舉出的例子還有：論「少年精神」，必以王維的少年作品為論；已遭受秦准的批評。

158 王瑤，〈評林庚著《中國文學史》〉，頁五五〇。按：林庚沒有說「全然」出於女子之手，只說「占去大半」，不過仍然很難逃避這項指摘。

159 王瑤，〈評林庚著《中國文學史》〉，頁五五五。

160 林庚，《中國文學史》，頁五四六。

161 六〇年代梁容若在他的《中國文學史研究》中，評論林庚這部著作說：「本書無時間觀念，既不用朝代帝王紀年，亦不用西曆紀年，任意糅合史料，可謂混亂一團。以黃帝至建安為啟蒙時代，以東漢五言詩出現至韓愈為黃金時代，以白居易至宋儒為白銀時代，以唐小說興起至清為黑暗時代，其斷限均互相牽混。各章標題，多抽象而意義不明，……本書雖形式堂皇，兩序均大言壯語，高自期許，內容殊少可取之處，更不適於用作大學課本。」見梁容若，《中國文學史研究》（臺北：三民書局，一九六七），頁一五四。從梁容若語氣之猛烈，可知他在閱讀本書時，所受打擊極重。

七、「詩性」的消逝

「中國文學史」的書寫以依附學科建制而漸次成型，從二、三〇年代開始就以成就一門「科學」作標榜。[162]林庚的書寫模式與主流不同，被視為怪異在所難免。尤其在五〇年代以後，林庚調到北京大學中文系任教，所面對的政治文化生態並不容許他再依著這個「詩性邏輯」去講授文學史。[163]為了講課，他從頭改寫他的文學史，到一九五四年出版由先秦到唐的部分，改題為《中國文學簡史》上卷。如果我們比對林庚寫的前後兩本文學史相應部分，更加容易見到一九四七年本的特色。

林庚在《中國文學簡史》上卷的〈後記〉說明，這本文學史主要參照蘇聯《十一世紀至十七世紀俄羅斯古代文學教學大綱》而編寫，努力在全書貫徹「愛國主義精神與民族的自豪感，歷史主義的論述與民主成分的發揚，以及民族形式與文藝風格具體分析」。[164]對於當前政治的要求，林庚都能理性地配合，我們不難見到《簡史》對「人民」、「民主」、「愛國」等元素的致意；例如第五章〈屈原〉，就有「屈原偉大的鬥爭性和人民性」[165]、「民族形成的完成」[166]、「愛國主義的英雄性格」[167]等論述。林庚也沿此開發了如「寒士文學」、「布衣感」等別具特色的文學史思路。[168]更值得我們參詳的是，其論述方式可說重新接受了主流書寫方式的「散文邏輯」的導引。很容易見到，《中國文學簡史》的章節安排，比前規矩工整得多；而且依照時序順次敘述，含括的內容也和其他標準的文學史相同。如果參照三年後（一九五七）出版高等教育部審定的《中國文學史教學大綱》，第一到第五篇，所有大綱羅列的項目都可以在《簡史》見到。[169]可以說，《中國文學簡史》已不能完全獨立於當時的集體思維模式了。

這種論述方式和態度明顯與一九四七年的《中國文學史》不同。我們試選取兩本「文學史」部分樣本作出比較，以下先摘錄《中國文學史》討論先秦散文的第四章〈散文的發達〉大綱：

162 例如以繼承傳統文學觀為主的錢基博，在三〇年代寫成的兩本文學史——《中國文學史》與《現代中國文學史》，都聲明：「文學史者，科學也。」見錢基博，《中國文學史》（一九三九，北京：中華書局，一九九三），頁五；《現代中國文學史》（上海：世界書局，一九三三），頁四。

163 戴燕在〈作為教學的「中國文學史」〉一文，對當時的學術政治和教育制度的變革風貌，以及對「中國文學史」書寫的影響等，有很精到的分析；見戴燕，《文學史的權力》（北京：北京大學出版社，二〇〇二），頁八二—一〇五。

164 林庚，《中國文學簡史》（上卷），頁三八五。

165 林庚，《中國文學簡史》（上卷），頁一〇六。

166 林庚，《中國文學簡史》（上卷），頁一一三。

167 林庚，《中國文學簡史》（上卷），頁一一六。

168 這個論述方向在林庚《詩人李白》（上海：文藝聯合出版社，一九五四）一書中有更多的發展。

老子啟思路的先河——孔子為女性歌唱時代的嚮往者——孟子的另一情調——公孫龍的善辯——莊子的自由——韓非子散文上的美德。[170]

《中國文學簡史》第四章〈散文時代〉同樣討論先秦散文，其綱目細項如下：

散文的新階段——

初期封建社會解體的戰國時代。所謂先秦諸子。私學的出現與遊說的風起。散文的全新時代——智者的散文。散文中口語的成分。民主的思想。寓言的發達。個性解放的時代。

散文名著——

思維的散文各有風格：《論語》、《孟子》、《莊子》、《韓非子》。記事散文追隨著時代發展。《左傳》的簡煉生動與其情節人物。《國語》與《戰國策》。《穆天子傳》為野史的先河。[171]

兩相比較，當然是後者的內容比較完備；再者，《簡史》的論述完全符合當時共許的敘述架構，其模式是先講政治經濟階級等「時代背景」，再分論各家散文。當中固然有林庚的個人見解，行文也流暢清新，但論述的方法和取向則顯然受制於一個陳熟的程式框架。《中國文學史》這一章的討論內容卻談不上完備，只抓緊林庚所感受到的「情緒」與「思想」的表現形式，引領讀者浮游於「懷疑」、「徹底」、「奔放」、「冒險」，以及「理智」、「感情」、「詩意」、「驚異」等精神領域之中。這種境界，是閱讀《簡史》時所無法達致的。譬如上文第二節曾討論「諸子散文」以其書寫方式推進語言，引領思想之論，可說靈光閃耀，精彩動人。為方便參照我們把原文更完整的引錄如下：

169 《中國文學史教學大綱》第一至五篇的綱目是：〔第一篇〕第一章〈緒論〉，第二章〈古代神話〉，第三章〈散文的發展〉，第四章〈詩歌的發展〉，〈結語〉；〔第二篇〕第一章〈緒論〉，第二章〈歷史散文〉，第三章〈諸子散文〉，第四章〈偉大的詩人屈原和楚辭〉，〈結語〉；〔第三篇〕第一章〈緒論〉，第二章〈秦及漢初作家〉，第三章〈偉大的散文家司馬遷和他的史記〉，第四章〈西漢後期的作家〉，第五章〈東漢作家〉，第六章〈兩漢樂府民歌〉，第七章〈五言詩的成長〉，〈結語〉；〔第四篇〕第一章〈緒論〉，第二章〈建安正始文學〉，第三章〈晉代文學〉，第四章〈陶淵明〉，第五章〈南北朝的民歌〉，第六章〈南朝的作家作品〉，第七章〈北朝的作家作品〉，第八章〈這一時期的小說〉，〈結語〉；〔第五篇〕第一章〈緒論〉，第二章〈隋及初唐文學〉，第三章〈盛唐時代的詩人〉，第四章〈李白〉，第五章〈杜甫〉，第六章〈中唐詩人〉，第七章〈白居易與新樂府運動〉，第八章〈韓愈柳宗元與古文運動〉，第九章〈晚唐詩人〉，第十章〈唐代的傳奇〉，第十一章〈詞的興起〉，〈結語〉。《中國文學史簡編》上卷的章題是：第一章〈史前的短歌與神話傳說〉，第二章〈周人的史詩〉，第三章〈民歌的黃金時代〉，第四章〈散文時代〉，第五章〈詩人屈原〉，第六章〈秦與兩漢的文壇〉，第七章〈建安時代〉，第八章〈魏晉文學〉，第九章〈江南民歌與陶淵明〉，第十章〈南朝文學的發展〉，第十一章〈詩國高潮〉，第十二章〈李白、杜甫〉，第十三章〈苦難的呼聲〉，第十四章〈詩歌的落潮與古文運動〉，第十五章〈文壇的新潮與詞的發展〉。

170 林庚，《中國文學史》，目次頁。

171 林庚，《中國文學簡史》（上卷），頁六五。

從《盤庚》到《春秋》，是中國散文的第一個階段。散文僅僅可以作為記憶的保留，語言的輔助。從《左傳》之後，這才是散文另一階段的開始。它不僅是記憶，而且是發揮；不僅是語言，而且是思想本身。語言受了它的影響，才變為更高的語言；思想受了它的磨練，才變為更銳利的思想。這時《詩經》的時代已經過去，散文的光芒，乃籠罩了整個思想界，那美妙的言辭，崇高的文化，都為這時代增加了光榮，從各方面啟發了人們的智慧。172

返觀《簡史》的論述，則平穩而世故：

在戰國時代以前，散文只是歷史記載，只能執行簡單記錄的任務，文字是掌握在官家的手裡，所謂《尚書》就是那樣的作品；這時散文就是從那樣一個局限中解放出來，文化與文字開始從官家貴族們的手裡落到私人平民的手裡，它就不僅僅是一個呆板的紀錄，而變成了活生生的思想，這就是一個智者的時代。……從語言文字上說，首先就是文字要接近於口頭的語言，因為這時文字既已不是貴族所專有，便必然接近於日常語言。……由於這口語的成分，先秦的散文才從呆板的史官文字中解放出來，成熟的進入一個全新的階段。173

論邏輯條理，當然是《簡史》明白清晰。要追蹤《中國文學史》的思緒，可能要費相當的精神。至於那一種說法才得「文學史」的真相，其實不易判斷。我們只知以「口語為本」、「民間為大」的主張，亦不外是一種「意識形態」；而視「書寫」與「口語」各有動力，互相推動的想法，反而打開了一條值得繼續推敲琢磨的思路。[174]

《中國文學簡史》的書寫方式，大概反映出林庚要「從眾」的壓力；把原來往返宇宙天地的馳想收起，回到「人（民）間」。他只能寫一本大家都不會太過「驚異」的「文學史」。雖然他對文學藝術仍然非常敏感，但他只能以「散文邏輯」去解釋。事實上，《簡史》於作品藝術形式的探索，相對其他類似的「文學史」論述而言，還是比較突出；尤其於詩歌節奏的觀察體會，可謂出類拔萃。然而，歷史告訴我們，即使以《簡史》的謹小慎微，還是免不了外力的衝擊。[175]《中國文學簡史》上卷出版以後，雖通行一時，[176]但下卷在很長一段

172 林庚，《中國文學史》，頁三二一。

173 林庚，《中國文學簡史》（上卷），頁六九。

174 《中國文學史》第十九章〈口語的接近〉專論「口語」與中晚唐詩歌演變的關係，可見這時期林庚並不忽視「口語」的作用；之所以沒有從這個角度解釋「先秦散文」的進步，應該是基於當時的判斷，而不是疏忽遺漏。

175 葛曉音〈詩性與理性的完美結合〉一文指出：「林先生的學術生涯是坎坷的，在建國以來的多次政治運動中，他曾遭受到不公正的批判。」見葛曉音，〈詩性與理性的完美結合——林庚先生的古代文學研究〉，頁一三一。一九五八年十月中國人民大學新聞系六位教師又以九天的時間寫成《林庚文藝思想批判》（北京：人民文學出版社，一九五八）一書，其批判對象就是《中國文學史》和《中國文學簡史》上卷。

時間內都沒有辦法寫出。直到三十多年後的一九八八年，林庚才能修訂再版上卷，一九九五年再由葛曉音協助下完成全書。值得注意的是：這部完整的《中國文學簡史》，其下卷許多內容，都採自一九四七年本《中國文學史》；全書卷末，更附刊了當年舊本的〈朱佩弦先生序〉、〈自序〉，以及〈目錄〉。這種安排，顯見林庚非常重視當年的《中國文學史》；或者在老先生心內，幾許滄桑世變也未曾阻斷他超越時間的「空間的馳想」。

八、結語

以上分別從不同角度對林庚的《中國文學史》作一探析。我們的結論是：林庚以他獨到的眼光，以不尋常的書寫方式，完成了一本不可再的精彩文學史著。

說「不可再」是因為林庚已經將他的文學史重新改寫成《中國文學簡史》，原本的論點雖然部分保留下來，但其中新的框架已經修改成傳統正規的文學史模式。同時，在可見的未來再也沒有人會用舊版《中國文學史》的方法去寫一本文學史。

這本文學史的精彩之處，不只是新穎的格局、漂亮的詞藻；最重要的是：它是一本邀請讀者參與的文本。我們如果能夠投入其間，涵泳咀嚼，就會得到很大的樂趣。我們有幸看到這一種非常奇特的文學史書寫，才有機會重新思考：文學史的本質，是否應該限囿在知識的供應，史實的重現；而所謂「知識」、所謂「史實」，明明與「文學」之指向作者、文本、讀者間的感應，指向審美經驗等等目標不能比侔。我們是否可以憑藉林庚五十年前的嘗試，再探索「文學史書寫」可有通幽的曲徑，引領我們騁思馳想於文學的風流萬象之間？

176 據筆者手上的版本所載，本書一九五四年九月出版，一九五五年二月第一版已作第四次印刷，四次共印一萬兩千本。

第六章

文學禊祓

胡蘭成的中國文學風景

一、前言

胡蘭成（一九〇五—一九八一），是現代中國一個極具爭議性的人物。以政治史言，他曾是中日戰爭時期汪精衛政權中的文宣大員，是所謂「漢奸文人」；在文學史上，他與張愛玲的愛恨和離合、與後來在臺灣文學占有重要地位的「朱氏家族」——朱西甯、朱天文、朱天心父女——以至「三三文學社團」的交往，其意義已遠遠超出文壇逸事的樊籬。[1]此外，他又曾與新儒學大師唐君毅相往還，[2]並結交日本「浪曼派」創始人保田與重郎（Y. Yasuda; 1910-1981）、「大眾小說家」尾崎士郎（S. Ozaki; 1898-1964），[3]以及數學家岡潔（K. Oka; 1901-1978）、諾貝爾物理獎得主湯川秀樹（H. Yukawa; 1907-1981）等。他的著述相當豐富，包括政論、文化、思想、文學史和評論等，主要部分後來由朱天文整理成《胡蘭成全集》九冊，由臺灣遠流出版公司在一九九〇年出版。[4]

胡蘭成雖然不是以文學家的身分出現於中國文學史的舞臺之上，但他的文學觀對中國現當代文學的影響可說無庸置疑。有關他由《山河歲月》到《今生今世》所宣示的「抒情化的背叛美學」（lyricism of betrayal），在王德威《史詩時代的抒情聲音》書中已有深刻精微的討論。[5]本文主要以胡蘭成《中國文學史話》一書以及相關著述為根據，剖析其建構中國文學史的方法，並結合他對自己亂世經歷的書寫，以剖視現代中國文學、文化史上一種「別具媚力」的文學論說和觀點。

1 有關胡蘭成與「三三文學社團」的關係，可參考朱天文，《花憶前身》（臺北：麥田出版，一九九七）；朱嘉雯，〈七十年代的大觀園——三三文學社團與《紅樓夢》〉，《紅樓夢學刊》，一九九八年第四期，頁三〇二—三一六；鍾怡雯，〈再現禮樂的烏托邦——「三三」散文論〉，陳永源主編，《中國文學與美學學術研討會論文集》（臺北：國立歷史博物館，二〇〇〇），頁四五—六八。

2 參考黃錦樹，〈胡蘭成與新儒家——債務關係、護法招魂與禮樂革命新舊案〉，《文與魂與體：論現代中國性》（臺北：麥田出版，二〇〇六），頁一五五—一八五。

3 參考金文京，〈胡蘭成對臺灣文學之影響及其與日本近代文藝思想之關係〉，《印刻文學生活誌》，第一卷第九期（二〇〇五年五月），頁八五—九二。

4 胡蘭成著有《最近英國外交的分析》（長沙：商務印書館，一九三八）、《戰難和亦不易》（上海：中華日報館，一九四〇）、《爭取解放》（上海：國民新聞圖書公司，一九四二）、《中日問題與世界問題》（漢口：大楚報社，一九四五）、《中國人的聲音》（漢口：大楚報社，一九四五）、《文明的傳統》（漢口：大楚報社，一九四五）、《山河歲月》（清水：西貝印刷所，一九五四）、《今生今世》（名古屋：ジャーナル社，一九五八—一九五九）、《世界的轉機在中國》（香港：新聞天地社，一九六三）、《心經隨喜》（日文）（筑坡町：梅田開拓筵，一九六七）、《建國新書》（日文）（東京：中日新聞社，一九六八）、《書寫真輯》（筑坡町：梅田開拓筵，一九六九）、《自然學》（日文）（筑坡町：梅田開拓筵，一九七二）、《華學科學與哲學》（臺北：華岡出版部，一九七四；朱天文後來增編為《革命要詩與學問》）、《日本及び日本人に寄せる》（東京：日月書店，一九七九）、《禪是一枝花》（臺北：三三書坊，一九七九）、《中國禮樂》（臺北：三三書坊，一九七九）、《中國文學史話》（臺北：三三書坊，一九八〇）、《天と人との際》（東京：清渚會，一九八〇）、《道機と禪機》（東京：花曜社，一九八一）、《今日何日兮》（臺北：三三書坊，一九八一）、《胡蘭成全集九冊》（三三叢刊，台北：遠流出版公司，一九九〇—一九九一）等。

二、胡蘭成與《中國文學史話》

胡蘭成出生於浙江嵊縣一個貧寒家庭，曾任教鄉間的小學；三〇年代中葉，常在報章發表政論文章，引起各方注意，被吸納到汪精衛系統的《中華日報》撰稿。抗戰爆發，上海淪陷後，他被報社調到香港《南華日報》當編輯，居於薄扶林道學士臺，與杜衡、穆時英、戴望舒、路易士等人為鄰。他以「戰難，和亦不易」為題寫的社論，深受汪精衛妻子陳璧君的賞識，被提升為總主筆，後來更正式參加汪精衛的南京政府，被任命為宣傳部政務次長，兼《中華日報》總主筆。不久，因為與汪政權中人失和，被排擠出局，但仍然與日本軍政界維持良好的關係。日本戰敗投降後，胡蘭成逃出武漢，先後隱居上海、浙江等地，開始撰寫《山河歲月》一書。一九五〇年流亡香港，結識唐君毅；再偷渡日本，在當地頗得政界和文藝界的敬重，期間又完成了《今生今世》。一九七四年應聘到臺北陽明山中國文化學院講學，結交朱西甯一家，卻因為過去的「漢奸」紀錄被揭發，備受攻擊而解職，於一九七六年離開臺灣，返回日本，一九八一年病死於東京。

《中國文學史話》一書，完成於一九七七年夏天。這時胡蘭成雖然身在日本，但書中還是經常牽及他的臺灣經驗，尤其是關乎他被迫離開華岡後，搬到景美區與朱西甯家為鄰的生活。書中不時提到朱天文、朱天心、袁瓊瓊等年輕追隨者，用她們的寫作印證說明中國文學史的種種。[6]這份書稿在一九八〇年由朱天文等主持的三三書坊出版；一九九一年再由朱天文重編，收入《三三叢刊》，由臺北遠流出版公司出版。二〇〇四年上海社會科學出版社刊行了略有刪節的簡體字版。

《中國文學史話》原來共有五章：〈禮樂文章〉、〈天道人世〉、〈中國文學的作者〉、〈文學與時代的氣運〉、〈文學的使命〉。朱天文編輯此書時，再加上胡蘭成稍前發表的〈論建立中國的現代文學〉，合成上卷。下卷則收錄不同時期的文章如〈周作人與魯迅〉、〈論張愛玲〉、〈評鹿橋的《人子》〉、〈來寫朱天文〉等共十二篇。由於下卷各篇寫作的目的與上篇顯著不同，主要是個別現代作家的品評體味多於文學史的透視，當中雖有〈論張愛玲〉等很受注目的篇章，但本文暫且不作深究。

---

5 王德威，《史詩時代的抒情聲音》（臺北：麥田出版，二〇一七），第四章〈抒情與背叛——胡蘭成戰爭和戰後的詩學政治〉，頁二八一—三三七；其英文版先見於 David Der-wei Wang, *The Lyrical in Epic Time: Modern Chinese Intellectuals and Artists Through the 1949 Crisis* (New York: Columbia University Press, 2015), Chapter 4: "A Lyricism of Betrayal: The Enigma of Hu Lancheng," pp. 155-190.

6 參考朱天文，〈編輯報告〉，載胡蘭成，《中國文學史話》（臺北：遠流出版公司，一九九〇），卷前。以下引錄《中國文學史話》均以這個版本為據，只標明頁碼，不再出注。

三、素讀法：進入文學風景之中

在《中國文學史話》中，胡蘭成講到自己有一種很獨特的進入中國文學的方法，他稱之為「素讀法」。他說十五歲時買得一部木版《尚書》，暑假回鄉下坐在簷前竹椅子上翻開〈堯典〉和〈虞書〉來讀，既不知底細，也無人教。胡蘭成形容這種「素讀」的經驗說：

> 感覺到連我自己在內的萬物的舒服與安定；與清明之氣相連的這安定，即已培養了我與中國文學的情操；因為這舒服、安定與飛揚也是漢賦與唐詩孟浩然、李白的作品的基本情操。（頁八六）

胡蘭成說這樣讀書，可以「與清明之氣相連」，中間有「舒服、安定與飛揚」的感覺，而這感覺也就是中國文學的「基本情操」。

於此，我們有兩點觀察。首先，胡蘭成把文學的本質，或「中國文學的本質」，[7]等同一種經驗世界的呈現；用他的話，就是一種「風景」。《中國文學史話》多次出現「風景」一詞：

王天下的風景是中國古來詩文的根本。（頁三七）

〔杜甫〕一篇〈北征〉詩裏處處有開闔迴盪，皆成風景。（頁一一九）

他在《中國的禮樂風景》中除了解釋「禮樂是人世的風景，樂是風，禮是景致」以外，也提到：

中國王維、李白、蘇軾詩裏的仙境也不在天宮，而在於現世的風景。……西洋文學裏就沒有風景。讀今時中國作家的文章，是天才不是天才只看其有沒有風景。中國文學如《紅樓夢》寫賈府人家都是一個人世的風景。[8]

《山河歲月》說「中國文明是有人世的風景」，談到「廣東民歌」，也評說「有人有風景」，是「《詩經》的流風」；所以閱讀文學就是進入這個「風景」中的經驗世界。[9]從胡蘭成記述自己「素讀」〈堯典〉的情況看來，他之進入這「風景」，好比一次通靈的經驗：

7 胡蘭成把他判辨出來的「中國文學」的特質作為「普遍的」或者「最正宗的」文學準則，他說：「今日其實沒有世界的文學標準，……文學的世界的標準倒是要等中國來建立。」（頁一六七）

8 見胡蘭成，《中國的禮樂風景》（臺北：遠流出版公司，一九九一），頁七五、二五、八九。

我小時候讀〈堯典〉〈虞書〉等，得的是對禮樂文章的一個混茫之感。（頁八七）〈堯典〉裏的是日月星辰與農作的世界，我雖不知道底細，但已開豁了胸襟，只覺得我家的衡門與屋瓦亦是在〈堯典〉的世界裏。（頁八一）

承接這個思路的第二點是：胡蘭成認為進入這個經驗世界，不必遵從學理，而倚靠「感」，他解釋說：

讀書，素讀法是感，理論的思考的讀法是見識，見識的根底是感。（頁八七）[10]

其實「素讀」一語源自日本。日本古代的「大學寮」以及地方的國學和私學，教學內容主要是中國儒學經典；學生先作「素讀」，然後才「講義」。「素讀」是以漢音誦讀經典原文，「講義」是依標準注釋解說經文。這種讀書方法，一直流傳下來，例如胡蘭成著作經常提到的物理學家湯川秀樹，原來出身於日本漢學之家，自小就從祖父學習漢文「素讀」，而獲得教養的基礎。[11]胡蘭成之所以標舉這種讀書法，應該與他的日本交遊和經歷有關。他不過在其上增添了神祕的色彩，說來好像某種感應的儀式。他在《中國的禮樂風景》的〈又一個感字〉篇中說：

是憑這個感字，感到了形先之象，象先之氣。感到了大自然之意志與息之動而為陰陽二氣，氣將成象之際，象將成形之際。……是憑這感，人直看到了大自然的心裏，與之成了知己，……是憑這感，所以中國人知天數世運之消長。[12]

胡蘭成憑「素讀」之「感」走進文學的風景，其儀程神祕而浪漫，正如他說：

讀文章是可以像驚艷，原來前生已相知，決不會失誤的。（頁八三）

9　見胡蘭成，《山河歲月》（清水：西貝印刷所，一九五四），頁一九一、一五六。據胡蘭成的標準，「人世的風景」唯中國文學、中國文明特有，「西洋文學裏只有社會的事態，而無悠悠人世的風景」，他又說：「凡物都有著無限的時間與空間，所以可是風景。西洋文學裏沒有風景，是因其沒有無限的時間與空間。」（《中國文學史話》，頁一六八、一七二）

10　他在〈遂志賦〉一文中也說過類似的話：「我的讀書不用字典辭典，不靠解釋，如嬰孩的學語，乃是無師而悟。我讀當代的書而有我的單純，《禮記》裏太廟俎豆用醴酒，樂器用簡單的琴弦，我學問的體質原來也是如此的。」見胡蘭成，《今日何日兮》（臺北：三三書坊，一九九〇），頁三〇。

11　參考小川環樹，〈湯川秀樹的隨想〉，載戴燕、賀聖遂選譯，《對中國文化的鄉愁》（上海：復旦大學出版社，二〇〇五），頁二五九—二六〇。

12　胡蘭成，《中國的禮樂風景》，頁一八六—一八八。

我們還記得，胡蘭成在《今生今世》自述初見張愛玲，也是「驚艷」一場，其經驗感受似乎並無二致。[13]他又說：

想像昔人當年，要當它是我三生石上事。譬如讀庾信的文章，即好像我自己是與庾信生在同時之人，而又好像庾信是生在今天的。（頁一一一）

讀文學之「感」，跨越前生、今世，彷如「隔世驚艷」。就是這種感通，讓胡蘭成逍遙徜徉於今古日月星辰的風景裡。

正因為胡蘭成關切的「風景」已超乎形相，屬象外之象，所以他可以輕易地超越五四以還自西方傳入的知識分類或者文體觀念的限囿。他沒有所謂「純文學」、「雜文學」之分；他所究心的，是中國文學、文章所生發出來的經驗，多於其間的形相。他說：「讀文學要幅寬」（頁八一）；〈堯典〉、〈虞書〉，可以看成是詩篇：

〈堯典〉裏的世界使人讀了胸襟開豁，這就是文學的最高效果。……〈堯典〉也真是一篇詩。（頁八二）

也因為胡蘭成有這種觀點，所以他會很看重春秋戰國諸子文章，讚歎其中的「知性高揚」；這是他的文學觀的別具特色的一面，我們下面再談。

四、始源誌異：悟識與知性

在胡蘭成侃侃而談，細訴如何憑「感」以「素讀」，得與「清明之氣」相連，走進文學「風景」的同時，我們不難見到他有一種追求事象背後之世界的傾向。他不太願意停在事象面前格物論理，卻喜歡超越、索求原始。於中國文學，不單講《尚書》、講《詩經》，更上溯到「離新石器時代未遠」的「唐虞夏殷周」：

現在我是從《詩經》，才把文明史上的這個大問題來作了一次徹底的思考。《詩經·大雅》有殷師出征徐方及周師「肆伐大商」的詩，那句子的音律，一個字一個字都是徹底的，絕對的。……《詩經》的是天地人的威嚴。……原來古人是離神近，而後世的人們則漸漸離神遠了。當初新石器人是渡洪水時在絕地悟得了一個無字，於是悟得了無與有之際，悟得了大自然，即是與神面對了，新石器時代就是這樣開出來的。當時是憑空

13 見胡蘭成，《今生今世》（臺北：遠景出版社，二〇〇四年第三版），頁二七三—二七四。

發明了數學、音樂、天文學、文字、輪、楨桿、轆轤、及物理學。……唐虞夏殷周是離新石器時代未遠，新石器時代新發於硎的知慧尚未央，舒發而為唐虞之治，與殷銅器，與《易經》、《詩經》，在文學上是餘勢一直到了創造出《楚辭》、漢賦與《史記》，在新鮮與壯闊上皆非後世所可及。（頁九四—九五）

他把「新石器時代」講到玄之又玄，說中國文學從先秦到漢，都是這「新發於硎」的餘緒。胡蘭成對「新石器時代」的想像，早見於《山河歲月》，在題為「中國文明的前身與現身」的上卷中，他把這個代表「科學」、「考古」的現代學術概念，與中國神話作出詭異的接合，說：

中國有女媧氏煉五色石補天，燒蘆灰填地的古說。那石即新石器，五色是有銅鐵在內了，而燒蘆灰則是焚森林開闢出耕地。[14]

借「女媧」神話，胡蘭成又開出「文明始於女性」的論說，《中國文學史話》下卷有〈女人論〉一篇，說：

原來當初新石器文明是女人開的，女人與太陽同在，是太陽神，因為稻作是女人發明的，要水與太陽。觀音淨瓶中的楊枝原是稻，瓶中甘露水是農業的用水，日本自古稱為太陽之國，稻之國，水之國。觀音的瓶，表誌女人發明了陶器。輪也是女人的發明，記在如意輪觀音，與印度教女神的輪。天文當然是女人的發明了，因為從農業而觀天象，女人發明農業故又是太陽神。織機更不用說。數學也是女人發明，女媧執規，伏羲執矩，圓陽而方陰，女媧的倒是陽。音樂是女媧始作笙簧。……世界上記憶新石器時代的這一場面，最原型的就是日本《古事記》的天照大神。她是太陽神，住在高天原，有田稻，有采女在機杼織布，有新嘗（新米登場）祭，真是悠悠萬古的風景。最後女人發明了家庭，如此才開啟了天下的朝廷。（頁二七九—二八〇）[15]

14 胡蘭成《山河歲月》，頁二一。

15 胡蘭成這個自創的傳說在他的著作中不斷重複出現；如《山河歲月》說：「卻說新石器時代的女媧又是新的女人的出現，而前此的盤古則是男人。舊石器時代只有漁獵，以男人為主，女人惟保管及分配。至新石器時代有農牧，財富增大，保管及分配變得重要起來，又且是女人領導生產，男人在開始一段仍惟漁獵，農牧多在女人手裏，故女人的地位提高。而以女人為主，乃有氏族社會，不像前此的只是群。這在後世人的記憶裡，尚有埃及巴比侖的伊什斯，印度的觀音，日本的天照大神，以及希伯來人的夏娃，皆是女身。舊約裡的夏娃吃無花果，從此開始了人類的勞動，與西洋神話裡潘特拉的開了知識之箱。地母的駕龍耕種，皆是有來歷的。但仍以女媧的故事為最本色。」《閒愁萬種》中〈中國女人〉一文也說：「新石器時代女人創始了文明，同時創造了女人的美」；「男人把女人的文明加以理論的學問化」。分見胡蘭成《山河歲月》，頁一二一；《閒愁萬種》（臺北：遠流出版公司，一九九一），頁一一二—一一三。

神話、傳說，與科普知識糾合成誌異式的「文明創造記」。這個創造力量的源頭的定位，揭示了胡蘭成美學及文學史觀的其中一面：陰柔的力量。但胡蘭成卻又在這個基礎上撥發他的論說之另一面向：「男性」的體位。朱天文為胡蘭成編輯文稿時，特別提醒讀者把《閒愁萬種》的下卷〈日月並明——男有剛強女有烈性〉拿來和《今日何日兮》的上卷〈世界劫毀與中國人〉對讀，因為其中的主要論點同在於「申述史上是女人始創文明，其後男人把女人的所發明的東西來說明其原故，做成理論體化的學問」。[16]在胡蘭成的理論架構中，「美感」由女性而來，而「感」又是「悟識」，也是「知性」——「知性並非普通所謂的知識與智慧，是要把知識與智慧來照明」，文明由是而生；[17]男性把女性文明來理論學問化了——「女媧開啟了新石器文明，隨後是伏羲畫卦爻，至孔子作《易．繫辭》，說明文明之與大自然的原故，以此建立了天人之際的禮樂的學問」，於此，又進入中國文明的「知性的高揚」的世代。[18]

依循此一中國文明史演義，胡蘭成在《中國文學史話》中特別重視春秋戰國時代，因為這時「忽然起了學問化的運動，即是要知道所以然之故」（頁九九），表現在文學上就有「論文的時代」的來臨：

> 春秋戰國時代是論文的時代。此是因為彼時把新石器時代以來的文明全面加以理論的學問化，所以當時的論文有知性的光輝與勁勢，刺激了文學自身的創造力，故有〈離

騷〉與其後西漢的文體。（頁九八）

> 論文刺激起了文學的全機能，如此乃出現《左傳》、《國語》、《國策》，以及《楚辭》與後來西漢文章。（頁一〇〇）

胡蘭成又認為這些「知性的」論文，「有陰陽虛實與位置變化」，「有調而非旋律」，所以也是「詩」；而中國文學如《詩經》、《楚辭》、漢賦，《史記》，都是「知性的」，「情操亦知性化了」，不像日本詩歌「純於抒情」。（頁一〇二—一〇三）

這種由「感」而開發「知性」的文學觀或者文化觀，就構成了胡蘭成文學論述的二重性。他的論述既有陽光燦爛的一面，又有陰柔詭譎的一面。[19] 陰陽的錯雜交疊，離灑於胡蘭成的思維以至文風之上，因而別具魅惑的力量。

---

16 朱天文，〈編輯報告〉，《閒愁萬種》卷前；參考同書，頁一〇七—一三二，以及胡蘭成《今日何日兮》，頁六九—八〇。

17 見胡蘭成，《建國新書》（臺北：遠流出版公司，一九九一），頁一八；《中國文學史話》又說：「知性是悟識與知識為一。」（頁一八四）

18 胡蘭成，《今日何日兮》，頁七〇；又參考《閒愁萬種》，頁一三四—一三五；《中國文學史話．女人論》，頁二八〇—二八一。

19 他又說：「男是光，女是色，男女一個如花，一個如水。」見《建國新書》，頁九一。

五、中國文學的歷史素描

《中國文學史話》當然不乏「文學史」的記述描摹，然而胡蘭成用的是點染筆法；顯然他並沒有興趣作系統的學術研究。他之述史，還是一貫地騰空，跳躍。簡言之，他的論斷大概是這樣的：

（一）對大自然的感激：論《詩經》、《楚辭》、「漢賦」、《史記》、《漢書》

有關先秦到兩漢的文學，胡蘭成除了重視諸子論文的「知性高揚」以外，另一個關注點就是與「自然」的關係。他說：

> 《詩經》講朝陽裏的梧桐與鳳凰，講「倬彼雲漢」，講「七月流火」，講「春日遲遲」。《楚辭》雖多名狀草木，還不及《詩經》的陽光世界，與種稻割麥蒸嘗的隴畝與家室風景。（頁二七）
>
> 《易經》的象、〈文言〉和〈繫辭〉，與《老子》《莊子》，皆是世界上最好的文章，皆是直接寫的大自然。《孟子》的文章好，是寫的人對大自然的覺。（頁二七—二八）

胡蘭成對「自然」的重視，當然不僅限於留心字詞內容上是否出現自然意象，更著意審度的是作品與自然的關係，所以他批評近人以西洋情詩為範式去讀《國風》，忽略《詩經》裡人如何面對自然的問題：

五四文人《詩經》惟讀《國風》，謂其有當於西洋文學的情詩，於《雅》則不讀，於《頌》尤不屑，殊不知有《雅》有《頌》才是世界文學的正體。……「頌」是文學的開始，戀歌並非文學開始。……新石器人才曉得天地萬物的光明喜樂，對之感激，故頌神，……頌神是頌的大自然。《商頌》《周頌》的時代雖已過去，中國的詩文裏對於天地萬物仍是這種「頌」的情懷。……《頌》是對大自然的格物致知，遍及於日常生活的全面。現代工業破壞了自然環境，正要來重新認識中國文學裏的《頌》。（頁一八〇）[20]

他又以同樣的標準論辭賦和《史》、《漢》：

宋玉的賦比屈原的《離騷》更近於自然，《高唐賦》寫那神女對楚襄王問，「妾朝為行雲，暮為行雨，朝朝暮暮，巫山之下」，與後來曹植寫洛神的容貌若曉日之發芙蕖，

20　又參胡蘭成，《革命是詩與學問》（臺北：遠流出版公司，一九九一），頁一一三—一一五。

其姿態是「意欲止而復翔，神光離合，乍陰乍陽」，皆是人與自然同一美。……司馬相如與司馬遷都有這樣的自然，班固就在自然上較差了。……班固的《漢書》不及《史記》，是《漢書》裏人事壓沒了自然。（頁二八）

在胡蘭成的構想中，文學本是「天地自然」的「文章」，「悠悠人世」的「風景」，能夠體現這個關係的，當然是他所看重的作品。

（二）新情操的時代：論六朝到隋唐

胡蘭成論兩晉南朝，著眼點是其間有沒有「雄勁」的文學，能入他眼的就只有陸機《文賦》和左思《三都賦》。他以為當時風尚清談，單說老莊，以前的「黃老」思想去了「疆理天下的意識」的黃帝，變成「懶惰無為」，而致「五胡亂華」；南渡以後的東晉宋齊梁陳，「文學亦綺麗不足珍了」。（頁一〇五—一〇七）

值得注意的是，胡蘭成對「五胡亂華」後的北方亂世，似乎非常重視。他說當時有漢族的士如王猛、崔浩，都能以「黃老與儒」的結合，同化了苻堅、拓跋魏等異族統治者，在「天地不仁」的亂世中「打鑄出來了大的意志力」，「如此才開得出隨來的隋唐代的」。（頁一〇八）[21]他又說：

北朝比南朝更氣象大，如北魏碑銘與摩崖的書法，創造性最是豐富的。彼時的中國人同化胡人，是這樣集義中養浩然之氣，漸漸養出統攝時代的大意志力了。（頁一一〇—一一一）

胡蘭成講述這個北朝亂世，好比宣揚新石器人和女媧，志在說明這個時代如何聚蓄力量，促成隨後而來的文學盛世：

彼時的文學尚未即顯出有統攝時代的大意志力，要到後來隋唐統一了天下，初唐的陳子昂與李白這一代的文學，才顯了出來。（頁一一一）[22]

21 他在給唐君毅的一封信中提到要用《三國志演義》的筆法寫《晉南北朝演義》，「人物以王、謝、溫嶠、崔浩、高允、北魏文明太后、靈太后等為中心」，「還必要採用當時的敦煌壁畫、《搜神記》等小說，襄陽等地的民歌，莫愁、蘇小小等傳說，南粵及西域之商舶駝隊沿途風景等等」；「《紅樓夢》是曹雪芹於其一生的反省，寫晉南北朝的事，亦要可比，是我自身的反省」。說來興致勃勃，但似乎沒有完稿。見一九六四年九月四日胡蘭成致唐君毅信，載薛仁明編，《天下事，猶未晚：胡蘭成致唐君毅書八十七封》（臺北：爾雅出版社，二〇一一），頁二三六。

22 胡蘭成又在《建國新書》說：「是北魏的這均田制開了後來隋唐之盛，唐朝府兵制之強，阡陌與都會如畫，出來得李太白杜甫那樣的詩人，可說都是受當初北魏文明皇后馮氏之賜。」見頁七六。

至於唐代文學家，胡蘭成也沒有逐一細論。他最推舉的是李白，因為李白的好處在於「詩即是樂」，「把士的文學與民的文學來結合在一起」，又代表「漢民族的文學與楚人的」結合，「整個的是飛揚的」：

杜甫比李白，猶如班固比司馬遷，……杜甫的是寫情，李白的則是一股浩然之氣。（頁一一八）

真真的要從亂世開出治世，也只有靠〔李白〕這股氣，不能靠杜甫詩裏那樣的情理。（頁一二〇）

這個「李杜比較論」，除了於「氣」與「情」分軒輊以外，我們還是見到前文提到的重「自然」、輕「人事」的主張。

胡蘭成對李白的認同，更超出文學的範疇；他特別提到李白於安史之亂時捲入「永王逆案」一事。胡蘭成說：

李白的事不是一句話可以言明，但是我絕對相信他。他可以不要辯，他的辯亦是糊塗而不爽，像天道不言，卻來鳥聲叫得糊塗。（頁一二〇）

這種信任，當然來自生命的交感共鳴。胡蘭成一生也有許多辯來糊塗的事，他心裡大概認為：「不是一句話可以言明」，或者如「天道不言」。

（三）士弱民猶強：論五代到宋元明清

胡蘭成論「四唐」以及唐宋之別，基本的判斷可以說與一般文學史無大差別——尊初、盛，輕中、晚，而唐又優於宋。他用了樂音作比喻，說初、盛唐是「眾樂之音」，中、晚唐也是「眾樂之音」，但「樂調較隘」，宋詩「特有一種石磬之音」，但宋詩「一般是不及唐詩的氣概」。（頁一二二）他又把宋代文學的「氣弱」，歸咎於「殘唐五代」的作用比不上「北朝」。因為「五代沒有（如北朝般）鍛鍊出來統一天下的新意志力」，從這個格局轉出來的宋朝，當然「創造力」亦有所不及。所以宋代文學最好的蘇軾亦不及李白。（頁一二二）

胡蘭成最著力批評的是程頤、朱熹等宋儒：

> 中國文學的破壞，自宋儒起。宋儒崇道學而鄙視文章，……程朱的詩不好，如王陽明與其後黃梨洲的詩文最高也亦只能算第二流。他們的只見是道學，不能萬事相忘於文章。（頁五七）
>
> 文學是至程朱而壞，文學壞即是先王的詩教壞，即是禮樂之樂壞了。（頁一二四）
>
> 至程朱之學行於世，儒乃不屑於數學與科學，更不讀法家之書，乃至專讀四書，不讀

《周禮．王制》，儒遂與黃老絕，與黃老絕就是喪失漢民族的大自然精神與創造力了。（頁一二五）

宋儒則是把禮教太肯定了。無論怎樣好的東西，你若把它太肯定了，就會是小是陋，就會是妄。（頁一二六）

這時胡蘭成的視點更由「士的文學」轉向「民的文學」：

自南宋至元明清，士的文章幾於全無可看。（頁一二五）

自宋末至於元明清是士的文學固陋已極，但民的文學一直到清末依然好精神，如平劇，說書說白蛇傳，說秋香三笑，小調唱孟姜女，閒書看《三國演義》，《說唐》，《精忠岳傳》，《征東》，《征西》。士的文學固陋，是反映國之政治已失風光，而民的文學的好精神則見證了中國的民族尚一直是旺盛的。（頁一二八）

與五四以來的文學史論述比較，胡蘭成所下的價值判斷並無大差異——認為文學史的重心已從詩文轉移到民間的小說戲曲；其差異在於胡蘭成別樹一幟的閱讀和解釋方法。

（四）今日何日兮：近現代文學

對於近現代文學，《中國文學史話》則有新說：

孫（中山）先生上書李鴻章，使人想起西漢賈誼的陳時事疏，《三民主義》原稿與《建國大綱》更是直接從《周禮》而來。鄒容的《革命軍》文氣似《楚辭》，康有為梁啟超的文章有王安石蘇軾的明快。可是言文學者多不及之，以為中國近代文學要從五四時代的文藝作品算起，這是把文學看得太慳薄了。（頁一二九）

胡蘭成又用心在中國文學史中翻出例證，用他的方法去演繹解釋，作為論說的理據：

新時代開始的文學多是理論的，如《楚辭》漢賦之先有春秋戰國諸子的論文，那些論文都是對於自然界與人事的原理的再審定。彼時的新文學都是帶理論式的，如漢賦的曲終奏雅，末後總要講一番治世的道理。《史記》寫〈項羽本紀〉與〈高祖本紀〉，亦是訴之讀者的知性。（頁一五二）

五四文學也是胡適周作人等的理論文當先，周作人與魯迅使當年的青年歆動的，並非什麼小說創作，而是其講理的散文，可見時人是如何的需要講思想理論的文學了。你看文藝作品，看一件已經創造好了的作品，但理論文則是教你自己去開出世界，自己去

創造作品，不限於文藝。……我們今做新文學的運動，還是要有理論的文章。（頁一五二—一五三）

這個講法，在胡蘭成的論述而言，是一貫的。他主張文學不是藝術，可以體現在各種形器之上：

中國向來講文章書畫，技巧是匠氣，藝術味是習氣，都是不好的。……若當它是藝術品，就會沉湎落於執著了。（頁二四）

中國是日常用的器皿皆好，文章與書法皆不是藝術，而是在藝術之上。文章若是不能超越藝術，即不是天然的。中國文學是遍在於非文學處，以此更知禮樂文章這句話的意思好了。（頁五七）

把文學當作藝術的一種是把文學看小了。（頁一二九）

更見心意的是，胡蘭成認為自己寫的《山河歲月》與《革命要詩與學問》就是「繼承漢魏的、與孫先生一派的文章，用五四的新文體，而把五四的文學來打開了」。（頁一二九）於是，天下古今的文學命脈，最終還是落在他的身上。

六、禮樂文章與王官王民

正如上文提到，胡蘭成對中國文學史現象的不少判斷，基本上還是依傍成說。好比自胡適到鄭振鐸、劉大杰等開展下來的文學史論述，往往分劃貴族文學與民間文學兩個系統，然後適時交代二者的互動交融或者此消彼長；大略而言，前期文學史以屬於「貴族文學」的詩文為重心，元明清以後則以「民間文學」為主軸。[23]而胡蘭成把「士的文學」和「民的文學」之別這個判斷吸納到自己的系統，然後以另一種方式去解說。在他筆下，這「士」與「民」源於《周禮》的「王官」與「王民」；在「王風」之下，「士」與「民」的關係是融合的；（頁五九）其具體的表現就在文學：

> 精神上最顯然的是表現在文學，中國是士的文學也非常接近於民的文學，民的文學也非常接近於士的文學。士的文學有採桑、採蓮、採菱、擣衣之詩，是寫民之生活風景，民的文學如民謠童謠平話則多講政局時勢與英雄豪傑之事。而且兩者在情調上與見識上非常接近，還有是在對女人的情調與見識上亦兩者差不多是一致。這都是中國文學所獨

23 胡蘭成在《中國文學史話》中卻批評胡適的《白話文學史》「所云真是膚淺」。（頁七九）

有的。(頁六〇)

於此我們可以看到胡蘭成的觀察角度，一方面接受了「士」、「民」二分，但又盡力把二者的界線磨滅。他的方法就是繞到背後，追溯到一個神話式的源頭：「井田制」下同歸「王化」的「王官」和「王民」。[24]在這個「王天下的風景」框架內，他又把文學提舉為「禮樂文章」：

> 人世文明總蒂與遍在是禮樂，而文章是其言，所以稱為禮樂文章。……文章是代天立言，代一個世代立言。所以有三樣東西最貴氣：自然貴，禮樂貴，文章貴。文章是覺之言。(頁二五)

沿此，他繼續發揮他的「祭政一體」的理論：

> 原來中國祭政一體的傳統，文章屬於天官太史，文章是士之事。作者有著禮樂文章的自覺，以前是王官省察民間的風謠，後來亦一直是士以禮樂文章教化民間的風謠。(頁三一；又參頁一四四)

> 文章是寫的神的言語，與萬物的言語，好文章是寫的言語之始。所以文章是祭師之

事，是士之事，就在有此自覺。（頁三三）

中國文學是萬物的言靈，寫歷史記述與哲學論文都可以是文章。……今人視文學獨立為當然，不知此是西洋小市民的分工制觀念。如果是天下士，當然禮樂文章遍在於一切。（頁五七）

文章的最高責任對象是天地神明。（頁九二）

胡蘭成說「神的言語」、「萬物的言語」、「言語之始」，其意義都一樣，都是一種想像的超越空間；於此，一切類別規範都無效。這樣可以解釋文學不必「獨立」，知性的論文都可以是「文學」；也可以解釋中國文學的不重結構。他以為中國文學的「文體是調而非旋律的」；西方的文學才是「旋律的」、「縛於因果的」、「力學的」、「連續的」。中國文體的「調」，可以是「不連續的」，「行於陰陽迴盪之氣」，「是生命的波瀾瀲灩壯闊」；中國的禮樂文章「從哪一段看起來都可以，因為它豁脫了旋律，又彷彿連沒有一個中心事件做主題，

24 我們參考胡蘭成在《閒愁萬種》如何講伏羲，就可以見他的思路邏輯之典型：「伏羲雖是通過女人文明，而走到了它的源頭處，一下子豁脫了文明的既成的造形，而追溯到了它背後的大自然的根本原理，知物形的背後先有著物之象，而物象之先又有著陰陽，陰陽之先又是有著大自然的意志與息，於是乃以八卦類括萬物之象，意志賦於卦象，而息賦於卦爻。……」見《閒愁萬種》，頁一三五。胡蘭成就像伏羲那樣走到源頭，繞到背後。又參《革命要詩與學問》，頁一一五—一二四，以及上文第三節引〈又一個感字〉。

而處處都相見」。詩歌如是，戲劇、理論文均如是，都如詩一般有「調」。所以他說李白的詩「正好在詩與非詩的邊際」；又說：「中國文學可以敘事即是抒情，……那敘事真能格物，寫到了物背後的象。」（頁五八、八八—九〇、一〇一—一〇三）他就是要繞到背後，攀到最高處，然後俯瞰紅塵。如果我們跟著他的觀念引體飛昇，真的可以睥睨俗世，感應中國文學高在太虛的境界。

七、禊祓於文學風景中

當胡蘭成居高臨下的時候，他悟得了「天道」。《中國文學史話》講到五胡亂華之世，說當時「兵燹殺戮，人口十損其七」，「城闕市廛皆成瓦礫白地，田野荒為茂草」，但「中國並不陷入黑暗時期」，「中國人是悟得了天地成毀之理，知《易經》說的『神無方』，老子說的『天地不仁』」。（頁一一〇）胡蘭成就是這個悟得「天地成毀」的「中國人」。他對「黃老」之學的興趣一直比對儒學來得高。[25]其中一個重點，就是用超越的態度看世上的劫毀，或者說假「天道」而行，即使帶來「劫毀」，也無不可。《中國文學史話》記有他的一首詩：

馬駒踏殺天下人
蛾眉一笑國便傾
禪語不仁詩語險
日月長新花長生
（頁二四九）[26]

這大概就是他心中的「清平世界」、「蕩蕩乾坤」。[27]所以他常常講「天道」，尤其《中國文學史話》中的〈文學的使命〉一章。篇中有時說「天道幽微難言」（頁一五五）、有時

25 甚至對於孔、孟之說，他也有這樣的「悟識」：「漢民族的黃老，有如大倭民族的神道。儒家的是路，而黃老的是精神，路是人要有精神來走。孔子孟子本來與黃老並無間隔，其教生於天地的精神，不單是路。『佛肸叛，召子，子欲往』，『公山不狃以費叛，召子，子欲往』。……但是後世的儒者的學問方法已經是積重難返，現在也只好暫且這樣的來分別黃老與儒了。」「黃老言天地成毀，孔子亦『佛肸叛，召子，子欲往』，『公山不狃以費叛，召子，子欲往』。孟子更是講革命。孔子孟子原來亦有黃老的反逆精神，而後世儒者言成不言毀，不曉得民間起兵，昧於天下形勢。」分見胡蘭成《建國新書》，頁一四五、一〇一。

26 胡蘭成在引錄這首詩之前先說：「黃老是寧有其像基督說的一面，『我來不是使你們和平，乃是要你們動刀兵。』」（《中國文學史話》，頁二四九）他在《今生今世》說過更令人驚心動魄的話：「原來不殺無辜是人道，多殺無辜是天道。」頁六二八。

27 他曾說：「中國人是干戈遍地亦能有清平世界，蕩蕩乾坤。」見胡蘭成《山河歲月》，頁二四七。

說「天道是認真而兒戲」（頁一四六），更深沉的是說「天道有在是非之上」（頁一四八）、「天意則在是非之初」（頁一五五）；於是一切是非對錯的爭辯，皆是屑屑俗塵：

人拿反日運動的民族大義攻擊我，這就是關係時人的見識與器度的問題，比起悲憤，你倒是先要喜歡自己的見識與器度跟他們的不同，此是將感情上霧數的事把來在知性上過一過，使自己覺得清爽的第一步。……我對自己是有憂患的感覺，而沒有對自己不滿。對於那些人，我沒有意思作敵人，也不憎恨他們，但是對於他們所做的也不原諒。我的心境已到了像天道無私，一切總歸於人世的劫毀與創造中。（頁一四六——一四七）

說來真是高情千古！[28]

胡蘭成〈文學的使命〉的這一章，的確可以幫助我們理解他如何看文學的作用。在他的觀念世界中，「文學有在是非之外的好與不好」。（頁一三九）這話是高明而正道的見解，文學本來就不應以道德是非作價值高下之判斷。不過，我們若要追隨胡蘭成走在中國文學風景中的腳步，就不能只看他指點的「日月山川」和「永嘉佳日」，也要留意當中竟有「雁蕩兵氣」。事實上，胡蘭成是借「文學」可以外於「是非」的特性來解救個人的歷史失陷。譬如說，《中國文學史話》記敘李陵降匈奴而牽連家屬受極刑，胡蘭成以同情的筆觸說明：

漢廷對他的恩已絕，而他引匈奴之兵北築李陵城，對付現代的俄羅斯，終他之身不使匈奴南侵。漢廷是漢廷，他對漢民族的華夏還是報了恩的。（頁一一一）

李白在安祿山之亂時入永王軍幕，其後被視為附逆而責罪。胡蘭成又說：

天道糊塗而不爽，李白的事不是一句話可以言明。（頁一二〇）

王猛、崔浩、高允、文明皇后皆以漢人扶助異族統治華夏，他大加讚賞之餘，並解釋說：

他們是生當五胡亂華，故為天下重於為國家，為文明重於為民族。……歷史上是有亡國的時代與亡天下的時代，這層分別顧炎武說得很清楚。五胡亂華是破壞文明、亡天下的時代，志士只有存天下，然後才可以再講復國。也不是復國，而是重新來開國。……有漢文明在，漢民族亦自然在了。（頁一一二）

28 他又說過：「我自己的境遇，曾有如猶太人祭司等對耶穌與保羅的攻擊。」見胡蘭成《中國的禮樂風景》，頁三七。

這些高尚清逸的話語，不是都應該移到胡蘭成自傳裡去用嗎？

我們再看他在《今生今世》中如何記述他在一九三八年十二月二十九日意決參加汪精衛「和平運動」的一刻：

艷電發表之日，我一人搭纜車到香港山頂，在樹下一塊大石上坐了好一回，但沒有甚麼可思索的，單是那天的天氣晴和，胸中雜念都盡，對於世事的是非成敗有一種清潔的態度，下山來我就答應參加了。[29]

胡蘭成在香港太平山頂胸無雜念的「清潔態度」，和他形容自己十五歲時「素讀」木版《尚書》所生的「連我自己在內的萬物的舒服與安定」應該是同一種「感」；這一種「感」「培養了我與中國文學的情操」，大概也培養了他直面山河歲月的基本情操。當歷盡劫毀以後，他還能氣泰心安：

和平運動初起時，從汪先生夫婦數起連我不過十一人，其後成立政府，也奄有東南半壁江山，擁數十萬之眾，直到覆亡流離驚恐，但是世上其實亦平平淡淡。我與和平運動是一身來，去時亦一身去，大難過去歸了本位，仍是青埂峰下一塊頑石，汪政府在南京建都五年，像一部金陵十二釵的冊子，到此只有碑上的字跡歷歷分明，當年的多少實事虛華，真心假意，好像與我已沒有關係，卻是這些字跡已還給人世，還給天地了。[30]

你看他輕輕一揮手，就把歷史交給文字清滌得個一乾二淨；一切還諸天地，與他一身再沒有半點關涉——這正是他要建構的神話。

他的境界是否真的高逸如許，只有他自己最清楚。但在《中國文學史話》中，他一再說「文學只是像修行」，說「革命是歷史的祓褉，祓除不吉與不淨，文學便亦是褉祓」。（頁一三九）的確，胡蘭成後半生的確以文學來修行，希望以文學來祓除一身的不吉與不淨。《今生今世》其中一章題目正是〈文字修行〉，文中說：

我逐日寫《武漢記》約三千字，這回竟是重新學習文字，發見寫的東西往往對自己亦不知心。我做的事，當時多只是平地這樣做了，不曾起過甚麼依旁的想頭，但事後追寫，總拿書上的人物思想感情的類型來套。焉知不然。……《武漢記》我寫了五十萬字，等於學射，射中的十無二三，儘管寫時是誠心誠意，寫了出來仍十之七八是誑。[31]

29 胡蘭成，《今生今世》，頁一八〇。
30 胡蘭成，《今生今世》，頁一八〇。
31 胡蘭成，《今生今世》，頁四四五。

看了這話，我們只好承認，胡蘭成的半生書寫，也不是句句誑言。雖然胡蘭成又說自己「不但對於故鄉是蕩子，對於歲月亦是蕩子」，[32]究其實，這款瀟灑也只是個架式，等同他幻設自己是「青埂峰下一塊頑石」，只是屢屢在自己建構的語言神話世界裡，努力洗刮內心那斑斑垢跡。

他的《中國文學史話》，可算是修禊儀式的又一次肉身見證。

32 胡蘭成，《今生今世》，頁二一。

第七章

普實克論中國文學的「抒情精神」

「抒情精神」（lyricism）是現今中國文學研究的一個重要概念。在西方學界應用這個觀念最具影響的現代文學研究者，是捷克斯洛伐克漢學家普實克（Jaroslav Průšek, 1906-1980）。他的英文論著《抒情的與史詩的：現代中國文學研究》由李歐梵編集，於一九八〇年在美國面世，是歐美研究中國現代文學的重要參考書。一九八七年及二〇一〇年先後兩次被翻譯為中文出版，也為華語地區的文學論述帶來深遠的影響。[1]事實上，普實克對「中國抒情精神」關注已久，《抒情的與史詩的》書中最為傳誦的〈中國現代文學中的主觀主義與個人主義〉（Subjectivism and Individualism in Modern Chinese Literature）一文早在一九五七年就正式發表，當中論述重點正是中國現代文學的「抒情精神」；此外，幾乎在他所有中國古代和現代文學的研究著述中，都有呼應這個觀點。筆者認為，考察普實克對「抒情精神」的論述，既有助於中國文學的整體認識，又能揭示一個研究概念的建構和運作方式。雖然普實克之著述對華語地區的影響主要在於現代文學範圍，但本章所論並不以此為限，希望可以更全面地清晰揭示普氏的中國文學研究的特色和貢獻。

一、中國抒情詩的「現實」與「自然」

我們不妨以普實克寫於一九五八年的文章〈白居易詩歌札記〉（Some Marginal Notes on

the Poems of Po Chü-i）一文來開展我們的討論。這是給一本捷克語白居易詩選譯本所作後記的節譯。[2]文章一開始，普實克就提出了一個重要的問題，正是這問題的思考構築起他的中國文學研究之基礎。他問道：

為什麼中國抒情詩成為了中國人最主要的藝術表達形式？以至於，至少在某些歐洲文學批評家眼中，整個中國文學裡，只有抒情詩能夠在世界文學高峰中，與希臘的史詩、莎士比亞的戲劇和俄國的小說並列，占據一席之地。[3]

普實克繼而引述一本捷克百科全書對於「抒情詩」所下的定義：

抒情詩——主觀性的詩歌，是內在生命的宣揚，主體感受和思想的表達。它和客觀性

---

1 Jaroslav Průšek, *The Lyrical and the Epic: Studies of Modern Chinese Literature* (Bloomington: Indiana University Press, 1980)；李燕喬等譯，《普實克中國現代文學論文集》（長沙：湖南文藝出版社，一九八七）；郭建玲譯，《抒情與史詩：現代中國文學論集》（上海：上海三聯書店，二〇一〇）。本文引述普氏此書時曾參考李燕喬等之譯本。

2 Po Ťü-i, *Drak z černé tůně* (Dragon from the Dark Well) (Praha: ČSAV, 1958).

3 Jaroslav Průšek, *Chinese History and Literature: Collection of Studies* (Dordrecht, Holland: D. Reidel Publishing Co., 1970), p. 76.

的詩歌相反，客觀性詩歌採用史詩和戲劇的形式，表現外部世界的現象，客觀的現實和事件。……抒情詩是最私己、最隱祕、最個人化的詩歌形式，非常的自我本位。抒情詩人極力表述自我，即使他的個體存在不是他人所感興趣的。[4]

以這個百科全書定義作參照，普實克發現白居易的「抒情作品」與西方的觀念有顯著區別。他提到白居易〈與元九書〉所說的「文章合為時而著，歌詩合為事而作」，他意會到白居易對時世——「外部世界」——有深刻的關切，然而這種社會關懷與「抒情詩」的領域又密不可分。按照普實克的理解，白居易的例子代表了一種既寫客觀現實又抒發主觀情感的創作：

與〔西方的「客觀性詩歌」〕僅僅描寫現實相對照，詩人觀察現實、反映現實，又感懷現實、評斷現實。詩人的感興波動，為他所呈現的圖景添上情感的色彩。[5]

在普實克看來，白居易的詩歌中存在一種兩重性。首先是某一現實的客觀圖景，其次是溢出現實的情感之流。二者並不背反，也無損於「結撰的統一」（compositional unity），它們看起來是本質上相同的成分。之所以會有這樣的效果，是因為「現實」透過單一的「抒情的視域」（lyrical vision）來呈現。

普實克深入分析了白居易的詩作〈新豐折臂翁〉。他認為詩中有一個「抒情基址」（basic lyrical ground-plan），「為詩的主題及其情感劃定了界限」；在這個基址之上是一個完整的複雜故事，而這故事並沒有削弱「詩歌抒情的統一性和同質性」。一方面我們面前出現一個現實的視域，同時又凝聚了詩人的、士兵的、鄉民的，以及老翁的情感；而各種元素又在單一的時間面（a single time level）匯集。基於這個分析，他以為白居易詩具備的「抒情精神」的特點是：「客觀現實」與「感情經驗」的並置。

除了白居易，普實克在文章中還提到了杜甫。他把杜甫和白居易都視為唐代抒情詩大家，他們能夠「把中國的抒情詩轉化為刻畫社會的一種強而有力的工具」。[6]觀此，我們可以發現中國文學在普實克心中有不止一種的「抒情精神」，因為中國文學史上並非每位詩人都有如杜甫和白居易二人那樣強烈的社會關懷。[7]事實上，普實克對中國抒情詩的一般特徵有這樣的概括：

4 同前注，頁七六—七七。
5 同前注，頁七八。
6 同前注，頁八〇。
7 在中國文學傳統中，杜甫號為「詩史」，而白居易的則以「惟歌生民病，願得天子知」為志業；這都是文學史上的某種寫作傾向而非全面而普遍的現象。

長久以來，中國抒情詩一直在探索如何從自然萬象中提煉若干元素，讓它們包孕於深情之中，由此以創製足以傳達至高之境或者卓爾之見，以融入自然窈冥（*mysterium* of Nature）的一幅圖像。其背後的基本假設是藝術家具備敏銳的觀察能力，能於毫末照見大端，深入自己意想向讀者表達的情景。詩歌的目標是成為芸芸經歷大自然的同類體驗之本質或精華，好比畫於畫家之為用。這種取態使藝術家究心於摘選各種現象中之典型，將之歸約為最基本的特性，以最簡潔的手段作表達。[8]

在這段概括性的論述中，普實克有兩點觀察。首先，他以為中國抒情傳統中傾向於表現「自然窈冥」（*mysterium* of Nature）；此說並非無據，但卻有需要作進一步考察。事實上，並非所有中國詩人都以「自然」為其主要的題材。然而，中國詩學又的確非常重視「情」與「景」之安排以至其交融。緣此，我們再看普實克的第二點觀察：中國詩人每每以「景」傳「情」，以最簡捷的手段將事況的經驗提升到本質化的境界。正是這種觀察的角度，讓普實克的「抒情精神」論述從主題延伸到藝術結撰層面。就在這篇論白居易詩的文章後半，普實克對唐代詩學作了非常「結構主義式」的分析。

二、中國抒情詩的表現力

普實克並沒有留下許多專門研究中國詩人和詩歌的論文。[9]然而他曾於一九六六年在《新東方》期刊（*New Orient*）發表過一篇分期連載的長篇論文〈中國文學大綱〉（Outlines of Chinese Literature），[10]當中從文學史的視角，對中國詩歌的整體概況和重要詩人詩篇作出精簡的評論。文章開首先討論中國語言的特色，其要點包括：

1. 中國語言傾向於以「類同的語法結構」構成「規律的節奏部件」；又不擅構建複雜的長句。

8 前揭，頁八〇。

9 參見 Boris Merhaut, "Jaroslav Průšek Bibliography 1931-1956," *Archiv Orientální* 24 (1956), pp. 347-355; "Bibliography of Academician Jaroslav Průšek 1956-1965," *Archiv Orientální* 34 (1966), pp. 574-586; Jiří Šíma, *Jaroslav Průšek: Bibliography 1931-1991* (Prague, Oriental Institute, 1994).

10 Jaroslav Průšek, "Outlines of Chinese Literature," *New Orient* 5 (1966), pp. 113-120; 145-151; 156-158; 169-176. 普實克在文章標題下注釋道：「我們雜誌的下一期將刊登一篇關於《亞洲與非洲文學百科全書》的詳細報告，此書是捷克東方學學者的集體著作，將於一九六七年用捷克語出版。本篇論文是相關各國文學的導論之第一篇，我們預備在以下數期繼續刊登此一系列比較重要的導論文章。」

2. 句子成為孤立自足、以詞為單位的概念系列，適合把現象作為靜態的項目來把握，但弱化了情緒的動感。

3. 所有這些現象導致一種對現實作抒情感應的傾向，宜於抒情詩的創制而不宜史詩。[11]

自十九世紀以來，中國文化常被拿來與西方現代文明作比較；這種看待中國語言文學的觀點已是尋常習見。普實克之說，印合了西方漢學家們心中的「事實」。準此，中國文學是命定「抒情」的了。問題是：究竟抒情是一種限制，還是一個優勢？從普實克的敘述態度看來，似乎他是批評多於稱賞。然而，當文章中討論到唐詩繁榮時，普實克表達出對這個抒情傳統的讚美，認為「中國對世界文化寶庫最原創的貢獻便是它的詩歌」。他更認為中國文學在五言、七言律詩的「形式」中找到了「表達心靈體驗、感覺和情緒的最合適的媒介」。[12]他認為中國古典文學與西方文學不同，抒情詩不僅止於抒發個人的情緒，更可以表達哲理、針砭時弊，成為創作主體與其置身的時世間的最密切、最緊要的關聯。因為普實克非常關注文學與社會的關係，所以特別留心中國抒情詩有沒有可能從事「寫實」。在他眼中，中國抒情詩別具一種「非尋常的寫實主義」（unusual realism）；這些抒情詩可以非常精確地刻畫諸種情況與環境：

詩人能夠在一幅合成圖像中表現某一特定的現實，揭示出它的一般特性和普遍意義；

同時，又表達出自己對此現實的感受和判斷。[13]

基於這個觀察，普實克以為抒情詩在中國文學傳統中，已成為一種全面的表達工具（universal vehicle of expression）。從普實克在文中的論述，我們可以歸納出他所意會的「中國抒情精神」的表現：作品既有其主觀性，亦不失其社會性；一方面詩人以精簡的方式刻畫現實，顯露其本質意義，另一方面，又對此一現實觸興感懷，批評議論。可以說，普實克所稱揚的是一種「抒情的現實主義」，或者「批判的抒情主義」。[14]緣此，普實克在對中國文學的考察中，特別重視像屈原、曹操、曹植、李白、白居易、蘇軾等詩人，他又認為蒲松齡與曹雪芹的作品成功將詩歌的抒情精神轉移到小說文類中。[15]

---

11 同前注，頁一一三—一一四。

12 同前注，頁一四五。普實克對中國律詩的觀點，後來在另一位研究中國抒情美學的學者高友工的論述中得到呼應，參見 Kao Yu-kung, "The Aesthetics of Regulated Verse," in Shuen-fu Lin and Stephen Owen ed., *The Vitality of the Lyric Voice* (Princeton: Princeton University Press, 1986), pp. 332-385; 高友工，《中國美典與文學研究論集》（臺北：國立臺灣大學出版中心，二〇一六年三版），頁一九九—二四九。

13 同前注，頁一四五。

14 「批判的抒情主義」之說早見於王德威的沈從文研究，參見 David Der-wei Wang, *Fictional Realism in Twentieth-Century China* (New York: Columbia University Press, 1992).

三、話本小說的「抒情精神」

因為中國詩歌與「抒情精神」的關聯最為直接，故此上文的討論重點就是普實克如何體會中國詩歌。不過，普實克更有影響力的論述在於宋話本和現代文學研究。於此，衡諸普實克的「抒情的」和「史詩的」二元文學觀，後者明顯占有一個更重要的位置。所謂「史詩的」，在普實克的認知系統中，大概是西方文學從「史詩」開展出的敘事功能與效應；這方面的功能讓文學作為語言藝術可以深入現實生活，從而表現人生。

普實克指出，從宋代開始，話本小說奏響了中國敘事藝術中「現實主義的音符」，甚至是「自然主義的音符」。他在〈中國文學大綱〉中對這些文字記錄下來的「說話藝術」大加稱讚，以為中國文學從此有了「真實、可信的普通老百姓的各種各樣，千姿百態的形象」；他以為這些短篇小說是真正的市井民間的故事，其佳者顯現出：

> 說話人生動傳神的口頭敘述以及所有講故事的技藝，如語言的變化、視野寬廣的「史詩式」描寫、為吸引聽眾而作戲劇性的現場氣氛調度等。[16]

在普實克看來，以「表現力強而又活潑多變的口語」進行「史詩式敘述」，是話本小說的藝術基礎。[17]

然而，在這個基本上屬於「史詩的」文類中，普實克卻又偵測到當中的「抒情精神」。他注意到話本的作者經常在「客觀的」史詩式敘述中添加入抒情詩。由是，「瑣碎的現實」（trivial reality）的描述得以詩化，而更具姿彩。普實克又認為，這些描述性詩歌的穿插，「不僅止加強人物的塑造或事件的描摹，更進而將這些人事的情貌從個別具體提升到一般性的層次，賦予它們一個普遍的、也往往是典型的意義」。[18] 因此，這些「抒情性」元素的穿插，「在原來故事之上建構了第二個層面，上升為一種哲學向度的世界觀」。普實克以為話本中的佳作是一種「二層建築」（two-plane construction）：基礎部分是「史詩的」，上置的是「抒情的」。換句話說，「抒情性」元素使「話本小說」可以成為一種「多音結構」（polyphonic structure），一種繁複的藝術結撰。[19]

15 Průšek, "Outlines of Chinese Literature," pp. 157, 170; 又參 Průšek, *Chinese History and Literature*, p. 122; *The Lyrical and Epic*, pp. 13-14, and 99.
16 Průšek, "Outlines of Chinese Literature," p. 149.
17 Průšek, "The Realistic and Lyric Elements in the Chinese Mediaeval Story," *Archiv Orientální* 32 (1964), p. 4.
18 Průšek, "Urban Centres: The Cradle of Popular Fiction," in Cyril Birch ed., *Studies in Chinese Literary Genres* (Berkeley: University of California Press, 1974), p. 281.
19 Průšek, "The Realistic and Lyric Elements in the Chinese Mediaeval Story," pp. 12-14.

於此，我們再次看到普實克從肯定的意義去理解「抒情精神」的概念，並視之為相關結撰（composition）甚至結構（structure）的元素。

四、現代文學的「抒情精神」

上文檢視了普實克對於中國古代詩歌和話本小說中的「抒情精神」的見解，為我們討論他的中國現代文學研究提供了更好的準備，例如寫於一九五七年的著名論文〈中國現代文學中的主觀主義和個人主義〉（以下簡稱〈主觀主義和個人主義〉）。

雖然常常被徵用引述，但〈主觀主義和個人主義〉這篇長達二十多頁的論文並不容易理解。文中論述穿梭游移於中國文學史的不同領域。有時談到儒、釋、道等「宗教或傳統道德」的影響；有時說明「國語」與「文言」的語言分野；有時解釋詩文與小說的文類階次易位；也有相當多的篇幅講到「前現代」文學如韓愈古文、黃淳耀日記、蒲松齡的詩文小說，以至《紅樓夢》、《浮生六記》等。另一個可能困擾讀者的問題，是普實克所設定的「新」、「舊」文學的對立。在本文和其他現代文學的討論當中，普實克有一個明顯的傾向：將中國「舊文學」同質化（homogenizing），把古典文學的各種特質及其間差異模糊掉。[20]但從上文討論所見，普實克並非不了解「舊文學」之歷史變化及其多樣性。我們只能推斷，當他在聚焦於「新文學」時，為了發揚「文學革命」的正面意義，就盡量簡化其對立面的「舊文學」。事實上，普實克對「新文學」興起和發展的歷史敘述，基本依循五〇年代中國官方的正統文學史模式，著重發揚左翼文學的反封建思想和革命思潮。[21]

我們暫且把篇中牽涉到的意識形態問題按下不表，〈主觀主義和個人主義〉一文有一項非常重要的觀察。普實克指出在舊文學向新文學轉變的歷史過程中，出現了文類階次等級的重組。傳統詩文不再像過去那樣占據優勢，當時的重要作家都以小說為他們的創作活動場所；而小說的與社會時世緊密相關的敘事傾向，正是普實克所定義的「史詩的」表現。順此思路而下，普實克理應全力推許「新文學」擺脫傳統局限、邁向社會寫實的「史詩的」發

---

20 林理彰在評論《抒情的與史詩的》一書時，就指摘普實克視中國古代文學為「某種靜態的、同質的物項」（some kind of static, homogeneous entity），以為這是普實克借自鄭振鐸等人的文學史的二手論見；參見 Richard John Lynn, "The Lyrical and the Epic: Studies of Modern Chinese Literature (Book Review)," *Pacific Affairs* 56.1 (Spring 1983), pp. 140-142.

21 普實克對中國現代文學的歷史敘述悉依中國大陸的「正史」，這一點正是他和夏志清辯論時遭抨擊的關鍵；然而普實克現代文學論述的意義不在於歷史敘述，而在於對這個歷史進程之別具心眼的解釋。參見 K.K. Leonard Chan（陳國球）, "Writing the History of Modern Chinese Literary History: The Průšek-Hsia Debate," paper presented at *The Seventh Saintsbury Conference: (Re)Writing Literary History* , University of Edinburgh, October 2005; revised version, "'Literary Science' and 'Literary Criticism': The Průšek-Hsia Debate," in *Crossing Between Tradition and Modernity: Essays in Commemoration of Milena Doleželová-Velingerová (1923-2012)*, ed., Kirk A. Denton (Prague: Karolinum Press , 2016), pp. 25-44.

展方向，並且批判「舊文學」囿於個人空間的抒情性。但是相反，普實克卻細心尋繹「新文學」中的「主觀主義」和「個人主義」，而二者的源頭分明是中國文學傳統中的「抒情精神」。這樣一來，普實克的現代文學論述就變得繁複多義了。

普實克在篇末作結時指出：中國現代文學中出現主觀主義和個人主義，「證明了個人從傳統思維方式中得到了一定程度的解放」；這些現象「也是表明封建制度強加於個人身上的束縛變得鬆弛的一個標誌」。[22]這個對特定歷史時刻（從清末到民初，新文學運動興起的時代背景）所作的具體判定不無可議。然而，若我們視之為一種具普遍意義的解釋，就較易令人信服：秉持信念的作家總會對各種各樣的限制和疆界——不管這限制是文學規條、社會習套，還是政治壓制——有所抗拒，尋求解放；對外而言是反抗建制，對內而言是忠於自我。中國文學傳統的「抒情精神」正是此一解放欲望的某種面相。正如普實克論文中所揭示的，這種解放的精神不僅發生在「新文學」出現的時世，更表現在清初蒲松齡的短篇小說、明代黃淳耀的日記，甚至唐代韓愈的古文中。[23]透過這種深刻的讀解，普實克找到了「舊文學」與「新文學」之間的聯繫，而這也是他與官方文學史敘述對同樣現象有不同詮解的原因。[24]

五、「抒情精神」的結撰功能

正如上面提到的，普實克的「抒情精神」概念其中一個重要指向，在於作品的藝術結構和組合功能。在「文人文學」的詩文傳統當中，「抒情精神」意味著個人感應能力的形塑，以及對外在現實作精確的把握和本質層次的呈現。於話本而言，「抒情精神」沖和了「史詩式」敘述的單調。那麼，「抒情精神」對現代文學又有何貢獻呢？普實克在〈中國文學中的現實和藝術〉（Reality and Art in Chinese Literature, 1964）一文中指出：

> 〔中國〕古典文學的偉大作品得益於個人經驗的形塑，新文學亦同此，這是無庸置疑的。[25]

---

22 Průšek, *The Lyrical and the Epic*, p. 28.

23 Ibid., pp. 13-18; 21-23; 10-11.

24 夏志清曾批評普實克「甚至在理論上也不能接受其他不同於官方共產主義的關於中國現代文學觀點」，看來並沒有體會到二者雖然有類似的歷史敘述，但往往對具體現象有不同的詮解。參見C.T. Hsia, "On the 'Scientific' Study of Modern Chinese Literature: A Reply to Professor Průšek," in *The Lyrical and the Epic*, p. 236；又參見Chan, "'Literary Science' and 'Literary Criticism': The Průšek-Hsia Debate".

25 Průšek, *The Lyrical and the Epic*, p. 100.

其中《紅樓夢》就是他所舉的一個範例，他以為這部小說包含的個人經驗，以及其作者的生命悲劇，成了全書組合的動力，把當時社會情事鉅細無遺地聚合融會為一，其間顯示出「抒情性的感受力」（lyrical sensibility）如何滲透到「史詩的」結構（即小說的本質結構）之中。[26]這番話又在〈在中國文學革命的語境中對照傳統東方文學與現代歐洲文學〉（A Confrontation of Traditional Oriental Literature with Modern European Literature in the Context of the Chinese Literary Revolution, 1964）一文以另一種方式表達：普實克說：

> 舊中國的文學主流是抒情詩，這種偏向也貫穿於新文學作品中，以致主觀情感成為主宰，並往往突破了「史詩的」形式。[27]

明顯地，普實克以為「抒情精神」是中國文學的傑出作品的動力，無論其為「舊文學」還是「新文學」。

緊接這裡對中國「抒情精神」價值的申論之後，普實克在文中更提出了一個很值得注意的觀察。他認為中國古典文學和西方當代文學都曾呈現「抒情精神」，而兩者之間有其近似性：

> 類似的抒情主義浪潮在第一次世界大戰以後也席捲了歐洲文學，對〔西方〕傳統的客

觀形式也起了同樣的分解作用，尤為明顯的表現是打破了十九世紀經典小說的形式。取代嚴謹的「史詩性」結構的，是「純抒情」或「抒情—史詩」（lyrico-epic）元素的自由組合。[28]

而中國現代文學正是這兩種精神或者情調的交會。在〈中國文學中的現實與藝術〉中，普實克再次提到這歐洲新文學潮流：

當代歐洲文學與十九世紀文學的區別在於，它非常強調作家是文學創作中的主導因素。……在判斷一件藝術作品的高下時，個人的經驗、個人的視野、自我懺悔與評斷等，都被視為通往現實的唯一途徑，必然的價值標準。[29]

普實克以中國的「抒情精神」為參照系統，將當代歐洲文學的革新——包括當時的「前衛運動」——描述為「史詩」被「抒情」所滲透，以及「傳統的史詩形式」之解體。他認為

26 同前注，頁九九。
27 同前注，頁八四。
28 同前注，頁八四。
29 同前注，頁一〇〇。

如魯迅等之「新文學」的發展，既繼承自中國傳統，又與西方當代文藝思潮相通。[30]

普實克這個眩目的論說後來受到他以前在哈佛的學生李歐梵的質疑。李歐梵以為普實克之說不足信，因為：

> 從波特萊爾以來充斥於歐洲藝術和文學的前衛氣質（avant-gardist ethos），據我的判斷，源自完全不同的藝術前提，所以與五四的文學氣質大相逕庭，儘管兩種文學作品在形式上有相似之處。[31]

李歐梵以為三、四〇年代（或者六〇年代在臺灣）文壇出現的「現代主義」詩歌和小說，才與這歐洲浪潮有直接關聯。如果我們從直接影響的角度去考察中西文學的交通，李歐梵提出的質疑不無道理。不過，我們或許可以從更寬廣的視野去理解普實克對於「抒情精神」的把握。普實克從個人主體意義的呈現去體會五四「新文學」，以為這是「舊文學」的「抒情精神」的傳承，而此一「抒情」表現，又恰與西方當代文學之重視主體精神相近。若果我們再從西方現代主義以至前衛思潮的源頭去思考，則我們不能抹煞其中東方文藝的「抒情精神」所起的作用。[32]因此，普實克之聯繫中國傳統文學、西方現代文學與中國現代文學，並不是無的放矢的舉措。這個初步的觀察或者可以提示後來者沿此思路深入探索，將「抒情精神」與中西文學交流的意義進一步發揚。

六、普實克與布拉格結構主義

從普實克的著述所見，他一直非常關心歐洲當代文學。當他研究中國文學時，常常把中國作家的藝術成就跟當代西方作家相提並論。以下是一些比較明顯的例子：

> 魯迅的例子能證明這個觀點：所謂「前衛藝術」，其始就表現為藝術家對筆下的現實的新見，揭示出他所關懷之處，並對此現實作出評斷。（〈中國文學中的現實和藝術〉）
>
> 〔對中國古代文學傳統的認識〕有助於我們理解中國現代文學為什麼能如此迅速掌握當代歐洲文學所達致的各種成就。（〈中國文學中的現實和藝術〉）
>
> 我們討論的這篇小說，其整個風格表明，魯迅作品與歐洲文學最新潮流有著許多相同

---

30 同前注，頁一〇七。

31 Leo Lee, "Foreward" to *The Lyrical and the Epic*, p. x.

32 比方說，中國的「氣韻生動」概念，對於龐德等的「漩渦派」文藝運動（Vorticist movement）有重要影響；參見Qian Zhaoming, *The Modernist Response to Chinese Art: Pound, Moore, Stevens* (Charlottesville: University of Virginia Press, 2003)；David Peters Corbett, "Laurence Binyon and the Aesthetic of Modern Art," *Visual Culture in Britain* 6.1 (2005), pp. 102-119.

之處。（〈魯迅的〈懷舊〉：中國現代文學的先聲〉）

> 中國現代作家與歐洲作家的聯繫，不應該歸結為歐洲新文學對中國的直接影響；應該說，中國傳統的寫作與歐洲現代作品的表現手法非常相近。（〈葉紹鈞和安東・契訶夫〉）[33]

所有這些論斷，清楚顯示出普實克的漢學研究的方向和定位；也提醒我們應該注意普實克的學術志業與「兩次世界大戰之間」及其後的歐洲文學的關係。

要進一步了解普實克的學術背景，我們可以參考加林・提哈諾夫（Galin Tihanov）的一篇論文：〈為什麼現代文學理論起源於中歐和東歐？〉（Why Did Modern Literary Theory Originate in Central and Eastern Europe?）他在文中指出：

> 在兩次大戰間的那些年月，捷克和波蘭正經歷奧匈帝國瓦解後的二次民族復興期。我們必須明白，俄國形式主義，或者更直接相關的布拉格學派（the Prague Circle），都與以新的政治認同來建構一個新國家的進程有著內在的聯繫。能夠成為這些轉變的先鋒，就會有一種新浪漫主義的自豪（a neo-Romantic pride）。[34]

提哈諾夫再就其間的文化脈絡作出分析：首先，前衛藝術的形式實驗需要學術支援，讓這些實驗藝術在學理上得到承認，而俄國形式主義和布拉格學派理論正是應此而生；其次，這兩個理論群體的方略和意念，其實可以追溯至浪漫主義文學創作和批評傳統，它們有著同樣的關注點。他接著說：

> 這些俄國和捷克理論家們對浪漫主義一直抱好感，這興趣的持續其實根植於浪漫主義與前衛藝術之間的內在關聯，因為俄國形式主義者和布拉格學派都極為看重前衛主義者的藝術實驗。[35]

假設提哈諾夫的論斷也適用於作為捷克理論家的普實克，我們就能夠更好地理解普實克強調「主觀性」和「抒情精神」的理由。前衛主義、浪漫主義和抒情精神可說是同一歸屬的關聯項。由這個前提出發，普實克就會深入中國文學之中，闡發其「抒情精神」的幽微。

至此，我們要驗證的是：究竟普實克算不算是一位布拉格學派的成員？從普實克的著述看來，我們幾乎可以肯定當中具備布拉格結構主義（the Prague Structuralism）的特色。他

33 Průšek, *The Lyrical and the Epic*, pp. 89-90; 100; 108-109; 193.

34 Galin Tihanov, "Why Did Modern Literary Theory Originate in Central and Eastern Europe?" *Common Knowledge* 10.1(2004), p. 66.

35 同前注，頁七五—七六。

所使用的大部分概念——如藝術「結構」和「結撰」、社會和審美「功能」等——都可以在布拉格學派的理論家穆卡若夫斯基（Jan Mukařovský, 1891-1975）的著作中找到蹤跡。實際上，穆卡若夫斯基就是普實克在查理大學（Charles University）的同事。根據現存的紀錄，普實克曾經兩次在布拉格語言學會（the Prague Linguistic Circle）的系列講座中做報告。[36]他的漢學研究充滿著理論的興趣，譬如他在〈在中國文學革命的語境中對照傳統東方文學與現代歐洲文學〉一文開篇，就表現出他的捷克結構主義的理論思維：

> 一般文學史和文學理論研究有一個非常重要的課題，那就是亞洲各國因革命變化而產生的亞洲新文學。[37]

〈中國文學中的現實與藝術〉一文也有以下的理論關注：

> 現在，從我們自己的國度可以看清楚，打碎文學教條主義的努力，已經引發了關於新文學形式的異常熾熱的討論；大家認識到，要創作一部完全合乎真實的作品，必先要創作一部富高度藝術性的作品，要能在藝術上足以完成表達那新現實的任務。這個問題是一貫存在的，我們在評價中國新文學的總體時也必須考慮到這一點。[38]

當然，最清楚的說明見於他在六〇年代為《捷克斯洛伐克的亞洲和非洲研究》一書撰寫的序言；文中普實克回顧了一九一八年自奧匈帝國解放出來以後，捷克斯洛伐克如何重建東方研究，如何得助於「布拉格語言學會」的語言學，以及文學和文學史理論的支援，由是建立了具本國特色的研究。不難推知，當中有不少正是夫子自道。[39]

從種種例證看來，我們如果仔細重繪普實克的學問地圖，將可以揭示他在文學領域上的追求是何其廣泛。他固然可以深入地鑽研一個專題，比如某一部藝術作品中「抒情精神」如何發揮；但他更大的宏圖是探求普遍詩學的原理。我們以為普實克的中國文學的研究，不僅在漢學領域作出了重要的貢獻，而且也豐富了廣義的文學理論。我們在此對普實克所提出的「抒情精神」概念的分析，只是非常初步的探索；有關普實克的學問成就及其意義的研究，還有待中外學者共同努力開發。

---

36 See Chan, "'Literary Science' and 'Literary Criticism': The Průšek-Hsia Debate"; Lubomír Doležel, "Prague School Structuralism," in Michael Groden and martin Kreiswirth eds., *The Johns Hopkins Guide to Literary Theory and Criticism* (Baltimore: Johns Hopkins University Press, 1994), p. 592; Bruce Kochis, "List of Lectures Given in the Prague Linguistic Circle (1926-1948)," in Ladislav Matejka ed., *Sound, Sign and Meaning: Quinquagenary of the Prague Linguistic Circle* (Ann Arbor: Department of Slavic Languages and Literatures, The University of Michigan.Kochis 1978), pp. 607-622.

37 Průšek, *The Lyrical and the Epic*, p. 74.

38 同前注，頁八九。

39 Průšek, "Preface," *Asian and African Studies in Czechoslovakia* (Moscow: Nauka Publishing House, 1967), pp. 3-9.

附記：本文初稿原是二〇〇六年十月捷克查理大學主辦之「通往現代之途：普實克百歲紀念學術會議」（*Paths towards Modernity: Conference on the Occasion of the Centenary of Jaroslav Průšek*）上宣讀的會議論文，題為“The Conception of Chinese Lyricism: Průšek's Reading of Chinese Literary Tradition”。修訂稿載Olga Lomová, ed., *Paths Toward Modernity: Conference to Mark the Centenary of Jaroslav Průšek*, (Prague: The Karolinum Press, 2008), pp. 19-32。中文初稿由張春田博士翻譯，筆者校訂，收入本集時再有補正。

第八章

普實克論中國詩歌

普實克是二十世紀捷克斯洛伐克最著名的漢學家。一九六二至一九六三年他與夏志清曾有一場圍繞夏著《中國現代小說史》的激烈論戰，再加上李歐梵編選的普實克文集《抒情的與史詩的：現代中國文學研究》廣泛流傳；[1]在華語學界中，他的現代文學研究一直受到關注。

事實上，普實克的研究興趣及其業績，實在遠超於「中國現代文學」這個學科範圍。例如他的另一本以英文為主要撰寫語言的著作《中國歷史與文學》，歷史的部分就包括中西史學、《竹書紀年》、《孫子兵法》等的研究，至於文學論述的範圍則全屬「前現代」（Pre-Modern），如白居易詩、蒲松齡及《聊齋誌異》、劉鶚與《老殘遊記》，河南「墜子書」等，全書更有一半篇幅研究中國通俗小說、宋元說書及話本小說等。[2]此外，他還有兩本英文專著，即《話本的來源與作者》，以及《西元前一四〇〇年至西元前三〇〇年間中國的諸侯國與北方野蠻族》，都是現代文學以外的研究。[3]如果再參看他的捷克語及德、法語等的著作目錄，可以見到他的學問古今並重，廣及文學、歷史，以至思想哲學。[4]然而，若要比較精準地描述普實克的中國研究取向，我們還是可以借重李歐梵所編文集之書題的兩個關鍵詞：「抒情的」與「史詩的」；正是在「史詩的」這個概念的觀照下，我們可以察覺到普實克對中國文學以至文化的「抒情傳統」之理解。再引以為喻，「史詩的」一語可以指向他結構主義思維的敘事傾向，而「抒情的」一詞則顯示了他與中國文學的默契知音。[5]

筆者以為，普實克的切入方式，實在與他閱讀中國古代詩歌之心得與親歷中國民間社會之經驗，息息相關。一九三二年普實克獲捷克鞋業的獎學金到中國遊學，除了與中國文藝界如徐志摩、冰心、沈從文、鄭振鐸、丁玲、齊白石等相往來之外，更深入市井民間，用心觀察聆聽，奠定了個人往後的研究興趣和路向。普實克這種以知音、人情為本的認知方式與態度，與許多前輩漢學家主要從古籍文獻出發者不同。中日戰爭爆發，普實克從遠東回國，一方面撰寫《中國：我的姐妹》（*Sestra moje Čína*, 1940）以重拾遊學生活的記憶與感受；[6]另

1 *The Lyrical and the Epic: Studies of Modern Chinese Literature* (Bloomington: Indiana University Press, 1980)；中譯先後有兩個版本：一、李燕喬等譯，《普實克中國現代文學論文集》（長沙：湖南文藝出版社，一九八七）；二、郭建玲譯，《抒情與史詩：現代中國文學論集》（上海：上海三聯書店，二〇一〇）。

2 *Chinese History and Literature*, Dordrecht (Holland: D. Reidel, 1970)。此書收錄論文二十一篇，十七篇以英文撰述，四篇為法文。

3 *The Origins and Authors of the hua-pen* (Prague: Academia, 1967); *Chinese Statelets and the Northern Barbarians 1400-300 B.C.* (Prague: Academia, 1971).

4 迄今有關普實克著述最完整的書目應該是Jiří Šíma所編著的*Jaroslav Průšek: Bibliography 1931-1991* (Prague, Oriental Institute, 1994).

5 普實克與布拉格結構主義的淵源，可參考筆者論文："The Conception of Chinese Literary Lyricism: Průšek's Reading of Chinese Literary Tradition," in *Paths Toward Modernity: Conference to Mark the Centenary of Jaroslav Průšek*, ed. (Olga Lomová, Prague: The Karolinum Press, 2008), pp. 19-32; "'Literary Science' and 'Literary Criticism': The Průšek-Hsia Debate," in *Crossing Between Tradition and Modernity: Essays in Commemoration of Milena Doleželová-Velingerová (1923-2012)*, ed., Kirk A. Denton (Prague: Karolinum Press, 2016), pp. 25-44. 中譯修訂本收入本書第七章及第九章。

6 *Sestra moje Čína*, Praha: Družstevní práce, 1940；英譯：*My Sister China* (Prague: The Karolinum Press, 2002)；中譯：《中國：我的姐妹》（北京：外語教學與研究出版社，二〇〇五）。

一項重要工作是與捷克詩人馬提修斯（Bohumil Mathesius, 1888-1952）合作翻譯中國詩歌。

馬提修斯不通中文。他從多種歐洲語言翻譯文本接觸到中國詩歌，詩心為之撼動；從一九二五年開始以捷克文意譯改寫（parafráze / paraphrase）了不少中國古代詩歌；但真正讓他的譯作大受擁戴，漸漸成為捷克文化中的重要外來資源，是在他與普實克合作之後才開始。普實克的漢學知識和對中國社會文化的關切，加上馬提修斯的詩人感應，使得中國詩歌觸動了波希米亞（Bohemia）和摩拉維亞（Moravia）無數的靈魂；馬提修斯和普實克合作的詩譯在上世紀末不斷再版重印。據說在四〇年代納粹德軍侵占時期，不少捷克民眾被關進集中營，就以吟誦杜甫、李白的詩歌以安頓心靈；這些遙遠的聲音，成為抵抗黑暗之光。

馬提修斯與普實克合作的成果，主要是先後三集的《中國古代詩歌》、《中國古代詩歌新選》，以及《中國古代詩歌三集》。[7]其中第一集保留更多馬提修斯個人的譯寫。第三集最能集中體現普實克的積極貢獻。一九五〇年出版社邀請馬提修斯和普實克為三集整理一個合編本《中國古代詩歌（合訂本）》，[8]由馬提修斯為此撰寫一篇短序，其中解釋到他和普實克合作意譯的理念：

> 所有詩歌均考慮到韻律、節奏，以至意象諸因素而作意譯改寫，包括第三集基本上由普實克的原文散體翻譯所改寫的詩作。其中一些意譯可說是〔原來〕中國母題的變奏。意譯改寫的形式並不是一個全新的概念，弗朗迪斯克·拉迪斯拉夫·切洛科夫斯基

（František Ladislav Čelakovský）意譯俄羅斯和捷克聖歌（chants）已是這形式的光輝先例。

我認為只有意譯改寫這種方法可以解決中國古代文化和二十世紀中葉捷克詩歌語言與時間上的差異，以及語言組織和詩歌結構上的不同。我們首先必須譯出詩歌原始形態——一種抒情性的元語言——然後在這個基礎上開始細意構築。這是一條艱難漫長的道路，也是認識、處理中國古典詩歌這種困難而獨特的文體的唯一途徑。[9]

在同一版本的結尾，普實克也撰寫了一篇相當詳盡的〈跋〉（Doslov/ Epilogue）；由這篇跋文可以見到他在同情與支持革命的「新中國」時，如何理解中國文化傳統中的古代詩歌的當代意義。古代中國與現當代中國，在大多數論述中都呈現為斷裂的、對立的；更輕易地被詮釋為陳舊落伍（傳統）與進化新生（現代）之分野。普實克以他所理解的中國古代詩歌與其構成的語言為基礎，觀察中國社會與文化，並體認到這傳統文化精神在經歷結構性斷裂的現代境況中如何賡續變奏。普實克的文學與文化史論述並不一定非常周密完整，但卻留給

7 *Zpěvy staré Číny*, Praha: Melantrich, 1939; *Nové zpěvy staré Číny* (Praha: Melantrich, 1940); *Třetí zpěvy staré Číny* (Praha: Melantrich, 1949).

8 *Zpěvy staré Číny ve třech knihách* (Praha : Melantrich, 1950).

9 同前注，卷前，無頁碼。

我們許多有意義的線索，供今日反思古今更替或傳承之各種可能性；而這個思考方向也標誌了近年來「中國抒情傳統」論述的主要發展趨勢。

二〇一一年秋冬之際，筆者客座於捷克布拉格查理大學，講授唐詩接受史；乘間搜羅普實克的出版與研究資料，在二手書店購得由普實克重編的一九五七年版《中國古代與現代詩歌》；[10]當中收納了三集《中國古代詩歌》與二人合作的現代詩翻譯，並附錄一九五〇年馬提修斯為三集合編本撰寫的短序、普實克撰寫的詩集〈跋〉，與一九五五年新撰的〈後記〉。以下是該長篇跋文有關中國詩歌特性的討論部分之中譯。譯文由陳國球與柯颺（Jan Karlach）合作完成。據柯颺先生之說，我們的合作形式遠紹馬提修斯與普實克的中詩意譯，筆者不敢同意，然心嚮往之。柯颺先生是筆者客座查理大學時班上的研究生，現在獲香港政府獎學金於理工大學攻讀博士課程。

普實克《中國古代詩歌（合訂本）．跋》〔節錄〕

一個值得注意的現象是，在中國古代文學史中，抒情詩歌壓倒史詩占據絕對主流。中國上古時並沒有敘事詩，文學之起源來自於一本抒情詩歌選集——《詩經》。在之後的時代中，除卻民間講史彈詞等處於文學史邊緣的文體，敘事詩相對貧乏。就以為數不多的敘事詩來說，它們的作者明顯偏重抒情性的書寫多於敘事。詩人描寫一些事件時，不去關注個別的事物，和事件發生的實際順序，卻著意捕捉普遍的、典型的事物；他們的目標在於喚起整體印象而不是在觀察者眼前展現活動的所有細節。這也是抒情詩而非史詩的描寫方式。在詩歌中的行動不用前後進程的時間順序來表現，而在空間中鋪展。這種技巧我們在中國畫中也見到：那些畫被分為多個段落，其間的時間可以完全不同，但在同一平面中展現。很明顯的，時間和故事情節推進的觀念極不發達。這很有可能和敘事體發展遲緩有關，只有當其他藝術經過巔峰期後它才興盛起來。戲劇也一樣，其主要的組成元素是抒情段落、個人詠歎；其間的行動和事件完全是邊緣性質。中國文學中這方面的特色實有待全面的比較研究，才有可能

10 *Zpěvy staré a nové Činy* (Praha: Státní Naklad. Krásné Lit., Hudby, a Umění, 1957).

解釋。

可以確定的是，中國抒情詩歌的發展和中國人的農耕生活有關。雖然《詩經》中的抒情詩歌是否真如傳統所言是民歌，或者是在士大夫環境中摹寫民歌所作，還存有疑問，可以確定的是，這些詩歌的所有精神內核和所有的詩歌意象，皆源於與自然親密相處的農業作息生活。這些詩歌內部具有循環往復永不間斷的內在動力，與自然現象密切相關，由此詩人希望為讀者創造一定的氛圍，並為幫助讀者進入主題做好情緒上的準備。直接或間接地，這些詩歌是農耕生活的產物，所有的注意力都放在自然現象之上，敘述自然的永恆輪迴的不同階段。自然是人類生命的施予者，而二者又是互相關聯。此中人的情感與命運緊緊縛繫於自然的循環往復，深受自然的各種催化激發。相反，所謂的歷史事件、戰爭、王朝更替等不過都是自然往復與生命循環的和諧生態受到偶發性或規律性的干擾。這也是為什麼人們看歷史時會從黍離麥秀、斷壁頹垣的角度著眼，而不是從戰車之上見敵人被輾壓輪底，或四處掠奪戰利品。在古代中國詩詞中，關懷天下黎庶，遠多於注目於少數封建貴族娛樂消閒；同樣的，非歷史的思考遠多於歷史思考，抒情的遠重於史詩的。這也是為什麼在中國古典詩詞中早見到對邪惡統治者的尖銳諷刺，對戰爭批判，對和平讚頌，而不是歌詠戰爭中的英雄事蹟。這是中國詩歌的基礎，在此之上是其整個未來的光榮建設。

然而，當談及真正的正義之時，將中國農民愛好和平的脾性看作被動、怯懦和不善鬥爭是錯誤的；他們痛恨帝王無端征伐和諸侯逐利作亂而至民不聊生。例如杜甫的詩歌就清楚地記錄下對藩鎮戰亂的怨憤：

萬國盡征戍，烽火被岡巒。[11]

此外又有：

生常免租稅，名不隸征伐。
撫跡猶酸辛，平人固騷屑。[12]

當壓迫到了無法忍受的地步，中國農民知道如何拿起武器，自我保衛，猛烈報復。沒有國家如同中國般，經受如此多次大規模的農民起義。所有的中國王朝俱覆滅於農民起義之中。然而，這些革命完全不能改變舊的生產秩序，也從未能提升受壓迫大眾的地位。那些起義風暴、針對不義的瘋狂報復之後，一切舊秩序又再恢復。所以他們的意識形態總是對盛世的盼望與期待，他們的領袖並未能制定有效的政治體制。[13]

11 譯按：杜甫，〈垂老別〉。
12 譯按：杜甫，〈自京赴奉先詠懷五百字〉。

這也是為什麼（就我所知）在中國古代詩歌裡我們找不到明確的革命之聲，而是充滿怨恨，以及對百姓忍受不公、貧苦無依的控訴。這些聲音經常出現在杜甫的詩歌之中。杜甫身處中國歷史上最為動盪的軍事叛亂時期，唐玄宗（七一三—七五五）之世突厥混血安祿山叛變，長時間的戰爭使華北大片土地遭逢劫難。

農民起義的首領往往得到招安與種種赦免，並得受朝廷軍職，而百姓民眾還是在同樣絕望的處境中生活。著名小說《水滸傳》清楚地描繪了這樣一場民間起義的歷史和結局。

這樣的處境時常引起詩歌中消極處世的意象和遁隱的期望。他們的理想形象是「隱士」，在深山幽靜處，作藝術的沉思冥想。本書中例如李白的一些詩歌就是這種思想的呼應。這種想望是特定歷史環境下的結果，當環境改變後，隨之也會消逝。

當新中國找到自己明確的政治與社會模式時，消極情緒一掃而光，我們找不到另一個國家如同中國這樣，充滿能量，對未來充滿想像和信心。

在平常的日子，以農業維生的百姓之時間意識並非從一件大事到另一大事的動態發展，而是永遠重複不停的輪替；其時間觀念是循環而非線性的。我們可以說，中國抒情詩歌起源於鄉野，在歷史潮流之外的古老村舍作息生活。這些鄉村的視野有自己的生命，雖然後世現實變易已久，但仍然寄寓為詩人的理想，未受外在世界干擾。

王禹偁在他的詞裡表達此意：

雨恨雲愁，江南依舊稱佳麗。水村漁市，一縷孤煙細。[14]

我們能感受到這些詩裡精神、抒情韻味，和中國古代語言的特質顯著相關。古文中單音節字詞恆定不變，它們在句中的功能由它們的位置決定。在句子以外，單音節詞並沒有語法功能上的區分，不是名詞、形容詞或者動詞；更清楚地說，既可以是名詞，也可以是形容詞、動詞；是詞的意義把它們自然地分成不同類別。比如說「牛」根據本義，在我們的觀念裡是一個實義的名詞，但是，它也作為名詞表示「待人如畜生」之意。中文字（事實上我們不能以為中文的字等同於我們的詞，不過這裡沒有空間進行語文學的思辨）比起我們的單詞來有更寬泛的含義。我們的單詞總是不能脫離事物的特定殊相。所以我們的單詞「žena」（女人）僅指一個單獨的人，並且精確限定性別，指向這個人與行動的所有關係。而中文中的「女」用法遠為廣泛。我們不知道它是指一個女人或是多個，因為在中文中並不存在複數，如果我們要表達複數，我們必須在句子中加入別的字詞。不過「女」也可以是一個形容詞，比方說「女孩子」，是女性的小孩、女兒。我們也能找到一些其他用法。中文字詞的應

13 原注：在我〈普實克〉的專著《中國人民為自由而戰鬥》（*Čínský lid v boji za svobodu*, Praha, 1949）中有詳細陳述，見頁五五—五六。

14 譯按：王禹偁，〈點絳唇·雨恨雲愁〉。

用範圍和意象性明顯要比我們的詞語廣泛得多。它是一個綜合的意象，不會局限在某一實況。

這在動詞的應用尤其明顯。從語法上區分人物、性別、時態以及動作形態時，我們的動詞會準確指出每一個動作，甚至給靜物特定的生命和活動。在我們的語言中，門是「站立」（stávala）的，桌子能「翻過身」（stůl se převalil），或者透過動詞形態將一些靜物人格化、動態化，視同生物。我們知道，語言中的這些特點作為詩歌的工具在何種程度上可以為描寫帶來生氣，增添令人激動的色彩。中文單字「飛」，與「樹」或者「黃」在形態上和意義效用上沒有任何差別；它可以是在廣泛意義上想像其為飛行的名詞或者動作的指稱。單個中文字不能顯示語法時態、性別、數量等等，只有在現代語言中，透過助動詞的幫助，才能表達適當的語法意義。至於時態問題則需在句子中加入時間副詞。由是，中文展現的是事況的特性，多於其不斷變化的諸種狀態。根據我們對中國文學諸多觀察，可見其靜態意味，與我國文學永不止息的動態截然相反；我們以語言結構之不同作解釋，相信離真相不遠。當然，我們不能忽略，語言不外是思考的工具，它只反映思想需要表達的東西。據此可以說明中國詩人在面對現實時的基本立場。他們認為現實包含了恆定、普遍的現象，詩歌用以描繪靜止的現實，所以通常是抒情的。不過對我們西方人來說，現實是動態的，我們注重不同時態和行動面向；對我們來說，一切都是過程，我們的取徑是典型史詩的。

但是，差異並不光存在於構詞學之中。我國語言的動詞形態有深度發展，為複合長句（souvětí）鋪平了道路；文學創作中動詞形式的藝術表現（umělý tvar slovesný）見於句群的擴展構成之上。在中文裡，因為動詞是沒有變化的，所以每個句子的構成與其他句子的構成幾乎雷同；句子與句子之間主要是並列關係，只有在某些情況下才插入連接詞以相連結。這樣一來，就會很單調，需要用其他方法來調節——首先是減省句中字數以消除冗贅的感覺，再如在每句的固定位置替換詞彙，在短語中增強其中的節奏感和平衡感。從我們的角度來看，這是創作詩歌而非創作散文的方法。緣此，中國文章中也通行一種講求節奏的體式，似乎更靠近詩歌多於散文。這些特性也不利於敘事史詩的發展；從我們自己的經驗得知，句子和句群構成的深度發展如何與成熟的史詩敘事直接相關。

此外，我們也應談及聲調；它為中文語句增添了非凡的音樂性，也是詩歌的重要「建築材料」。每個中文字都有四聲之一的聲調（古代漢語甚至有七聲），透過規律性的組合，中文能獲得其他語言所沒有的旋律性質。即使那些近於詩而遠於歌的中國韻文，也可以被吟唱，以樂器伴奏。

對文學創作來說，中文特別的語音學結構非常重要。中文的一個特點就是大量的雙元音，與之相反的是，輔音的數量相對較少。這也是中文旋律性的緣由之一，但更重要的特點是中文中突出的規律性，甚至可以說是一個音節（相當於一個詞）的語音結構中的格式化（schematičnost）。與一組字詞相關可以找到相對另一組押同韻母的字，比如說zha（ča），cha（čcha），zhan（čan），chan（čchan），zhang（čang），chang（čchang），有相對一組da（ta），ta（tcha），dan（tan），tan（tchan），dang（tang），tang（tchang）。同樣的，我們可以找出押頭韻的 g（k），b（p）以及不送氣音 h（ch），f 的字詞組合。這些字詞間微小的差異，比如 zhang（čang），chang（čchang），hang（chang），shang（šang）等，只有一個輔音的差異；於是練字用詞語的思考更加細緻，並且直接給藝術加工的秩序提供了諸多可能。在中文中，語言文字風格化的程度比起其他語言來說深得多。這種風格化的代價大概是語言上的無限的雅化。中國語言這些特別的規律結構很有可能導致了普遍性的格式化思維，恆存於中國人的思想之中，也引發了中國各種藝術對規律、節奏、均衡意象的追求。

這也是為什麼中國詩比歐洲詩更注重藝術錘鍊，用心於字詞意象的琢磨、音律聲調的細緻調適。除了中國古典文學末期出現的崇雅輕俗的勢利與偏執之風以外，中國文學家絕不是那些懷有偏見的十九世紀歐洲觀察者所描述的專門炫耀學問。相反，如果我們將歐洲人的文化生活與中國人的進行比較，中國的文化更為自然，總體的審美層次遠高於歐洲人。證據之一，當我們欣賞在中國鄉村常見的由大字不識的繡娘所做的刺繡，或者中國剪紙時，我們會驚訝於中國人無限豐富的想像力、超凡的構圖能力、精奇的調色直覺，以及製作工藝時無與倫比的耐心。我們可以在中國所有手工藝，甚至是所有生產製作，找到這些特色。從農業相關的紡織產品、家具、木雕，到藝術精品，如繪畫、書法等，我們可以在任何地方觀察到同樣的基本特點：一方面是非常原始的工具，另一方面是出奇而精湛的手藝，無窮的耐心和一絲不苟的作品。農業，作為中國人的基本營生，因為有特別的中國式手段，從來不像歐洲要求大量體力；不過它需要大量經驗、技巧、謹慎與耐心。這不單單是中國工匠技藝的特點，也是高雅藝術的特點。

從中國農民與手工藝匠的工具我們可以見到其中的基本：簡單與平常。同樣基本也可以在中國詩人筆下的意象見到；他們從周圍各種平凡事物中汲取靈感。激情被喻為馬車過後揚起的塵土，念頭閃過好比燈光乍現，舊日的戰爭化為漁樵之歌，隱入杳冥。絕大多數詩歌意象的靈感源於自然：桑枝、柳絮、浪花、月盈月缺、日夜明晦、春風、碧空、荒嶺等等；最為藝術雕琢的意象直接來源於中國手工藝的創造：雀屏、翠帷、雕欄玉砌等等。這些數量有限的常見意象經常被重複使用，都可以在詩韻類書中檢索出來。中國詩人並不追求別出心裁或出人意表，就好像中國匠人，依仗傳統技藝，在沿習的材料上施工；他只會在眾所認同的傳統框架中作精微的變化。

對詩歌藝術的更高要求（我們不能將此視同人工化或繁縟裝飾的追求，這在中國文學中是備受輕蔑的）是其廣泛流傳於社會各個階層的原因。在俄國，萊蒙托夫和普希金的傑出藝術受益於詩歌的普遍盛行於當時俄羅斯社會。同樣，陶淵明、李白、杜甫、蘇東坡，和歐陽修的偉大創作也基於此事實，在那些時代，文人在所有可能的場合創作詩歌，人們四處吟誦。那是沉浸在詩詞中的環境，詩詞已成每日之必需。在民間短篇小說各段落中或者序言插入的詩詞的質量之高，也讓我們訝異。說書人在市集中吟誦這些詩詞，就引來觀眾。那些聚攏在市集的店員、苦力、遊民得有多高的文藝水準才能欣賞如「桃李花落」的清麗雅致的抒情詩？大家名家之作自是更為風雅。可知詩人面對素有訓練、有極高鑑賞力的讀者時，必然會使用最精鍊含蓄的語言和格調、用典用事於無形；彫章鏤句、聲色外露，反而不能中聽入耳。讀者則以靈敏之感覺去領會其間的幽微韻致。直到今日，舉例而言，毛澤東在他讚美紅軍長征的超人偉力與艱難困苦時，他並沒有使用強力的語句，沒有被激越的情緒淹沒；他使用的是中國繪畫的技法，以單一的筆觸，牽引出整個詩歌空間：

五嶺逶迤騰細浪，烏蒙磅礡走泥丸。
金沙水拍雲崖暖，大渡橋橫鐵索寒。[15]

我們必須認識這樣一個事實，百米高懸的瀘定橋鐵索下是世間最凶險的大渡河。紅軍爬過鐵鏈時，敵人的機關槍正掃射過來。但是對於大詩人而言，最簡單的詞語已經足夠，僅是一幅速寫，就能抓住人類歷史上其中一項最英勇的事蹟！如果我們不懂使用情感和詩藝的放大鏡來欣賞，中國詩詞對我們來說自然不夠戲劇化，過於虛幻且遠離現實。當然，這個判斷是完全錯誤的。誰能比范仲淹更會表達軍人遠戍塞外的淒苦無望：

人不寐。將軍白髮征夫淚。[16]

我也想不到有什麼詩比杜甫的詩歌更寫實同時更具詩意地描寫饑荒的恐怖：

入門聞號咷，幼子飢已卒。[17]

我始終認為，比起歐洲的英雄悲劇，兩首詩陳述這兩宗簡單但駭人的事件的方式更富人文性。又或者，詩人如何描寫逃離兵痞肆虐的困苦？一些具體細節經由詩筆放大，呈現出人間困苦的完整意象：

痴女飢咬我，啼畏虎狼聞。[18]

這些引用已經足夠。這些中國詩詞是中國人的命運與情感生活最深刻的藝術上的評論。不過，我們要懂得如何閱讀，要用心、仔細認真。中國詩不會一下子令人矚目，它是純粹而精緻的；不過如果我們能夠理解它，我們那受動詞折騰並以誇張的表述為樂的詩歌，可以從多方面向中國詩詞學習。我必須重申這一事實，就像其他每一種真正的古典藝術，中國詩詞

15 譯按：毛澤東，〈七律．長征〉。
16 譯按：范仲淹，〈漁家傲．秋思〉。
17 譯按：杜甫，〈自京赴奉先詠懷五百字〉。
18 譯按：杜甫，〈彭衙行〉。

是教導我們有涵養、斂制內心情感而非以言詞宣洩外露的老師。

我已在上文提到，相比歐洲詞語，中文字詞遠遠不止指向一個意義，或一樁樁具體事件；它導向一個普遍的意象，我們可以說此意象超越時間與空間的限制。中國詩詞總是指向不朽與永恆，以及每時每刻到處存在的事實。它不僅僅是某一歷史現實的表達，也呈現了一種普遍的現實、或者最低限度是最多人感受到的現實。這也是為什麼中國抒情詩歌總是喜歡回歸幾個傳統主題，這些主題充滿情感力量，也具有普遍的意義。中國抒情詩歌的主要關懷，就是永恆。

毛澤東的詩詞中也能看到這一事實。舉例而言，他描寫長征的著名詩歌並未談及紅軍，而是說「三軍」。這是來自於渺遠時代的一種傳統說法，當時帝國的軍隊往往分成三支編隊。我們可以從杜甫的〈瘦馬行〉找到相似的表達：「眾道三軍遺路旁」。「三軍」的使用讓整個主題進入了中國軍事史之中。毛詩所描寫的不只是一九三四年到一九三五年的紅軍，也是普通意義上的中國士兵。以同樣精彩的方法，毛澤東將整部中國歷史濃縮於他的一篇關於空中旅行的著名詞作：

北國風光，千里冰封，萬里雪飄。望長城內外，惟餘莽莽。大河上下，頓失滔滔。山舞銀蛇，原馳蠟象。欲與天公試比高。須晴日，看紅裝素裹，分外妖嬈。
江山如此多嬌，引無數英雄競折腰。昔秦皇漢武，略輸文采；唐宗宋祖，稍遜風騷。

一代天驕，成吉思汗，只識彎弓射大雕。俱往矣，數風流人物，還看今朝。[19]

這首詞概括了中國的歷史，並且暗示共產黨接收過去時代的遺澤，但掌控方式與秦、漢、唐、宋和元的開國者不同。這種方法在古典詩詞中隨處可見。即使像「征人隴上盡思鄉」的詩句，[20]也不單表達個人一時的情緒，作為一個傳統主題，它不僅喚起了邊塞士兵的悲苦，也普遍表達了遠離家鄉之人的憂鬱愁思。中國詩詞希望傳達永恆與全人類的共通性。由此，我們可以解釋，這些在時間與空間上距離遙遠的詩歌使用一種生動明瞭的方式向我們傾訴，它表達了全世界同一的基本情感和人文態度，這些詩歌中充滿了最為熾熱的人文精神。

19 譯按：毛澤東，〈沁園春．雪〉。
20 譯按：翁綬，〈橫吹曲辭．隴頭吟〉。

第九章

文學科學與文學批評

普實克與夏志清的文學史辯論

真誠努力地去把握這個整體複雜過程，
並以客觀無私的方式將這複雜過程呈現。
——普實克

文學史家的第一任務，
永遠是卓越之發現與鑑賞。
——夏志清

一、普夏二人的爭辯

二〇〇四年《夏志清論中國文學》出版，作者夏志清（一九二一—二〇一三）在序言裡總結個人學術生涯，當中特別提到四十多年前的一場論爭，並以自己當年論辯文章的結語說明他作為「中國文學批評者的立場」（my position as critic of Chinese literature）：

拒絕接納未經檢驗的假設和習見的判斷，願意不帶政治成見、無懼其後果，以開放的態度進行探索。[1]

夏志清所引述的文章發表於一九六三年，目的是回應捷克斯洛伐克漢學家普實克在年前（一九六二）出刊的《中國現代小說史》（*A History of Modern Chinese Fiction*）長篇書評。夏志清對這篇回應文章以及兩人的辯論，顯然非常重視，在後來的文章中一再追記此事。[2]事實上，此次交鋒事關中國現代文學研究史上的重要發展，也關乎兩種文學研究思路的碰撞，[3]值得我們在半個世紀後的今天細說從頭。

夏普二人可說站在中國現代文學研究之路的開端，其著述在西方固然有重大影響，[4]又透過中譯和學界頻繁引述，於中文學界也達致無人不識的境地。在進入「普夏之辯」理論意義的討論之前，我們先簡述這兩位重要學者的文化背景及學術歷程。

1 C. T. Hsia, *C. T. Hsia on Chinese Literature* (New York: Columbia University Press, 2004), pp. XI-XII.

2 除了二〇〇四年的《夏志清論中國文學》序言所記之外，還可參看〈《中國古典小說》中譯本序〉，《聯合文學》，第一三三期（二〇〇二年七月），頁一三五；〈東夏悼西劉——兼懷許芥昱〉，《香港文學》，第三十期（一九八七年六月），頁二六。

3 Leo Ou-fan Lee, "Foreword" to Jaroslav Průšek, *The Lyrical and the Epic: Studies of Modern Chinese Literature* (Bloomington: Indiana University Press, 1980), pp. xi-xii; David Der-wei Wang, "A Report on Modern Chinese Literary Studies in the English-Speaking World," *Harvard Asia Quarterly* 9.1 & 2 (2005), pp. 51-56.

4 參考注3及Marián Gálik, "Jaroslav Průšek: A Myth and Reality as Seen by His Pupil," *Asian and African Studies* 7 (1990), pp. 151-161.

四〇年代後期，時任中國北京大學外文系助教的夏志清，考獲獎學金到美國深造，輾轉到了耶魯大學攻讀英國文學博士課程；[5]不久，中國出現了政治崩變，當時執政的國民黨遭共產黨徹底打敗，退走臺灣。不少未能認同中共新政權的知識分子，包括曾與夏志清同在北京大學任教的兄長夏濟安，選擇離開中國大陸，前往香港、臺灣，或者其他外國地區；[6]經此丕變，已經去國的夏志清，再也沒有回歸的企盼。博士班的最後一年（一九五一），夏志清在一項美國政府資助的中國研究計畫下工作，負責撰寫供美軍參閱的《中國：地區導覽》（*China: An Area Manual*）手冊，當中包括中國文學的部分。[7]他後來把手冊中有關現代文學部分全面拓展，預備撰寫一部完整的中國現代文學史。最終完成的《中國現代小說史》，其主要內容基本上於一九五五年寫好，經修訂後於一九六一年出版；一九七一年再版，一九九九年三版。[8]這部著作與一九六八年出版的《中國古典小說》（*The Classic Chinese Novel: A Critical Introduction*），奠定了夏志清在中國文學研究領域的殿堂地位。[9]一九九一年夏志清退休，至二〇〇四年哥倫比亞大學出版社出版他在哥大任教期間的重要論文十六篇，合成《夏志清論中國文學》一集（*C.T. Hsia on Chinese Literature*）。除了這三本重要的英文著作之外，他還有不少長篇短論的中文文章，在香港、臺灣，以至中國大陸出版。[10]

普實克原先在布拉格的查理大學修讀歐洲史；後來再到瑞典和德國攻讀漢學，一九三二年獲獎學金前往中國研究社會經濟史。留學期間與中國文壇中人如胡適、冰心、鄭振鐸，藝術界如齊白石等都有交往，又與魯迅書信往還。在中國居住兩年後，他再到日本，於一九三七年取道美國返回布拉格。這次中國之旅讓普實克對中國文學，以至語言、民俗、藝術等有更深刻的認識；回國後馬上出版了前冠魯迅序文的《吶喊》捷克文譯本，稍後又寫成遊記

---

5 參考夏志清，〈耶魯三年半〉，《聯合文學》，第二一二期（二〇〇二年六月），頁九四—一一五。

6 夏濟安離開北京後，曾在香港短暫居留，再轉到臺灣大學任教，並創辦了重要的文學刊物《文學雜誌》（一九五六—一九六〇）；這份雜誌屬自由主義知識分子陣營，主張民主思想與文學自由。雖然夏志清人在海外，也時以文章支援。參考梅家玲，〈夏濟安、《文學雜誌》與臺灣大學〉，《臺灣文學研究集刊》，創刊號（二〇〇六年二月），頁一—三三。

7 這項計畫由主張「反共」的耶魯大學政治系教授饒大衛（David Nelson Rowe, 1905-1985）主持，據夏志清的描述，這本手冊並未正式出版，其中「文學」一章，包括古代文學，但重點卻在現代；見夏志清，《中國現代小說史》（中文版）（香港：友聯出版社，一九七九），〈作者中譯本序〉，頁三—五。美國國會圖書館有以下的書誌紀錄：Chih-tsing Hsia [and others], *China: An Area Manual*, Johns Hopkins University, Operations Research Office, Project POWOW, Technical memorandum ORO-T-229 (Chevy Chase, Md.: Operations Research Office, Johns Hopkins University, 1954-), edited by David Nelson Rowe and Willmoore Kendall.

8 C. T. Hsia, *A History of Modern Chinese Fiction* (New Haven: Yale University Press, 1961; 2nd edn., 1971; 3rd edn., Bloomington and Indianapolis: Indiana University Press, 1999). 中文本由劉紹銘等以第三版為據翻譯，於一九七九年分別由香港友聯出版社和臺北傳記文學出版社出版，二〇〇一年香港中文大學出版社再版；簡體字刪節本由上海復旦大學出版社於二〇〇五年出版。

9 C. T. Hsia, *The Classic Chinese Novel: A Critical Introduction* (New York: Columbia University Press, 1968).

10 有關夏志清著述的細目，可參"Chih-Tsing Hsia (C.T. Hsia) 夏志清 Publications," *Chinese Literature: Essays, Articles, Reviews* 7 (1985), pp. 217-223；〈夏志清著作目錄〉，《聯合文學》，第二一三期（二〇〇二年七月），頁一六四—一七二。

《中國：我的姐妹》。[11]一九四五年起，普實克在布拉格查理大學中文系任教。他的興趣廣及中國思想、歷史，以至文藝美術；然而，他之成為歐洲注目的漢學家，主要是因為他在以下兩個研究範圍有傑出貢獻：「中世紀民間文學」——尤其話本小說，以及「新文學」。一九五三年普實克為捷克斯洛伐克科學院創立「東方研究所」，並致力推動漢學的國際交流。一九六八年「布拉格之春」事件發生，他被共產黨開除黨籍，禁足東方研究所，不准發表文章，直至一九八〇年去世。[12]他遺下著述非常多，[13]在英語世界流通最廣的是《中國歷史與文學研究》和《抒情的與史詩的：中國現代文學研究》兩本論文集。[14]

綜上所述，我們不難發現夏志清與普實克的身分和立場的差異。前者是一位中國留洋學生，受訓於美國「新批評」大本營的耶魯大學英文系，以歐西文學為基準回顧中國古代和現代文學；其思想傾向主要是英美的自由主義，對共產主義及其政權非常抗拒。後者的基本訓練是歐陸的學理傳統，對中國文化始於好奇想像，再轉化成同情投合；這當然又與其政治思想由民族解放出發，再求寄託於社會主義的理想有關。二十世紀六〇年代中期以後，普實克對共產主義失去信心；一九六八年「布拉格之春」事件發生，普實克遭受冷酷的政治壓制，最後鬱鬱而終。本文要探討的普夏論戰卻是發生在普實克思想轉變之前，當時以美國為首的資本主義「西方陣營」，與蘇聯主導的共產主義「東方陣營」，形成對壘的局面，已進入所謂「冷戰時期」。夏志清受雇編寫的《中國：地區導覽》作為美軍參考手冊，正是西方圍堵共產陣營政策之下的產品。

一九六一年三月，耶魯大學出版夏志清的《中國現代小說史》。這是以英語寫成的第一本中國現代文學史著作。前此，西方學界對中國文學的關注點主要在於古代文學；零落的現代文學研究只能位處邊緣，或者作為區域研究（area study）的分支細項，以配合當代政治社會狀況的分析。[15]夏志清這部深具前瞻性的著作厚達六百頁，出版後得到芮效衛（David Roy, 1933-2016）等的好評，認為現有各國文字書寫的此類研究中，「推此書為最佳」。[16]翌年，聲望極高的漢學期刊《通報》（*T'oung Pao*）刊出普實克長達四十八頁的書評，題為〈中國現代文學史的根本問題與夏志清《中國現代小說史》〉，對夏著作非常苛刻的批評。[17]

11 此書之英譯本和中譯本在本世紀初先後面世：Ivan Vomáčka, trans., *China: My Sister* (Prague: The Karolinum Press, 2002)；叢林、陳平陵、李梅譯，《中國：我的姐妹》（北京：外語教學與研究出版社，二〇〇五）。

12 參考 Augustin Palát, "Jaroslav Průšek Sexagenarian," *Archiv Orientální* 34 (1966), pp. 481-493; Milena Doleželová-Velingerová, ed. *Jaroslav Průšek, 1906-2006: Remembered by Friends* (Prague: DharmaGaia, 2006).

13 Boris Merhaut, "Jaroslav Průšek: Bibliography 1931-1956," *Archiv Orientální* 24 (1956), pp. 347-355; Boris Merhaut, "Bibliography of Academician Jaroslav Průšek: 1956-1965," *Archiv Orientální* 34 (1966), pp. 574-586; Jiří Šíma, *Jaroslav Průšek: Bibliography 1931-1991* (Prague, Oriental Institute, 1994).

14 Jaroslav Průšek, *Chinese History and Literature: Collection of Studies* (Dordrecht, Holland: Reidel, 1970); Leo Lee, ed., *The Lyrical and the Epic: Studies of Modern Chinese Literature*.

15 Perry Link, "Ideology and Theory in the Study of Modern Chinese Literature: An Introduction," *Modern China* 19. 1 (1993.1), pp. 4-6.

16 見夏志清，〈作者中譯本序〉，《中國現代小說史》（香港：友聯出版社，一九七九），頁一一。

夏志清當時剛入職哥倫比亞大學中日文系（即東亞語文系的前身），覺得這篇書評可能傷害他的學術前途，[18]於是為文反駁，寫成同等篇幅長文〈論中國現代文學的「科學」研究——答普實克教授〉，刊於次年的《通報》上。[19]在兩人交鋒之餘，我們還看到普實克的一位研究生史羅甫（Zbigniew Słupski, 1934-2020）也為老師助拳，在另一份著名刊物《東方文獻》（*Archiv Orientální*）上發表〈讀第一部中國現代小說史箚記〉，猛烈批評夏志清的小說史。[20]但這篇文章似乎未曾吸引夏志清的注意，夏氏沒有作過任何回應。由於這篇文章與普實克論點密切相關，我們也將之納入討論範圍之內。

意識形態的分野，再加上一些個人意氣，使得夏普兩人的論文都沒有達致他們著述中的最高水準。[21]尤其當雙方互相指摘對方「唯政治」觀念之不可取時，爭辯只停留在言說層面，各說各話。比方說，普實克批評夏志清談到「戰時解放區的意識形態問題和毛澤東的觀點，特別是『在延安座談會上的講話』」，只會「全面扭曲」；又指夏志清聲稱「所用的標準，全以作品的文學價值為原則」，但實際品評作家高下時，卻一依政治判斷，而非藝術考量。普實克又以為《中國現代小說史》匯集了大量新文學的材料，如果作者能減輕他的「政治怨憤」（political animosities），專注於考析「現今中國發展中的偉大的文學進程」，則這些材料可以發揮更大的作用；夏志清可非是，因此「本書的價值大大降損」，在不少地方「淪為惡意宣傳」（sinks to the level of malicious propaganda）。[22]史羅甫則專意評核《中國現代小說史》中論老舍的兩章。和老師一樣，他的文章也引述夏志清所講「全以作品的文學價值為原則」，藉以說明夏志清之表裡不一，「沒有放過任何機會去貶損左翼作家」；經過一番考查，史羅甫的結論是夏志清「以一己的政治愛惡來取代文學科學的標準」(substitutes for

---

17 Jaroslav Průšek, "Basic Problems of the History of Modern Chinese Literature and C. T. Hsia, *A History of Modern Chinese Fiction*," *T'oung Pao* 49 (1962), pp. 357-404. 這篇文章也收入 *The Lyrical and the Epic*, pp. 195-230；中譯見李燕喬等譯，《普實克中國現代文學論文集》（長沙：湖南文藝出版社，一九八七），頁二一一—二五三，譯者署名「齊心」。本文引述根據《通報》原刊，並參酌齊心之中譯。

18 夏志清回憶說：「《中國現代小說史》一九六一年三月出版時，我在歐美漢學界並無名氣，而捷克學者普實克早已是歐洲的中共文學代言人，故要在漢學期刊《通報》上寫篇長評，想把我擊倒在地，再也站不起來。」見夏志清，〈《中國古典小說》中譯本序〉，頁二三八；又參考"Preface" to *C.T. Hsia on Chinese Literature*, p. XI.

19 C. T. Hsia, "On the 'Scientific' Study of Modern Chinese Literature: A Reply to Professor Průšek," *T'oung Pao* 50 (1963), pp. 428-474；這篇文章曾作為〈附錄〉收入 *The Lyrical and the Epic*, pp. 231-266，但當中有若干誤植之處，故不宜作討論根據。此文後來又收入 *C.T. Hsia on Chinese Literature*, pp. 50-83；中譯見劉紹銘等譯，《中國現代小說史》（上海：復旦大學出版社，二〇〇五），頁三二五—三五六；譯者為吳志峰。本文引述根據《通報》原刊，並參酌吳志峰之中譯。

20 Zbigniew Słupski, "Some Remarks on the First History of Modern Chinese Fiction," *Archiv Orientální* 32 (1964), pp. 139-152.

21 普實克在書評的開篇，還未正式入題討論，就指夏志清之作充斥「教條式的嚴苛」(dogmatic intolerance)、「無視人性尊嚴」(disregard for human dignity)。如此一來，答辯的一方也很難靜氣平心，夏志清就回應說普實克所主是「教條式的科學方法」(dogmatic scientific approach)；Průšek, "Basic Problems of the History of Modern Chinese Literature," p. 357; Hsia, "On the 'Scientific' Study of Modern Chinese Literature," p. 429. 又參考 Gálik, "Jaroslav Průšek: A Myth and Reality as Seen by His Pupil," pp. 154-155.

22 Průšek, "Basic Problems of the History of Modern Chinese Literature," pp. 370, 358, and 402-403.

literary scientific standards his subjective political sympathies and antipathies），以致「全書無甚價值」（a book of practically very little value）。[23]

夏志清當然拒絕承認普實克加諸他身上的「教條式嚴苛」（dogmatic intolerance）的指控。他的回應是：「普實克自己才得背負『教條式嚴苛』的罪名，即使在理論層面，看來他也不能接受任何與官方共產主義相異的現代文學觀。」至於夏志清自己，他以為若有所謂「嚴苛」，是對拙劣作品的嚴苛，這正可見到他於「文學準則」的執著，而不是「政治偏見」的結果。[24]

值得注意的是，雙方互相指控對方充滿「政治偏見」，而力陳己方才是文學的「藝術價值」守護者。在這些控訴之間，「文學」與「政治」的形相變得流動不居；「文學」與「政治」之糾結夾纏，莫此為甚。當然自今視昔，二十世紀中葉的兩位辯者對「文學」和「政治」的界劃仍然有這樣純樸而認真的想像，實在值得敬佩。總之，我們要明白，「冷戰」思維及其所寄託的政治言說，在這次論辯中占有一個非常重要的地位。但我們的重點卻不在此，而在於雙方對「文學研究」的態度和取向，以及其間異同所予我們之啟示。

二、「文學科學」與「文學的過程」

夏志清的回應題作〈論中國現代文學的「科學」研究〉，文章一開始就對普實克所主張的文學之「科學」研究表示懷疑：

> 我懷疑除了記述簡單確鑿的事實以外，文學研究是否可以如「科學」般嚴格和精準，我也懷疑我們能否以一套不變的法則去研究所有不同的文學時段。[25]

夏志清對普實克的批評根據不以為然，以為當中盡是一些「預設的假定」（presuppositions）、「政治的既定成見」（political prepossessions）。[26] 言下之意，普實克之所謂「科學」、「客觀」，並非文學研究的正道。

文學研究能否及應否追隨科學研究的準則之成為一個問題，可以從許多不同角度去理解

23 Shupski, "Some Remarks on the First History of Modern Chinese Fiction," pp. 142, and 151-152.

24 Hsia, "On the 'Scientific' Study of Modern Chinese Literature," pp. 431 and 434.

25 Hsia, "On the 'Scientific' Study of Modern Chinese Literature," pp. 428-429.

26 Hsia, "On the 'Scientific' Study of Modern Chinese Literature," pp. 459 and 474.

或探索，在此暫不細論。我們先嘗試了解普實克論說的理論根源。

普實克於一九三七年秋天回國，一九四五年正式回到母校查理大學任教。但他在取得「大學授課資格」（Habilitation）之前，已加入以查理大學為基地、國際知名的「布拉格語言學會」（Prague Linguistic Circle），並在學會的例會上發表學術報告。[27]他和捷克結構主義的核心成員如穆卡若夫斯基、伏迪契卡（Felix Vodička, 1909-1974）等有著共同的理論思想。[28]對布拉格學派成員來說，「科學」或者「科學研究」並不會令文學研究者驚恐；反之，這是文學研究者的應有的精神態度。我們檢閱一下「布拉格語言學會」的報告例會講題，可以見到如：〈文學史與文學科學〉、〈語言藝術的科學及其與鄰近科學的關係〉、〈文學科學的細讀方法〉等。[29]事實上，這些題目上的「科學」一詞，捷克原文是「věda」，[30]相當於德文的「wissenschaft」，其英譯應該就是「science」，但卻非專指自然科學，而是更廣泛的，指由專心致志而獲得的系統知識。[31]布拉格學派以為文學科學的目標是掀起文學的神祕面紗，從文學的語言基礎切入，理解語言的「文學性」（literariness）。正如耶考布森（先是俄國形式主義學派的領袖，繼後是布拉格語言學會的主要成員）說「文學科學的研究目的不在文學而在『文學性』」，[32]「文」可以成「學」。文學作為一種學問、知識，在歐陸傳統中並不是一個難以接受的議題。[33]

回看普實克的書評，「科學（的）」（scientific）一詞，顯然被賦以正面的意義。文章起始，普實克就說：

27 普實克在布拉格語言學會上曾作過兩次報告：“On the Semantic Structure of a Chinese Narrative” (1939.6); “On the Aspect of the Chinese Verb” (1948.12); 見 Bruce Kochis, “List of Lectures Given in the Prague Linguistic Circle (1926-1948), in Ladislav Matejka ed., *Sound, Sign and Meaning: Quinquagenary of the Prague Linguistic Circle* (Ann Arbor: University of Michigan, 1978), pp. 607-622; F. W. Galan, “A List of Lectures on Poetics, Aesthetics and Semiotics Given in the Prague Linguistic Circle, 1926-1948,” *Historic Structures: The Prague School Project, 1928-1946* (Austin: University of Texas, 1985), pp. 207-214.

28 有關布拉格學派（The Prague School）的文學理論，請參閱陳國球，〈文學．結構．接受史——伏迪契卡的文學史理論〉及〈文學結構與文學演化過程——布拉格學派文學史理論〉，載陳國球，《文學史書寫形態與文化政治》（北京：北京大學出版社，二〇〇四），頁三二六—三六一，三六二—三八七。普實克與布拉格語言學會的淵源，可參 Lubomír Doležel, (1994). “Prague School Structuralism,” in Michael Groden and Martin Kreiswirth, ed., *The Johns Hopkins Guide to Literary Theory and Criticism* (Baltimore: Johns Hopkins University Press, 1994), pp. 592-595.

29 J.V. Sedlák, “Literary History and Literary Science” (1929), F. Wollman, “The Science of Verbal Art and its Relation to Adjacent Sciences” (1935), and A. Bém, “Method of Detailed Observation in Literary Science” (1936); see Bruce Kochis, “List of Lectures Given in the Prague Linguistic Circle (1926-1948), pp. 607-622.

30 參考 F. W. Galan, “A List of Lectures on Poetics, Aesthetics and Semiotics Given in the Prague Linguistic Circle, 1926-1948,” pp. 207-214；所列題目為捷克原文及英譯；Galan 的英譯都避開「science」一詞不用，改作「study」。

31 韋勒克在一九六〇年發表的文章〈文學理論、文學批評，與文學史〉也有談到德文的「Literaturwissenschaft」是指系統的知識；但他不贊成譯作「science of literature」，因為英文的「science」指自然科學；見 René Wellek, “Literary Theory, Criticism, and History,” *The Sewanee Review* 68.1 (1960), pp. 1-19；又載 René Wellek, *Concepts of Criticism* (New Haven: Yale University Press, 1963), pp. 1-20；以下引述以後者為據。

32 Roman Jakobson, “On Realism in Art” (1921), qtd from Richard Bradford, *Roman Jakobson: Life, Language, Art* (London: Routledge, 1994), p. 127; see also Nicholas O. Warner, “In Search of Literary Science: The Russian Formalist Tradition,” *Pacific Coast Philology* 17.1/2 (1982.11), pp. 69-81; Jurij Striedter, *Literary Structure, Evolution, and Value: Russian Formalism and Czech Structuralism Reconsidered* (Cambridge: Mass.: Harvard University Press, 1989), pp. 20-21.

每一位學者、科學家的態度和方法，都會多少受到主觀因素，例如社會地位、所處時世，諸如此類的宰制，這是自然而然，可以理解的；……然而，若果研究者沒有把目標訂定在揭示客觀真相（objective truth），沒有嘗試超越一己之偏私和成見，則一切科學探索的努力都是徒勞無功的。

在文章結尾部分，他重申：

從事這種撰述〔按：指中國現代文學史的書寫〕的作者之先決要求是：真誠努力地去把握這個整體複雜過程（whole complex process），並以客觀無私的方式將這複雜過程呈現。[34]

這些言論讓我們明白普實克的想法是：

(1)文學研究是對知識的一種誠摯的求索；文學研究者其實和科學家沒有太大區別——其目的都是揭示「客觀真相」。

(2)文學史研究的對象不是一個顯而易見的實體，而是一個有待深入探索的「複雜過程」。

第一點引發的問題——文學之中是否存在「客觀真相」？——也是夏志清所關注的重

點之一。對於普實克而言，中國現代文學史已是存有於世的事實，文學史家的責任是蒐羅所有的線索，加以考察分析，以期揭示此一「客觀的」及「真實的」過程。重點是，這個「過程」非常複雜，必須以中肯的、科學理性的思維，來作深入徹底的研究。所謂「科學（的）」，就是以這種態度為本，再創為恰切的研究方法，以完成這個文學史家的任務。

至於第二點所指向的「整體複雜過程」，在普實克的論述中，是一個關鍵的詞彙，需要更多補充說明。將「文學」（以至「文學史」）理解為一個「超越個別殊相的複合體」（supraindividual complex），是布拉格學派的語言學及美學觀念。「文學」不是指個別文學作品的總合，而是超乎個體的一種關係，一種「系統」（system）或者「結構」（structure）；而關係的性質乃是一種「部分–整體」的交互影響模式：「各部分的性質限定整體，整體也制約了部分的性質和各部分之間的關係」。[35]此外，布拉格學派的「結構」論還有兩個非常

33 李長之在翻譯 Werner Mahrholz, *Literaturgeschichte und literaturwissenschaft* (1933) 的序文中說：「文學也是『學』，是專門之學，是一種科學。」可以佐證歐陸傳統中的「文學科學」觀念之常見；見《李長之文集》（石家莊：河北教育出版社，二〇〇六），第九卷，頁一三五。又參考 René Wellek, "The Revolt Against Positivism in Recent European Literary Scholarship," *Concepts of Criticism*, pp. 256-281.

34 Průšek, "Basic Problems of the History of Modern Chinese Literature," pp. 357 and 404.

35 參穆卡若夫斯基於一九三二年接受雜誌訪問的說話，轉引自 F. W. Galan, *Historic Structures: The Prague School Project* (Austin: University of Texas Press, 1985), p.35.

重要的觀點：一、特別強調文學或者藝術「結構」的社會性，「文學結構」必須進入社會結構中才產生其意義；二、認為「結構」是動態的，而非靜態的，「文學結構」因應不同的力量的交互影響而恆常處於變動之中。[36]普實克的「整體複雜過程」就是這種多元動態結構的歷史呈現；他之重視文學的社會意義，重視文學史的發展過程，其理論背景也可以由此彰明。

基於這種理論思考，普實克就批評夏志清「未能對一位作家的作品作出系統的分析，而只滿足於將自己局限在純屬主觀的視察」，「為了成就他的議論，故意強調某些事物而抑制或隱瞞另一些，又或者給事物增添了非原有的意義」。[37]換句話說，夏志清並不理解「整體」的概念。要從事從作家研究，普實克認為：

> 我們不要局限在偶發的成分（accidentals），要對全部作品做系統性的分析，觀察它的特質，不是只看孤例或偶然現象，而是看這些特質如何由作家的藝術性格（artistic personality）融合成藝術整體的組成部分。這些個別元素的主次位置就是由作家的意向（intention）決定，正如他以同樣的方法組合運用這些元素以實現他的創作構思一樣。這一意向，以及為實現他的構思所運用的藝術程序，反映了作家的哲學外觀，即他面對世界、生活、與社會的態度，以及他與藝術傳統的關係等等。這些態度的特性又由作家的意識形態和藝術個性所決定；我們視他為特定社會中的一個成員，同時也視他為別具特質的一位藝術家。[38]

普實克這樣的論述，毫無疑問，是布拉格結構主義方法的應用；要進一步了解其中理論的建構邏輯，我們可以參看穆卡若夫斯基的〈個體與文學發展〉、〈藝術中的性格〉、〈藝術中的意向性與非意向性〉、〈藝術理論中的「整體」概念〉等論文。[39]事實上，普實克對夏志清《中國現代小說史》的批評，撇開政治意識形態的部分，其主要理據都是來自這個學派的共同主張。同樣的理論資源，也支援了普實克研究中國現代文學趨向的重要「發現」（或者「發明」），例如：「主觀主義與個人主義，連同悲觀主義與生活中的悲劇感，加上反叛和自毀的傾向」是抗日前現代文學的特色（〈中國現代文學中的主觀主義和個人主義〉，一九五七）；[40]「優秀現代中國短篇小說——如魯迅的短篇，其根源在於古代的詩」（〈中國現代文學研究導論〉，一九六四）；[41]「古代中國偏好抒情詩的思潮，也貫穿於新文學作品中，

36 參考 Galan, *Historic Structures*, pp. 33-36; Peter Steiner, "The Conceptual Basis of Prague Structuralism," in Matejka ed., *Sound, Sign and Meaning*, pp.356-359；陳國球，〈文學結構與文學演化過程〉，《文學史書寫形態與文化政治》，頁三六二—三六九。

37 Průšek, "Basic Problems of the History of Modern Chinese Literature," pp. 377-378.

38 Průšek, "Basic Problems of the History of Modern Chinese Literature," p. 377.

39 "The Individual and Literary Development," "Personality in Art," "Intentionality and Unintentionality in Art," "The Concept of the Whole in the Theory of Art," in Jan Mukařovský, *The Word and Verbal Art* (New Haven: Yale University Press, 1977), pp. 161-179; *Structure, Sign, and Function* (New Haven: Yale University Press, 1977), pp. 150-168, 89-128, and 70-81.

40 "Subjectivism and Individualism in Modern Chinese Literature," *The Lyrical and the Epic*, p.3.

並往往突破了『史詩的』形式」(〈在中國文學革命的語境中對照傳統東方文學與現代歐洲文學〉,一九六四)等等。[42]這些論斷洞察深刻,遠遠超越了他奉為正朔的中國大陸官方文學史論述,為往後的中國文學史研究開出新路。正因為普實克注重文學傳統之古與今的「關聯」(link),他的研究焦點之一也落在晚清時段。現今學界對晚清文學的關注,普實克和他的弟子們實有倡導之功。[43]從他的研究示範看來,所謂「科學的」方法,似乎也是有效及有啟發作用的。

然而,當我們說「有啟發作用」時,可能還要思考與「啟發」同時牽動的「想像」。填補各處「關聯」(link)、串連「趨勢」(tendency),以發現「過程」(process),當中不乏「想像」的成分。因此,我們有必要認真思考普實克所謂「客觀真相」的「客觀」程度。

三、「文學史」即「文學批評」

回看夏志清的答辯。對一位黽勉經營,不遺餘力,以成就開闢洪荒之業的學者而言,普實克所下「不科學」、「主觀」的評語難免令人憤憤不平。於是,夏志清就重新審核普實克所持的量尺,認為他所謂「客觀」,其實是「未經批判地附從盛行的意見」;任誰偏離這種見解,他就指摘為「主觀」、「傲慢」、「教條式嚴苛」。又指出普實克以「科學的」理論治現代中國歷史與文學，「不改其習地據假設的意識形態意圖（supposed ideological intent）以評價作品，而屢屢被誤導，把文本簡單化，或錯解其意義」。[44]夏志清又說：

> 無論我怎麼「主觀」，起碼我嘗試公正地對待每一個作者、每一件作品，而沒有先行改變自己的真誠反應去配合一套關於中國現代小說的既定理論。[45]

夏志清著意於「客觀」和「主觀」之辨，認為普實克的「客觀」並不客觀，自己被描述為「主觀」，但其實是公正無私。換句話說，夏志清沒有因為反駁普實克的批評，而否定「客觀」的重要性。他要強調的是「獨立判斷」：

> 不管歷史學家和記者們如何描述一九四九年以來的中國，只要我們發現自那時起，中

---

41 "Introduction to *Studies in Modern Chinese Literature*," *The Lyrical and the Epic*, p. 56.

42 "A Confrontation of Traditional Oriental Literature with Modern European Literature in the Context of the Chinese Literary Revolution," *The Lyrical and the Epic*, p. 84.

43 當然，他的論敵夏志清也是開發晚清文學研究的先鋒之一。

44 Hsia, "On the 'Scientific' Study of Modern Chinese Literature," pp. 431 and 474.

45 Hsia, "On the 'Scientific' Study of Modern Chinese Literature," p. 474.

國文學真的萎靡不振，那麼我們對這一時期進行客觀評價時，就應該把這個事實納入考慮之中。在我看來，這種歸納方法比普實克所採用的演繹法——先行設定某時段的歷史圖像，然後再尋找符合這個圖像的文學——更為科學。[46]

所以，「客觀評價」（objective evaluation）、「更為科學」（more scientific），其實也是夏志清的標準；問題是如何達致此一「客觀」。

夏志清開始撰寫文學史的五〇年代，中國大陸的政治主導論述是主流，比較重要的文學史著如蔡儀、王瑤、張畢來、劉綬松、丁易等人之作，[47]其間雖然還是高下有別，但同樣要承擔為共產主義宣傳的任務。夏志清並不能認同這個論述方向，他在《小說史》的英文原序說：

> 我嘗試從那龐雜的中國現代小說——中國現代文學中最見成果及最為重要的分支——的渾沌團中清理出一定的秩序和模式，並以之檢驗共產主義者的現代中國文學史觀。[48]

在回應文章中，他又說：

> 不少中國本土的批評家——其批評技藝的訓練本就惹人懷疑——本身也參預了現代文

學的創造，〔他們的論述〕難免帶上偏見；故此研究現代中國文學就有必要從頭開始。[49]

夏志清的出發點既是如此，他的「客觀」就是擺脫主流論述的支配，忠於自己對作品的閱讀經驗和判斷。[50]換句話說，夏志清理想中的「客觀」，一方面指尊重作為研究「客體」的文本、文學材料，另一方面是主體的「真誠」，不為成見所限囿。

緣此，我們大概可以理解夏志清為何對「文學史家的基本任務」有以下這個定義：

> 批判地審察某一時期的重要的、有代表性的作家，並簡括綜述其時代概況，讓他們的

---

46 Hsia, "On the 'Scientific' Study of Modern Chinese Literature," p. 439.

47 蔡儀，《中國新文學史講話》（上海：新文藝出版社，一九五二）、王瑤，《中國新文學史稿》（上海：開明書店、新文藝出版社，一九五一—一九五三），張畢來，《新文學史綱》，第一卷（北京：作家出版社，一九五五），劉綬松，《中國新文學史初稿》（北京：作家出版社，一九五六），丁易，《中國現代文學史略》（北京：作家出版社，一九五七）。

48 Hsia, "Preface" to *A History of Modern Chinese Fiction*, 3rd edn., p. xlvi.

49 Hsia, "On the 'Scientific' Study of Modern Chinese Literature," p. 430. 夏志清後來也說過：「中外人士所寫有關中國現代小說的評論，我能看到的當然也都讀了，但對我的用處不大。」見夏志清，《中國現代小說史》，〈作者中譯本序〉，頁六。可見他一空依傍的立意很堅定。

50 原文是：「should go about the task empirically」及「form his own opinion about the vitality and culture of an age」；見 Hsia, "On the 'Scientific' Study of Modern Chinese Literature," p. 439.

成敗在歷史過程中被了解。

他又說：

> 作為綜述中國現代小說的開創之作，我重申，首要的任務是區分與評價：直至我們從大量作品中清理出一定的秩序和模式，直至我們從優秀作家中區辨出偉大作家，從平庸作家區辨出優秀作家，我們才有可能研究影響與技巧。[51]

很明顯夏志清認為文學史家的工作重點是「批判地審察」（critical examination）、「區分與評價」（discrimination and evaluation）。因此，他對普實克所重的工作如：「系統研究小說的現代試驗與本土文學傳統的關係」、「系統研究西方文學對現代中國小說的影響」、「對中國小說家的敘事技巧作廣泛的比較研究」，都策略性地放置一旁。[52]實際上，這個講法更詳細闡釋了《小說史》原序的主張：

> 文學史家的第一任務，永遠是卓越之發現與鑑賞。[53]

於此，我們會發現夏志清與普實克的一個重大分歧：普實克認為文學史的目標是對「整體複雜過程」（whole complex process）作「系統的」、「客觀的」探究，「文學史家」與「科學家」的工作態度並無不同；然而，夏志清則主張文學史首先要「客觀地評價」個別作家和作品，「文學史家」可以互換的名號是「批評家」。普實克在他的書評中就批評說：「夏志清未有採用真正的文學科學的方法，而滿足於運用文學批評家——兼且是非常主觀的批評家——的手法。」[54]夏志清卻沒有想過要把文學史家和批評家的工作範圍作出區分；他的回應是引述韋勒克的話：文學研究者「必須先是一位批評家，才可以成為文學史家」，因為，韋勒克認為文學作為藝術品，「本身是一個價值的結構」（structure of values），所以文學的研究就有「判斷的必要」、要求有「審美的標準」。[55]

---

51 Hsia, "On the 'Scientific' Study of Modern Chinese Literature," p. 429.

52 Hsia, "On the 'Scientific' Study of Modern Chinese Literature," p. 429.

53 Hsia, "Preface" to *A History of Modern Chinese Fiction*, 3rd edn., p. xlvi.

54 Průšek, "Basic Problems of the History of Modern Chinese Literature," p. 367. 普實克學生史羅甫的批評更苛刻："The main characteristic feature of C. T. Hsia's work process is the absolute lack of systematic literary scientific viewpoints and the isolation of the studied subject from its historical connections. As a result, the conclusions he arrives at are distorted and superficial and are valid, at the very most, as subjective impressions of a reader." Slupski, "Some Remarks on the First History of Modern Chinese Fiction," p. 152.

55 見Hsia, "On the 'Scientific' Study of Modern Chinese Literature," p. 435; Wellek, "Literary Theory, Criticism, and History," pp. 14-15.

這個時期的韋勒克在耶魯大學任教，思想與「新批評」學派非常接近；他對文學史和文學批評的論述，和夏志清的老師、「新批評」的健將，勃羅克斯（Cleanth Brooks, 1906-1994）一樣，對實證主義式的文學史書寫表示不滿。勃羅克斯在多年前，已寫過一篇〈「文學史」對比「文學批評」〉（一九四〇），批評當時的文學史研究形似「科學」，摭拾堆砌那些不經評論的史實資料作為知識，他的結論是：

> 如果這個〔文學〕專業對「文學之為文學」（literature as literature）缺乏興趣，它就會走進死胡同。[56]

夏志清對普實克的議論不以為然，大抵可以從「新批評」學派與自十九世紀以來以科學為尚的實證主義式文學史研究的抗爭這個脈絡去理解。不過，普實克的理論資源雖然講「文學科學」，卻與「新批評」所針對的科學主義並不相同，甚至同是站在其對立面；韋勒克在〈歐洲近期文學研究中對實證主義的反抗〉一文，就舉布拉格學派為反實證主義其中一個突出的例子。[57]夏、普之間，或者「新批評」與「布拉格學派」之間，其實異中有同，都是以「文學之為文學」作為思考的中心；只是前者的文本中心意識比較強，而後者則以文學過程為重。兩人的爭議，其關鍵就在這不同的著眼點。值得注意的是：韋勒克的早期論文〈文學史的理論〉（一九三六）正好對這個環節作出區辨：

在文學評價這個問題上，文學史家和批評家沒有什麼不同；他們的真正分野在於一個重點：文學批評家究心於個別作品或者作家，而文學史家要追蹤文學藝術的發展。[58]

四、建構「偉大的傳統」

在夏志清的意識中，文學史家本來就要肩負文學批評的責任；尤其以中國的現代文學而言，已有的文學史論述並不可靠；因此，他以公正的批評眼光，「重新估價」當中的重要作家和作品。沿此思路，夏志清漸漸體認出「新文學的傳統」，甚或「中國文化的『真傳統』」。[59]這個思想歷程，其出發點固然是「新批評」的文本中心論，但終站卻是滿懷道德熱

56 Cleanth Brooks, "Literary History vs. Criticism," *The Kenyon Review* 2.4 (1940), pp. 403-412.

57 René Wellek, "The Revolt Against Positivism in Recent European Literary Scholarship," *Concepts of Criticism*, pp. 279-280.

58 René Wellek, "The Theory of Literary History," *Travaux du Cercle Linguistique de Prague* 6 (1936), p. 191. 韋勒克原畢業於捷克查理大學，也是布拉格語言學會的成員，他的〈文學史的理論〉一文，是這個學派的重要理論文章；參陳國球，〈文學結構與文學演化過程〉，頁三六七—三六九。

59 夏志清，《中國現代小說史》，〈作者中譯本序〉，頁一六—一七；《新文學的傳統》，〈自序〉，頁一—三。

誠（moral intensity）的李維斯（F. R. Leavis, 1895-1978）「偉大的傳統」觀。[60]

在《中國現代小說史》中文版序文中，夏志清提到「英國大批評家李維斯那冊專論英國小說的《大傳統》（*The Great Tradition*, 1948）」，說讀後受惠不淺；〈耶魯三年半〉一文再補充說自己治學受李維斯影響，早在上海時已讀了李維斯的《重估價》（*Revaluation: Tradition and Development*, 1936）及《英詩之新方向》（*New Bearings in English Poetry*, 1932），撰寫博士論文時深受其啟發。[61]從《小說史》到他著名的「情迷中國」論（Obsession with China），夏志清的人世關懷表露無遺，當中李維斯的影響亦不難察知。同此，普實克的文學論其實也不乏社會關涉的討論，其思想根源可回溯布拉格學派以文學為符號的「社會功能」論（social function of sign），再加人本精神的馬克思主義思潮（Humanistic Marxism）。普夏兩位學者於社會人生關懷的異同表現，以至其思想淵源的比照，值得另文進一步討論。我們在此先從文學史觀之形構面向，就李維斯與夏志清的關聯作一分析。

韋勒克在《現代文學批評史》中評述李維斯的貢獻，說他是「艾略特之後最有影響力的英國批評家」，稱許他「以文化對抗文明、以體現價值的領悟（value-charged understanding）對抗科學的解釋」，完成了「每一位人文主義者所應履行的任務」。[62]我們在眾多評論李維斯的文字中選擇引述韋勒克之言，是因為韋勒克在該卷批評史出版之前半個世紀，曾經和李維斯有過一場筆戰，[63]而這場筆戰與夏志清及普實克的辯論又有其相近的地方。

一九三七年韋勒克投書到李維斯主編的評論雜誌《細察》（*Scrutiny*），對《重估價》一書提出意見，讚揚作者「秉持二十世紀觀點以重寫英國的詩歌史」；不過他希望李維斯可以為書中的評論基準作出「更清晰的」（more explicitly）和「系統的」（systematically）說明、對所站的立場作「更抽象的辯解」（to defend this position more abstractly）。[64]李維斯卻不以為然，他以為抽象概括的解說只是「哲學」的要求；「文學批評」是另一種學科，重點是閱讀作品的實際經驗，「理想的批評家就是理想的讀者，……哲學是『抽象的』，而詩歌是『具體的』；……文學批評家的工作是要取得一種完全的〔讀詩〕反應，並盡可能將他的反應展現為評論」。[65]兩人的爭論在於對文學論述的不同要求。韋勒克主張文學史研究（他以為李維斯是在「重寫英國詩歌史」）應該提升到概括的、抽象的思維，對所下的判斷作出「系統的」解釋；李維斯則認為自己從事文學批評，對象固是具體的作品，而所作的評論也

60 參考 Anne Samson, *F. R. Leavis* (Toronto: Toronto University Press, 1992), pp. 151-152.

61 夏志清，《中國現代小說史》，〈作者中譯本序〉，頁六；〈耶魯三年半〉，頁一一一—一一二。

62 René Wellek, *A History of Modern Criticism 1750-1950*, Vol. 5 (New Haven: Yale University Press, 1986), pp. 241 and 264.

63 韋勒克在一九八八年就李維斯身後出版的一本論文選集所撰寫的書評中，提及五十年前發生的筆戰，說："This polemic has pursued me all my life." René Wellek, Review on *Valuation in Criticism and Other Essays*, *The Modern Language Review* 83.3 (1988), pp. 707-709.

64 René Wellek, "Literary Criticism and Philosophy," *Scrutiny* 5 (1937), p. 376.

65 F. R. Leavis, "Literary Criticism and Philosophy," *Scrutiny* 6 (1937), pp. 60-61.

是具體的閱讀經驗的文字呈現。他覺得韋勒克的要求只適用於哲學的範疇。[66]

李維斯主張批評家的職責在於實質的判斷及具體的分析，大概同於夏志清之以作家作品的鑑別評論為《小說史》首要任務的想法。在言論上，李維斯從不認可文學史書寫的重要性；反之，他卻最能宣揚文學批評在現代文化的意義，致力以文學批評推動文學教育。[67] 不過，從《英詩之新方向》、《重估價》，到《偉大的傳統》，以至不少其他論文，李維斯一直在重寫英國（後來更連及美國）文學史，表現出獨到的文學史觀。尤其影響夏志清《小說史》書寫的《偉大的傳統》，其一特色是只有少數幾位小說家可以進入他所核定的「偉大的傳統」。[68] 他所採的大概是「排除法」，[69] 不少著名小說家（如：斯特恩〔Laurence Sterne, 1713-1768〕、菲爾丁〔Henry Fielding, 1707-1754〕、勃朗特〔Charlotte Bronte, 1816-1855〕、薩克雷〔William Thackeray, 1811-1863〕、哈代〔Thomas Hardy, 1840-1928〕等）都不入法眼。夏志清曾說：

> 英國維多利亞時代，還沒有電影、電視這些娛樂媒介，當時讀小說的人真多，而且可讀的小說家數目也真大。但至今供人研讀的為數不到十位，而且英語系統國家覺得每個讀書人非讀不可的大家祇有兩位：狄更斯和喬治．艾略脫；連薩克雷和哈代也比較次要。一部嚴正的文學史不僅是為當代人寫的，也給後代讀者作了最謹嚴的鑑別。[70]

這個論調，基本上就是《偉大的傳統》中的判斷。李維斯的「最謹嚴的鑑別」，排除了許多知名作家，選立了非常有限的幾位，當然是在打造「正典」（canon-making），建構一個可供體認的文學傳統，重新寫書文學史。還有一點值得注意，就是這個文學傳統的結構方式，不在於被選定作家本身的譜系血緣，而在於李維斯根據自己的「細察」，判定個別小說家之為偉大，而將之集結成一個「傳統」。除了藝術的考慮，李維斯最重要的基準是「一種

---

66 有關兩人爭辯的理論意義，可參考 Samson, *F. R. Leavis*, pp. 101-108; Richard Storer, *F. R. Leavis* (New York: Routledge, 2009), pp. 26-31.

67 有學者這樣評論李維斯：“Leavis was supremely a publicist for criticism and the idea of criticism. … Leavis placed literary criticism … at the heart of English studies; historical scholarship became marginalized, a matter for specialists only. In the recent past criticism had been part of the profession of letters; after Leavis it seemed to be firmly rooted in the academy.” Bernard Bergonzi, *Exploding English: Criticism, Theory, Culture* (Oxford: Clarendon Press, 1990), p.56; See also Carol Atherton, *Defining Literary Criticism: Scholarship, Authority and the Possession of Literary Knowledge, 1880-2002* (Houndmills: Palgrave Macmillan, 2005), pp. 143-150.

68 李維斯書開卷所舉列的大家是：奧斯汀（Jane Austin）、喬治・艾略脫（George Eliot）、詹姆詩（Henry James）、康拉德（Joseph Conrad）；當中以喬治・艾略脫的評價最高。書的最後一章講狄更斯的《艱難時勢》（*Hard Times*），後來李維斯再另寫一本狄更斯專論（*Dickens the Novelist*, 1970），看來這個「偉大的傳統」的名單還需要增補。

69 參考杭納的說法：“Leavis’s enterprise defines itself, to a startling degree, by its exclusions, its resounding negations.” Philip Horne, “F. R. Leavis and *The Great Tradition*,” *Essays in Criticism* 54.2 (2004), p. 166.

70 夏志清，〈現代中國文學史四種合評〉（一九七七），《新文學的傳統》（臺北：時報文化出版公司，一九七九），頁一一。

充滿生機地感應經驗的能力，一種面對生活的虔敬虛懷，一種明顯的道德熱誠」。[71]

李維斯建構「偉大的傳統」的思維，大概成了夏志清研究中國現代文學的楷模。他在《小說史》中文版序說：

〔如果〕我們認為中國的文學傳統應該一直是入世的，關注人生現實的，富有儒家仁愛精神的，則我們可以說這個傳統進入二十世紀後才真正發揚光大，走上了一條康莊大道。[72]

〈現代中國文學史四種合評〉又說：

禁得起時代考驗的文學作品都和「人生」切切有關，揭露了人生的真相，至少也表露一個作家自己對人生的看法。[73]

批評基準與李維斯相差不遠，而《中國現代小說史》也開始在建立類似的一個「新的傳統」。[74]當中的結構方式也很類似，《小說史》雖然有六百多頁，但正面討論的作家並不算多，特別是與常見的中國新文學史相較，其嚴選的意味很強烈。當然，夏著更驚世絕俗的是在這個嚴選的單子中收入張愛玲、錢鍾書、沈從文、張天翼、師陀等當時文學史所疏略的名字。他回應普實克時說：

> 對他〔文學史家〕來說，一位與時流迥異、踽踽獨行的天才，可能比大批隨波逐流的次等作家，更能總括一個世代。[75]

「文學批評」或者「文學史」本來就離不開價值的判斷；無論李維斯或者夏志清，在設定一個穩當價值標準之後，就能夠以之「斷千百之公案」。夏志清當時的驚世之論，現在已廣為學界接受，說明他不受前人論見所囿之可取。

我們說李維斯的「傳統」是由批評意識所構建，表示其間存在某種構連的作用力；雖則當中的個別單元數量僅是寥寥，但李維斯所賦予的「偉大」內涵，足以令這些個體互相構連成「整體」。夏志清的《小說史》所論同樣不多，他在原書序文說自己作為「文學史家」，從渾沌中「清理出一定的秩序和模式」，以之與「共產主義論述中的現代文學傳統」，以及「影響現代文學的西方傳統」，作出比較。[76] 這樣說來，夏志清《小說史》雖然重點在於卓越

---

71 F. R. Leavis, *The Great Tradition: George Eliot, Henry James, Joseph Conrad* (London: Chatto & Windus, 1948), p. 9.
72 夏志清，《中國現代小說史》，〈作者中譯本序〉，頁一五。
73 夏志清，〈現代中國文學史四種合評〉，頁一九。
74 夏志清，《中國現代小說史》，〈作者中譯本序〉，頁一六—一七；《新文學的傳統》，〈自序〉，頁一—三。
75 Hsia, "On the 'Scientific' Study of Modern Chinese Literature," p. 439.

作家和作品的「發現與鑑賞」，但其間思維既然有「傳統」的意念存乎其中，則不能說完全沒有「整體」的考慮，只是他也和李維斯不打算向韋勒克交代一樣，認為不必要就此作系統概括的說明。

五、結語

至此，或者我們可以作一個簡要的總結。普實克與夏志清同樣對現代中國文學研究作出過重要的貢獻。二人不但開風氣之先，各自的研究成果至今仍有極大的參考價值。兩位學者之間的論辯，代表了兩種研究方法的碰撞。大家都認為研究應得出客觀的、可供驗證的成果。然而，究竟要怎樣才能找到客觀的「真相」？雙方回應這個問題時就有不同的進路。普實克論述的前提是：文學乃一超越個別殊相的結構，隨著時間的推移，文學文化成不斷演變的過程結構；這過程的結構繁複多端，必須以「科學的」方法、「客觀的」態度，才能發掘出結構的全貌；而這個全貌或者「整體」本來就與個別元素如作家和作品等，互為作用，非兼取不能得其真相。至於夏志清則主張研究由個體出發，「客觀」的重心在於對研究主體之不存偏見，對研究的客體作實證實悟的深入探究，由個別領會所得的經驗，疊加積累，再慢慢掌握其間隱隱存在的傳統。

從方法論而言，普實克背後的布拉格學派傾向精密系統的思考，所照顧的層面比較周到；然而所設想的超越個體的「文學結構」，其存在模式畢竟難以實證，只能視作一種潛在的可能。尤其當時普實克認同中國的左翼革命論述，以之為議論推展的「事實」根據、「客觀」基礎，而不敢置疑，以致理想和現實界限不清。當論述的發展邏輯與現實走向有所分歧時，普實克所作的許多歷史判斷就因為這個可見的落差而顯得失效。至於夏志清的進路，無論是出諸耶魯學派之以文本為宇宙的學說，還是李維斯以文學包容人生、文學為人文精神樞紐的論述，其用心經營處都在於個別殊相與具體感應；批評家實證實悟的能力比所依仗的研究方法更為重要。精彩的批評家如夏志清，就立下不少實際批評的典範。然而，正如李維斯建構英國文學的「偉大的傳統」，其存在的「現時性」比「歷史性」強，夏志清《中國現代小說史》的功績也不在於這一段歷史過程的形塑，而在於「卓越的發現與鑑賞」。

如果我們要進一步解釋普、夏二人論述的表現，其背後牽連的政治意識形態當然不能抹掉，但我們也不應簡單地以「冷戰」思維的交鋒作為終極答案。普實克和他的布拉格學派理論思想，其實與捷克以至中歐諸國的近代民族主義思潮有不可分解的血緣關係。在兩次大戰間，捷克、波蘭等正經歷奧匈帝國瓦解後的民族復興期。前衛的文藝思潮與社會主義思想可

---

76 Hsia, *A History of Modern Chinese Fiction*, p. xlvi. 類似的講法又見Hsia, "On the 'Scientific' Study of Modern Chinese Literature," p. 430.

以是同一政治理想的寄託，是民族解放的一種象徵。[77]考掘那遙在遠東的中國文學史的「整體複雜過程」，特別其中與前衛思潮彷彿相似的「抒情精神」的承傳，正能支援這種超越個體的結構式想像，而「科學」的方法則是想像變成信念的基礎。至於夏志清的出發點剛剛相反。他見證過是非黑白好像很明確但又不堪信賴的「主義是從」階段，明顯地對集體意識有所抗拒，對外加的秩序失去信心；於是他只能反求諸己，以個人的辨識能力加上「新批評」的理論基礎去逐一觀測新文學的作家和作品。如果我們換一個角度去體會夏志清《小說史》，這種獨行其是的文學史書寫其實也是另一種「感時憂國」——竭一己之力為中國現代文學重鑄那失衡天秤的砝碼。

普實克的弟子高利克（Marián Gálik）在多年後檢討這次普夏之爭說：

> 這次對決沒有所謂誰勝誰負。但我們有需要聲明，普實克的其他研究比這次辯論表現好，所有中國現代文學的後學應該多花時間在他的其餘著述之上。[78]

我們認為高利克言之有理。普實克的確有不少論文寫得比這長篇書評好，對後來研究者啟迪甚多。夏志清亦如是，他更成熟的觀點，如「情迷中國」論，如「新文學的傳統」說，在與普實克筆戰時仍未發表。若果我們「讓歷史作裁判」，則這次對決還是各有勝負。在個別作家的評斷而言，夏志清當日出眾獨到的眼光，得到後來文學史的肯定；這說明了有效的「文學批評」，足以令「文學史」改寫。至於普實克的貢獻，不在評價而在分析；他所描述中國現代文學史的「抒情的」與「史詩的」動向，對晚近的研究有巨大影響。然而他對文學史發展趨勢的把握，並非得之於邏輯運算或者科學測量，而是透過他對整體文學活動的感應體會加上細密觀察而達致。換句話說，他的貢獻正好說明了「文學科學」不等同「自然科學」；「科學」在此的意義，回到「Wissenschaft」所具備的人文精神源頭，也就是博學審問、慎思明辨。普、夏之辯，意義固不在兩人高下之分，而在於幫助我們思考文學史學（literary historiography）的彈性和幅度，如何容納不同面向的釋義與評價的活動。

77 參考 Galin Tihanov, "Why Did Modern Literary Theory Originate in Central and Eastern Europe?" *Common Knowledge* 10.1(2004), pp. 61-81.

78 Gálik, "Jaroslav Průšek: A Myth and Reality as Seen by His Pupil," p. 155.

第十章

司馬長風的唯情新文學史

香港作為一個受英國殖民統治近百年的華人地區，其文化的多元混雜，游離無根，已是眾所同認的現象。因為無根，所以沒有歷史追尋的渴望；香港有種種的文化活動，可是沒有一本自己的「文學史」。歷史的意識，每每在身分認同的求索過程中出現。在香港書寫的寥寥可數幾本「文學史」，都是南移的知識分子對中國文化根源的回溯。當然在這個特定時空進行的歷史書寫，往往揭示了在地文化的樣式及其意義。香港既是一個移民都市，異地回憶作為文化經驗的主要構成也是正常的，到底香港還有一個可以容納回憶的空間。現在我們要討論的司馬長風（一九二〇—一九八〇），正是一位於一九四九年以避秦心態南移香港的知識分子。[1]他寫成的《中國新文學史》，是香港罕見的有規模的「文學史」著作，但也是一份文化回憶的紀錄。在這本多面向的書寫當中，既有學術目標的追求，卻又像回憶錄般疏漏滿篇；既有青春戀歌的懷想，也有民族主義的承擔；既有文學至上的「非政治」論述，也有取捨分明的政治取向。以下的討論會試圖從這本「文學史」書寫的語意元素、思辨範式，從其文本性（textuality）到歷史性（historicity）等不同角度作出初步的探索。

據司馬長風自己描述，他在一九七三年到香港浸會學院代徐訏講授現代文學，才苦心鑽研文學，並且在一九七四年完成《中國新文學史》上卷，於一九七五年由香港昭明出版社出版；[2]中卷和下卷陸續於一九七六年和一九七八年出版。當時在香港比較易見的「新文學史」包括王瑤《中國新文學史稿》、劉綬松《中國新文學史初稿》、丁易《中國現代文學史略》（以上大陸出版的著作都有翻印本在香港流通）、李輝英《中國現代文學史》等，但司馬長風所著一出，令人耳目一新，很受讀者歡迎，以至再版三版。[3]在臺灣亦有盜印本出現，遠在美國的夏志清也有長篇的書評。[4]到八〇年代初本書又傳入大陸，對許多現代文學的研究者都產生過影響。[5]但打從夏志清的書評開始，司馬長風《中國新文學史》就被定性為一本「草率」之作，很多學術書評都批評司馬長風「缺乏學術研究應有的嚴肅態度」。[6]可是上文提到這本「文學史」的繁複多音的意義，卻未見有所關注，而這正是我們預備補充

---

1 參考關國煊，〈司馬長風小傳〉，《香港筆薈》，總第四期（一九九五年九月），頁八八。

2 參考司馬長風，《中國新文學史》（香港：昭明出版社，一九七五—一九七八），〈中卷跋〉，頁三二三；司馬長風，《文藝風雲》（臺北：時報文化出版公司，一九七七），〈代序：我與文學〉，頁四—五。除非另外說明，以下引用《中國新文學史》均以香港昭明出版社各卷初版本為據，在文內標明卷次及頁碼，不再出注。

3 《中國新文學史》正式刊印的版次情況是：

(1) 港版：

香港：昭明出版社；上卷：一九七五年一月初版；一九七六年六月再版；一九八〇年四月三版；中卷：一九七六年三月初版；一九七八年十一月再版；一九八二年八月三版；一九八七年十月四版；下卷：一九七八年十二月初版；一九八三年二月再版；一九八七年十月三版。

(2) 臺版：

臺北：傳記文學出版社，一九九一年，上下二冊。

4 司馬長風著，劉紹唐校訂，《中國新文學史》（臺北：傳記文學出版社，一九九一），〈臺版前記〉，頁一；夏志清，〈現代中國文學史四種合評〉，《現代文學》，復刊第一期（一九七七年七月），頁四一—六一。

5 參考黃修己，《中國新文學史編纂史》（北京：北京大學出版社，一九九五），頁四三一、四三四。

論說的焦點。

一、從語言形式到民族傳統的想像：一種鄉愁

（一）語言與新文學史

《中國新文學史》的批評者之一王劍叢，在〈評司馬長風的《中國新文學史》〉一文指出司馬長風的其中一項失誤：

作者把文學革命僅僅看成是文學工具的革命，……以一九二〇年教育部頒佈全國中小學改用白話的命令作為文學革命勝利的標誌，就說明了他這個觀點。……這是一個形式主義的觀點。[7]

偏重語言的作用是不是失誤或可再議，但無庸置疑，這確是司馬長風「文學史」論述的一個特徵。他在全書的〈導言〉中就以「白話文學」的出現作為「新文學史」開端：

因此要嚴格的計算新文學的開始，可以從一九一八年一月算起。因該年一月號《新青

年》上，破天荒第一次刊出了胡適、沈尹默、劉半農三人的白話詩，是新文學呱呱墜地的第一批嬰兒。（上卷，頁九）

據他看來，文學革命的成功在於「白話文的深入人心」，「政府不能不跟著不可抗的大勢走」，在一九二〇年一月十二日頒令國文教科書改用白話的命令。（上卷，頁七四）這種閱讀文學革命的方式，並非司馬長風獨創；胡適在一九二二年寫成的《五十年來中國之文學》小冊子，就以教育部的頒令作為「國語文學的運動成熟」的標誌。[8]作為新文學運動的重要倡導者，胡適的策略就是以形式解放為內容改革開路；他在一九一九年的〈嘗試集自序〉中清楚地說明：

我們認定文學革命須有先後的程序：先要做到文字體裁的大解放，方才可以用來做新

6　黃里仁（黃維樑），〈略評司馬長風《中國新文學史》〉，《書評書目》，第六十期（一九七八年四月），頁八七；陳思和，〈一本文學史的構想——《插圖本二十世紀中國文學史》總序〉，載陳國球編，《中國文學史的省思》（香港：三聯書店，一九九三），頁六一。

7　王劍叢，〈評司馬長風的《中國新文學史》——兼比較內地的《中國現代文學史》〉，《香港文學》，第二十二期（一九八六年十月），頁三九—四〇。

8　胡適，《五十年來中國之文學》（上海：新民國書局，一九二九），頁一〇四。

思想新精神的運輸品。

他在〈《中國新文學大系》第一集導言〉再次說明他的想法：

> 這一次的文學革命的主要意義實在只是文學工具的革命。[9]

由於胡適既是運動中人，他的歷史敘述又輕易得到宣揚；[10]於是較早出現的「新文學史」論述如陳子展《最近三十年中國文學史》、王哲甫《中國新文學運動史》、霍衣仙《最近二十年中國文學史綱》等都承襲了胡適的說法，形成了早期「新文學史」的歷史論述。[11]事實上文言白話之爭，可說是「現代文學史」必然書寫的第一頁。[12]

然而胡適並沒有以語言或者白話取代文言的變化，涵蓋一切「新文學運動」的論述。他在〈《中國新文學大系》第一集導言〉中，就重點提到周作人的「人的文學」論，視為新文學運動的思想取向。[13]到晚年追憶時，胡適又作了這樣的概括：

> 事實上語言文字的改革，只是一個我們曾一再提過的更大的文化運動之中，較早的、較重要的、和比較更成功的一環而已。[14]

其他的「文學史」著作在檢討過「文學革命」一段歷史之後，也很快就轉入文學思潮的報導；尤其是當中的「啟蒙精神」，或者「文學革命」之演變為「革命文學」的歷程，都是後來「文學史」論述的中心。[15]部分論述在回顧早期胡適的主張時，就反過來指摘他只重形式：

9 分見姜義華編，《胡適學術文集：新文學運動》（北京：中華書局，一九九三），頁三八二、二五九。

10 《申報》在二〇年代已請胡適為過去的文學發展作歷史的回顧，寫成的《五十年來中國之文學》很快（一九二三年）就由日本人橋川譯成日文，當中寫文學革命的「第十節」又被阿英收入《中國新文學大系》的《史料．索引》卷首，可見這一段論述的廣為接受。再者，一九三五年趙家璧主編《中國新文學大系》，又請胡適主編當中的《建設理論集》，集內的〈導言〉亦成了當時的「正史」論述。此外，他的〈說新詩〉、〈嘗試集自序〉、〈逼上梁山〉，以至許多描敘文學革命的演說文章都有多種形式的流通。

11 陳子展，《最近三十年中國文學史》（北平：太平洋書店，一九三七），頁二一五—二一七；王哲甫，《中國新文學運動史》（北平：傑成印書局，一九三三），頁五一—五二；霍衣仙，《最近二十年中國文學史綱》（廣州：北新書局，一九三六），頁二一、二九。

12 參王瑤，《中國新文學史稿》（上海：新文藝出版社，一九五三），頁二四—二七；唐弢，《中國現代文學史》（北京：人民文學出版社，一九七九—一九八〇），頁五〇；錢理群、溫儒敏、吳福輝，《中國現代文學三十年》（修訂本）（北京：北京大學出版社，一九八八），頁七、一一、一九—二〇。

13 姜義華編，《胡適學術文集：新文學運動》，頁二五五—二五八。

14 唐德剛譯注，《胡適口述自傳》（臺北：傳記文學出版社，一九八六），頁一七四。

15 陳子展，《最近三十年中國文學史》，頁二七四；王哲甫，《中國新文學運動史》，頁五八—五九、九四；王瑤，《中國新文學史稿》，頁八四；唐弢，《中國現代文學史》，頁四三—四四；錢理群、溫儒敏、吳福輝，《中國現代文學三十年》，頁五、二五。

> 提倡文學革命的根本主張只有「國語的文學，文學的國語」十個字，這只是文體上的一種改革，換言之就是白話革文言的命，沒有甚麼特殊的見解。[16]

批評者認為語言變革的言論「沒有甚麼特殊的見解」，其實是沒有考慮到語言與意識形態的密切關係。從這些文學史的資料安排以至論斷褒貶，可知語言因素被看成是次要的，比不上「思想」的言說那麼「有意義」。

司馬長風對「語言」在新文學史上的作用，卻比他們有更持久的執著。在他的敘述中，白話文還有一段從初生到成熟的歷史；在「誕生期」（一九一七—一九二一）的語言是生澀不純的：

> 作品的特色是南腔北調、生硬、生澀不堪，因為還沒有共通的白話國語，不得不加雜各地方言；語文既不純熟，寫作技巧也很幼稚；百分之九十以上的作品，都不堪卒讀。
> （上卷，頁一一一）

到了「收穫期」（一九二九—一九三七）作品的語言已臻成熟：

白話文直到抗戰時期才完全成熟。由於各省同胞的大遷徙，使各地方言得到一大混合，遂產生了一新的豐富的國語，可稱之為抗戰國語。這種新的國語才是最多中國同胞喜見樂聞的國語，同時期的白話文才是流行最廣的白話文。（中卷，頁一五六）

以「白話」（或者加上國族主義意識形態標籤的「國語」）為焦點，視其變化為一段「成熟」的過程，作為新文學史歷時演進的表現，司馬長風這種論述方式，看來正是一種「形式主義」的「工具論」。

（二）「國語文學」與「文藝復興」

司馬長風的「新文學史」論述，與胡適關於「文學革命」的歷史論述都被人批評，都被指摘為語言工具論或者形式主義。二人的論述又確實有承傳的關係。然而這些以語言形式為中心的論述，背後卻隱藏了豐富的意識形態內容。從這個角度作進一步的觀察，我們會發覺由於文化語境的差異，司馬長風和胡適的論述其實各有不同的深義。

胡適論「新文學運動」以「國語的文學，文學的國語」作中心。這個論述先見於一九一八年寫成的〈建設的文學革命論〉，當時這是推行革命的一項行動。到了一九三五年應趙家

16 王哲甫，《中國新文學運動史》，頁九四。

壁之邀寫《中國新文學大系》的導言時，同類的論述已變成歷史的敘述。在歷史中的行動與後來描述歷史的書寫當然有本質的差異，但胡適占有一個特殊的位置，在歷史行動當中他已不斷地挪用回憶（如《留學日記》、書信等），故此他在行動中的書寫與描述歷史的書寫之間，可謂互相覆蓋，這是文學史研究的一個極有興味的課題。有關情況，筆者有另文探討；[17]於此只能立下這分警覺，以免論述時迷失了方向。

從文學革命的開端，胡適就一直以文學史為念，以行動去寫文學的歷史，並以「文學史」的方式去報導行動。他對「國語文學」一詞非常重視，因為他心中有一段文學史供他參照，甚至代入。這就是他理解的文藝復興時期歐洲各國的「國語文學史」變革。他的「文學革命」第一炮〈文學改良芻議〉，已提到：

> 歐洲中古時，各國皆有俚語，而以拉丁文為文言，凡著作書籍皆用之，如吾國之以文言著書也。其後義大利有但丁諸文豪，始以其國俚語著作。諸國踵興，國語亦代起。……故今日歐洲諸國之文學，在當日應為俚語。迨諸文豪興，始以「活文學」代拉丁之死文學，有活文學而後有言文合一之國語也。[18]

更清楚的思想紀錄是胡適在一九一七年回國前，日記中有關閱讀薛謝兒女士（Edith Sichel）《文藝復興》（*Renaissance*）一書的感想：

> 書中述歐洲各國國語之興起，皆足供吾人之參考，故略記之。中古之歐洲，各國皆有其土語，而無有文學〔；〕學者著述通問，皆用拉丁。拉丁之在當日猶文言之在吾國也。國語之首先發生者，為義大利文。……[19]

胡適的整個新文學和「國語」的觀念，其實是建構在「文藝復興」這個比喻上的。他是看了文藝復興的歷史，再將自己的種種思考整合成類似的歷史，並按照這個認識去行動，也依此作書寫。胡適對「文藝復興」之喻可說達到迷戀的程度，一九二六年十一月胡適在英國皇家國際事務研究所作的演講，就正式以歷史敘述方式標舉「『中國』文藝復興」。[20]往後他

---

17 陳國球，《文學史書寫形態與文化政治》（北京：北京大學出版社，二〇〇四），第三章〈「革命」行動與「歷史」書寫——論胡適的文學史重構〉，頁六七—一〇六。

18 姜義華編，《胡適學術文集：新文學運動》，頁二八。

19 胡適，《胡適留學日記》（上海：商務印書館，一九三七），頁一一五一—一一五二。

20 這次演講及講評的記錄載 *Journal of the Royal Institute of International Affairs* 5 (1926), pp. 265-283；收入周質平主編，《胡適英文文存》（臺北：遠流出版公司，一九九五），頁一九五—二一七。後來胡適對「中國文藝復興」一說迷戀愈來愈深，就如高大鵬所說的「歷史幅度愈來愈擴大、愈來愈深化」，將中國近千年的學術文化演變都包容在內；見高大鵬，《傳遞白話的聖火：少年胡適與中國文藝復興運動》（板橋：駱駝出版社，一九九六），頁 xiv。胡適這種思想演化的格局，好比他將晚清到五四的白話文學發展講成幾千年的「國語文學史」一樣。

對新文學運動的歷史敘述都一定會借用這個比喻。

目下「文藝復興」的研究，由於新歷史主義的帶動，已成為各種文學理論的實驗場。[21]然而對於胡適及其同輩而言，他們的理解主要還是受當時西方學界的觀念所支配：以歐洲中世紀與文藝復興時期作二元對立；前者是充滿種種束縛限制的時代；後者是覺醒時期，是從黑暗步向光明，步向現代世界的開端。這些觀念大柢根源於一八六〇年布克哈特（Jacob Burckhardt）的經典著作《義大利文藝復興時期的文化》（*The Civilization of the Renaissance in Italy*）。到今天布克哈特的許多論點已經備受質疑，例如柏克（Peter Burke）就把那些二元對立的想像稱為「文藝復興的神話」（the myth of Renaissance）。[22]

回到中國的情況。即使以傳統的解釋為據，「文藝復興」這個概念在歐洲的歷史意義，也不盡能配合五四前後的文化境況。「文藝復興」的「復」是指恢復中世紀以前的希臘羅馬的文化精神，而歐洲各國以方言土語為國家語言以及伴隨的國族意識卻是中世紀以後的新生事物。胡適等五四時期的文化領袖並沒有復興某一時段中國古代文化的懷舊意識，反之破舊立新才是當時的急務。[23]早在一九四二年李長之寫〈五四運動之文化意義及其評價〉一文，就認為「外國學者每把胡適譽為中國文藝復興之父」，是「張冠李戴」，他認為五四運動「乃是一種啟蒙運動」。[24]

當時唯一可稱得上是「復」的，是中國的「白話文傳統」，而這正是胡適在語言層面所作的「發明」，並以之為「新文學運動」承傳的文化遺產。[25]這種比附當然也有不恰當的地方，[26]但已經不是「革命時期」的參與者所能細思的了。無論如何，歐洲的語言變革確實觸動了胡適的心弦，增強了他的革命信心。他所提出的「國語的文學，文學的國語」的口號，結合了清末的白話文運動以至民國時期的「國語運動」，正如黎錦熙《國語運動史綱》所

---

21 這些研究方向的評估可參 Viviana Comensoli and Paul Stevens, ed. *Discontinuities: New Essays on Renaissance Literature and Criticism* (Toronto: University of Toronto Press, 1998).

22 Peter Burke, *The Renaissance* (2nd ed) (London: Macmillan, 1997), pp. 1-6. 又參見 Peter Burke, *The European Renaissance: Centres and Peripheries* (Oxford: Blackwell, 1998). 余英時早年有〈文藝復興與人文思潮〉一文介紹四、五〇年代西方學界對布克哈特的批評，見余英時，《歷史與思想》（臺北：聯經出版公司，一九七六），頁三〇五—三三七。

23 他在一九一七年的日記上說應以「再生時代」去取代「文藝復興」這個舊譯，其重點正在一「生」字；見胡適，《胡適留學日記》，頁一一五一。他在回到北京大學任教時，為學生傅斯年等辦的雜誌《新潮》選上「Renaissance」為英文刊名，也說明了他看重「新」的一面；見唐德剛譯注，《胡適口述自傳》，頁一七四—一七五。在一九五八年的一次演講中，胡適乾脆說：「Renaissance 這個字的意思就是再生，等於一個人害病死了再重新更生。」見胡適，《胡適演講集》，第一冊（臺北：遠流出版公司，一九八六），頁一七八。正如賈祖麟（Jerome B. Grieder）所說，他毋寧是取其新生的意義多於復舊；見 Jerome B. Grieder, *Hu Shih and the Chinese Renaissance: Liberalism in the Chinese Revolution 1917-1937* (Cambridge: Harvard University Press, 1970), pp. 314-319.

24 李長之，〈五四運動之文化意義及其評價〉，收入郜元寶、李書編，《李長之批評文集》（珠海：珠海出版社，一九九八），頁三三〇。高大鵬，《傳遞白話的聖火：少年胡適與中國文藝復興運動》一書嘗試追蹤胡適的「白話文運動」如何演變提升為「一個文藝復興運動」，可說是胡適心中情意結的一種解釋，很值得參考；見高大鵬，《傳遞白話的聖火：少年胡適與中國文藝復興運動》，頁八七—一〇四。

25 參考陳國球，〈「革命」行動與「歷史」書寫——論胡適的文學史重構〉，《文學史書寫形態與文化政治》，頁六八—八二。

說「文學革命」與「國語運動」呈雙潮合一之勢。[27]胡適在〈建設的文學革命論〉所提出（〈《中國新文學大系》第一集導言〉再度引述）的論點，特別值得我們注意：

> 我們所提倡的文學革命，只是要替中國創造一種國語的文學。有了國語的文學，方才可以有文學的國語。有了文學的國語，我們的國語才可算得真正的國語。國語沒有文學，〔便沒有生命，〕便沒有價值，便不能成立，便不能發達。[28]

近代歐洲民族國家以方言文學建立文化身分的過程，對胡適的「國語文學」說有很大的啟發作用。所以看重文學語言的作用，並非簡單的「工具論」；錢理群等就認為胡適的主張在當時具有特殊的策略意義，在文學革命成長的「國語」，成為「實現思想啟蒙和建立統一的現代民主國家的必要條件。」[29]

（三）文言、白話的「二言現象」

要進一步說明胡適的文學革命與語言的關係，我們可以用社會語言學的「二言現象」（diglossia）說去解釋當時的語言境況。[30]據傅格遜（Charles Ferguson）題為「Diglossia」的一篇經典論文所界說：「二言現象」是指在一個言語社群（a speech community）之中存在著兩種不同功能階次的語言異體（language varieties），而這兩種異體又可以根據不同的「語

26 由中世紀到文藝復興的語言境況，並不是拉丁文被各國方言取代的簡單過程。柏克就指出當時義大利要「復興」的語言不是本國土語，而是相對於中世紀拉丁文（Medieval Latin）的古典拉丁文（Classical Latin）或希臘文，最低限度在一五〇〇年以前，方言文學並不受重視。再者，以歐洲各國語言書寫的文獻，也有不少被譯為拉丁文作國際流通之用；又方言書寫興起之後，各國又出現混雜的方言拉丁化（Latinization）現象；見Peter Burke, *The Renaissance*, 2nd ed. pp. 11-15; *The European Renaissance: Centres and Peripheries*, pp. 135-137。另一方面，在中世紀時期亦不見得各國方言沒有應用於知識傳授的環節上，現存資料可以看到中世紀的經籍注疏既有拉丁文，也有各地的方言文字；參考Klaus Siewert, "Vernacular Glosses and Classical Authors," in Nicholas Mann and Firger Munk Olsen, ed., *Medieval and Renaissance Scholarship* (Leiden: Brill, 1997), pp. 137-152。至於五四時期的語言發展，唐德剛也認為不應以極度簡化的「白話取代文言」去理解，而拉丁文於歐洲各國的歷史作用並不同於中國的文言文；見唐德剛譯注，《胡適口述自傳》，頁一八二—一八五注。後來宇文所安又對「文言／白話」與「拉丁文／歐洲各國語言」的比附提出異議，認為中國的文言白話之間沒有拉丁文和歐洲各國語言之間那樣清晰的分界線；見Stephen Owen, "The End of the Past: Rewriting Chinese Literary History in the Early Republic," in Milena Doleželová-Velingerová and Oldřich Král, ed., *The Appropriation of Cultural Capital: China's May Fourth Project* (Cambridge, Mass.: Harvard University Asia Center, 2001), p. 172；宇文所安，〈過去的終結：民國初年對文學史的重寫〉，收入田曉菲譯，《他山的石頭記：宇文所安自選集》（南京：江蘇人民出版社，二〇〇三），頁三一二—三一三。又：馬西尼（Federico Masini）對中國現代「國家語言」的歷史淵源，與前代各種文化因素的關係，有比較詳盡可信的解釋；見Federico Masini, *The Formation of Modern Chinese Lexicon and Its Evolution Toward a National Language: The Period from 1840 to 1898* (*Journal of Chinese Linguistics Monograph Series No. 6*; Berkeley: University of California, Berkeley, 1993), pp. 109-120.

27 黎錦熙，《國語運動史綱》（上海：商務印書館，一九三四），頁七〇—七一；又參李孝悌，〈胡適與白話文運動的再評估——從清末的白話文談起〉，收入周策縱等，《胡適與近代中國》（臺北：時報文化出版公司，一九九一），頁一一—四二。

28 姜義華編，《胡適學術文集：新文學運動》，頁四一、二四九。

29 錢理群、溫儒敏、吳福輝，《中國現代文學三十年》，頁二〇。

用」分劃為高階次語體（H or "high" variety）和低階次語體（L or "low" variety）。[31]

在清末民初的中國，傅格遜所描述的「二言現象」非常明顯：「文言」是屬廟堂的、建制的H，「白話」是民間的、非公用的L。[32]以林紓為例，他自己曾寫過不少白話文，但這是為啟導「下愚」而寫的。[33]至於胡適等人的主張，在他眼中，是「行用土語為文字」，依此則「都下引車賣漿之徒所操之語，按之皆有文法」，這是他完全不能接受的。於是分別寫了論文〈論古文白話之相消長〉釐清兩種語體的歷史功能，小說《荊生》痛罵陳獨秀、胡適，再致函北京大學校長蔡元培大聲抗議（〈致蔡鶴卿書〉）；[34]都是當時在不少知識分子心中，H、L兩種語體涇渭分明、不容侵奪的戲劇性表現。正是在這個語言狀況下，才會有胡適所領導的「文學革命」——對「二言現象」的功能階次作出一個重要的調整（repermutation）甚至消滅；將原屬L的「白話」的位置調為H，而宣布原來居高位的「文言」是「死文字」。若果這是歷史發展的報導，則新的「國家語言」就正式建立。可是，如果我們細心考查當時語言運用的情況，「文言」絕對未「死」；當下的「白話」還未能完全適應新的位階，所以胡適等除了要作宣傳工作之外，還要進行不少的探索和試驗。「怎樣做白話文？」在當時絕對是一個要討論研究的問題，傅斯年在《新潮》雜誌中，以此為題寫了探索的文章；[35]而胡適在〈《中國新文學大系》第一集導言〉的話，也很能顯示出運動之不能一蹴而就：

30 「Diglossia」不譯作「雙語」，因為「雙語」比較適合作為「bilingualism」的中譯，與「diglossia」並不相同。菲斯曼（Joshua Fishman）說「bilingualism」是心理學家或語言心理學家的研究對象，而「diglossia」則是社會學家或社會語言學家的對象；見Joshua Fishman, "Societal bilingualism: Stable and Transitional," *The Sociology of Language* (Rowley, MA: Newbury House, 1972), p. 92；又參見Ralph W. Fasold, *The Sociolinguistics of Society* (Oxford: Blackwell, 1984), p. 40.

31 傅格遜從「功能」（function）、「聲價」（prestige）、「文學承傳」（literary heritage）、「掌握過程」（acquisition）、「標準化程度」（standardization）、「穩定性」（stability）、「語法」（grammar）、「詞彙」（lexicon）、「語音狀況」（phonology）等方面去解釋H與L的「二言現象」。例如阿拉伯地區以《可蘭經》的語言為基礎的古典阿拉伯文就是H，而如埃及開羅的通用口語卻只能算是一種L；在大學的正式課堂，就只會用H，不少國家甚至有法例規定中學老師不能以L教學。他為這個術語所下的簡明定義是："DIGLOSSIA is a relatively stable language situation in which, in addition to the primary dialects of the language (which may include a standard or regional standards), there is a very divergent, highly codified (often grammatically more complex) superposed variety, the vehicle of a large and respected body of written literature, either of an earlier period or in another speech community, which is learned largely by formal education and is used for most written and formal spoken purposes but is not used by any sector of the community for ordinary conversation." 見Charles Ferguson, "Diglossia," in Pier Paolo Giglioli , ed., *Language and Social Context: Selected Readings* (London: Penguin, 1972), pp. 236, 245. 又參R.L. Trask, *Key Concepts in Language and Linguistics* (London: Routledge, 1999), pp. 76-78.

32 傅格遜在他的經典論文中也借助趙元任的論說，指出漢語中的「二言現象」；見Charles Ferguson, "Diglossia," pp. 246-247. 又參Harold F. Schiffman, "Diglossia as a Sociolinguistic Situation," in Florian Coulmas, ed., *The Handbook of Sociolinguistics* (Oxford: Blackwell, 1997), p. 210.

33 張俊才〈林紓年譜簡編〉記載：「本年（一九〇〇年），林紓客居杭州時，林萬里、汪叔明二人創辦《白話日報》，林紓為該報作白話道情，頗風行一時。」又：「〔一九一九年〕三月二十四日，北京《公言報》為林紓等闢〈勸世白話新樂府〉專欄。……四月十五日和二十三日，又在《公言報》發表〈勸孝白話道情〉各一篇。」又據包天笑《釧影樓回憶錄》說：「其時創辦杭州白話報者，有陳叔通、林琴南等諸君。」均見薛綏之、張俊才編，《林紓研究資料》（福州：福建人民出版社，一九八三），頁二六、四九、一六八。

我們提倡新文學的人，盡可不必問今日中國有無標準國語，我們盡可努力去做白話的文學。……中國將來的新文學用的白話，就是將來中國的標準國語。造中國將來白話文學的人，就是制定標準國語的人。[36]

胡適、傅斯年等人的建議包括：一、講究說話，根據「我們說的活語言」去寫；二、多看《水滸》、《紅樓》、《儒林外史》一類白話小說；三、歐化；四、方言化。[37]可見這時期的關切點，是究竟「文言」應該以什麼方式來取代？「白話文」還只是一個模糊的概念，是尚在追尋的目標。這個運動的終點確如胡適所宣揚的一樣，是一種新的「國家語言」標準的建立；然而當時只不過是革命的開端，離開行動成功而作歷史追述的地步還有距離。[38]

（四）「純淨」白話文的追求在香港

以胡適的情況來參照，我們就可以叩問：司馬長風對語言形式的執著，是否有深一層的文化政治意義？司馬長風在《中國新文學史》上卷提出一種「純淨」語言的要求：

筆者認為散文的文字必須純淨和精緻，龐雜是大忌。吸收外國語詞雖然不可避免，但是要把它消化得簡潔漂亮，與國語無殊才好，不可隨便的生吞活剝，方言和文言則越少越好。（上卷，頁一七六—一七七）

下卷又反覆申說：

> 新文學自一九一八年誕生以來，散文的語言，為兩大因素所左右，一是歐化語，二是方言土話。這兩個因素本是兩個極端，居然同棲於現代散文中，遂使現代散文生澀不堪。歐化語是狂熱模仿歐美文學的結果；方言土話是力求白話口語的結果。這兩個東西像兩隻腳鐐一樣，套在作家們的腳上，可是因為興致太高，竟歷時那麼久，覺不出桎梏和沉重。（下卷，頁一四四）

在「文學史」中標示這種語言觀，表面看來只是白話文的推重，與胡適的說法相去不遠。但在歷史語境不同的情況下，兩者的意義卻大有差別。胡適的革命很清楚，是尋找一種新的國家語言，以改變原來的H、L並存的「二言現象」。依照這個想法，文言文的H地位

34 見薛綏之、張俊才編，《林紓研究資料》，頁八一—八二、八八。

35 傅斯年，〈怎樣做白話文？〉，《傅斯年全集》（臺北：聯經出版公司，一九八〇），頁一一一九—一一三五。

36 姜義華編，《胡適學術文集：新文學運動》，頁二五〇。

37 姜義華編，《胡適學術文集：新文學運動》，頁二五一。

38 參 Charles Ferguson, "Diglossia," p. 247.

不但要被推翻，它在社會的一般應用功能也要取消。在「國語」建立的過程中，除了要向他構築的「白話文學傳統」學習之外，還有必要參酌歐化和方言化的進路。但司馬長風則強烈排斥歐化和方言化的傾向。原因是什麼呢？我們或者應該考察一下司馬長風所面對的語言環境及其文化政治狀況。他在全書開卷不久，解釋文學革命以前的語言環境時說：

> 古文〔文言文〕是科考取士的根本，是士人的進身之階，與富貴尊榮直接相關。這正如今天的香港，中文雖被列為官方語文，只要仍是英國的殖民地，重視英文的心理就難以消失，因為多數白領階級，要依靠英文討生活。道理完全一樣。（上卷，頁二五）

這段話向我們透露了一個訊息：司馬長風的「文學史」論述不是一段抽離自身處境的第三身「客觀」報導。他的敘述體本身就包藏了不少的社會文化意識。司馬長風將文言文的地位與香港的英文相比，就是其中一個值得注意的現象。在二十世紀七〇年代以前，香港存在的不是傅格遜所描述的「經典二言現象」（classical diglossia）；[39]而是如菲斯曼（Joshua Fishman）所定義的「廣延二言現象」（extended diglossia）。[40]在這個殖民地之內，高（H）低（L）位階的語體不再是同一語言的異體，而是本無語系關聯的英語和粵語。香港人口中華人超過九成；社會上的華裔菁英以英語作為政府公文、法律甚或高等教育的通用語體；而粵語則是普羅大眾的母語，最貼近日常生活的語言。[41]當然香港的語言環境中還有以現代漢語（「普通話」，或稱「國語」）為基礎的中文書面語，看來是一種「三言現象」（triglossia）或者「複疊二言現象」（double overlapped diglossia）；[42]但實際上在七〇年代的香港，這第三語體的運用並不全面。書面上這是華人共用的「雅言」（lingua franca），但在香港其聲音形式卻不是普通話或國語。此間的華人一般都沿用粵語去誦讀這種書面語；可以純熟運用北方官話的，只屬少數。

準此，我們可以檢視「白話」和「白話文」在香港的特殊意義。「白話」在中國其他地區往往是指口語，而「白話文」與口語的密切關係，就如胡適和傅斯年〈怎樣做白話文〉所說，「白話文必須根據我們說的活語言，必須先講究說話。話說好了，自然能做好白話文。」[43]但在香港「白話」只與「白話文」一詞連用，而「白話文」（或稱「語體文」）是與

39 傅格遜後來也有補充申明：他提出的「二言現象說」不能完全解釋所有多元的語用情況，見Charles Ferguson, "Diglossia Revisited," *Southwest Journal of Linguistics* 10 (1991), pp. 91-106.

40 「Classical diglossia」及「extended diglossia」是Schiffman在檢討傅格遜及菲斯曼的理論之後所作的概括；見Harold F. Schiffman, "Diglossia as a Sociolinguistic Situation," *The Handbook of Sociolinguistics*, p. 208.

41 在一九七四年以前，英語是香港的唯一法定語文，直到《一九七四年法定語文條例》在香港立法局通過之後，中文才被承認為一種有法律地位的語文；參考王齊樂，《香港中文教育發展史（修訂版）》（香港：三聯書店，一九九六），頁三五一—三五二。

42 Abdulaziz Mkilifi, "Triglossia and Swahili-English Bilingualism in Tanzania," in Joshua Fishman, ed., *Advances in the Study of Societal Multilingualism* (New York: Mouton, 1978), pp. 129-152；Ralph W. Fasold, *The Sociolinguistics of Society*, p. 45.

日用語言有極大距離的北方官話相關的，是在學校的語文課內學習而得的。對於以粵語為母語的香港人來說，這種書面語並沒有「活的語言」的感覺。

可是，如司馬長風這樣一個成長於北方官話區的文化人，當南下流徙到偏遠的殖民地時，面對一個高位階用英文、日用應對用粵語的語言環境，當然有種身處異域的疏離感。他反對歐化、方言化的主張，正好和他所面對的英文與粵語的環境相對應；[44]「白話文」就是他的中國文化身分的投影。這個民族文化傳統的意識更顯示在「文藝復興」概念的運用上。司馬長風在《中國新文學史》的開卷部分，引述胡適一九五八年的演講〈中國文藝復興運動〉和《白話文學史》卷首的〈引子〉，說明中國有上千年的「白話文學傳統」，「文學革命」也就是「文藝復興」：

> 照我們以往順著「文學革命」這個概念來看，新文學是吸收西方文學，打倒舊文學的變革過程。現在既然知道，我們自己原有白話文學的傳統，那麼上述的變革方式顯然存在著重大的缺點。因為單方面的模仿和吸收西方文學、所產生的新文學，本質上是翻譯文學，沒有獨立的風格，也缺乏創造的原動力，而且這使中國文學永遠成為外國文學的附庸。……
>
> 我們必須深長反省。首先要決然拋棄模仿心理和附庸意識、應該回過頭來，看看自己的傳統——尤其是白話文學的傳統。我們的傳統不止有客觀的價值；而且每一中國作家

有繼承的義務。（上卷，頁二—三）[45]

經胡適的建構，白話文學有一個悠久的傳統，因此又可以承擔起民族意識的重責。對於胡適來說，這個「白話文學傳統」是為革命開道的一種方便，一種手段，他的重點在於新生的新文學。對於司馬長風來說，這個「傳統」的符號意義，卻是一種回歸，是飄泊生涯中的一種盼望。究其實，他並沒有真的認為新文學史是一段「中國文藝復興」的歷史，他只是借用胡適的概念來作歷史回顧的判準，甚至是為還未出現的文學理想定指針：

---

43 姜義華編，《胡適學術文集：新文學運動》，頁二五一；參傅斯年，《傅斯年全集》，頁一一二一—一一二七。

44 司馬長風在〈新文學與國語〉一文說：「今天許多〔香港的〕廣東人，所以感到寫作困難，也主要因為不會講國語，或者國語講得不好。」〈文學士不寫作〉一文又提到香港學生：「日常生活講的是粵語，從幼兒園到中學被填塞了一腦袋半生不熟的英文；進了大學的中文系，則被引進敦煌的石窟裡去，不見天日，只能與言語不通、生活迥異的古人打交道。粵語、英文、古文這三種東西，都妨礙使用國語白話寫作，換言之，三種東西纏住他們的心和腦，沒有餘力親近白話文學，哀哉！」見司馬長風，《新文學叢談》（香港：昭明出版社，一九七五），頁二三、四二。

45 司馬長風在《中國新文學史》上卷，三版增補了〈周作人的文藝思想〉一文，說周作人在一九二六年十一月寫的〈陶庵夢憶序〉中已提出「文藝復興」「現代文學革命」之說，比胡適一九五八年的演講早了二十〔按：疑是「三十」之誤〕多年，見《中國新文學史》，上卷（三版），頁二七一。其實周作人之說肯定是從胡適中來，請參見上文的討論。

現在我們來清理源頭，並不是想抹殺過去的新文學，而是重新估評新文學；以及從新確定今後發展的路向。我們發覺凡是經得起時間考驗的作品，都是比較能銜接傳統，在民族土壤裡有根的作品。（上卷，頁三）

（五）司馬長風的「鄉愁」

在司馬長風的時空裡，白話文的作用不在於響應當前的政治現實，而只在於建構內心的「中國想像」，或者說是，重構那分鄉土的回憶：

文學革命時期，本有現成而優秀的散文語言，那就是《水滸傳》、《紅樓夢》、《儒林外史》，傳統白話小說的散文語言，胡適曾有氣無力的提倡過，可是沒有認真的主張，遂令那些作家們，在歐化和方言土話中披荊斬棘，走了一條艱辛的彎路。這條彎路，到了李廣田的《灌木集》才又回歸了康莊大道。在《灌木集》中，罕見歐化的超級長句，翻譯口氣的倒裝句；也絕少冷僻的方言土話，所用語言切近口語，但做了細緻的藝術加工。換言之，展示了新鮮圓熟的文學語言，也可以說，重建了中國風味的文學語言。（下卷，頁一四四）

「傳統白話小說的語言」，不用「歐化」句子、不摻雜「方言土話」，就是「中國風味的文學語言」的基礎，這是司馬長風的文學理想。然而在香港，白話文是以外地方言為基礎的書面語，與在地有空間的距離；白話文學傳統以《水滸》、《紅樓》為依據，與當下又有幾百年的時間區隔。白話文只能透過教育系統進入香港的文化結構。香港的語言環境與司馬長風的中國想像有很大的衝突，可是司馬長風卻對此不捨不棄，甚至要努力將這個中國想像純潔化——要求文學語言的「純」，排斥駁雜不純的「歐化」和「方言化」現象：

> 二十年代後起的作家如蕭乾、何其芳、李廣田、吳伯簫等，一開始就以純白的白話，純粹的國語撰寫他們的篇章，他們是嶄新的一代。（中卷，頁一五六）

我們從未見過胡適標榜「純淨」的文學語言，可是在司馬長風的眼中，「純淨」的語言，可以神話化為中國的鄉土：

> 〈在酒樓上〉所寫的景物、角色以及主題都滿溢著中國的土色土香……，都使人想到《水滸傳》，想到《儒林外史》或《三言二拍》裡的世界，再再使人掩卷心醉。在這裡沒有翻譯文學的鬼影，新文學與傳統白話文學銜接在一起。（上卷，頁一五二）

從司馬長風的論述看來，語言已不只是形式、工具，它可以與「人民」、「親情」綰合，昇華為「民族」、「鄉土」：

《邊城》裡所有的對話，真正是人民的語言，那些話使你嗅出泥味和土香。（中卷，頁三九）

中國文學作品特重親情和鄉愁。（下卷，頁一五五）

中國文學與「親情」、「鄉愁」的關係，司馬長風並沒有作確切的論證，只是直感的綜合，可是司馬長風自己的確「特重」鄉愁。他有兩本散文集都以「鄉愁」為名，分別題作《鄉愁集》和《吉卜賽的鄉愁》，在另一本散文集《唯情論者的獨語》中有〈不求甚解的鄉愁〉一文，文中說：

甚麼是鄉愁？蘇東坡詞中有「故國神遊」四字，足以形容。我們些〔這？〕些黃帝的子孫，都來自海棠葉形的母土。我們的腦海裡、心裡和血裡，都流滿黃河流域的泥土氣味；我們對於孔子、遠比耶穌親切，對王陽明遠比對馬克斯〔思〕熟悉；我們的英雄是成吉思汗，不是亞歷山大；最使我們心醉的是《水滸傳》和《紅樓夢》，不是《異鄉人》和《等待果陀》，……因為我們是黃帝的子孫，是地道的中國人！說到這裡，只有一團濃得化不開的情緒，再無任何道理可講了。46

在這段抒情的話語中，我們可以看到《水滸傳》、《紅樓夢》等司馬長風一直掛在口邊的傳統白話文學的位置，這是他的「鄉愁」的主要元素。當他的身邊只是些「國語講得不好」的、「沒有餘力親近白話文學」的香港人時，他的「鄉愁」自然更加濃重了。[47]他在五十歲時誤以為得了絕症，寫了遺言似的〈噩夢〉一文，當中有這樣的話：

「再會了，香港人！」不禁想起了二十七年來在這裡的生活。生在遼河，長在松花江，學在漢江，將終在香江，香港雖小，也算是世界名城，她不但美如明珠，並且毗連著母土！呵！小小的香港，你覆載我二十七年，是我居住最久的地方，也是最沒有鄉土感的地方，現在覺得實在對不起你。[48]

香港雖是司馬長風一生居住最久的地方，但他總覺得是在異鄉作客，因為他心中存有一個由回憶和想像合成的，包括語言、文化、風俗、民情的中國鄉土。套用他自己的話作比

46 司馬長風，《唯情論者的獨語》（香港：創作書社，一九七二），頁一四九。
47 司馬長風，《新文學叢談》，頁二三、四二。
48 司馬長風，《綠窗隨筆》（臺北：遠行出版社，一九七七），頁六三。

喻，可以這樣總結《中國新文學史》全書：

> 書中什麼也沒有，只有一縷剪不斷的鄉愁。（下卷，頁八四）

正是這一縷鄉愁，蘊蓄了司馬長風「文學史」書寫的文化意義。

二、詩意的政治：無何有的「非政治」之鄉

（一）美文、詩意、純文學

除了「語言」的重視之外，司馬長風《中國新文學史》最惹人注目的一個特色就是「純文學」的論述取向。[49]這和他要求語言的「純」有類似的思考結構，但也有不同方向的文化政治意義，我們預備在此作出探析。所謂「純文學」的觀念，一般就簡單地判為西方傳入的觀念；其實即使在西方，這也是近世才逐漸成形的。[50]文學在西方的早期意義與中國傳統所謂「文質彬彬」的「文」或者「孔門四科」的「文學」都很相近，與學識、書本文化相關多於與抒情、審美的聯繫。[51]「純文學」的出現一方面可以說是從「排他」（exclusion）的傾向而來；另一方面也可以說是從「美學化」（aestheticization）的步程而來。所謂「排他」是

指在其他學科如宗教、哲學、歷史等個別的價值系統確立之後，各種傳統的文化文本（「經籍」）以及其嗣響，在十八世紀以還，紛紛依類獨立，所剩下的「可貴的」文化經驗只能夠由「美學價值」支持。與此同時，從十八世紀後半到十九世紀中葉，康德、黑格爾、席勒（Johann Schiller）、柯立芝（Samuel Taylor Coleridge）等的「審美判斷」、「美感經驗」等論述在歐洲相繼面世，文學就以語言藝術的角色，承納了這種論述所描畫或者想像而成的特殊、甚而是神祕的能力。從此現代意義的「文學」就以這個特徵卓立於其他學科之外。[52]

司馬長風的「純文學」應該與這些近代西方的觀念有比較密切的關係，因為中國傳統的

---

49 王劍叢，〈評司馬長風的《中國新文學史》——兼比較內地的《中國現代文學史》〉，頁三五—三六；許懷中，《中國現代文學史研究史論》（廈門：廈門大學出版社，一九九七），頁六七；王宏志，《歷史的偶然：從香港看中國現代文學史》（香港：牛津大學出版社，一九九七），頁一一三、一一七。

50 Peter Widdowson, *Literature* (London: Routledge, 1999), pp. 26-62.

51 維德生（Peter Widdowson）在*Literature*一書指出：“The English word *literature* derives, either directly or by way of the cognate French *litterature*, from the Latin *litteratura*, the root-word for which is *littera* meaning ‘a letter’ (of the alphabet). Hence the Latin word and its European derivatives all carry a similar general sense: ‘letters’ means what we would now call ‘book learning’, acquaintance/familiarity with books. A ‘man of letters’ (or ‘literature’) was someone who was widely read” Peter Widdowson, *Literature*. 31-32. 又參 René Wellek, “The Name and Nature of Comparative Literature,” *Discriminations: Further Concepts of Criticism* (New Haven: Yale University Press, 1970), pp. 4-8. 有關西方文化傳統中早期的「文學」概念可參 Adrian Marino, *The Biography of “the Idea of Literature”: from Antiquity to the Baroque* (Albany: SUNY Press, 1996). 中國傳統對「文學」的解釋參見王夢鷗，《文學概論》（臺北：藝文印書館，一九七五），頁一—一六。

詩文觀(無論是「言志」還是「興觀群怨」,又或者「載道」、「徵聖」)都是以社會功用的考慮為主流,而他則主張撇開這些思想文化或者道德政治的考慮。他在討論魯迅時,力圖把雜文從「文學史」論述的範圍「排除」出去:

在「為人生」的階段,他(魯迅)創造了不少純文學的作品,尤其在散文方面《野草》和《朝花夕拾》,為美文創作留下不朽的篇章。可是自參加「左聯」之後,他不但受所載之道的支配,並且要服從戰鬥的號令,經常要披盔帶甲、衝鋒陷陣,寫的全是「投槍」和「匕首」,遂與純文學的創作不大相干了。(中卷,頁一一一)

直到一九三〇年二月「自由大同盟」成立、三月「左聯」成立後,(魯迅)始將大部分精力投進政治漩渦,幾乎完全放棄了純文學創作。從那時起到一九三六年逝世為止,除寫了幾個短篇歷史小說之外,寫的全是戰鬥性的政治雜文,那些東西在政治史上,或文學與政治的研究上,有其獨特的重要性,但與文學便不大相干了。……其實在那個年代,他絕無意趣寫什麼散文,也更無意寫什麼美文,反之對於埋頭文學事業的人,他則罵為「第三種人」,痛加鞭撻。在這裡我們以美文的尺度來衡量他的雜文,就等於侮辱他了。(中卷,頁一四八)

照司馬長風的說法,「美文」是屬「純文學」範疇之內的文類,而「投槍」、「匕首」

一類的「戰鬥性的政治雜文」卻是不同領域的語言表現。我們應該注意，司馬長風在這裡並沒有否定魯迅雜文的價值，只是說不能用「純文學」（「美文」）的尺度為論，可知這是有關價值系統的選擇和認取的問題。此外，在討論「文以載道」的弊端時，司馬長風正式表示自己的立場：

> 我們……是從文學立場出發的，認為文學自己是一客觀價值，有一獨立天地，她本身即是一神聖目的，而不可以用任何東西束縛她、摧殘她，迫她做僕婢做妾侍。（上卷，頁五）

他又反對「為人生的文學」，因為這個主張：

52 維德生又說：“[C]ritics are now [mid-eighteenth century] talking of a kind of literary writing which is distinguished from other kinds of writing (e.g. history, philosophy, politics, theology) that had hitherto been subsumed under the category 'literature', and which is precisely so distinguished by its *aesthetic* character⋯. By the second half of the nineteenth century, then, a fully aestheticised notion of 'Literature' was becoming current.” Peter Widdowson, *Literature*, pp. 35-37. 又參 Terry Eagleton, *Literary Theory: An Introduction* (Oxford: Blackwell, 1983), pp. 20-21; Bernard Bergonzi, *Exploding English: Criticism, Theory, Culture* (Oxford: Clarendon Press, 1991), pp. 36-37, 193-194.

> 破壞了文學獨立的旨趣，使文學變成侍奉其他價值和目標的妾侍。（上卷，頁八）

這是「文學自主觀」（the autonomy of literature）的宣示。夏志清在〈現代中國文學史四種合評〉一文中批評司馬長風的「客觀價值」、「獨立天地」說：

> 文學作品有好有壞，……有些作品，看過即忘，可說是一點價值也沒有，實無「神聖目的」可言。……世上沒有一個「獨立天地」，一座「藝術之宮」。[53]

其實夏志清的切入點與司馬長風不同。夏氏講的是個別的作品，而司馬長風所關注的是作為集體概念的「文學」，在回應批評時他就表明了這個「獨立旨趣」是經由「排除」過程而來：

> 我所說的「文學自己是一客觀價值，……」這幾句話，乃針對具體的情況，有特殊的意義。具體的情況是有許多的「道」，欲貶文學為工具，特殊意義是爭取維護文學獨立、創造自由。[54]

所謂「許多的『道』」就是指不同的價值系統；在排拒了這許多不同的系統之後，所剩下的正是那神祕的、飄渺的、「無目的」（disinterested）的「美感價值」。[55]司馬長風推崇「美文」的基礎就在於「美」的「無目的」性質，沒有「實用」的功能。我們只要看看他對新文學各家「美文」的實際批評，雖然反覆從文字或內容立說，[56]但其歸結總不離以下一類的評語：

〔評周作人《初戀》〕美妙動人。（上卷，頁一七八）

〔評徐志摩《死城》〕這篇散文真美。（上卷，頁一八一）

〔朱大柟散文〕文有奇氣，極饒詩情，有一種淒傷的縈魂之美。（上卷，頁一八五）

〔何其芳散文〕作品集合中西古典文學之美。（中卷，頁一一四）

〔馮至〈塞納河畔的無名少女〉〕人世間從未有這麼美的文字，……所謂美文，以往

---

53 夏志清，〈現代中國文學史四種合評〉，頁五四。

54 司馬長風，〈答覆夏志清的批評〉，《現代文學》，復刊第二期（一九七七年十月），頁九五。

55 司馬長風曾對周作人《中國新文學的源流》所說過的「文學是無用的東西」一語，表示認同；見周作人、楊揚編校，《中國新文學的源流》（上海：華東師範大學出版社，一九九五），頁一四；司馬長風，《中國新文學史》，中卷，頁二四七—二四八。由康德到席勒的美學思想，都標舉這種「實用」以外的價值；參 Bernard Bergonzi, "Beyond Belief and Beauty," *Exploding English: Criticism, Theory, Culture*, p. 88. 對這個觀念的政治批判可參 Tony Bennett, "Really Useless Knowledge: A Political Critique of Aesthetics," *Outside Literature* (London: Routledge, 1990), pp. 143-166.

56 司馬所說的「內容」在大多數情況下是指語義結構，而沒有文本以外的歷史社會等實際指涉。

> 只是一空的名詞，現在才有了活的標本。（中卷，頁一二四）
>
> 〔廢名散文〕——孤獨的美。（中卷，頁一二九）
>
> 〔朱湘散文〕——美無所不在。（中卷，頁一五五）

司馬長風並沒有對各家（或各篇）散文之「美」的內容，作出理論的解說，但當他在進行感性的闡發時，所說的「美」往往指向一種超乎文類的性質——「詩意」：

> 〔徐志摩的〕散文比他的詩更富有詩意，更能宣洩那一腔子美和靈的吟唱。（上卷，頁一八〇）
>
> 〔何其芳〕以濃郁的詩情寫詩樣的散文。（中卷，頁一一四）
>
> 〔何其芳的散文〕詞藻精緻詩意濃。（中卷，頁一一八）
>
> 朱湘的散文也和徐志摩相似、詩意極濃。（中卷，頁一五四）
>
> 〔無名氏〈林達與希綠斷片〉〕顯然超越了散文，這是詩。（下卷，頁一五八）

這種「詩意」的追尋，甚至延伸到小說的閱讀，例如論魯迅的〈故鄉〉：

> 字裡行間流露著真摯的深情和幽幽的詩意。這種濃厚的抒情作品，除了這篇〈故

鄉〉，還有後來的〈在酒樓上〉。（上卷，頁一〇七—一〇八）

又談到郁達夫的小說：

《遲桂花》較二者〔《春風沉醉的晚上》、《過去》〕更有氣氛，更有詩意；若干描寫凝吸魂魄。（中卷，頁七九）

再而是連戲劇的對話與場景都以當中的「詩意」為論，例如讀田漢的《獲虎之夜》：

這一山鄉故事，約兩萬字長的獨幕劇，一口氣讀完不覺其長，極其美麗動人，許多對話、場景饒有詩意。（上卷，頁二二三）

論李健吾的《這不過是春天》：

這段對話，自然，美妙，詩情洋溢，映襯了「這不過是春天」的情趣。（中卷，頁二九六）

更能說明問題的，是他對詩歌的論析；他索性將「詩意」從詩的體類抽繹出來，詩與「詩意」變成沒有必然的關聯。例如他評論田漢的詩〈東都春雨曲〉說：

> 有詩意，像詩。（上卷，頁一〇三）

評廢名的〈十二月十九夜〉說：

> 詩句白得不能再白，淡得不能再淡，可是卻流放著濃濃的詩情。（中卷，頁二〇三）

在評論艾青的〈風陵渡〉時卻說：

> 既沒有詩味，也沒有中國味，……不像詩的詩。（下卷，頁二〇二）

評李白鳳的〈小樓〉時說：

> 詩句雖有濃厚的散文氣息，但詩意濃得化不開。（下卷，頁二三二）

詩有可能沒有「詩味」，散文、戲劇可以充滿「詩意」，可見在司馬長風的論述中，「詩意」這種本來是某一文類（詩）所具備的特質，被提升為超文類的「文學性質」（literariness），其背後作支持的，當是非功利的「美感價值」。這種情況會讓我們想起注重文學本體特質的英美新批評家如艾略特（T. S. Eliot）、瑞恰慈（I. A. Richards）、布魯克斯（Cleanth Brooks）等，都傾向以詩的特性來界說文學，俄國形式主義理論和布拉格的結構主義理論的文學觀也是圍繞詩的語言（poetic language）和詩的功能（poetic function）來立說；照伊格頓（Terry Eagleton）的分析，這是因為相對於小說戲劇等文類，詩最能集結讀者的感應於作品本身，更容易割斷作品與歷史、社會等背景因素的關係。[57]司馬長風「尋找詩意」的政治意義，也可以借伊格頓的理論來作說明。但他自己的解說是：

> 詩是文學的結晶，也是品鑑文學的具體尺度。一部散文、戲劇或小說的價值如何，要品嚐她含有多少詩情，以及所含詩情的濃淡和純駁。（中卷，頁三七）

以「詩」的成分去量度其他文學體裁，當中實在有許多想像的空間，而「詩意」、「詩情」除了可知是與「美」相關之外，究竟是何所指，也有待進一步的界定。或者我們可以對

57 Terry Eagleton, *Literary Theory: An Introduction*, pp. 50-52, 98-99; esp. 51.

照參考司馬長風另一段關於「文學尺度」的解說：

> 衡量文學作品，有三大尺度：（一）是看作品所含情感的深度與厚度，（二）是作品意境的純粹和獨創性，（三）是表達的技巧。（下卷，頁一〇〇）

正如上文所言，司馬長風排拒就政治或社會意義為文學立說；他所注重的方向是：一、文學與情感抒發的關係（「含有多少詩情」，「情感的深度與厚度」）；二、這些情感經驗如何在文學作品中措置（「濃淡」、「純駁」、「表達技巧」）。至於「意境」，在中國傳統文學理論中一般是指文學作品整體的藝術效果，是美感價值的判定，但在司馬長風的論述中則是指文學家由觸物而生的感懷、經想像提升為藝術經驗，但尚待外化為具體藝術成品的一種狀態：

> 詩人從生活得到感興，經過想像升為意境，再經字句鍛煉成為詩。形成次序為下：生活→感興→意境→詩。感興來自生活，生活是人生的具體表現，自然會反映人生；無須說，「為人生而藝術」；而從感興到意境，再從意境到詩，是藝術的進程，必須傾力於藝術技巧，這就是藝術本身，又何須說：「為藝術而藝術」？（下卷，頁三二〇）[58]

這個環節可以是美學思考的一個重點；[59]但司馬長風只輕輕一筆帶過，並未就其作為「量尺」的可行性作出足夠的解釋。依司馬長風的簡述，我們充其量只能從具體成形的文學作品入手，按其所帶給讀者的美感經驗，還原為想像中作者曾有過的藝術經驗（就是司馬長風定義的「意境」）。這把衡度的量尺其實沒有另外兩個標準那麼容易檢視；在司馬長風的批評實踐當中，運用的頻率也相對地少。

所以說，司馬長風對文學性質（或者「詩意」）的觀察點，主要還是離不開主體的「情」，和客體的「形式」。後者是「純文學」論的重點，我們可以先作剖析。司馬長風並不諱言對「形式」的重視，他說：

> 任何藝術，都免不了一定的形式，否則就不成藝術了。但形式並非一成不變。創新形

58 又參考司馬長風，〈感興．意境．詞藻〉，《新文學史話——中國新文學史續編》（香港：南山書屋，一九八〇），頁八六—八七。

59 柯立芝對這內化的過程有很重要的討論，有關論述見John Spencer Hill編的資料選*Imagination in Coleridge* (London: Macmillan, 1978)；又參M. H. Abrams, *The Mirror and the Lamp: Romantic Theories and the Critical Tradition* (Oxford: Oxford University Press, 1953), pp. 167-177；克羅齊（Benedetto Croce）的美學理論更是以這個階段為藝術的完成；參考Merle E. Brown, *Neo-Idealistic Aesthetics: Croce-Gentile-Collingwood* (Detroit: Wayne State University Press, 1966), pp. 26-31.

式正是大藝術家的本領。（中卷，頁一八六）

這份對「形式」的重視，又可以結合他常常提到的「純」的追求；例如他在討論郁達夫的散文理論時說：

散文的要旨在一個「純」字，文字要純，內容也要純。不能在一篇文章裡無所不談，而是要從宇宙到蒼蠅，抓住一點，做細緻深入、美妙生動的描述。（上卷，頁一七七）

批評何其芳的散文〈老人〉時又說：

散文最重要的原則是一個「純」字。對旨趣而說，須前後一貫，才能元氣淋漓，大忌是支離；對文字來說，樸厚，耐得尋味，切忌賣弄或粉飾。（中卷，頁一一六）

所謂「內容」的純、「旨趣」的純，都是指內容結構的統一，仍然是形式的要求。司馬長風就是用這種論述，將本來指向歷史社會現實的課題導引到形式的範疇。[60]至於「文字」的純，無論是上文講的國語方言的問題，還是文字風格的要求，都屬形式的考慮。

但司馬長風卻不是個非常精微的「形式主義」者。尤其是對詩的形式要求，他的主要論述只停留在格律的層次：

> 不論哪個國家，哪個時代的詩人都會知道，詩的語言絕對不是自然的口語，必須經過緻密的藝術加工。……所謂藝術的加工，便是詩的格律，換句話說，要講求章句和音韻，否則便沒有詩。（上卷，頁五〇）

由是新月派的格律詩主張便成了司馬長風詩論的歸宿：

> 唯獨詩國荒涼寂寞，直等聞一多，徐志摩等新月社那群詩人出現，才建立了新詩的格

---

60 王宏志在《歷史的偶然》中，對司馬長風這方面的「純」的要求，有一個非常嚴重的誤讀。他說：「更極端的是，司馬長風甚至曾經說過內容上談到外國的東西也不無問題。我們可以舉出他討論何其芳的一篇散文〈哀歌〉為例，他認為〈哀歌〉是一篇佳作，但卻也有不妥當的地方，原因在何其芳在描寫年輕姑母被禁錮而夭折的時候，開頭一大段寫了許多西方古代的哀豔美女，它的罪狀是中西史跡雜揉，也有傷『純』的原則。」王宏志，《歷史的偶然：從香港看中國現代文學史》，頁一四七。其實司馬長風的論說觀點很明晰：先是提出「從藝術水準看」，何其芳〈老人〉一文有「缺陷」，「缺陷」之一是「支離」，「破壞了全文的氛圍」；下文再評〈哀歌〉「開頭一大段寫了許多西方古代的哀豔美女，與後面的主文不大相干」。王宏志有意或無意地略去最後「與後面的主文不大相干」一句，將司馬長風刻畫成義和團式的盲目排外，未免有厚誣之嫌。司馬長風的論說當然有意識形態的指涉，但不是如王宏志所講的，無理的排斥所有涉及西方文化的內容。有關意識形態的問題，下文再有析論。

律，新詩才開始像詩。（上卷，頁五一）又說他們代表「新詩由中衰到復興」。（上卷，頁一九〇）其他詩人如馮至以卓立的形式、徐訏以近乎新月派的風貌，都贏得司馬長風的稱賞：

> 詩句韻律雖異於中國傳統的詩詞，但是鏗鏘悅耳，形式與內容甚是和諧，自新月派的格律詩消沉之後，這是最令人振奮的詩了。……詩所以別於散文，詩必須有自己的格調，那麼，十四行詩比自由詩更像詩，更有詩味。（下卷，頁一九一——一九五）
>
> 徐訏的詩，無所師承，但從風貌看與新月派極為接近。……由於音節、排列和詞藻，都這樣順和古典和現代的格律，徐訏的詩遂有親切悅人的風貌，特具吸引讀者的魅力。（下卷，頁二一八）

當然司馬長風在讚揚新月派的時候也有說過他們「創格」的「格」，「不止是格律和形式，也是格調，風格」；（上卷，頁一九一）但他也沒有作進一步的闡發。事實上司馬長風也不擅長這方面的思考。據我們的推想，司馬長風所指應該是結構形式的效應，照這樣的思路，才能從形式層面提升到他所常標舉的「詩意」、「詩味」的美感範疇。

（二）「即興以言志」的抒情空間

相對來說，司馬長風於形式客體的論述，比不上他對文學主體層面——「詩情」或者「情」——的探索那麼富有興味。比較精微的形式主義論述如俄國形式主義以至法國的結構主義，都盡量疏離文學的主觀元素，以求科學的「客觀」精密。只有新批評前驅的瑞恰慈，對詩與情感的關係作了本質的聯繫。他認為詩是「情感的語言」（emotive language），而不是「指涉的語言」（referential language）。[61]瑞恰慈的理論基礎是：文學（詩）足以補科學之不足，這種情感語言正好是科學實證世界的一種救濟。這其實是一種文學功利主義和美學主義的結合。[62]

---

61 近代西方由形式主義方向開展的論述，基本上都在索緒爾（Ferdinand de Saussure）的「符碼」（signifier）與「符指」（signified）的結構之內運轉，這個理論模式將語言結構外的實際指涉（referent）從理論系統中剔除。瑞恰慈將「情感語言」與「指涉語言」分割的講法，就很能說明這種傾向。其實西方不少語言或思想的理論模式都沒有忘記我們經驗的實存世界，例如Frege的「Expression, Sense, Reference」；Carnap的「Expression, Intension, Extension」；Ogden and Richards的「Symbol, Thought, Referent」；Pierce的「Sign, Interpretant, Object」等都包括「referent」的環節；參考：Robert Scholes, *Textual Powers: Literary Theory and the Teaching of English* (New Haven: Yale University Press, 1985), p. 92；Raymond Tallis, *Not Saussure: A Critique of Post-Saussurean Literary Theory* (Basingstoke: Macmillan, 1988), pp. 3-4；Bernard Bergonzi, *Exploding English: Criticism, Theory, Culture*, pp. 112-115。司馬長風雖然以文學自主為前提，但他沒有自囚於文學的形式結構之內；或者說他的能力並沒有讓他在形式結構上作出精微的推衍，他的性向和對傳統的倚賴使他不能不把目光轉移到「言志」（以至「緣情」）的思考，亦因此而得以跨越「文學的獨立」疆域。

62 Terry Eagleton, *Literary Theory: An Introduction*, pp. 45-46.

司馬長風的論述卻另有指向，我們可以從他標舉的「美文」開始說起。司馬長風視為「純文學」表徵的「美文」，在他筆下卻又是「抒情文」的別稱。他在申論《中國新文學大系》的散文卷導言時說：

> 散文應以抒情文（美文）為主是不易之論。（上卷，頁一七六）

在〈何其芳確立美文風格〉一節又說：

> 抒情文——美文是散文的正宗，敘事文次之，這是必須確立的一個原則。（中卷，頁一一八）

由這個好像不解自明的等同，可知在司馬長風心目中「抒情」與「美」及「純文學」的關係非常密切。正如上文所論，司馬長風所刻意追尋的「詩意」和「詩情」，就是文學性質（literariness）；看來「抒情」的表現就是這種性質的主要特徵。他在論魯迅的〈故鄉〉時說：

> 字裡行間流露著真摯的深情和幽幽的詩意。這種濃厚的抒情作品，除了這篇〈故鄉〉，還有後來的〈在酒樓上〉。（上卷，頁一〇七—一〇八）

後面論〈在酒樓上〉又說魯迅「流露了溫潤的柔情」。（上卷，頁一五〇）有時司馬長風更會將「情」的「文學性」位階定於結構語言之上，他在比較魯迅與郁達夫的短篇小說時，就判定郁達夫作品的「文學的濃度和純度」較優，因為當中有「情」：

> 魯迅的作品篇篇都經千錘百練，絕少偷工減料的爛貨，但是郁達夫則有一部分失格的作品；在謹嚴一點上，郁達夫不及魯迅。但是，郁達夫由於心和腦無蔽，所寫的是一有情的真實世界，而魯迅蔽於「療救病苦」的信條，所寫則多是沒有佈景，缺乏彩色的概念世界；在文學的濃度和純度上，魯迅不及郁達夫。（上卷，頁一五九）

司馬長風在很多地方都提到自己是「唯情論者」。[63]在《中國新文學史》中確實是「唯情」到「感傷」的地步，書中常有「深情似海，賺人眼淚」、「至情流露，一字一淚」、「一

63 他曾寫過〈唯情論者的獨語〉、〈「唯情論」的因由〉、〈情是善和美的根源〉等文解釋自己的「唯情論」，分見司馬長風《唯情論者的獨語》，頁一—八；《新文學史話——中國新文學史續編》，頁七五—七九；《吉卜賽的鄉愁》（臺北：遠行出版社，一九七六），頁四七—五〇。胡菊人曾說：「〔司馬長風〕是一個浪漫主義者，這主要表現在文學取向上，他似乎特別喜歡感情澎湃的著作。」見胡菊人，〈清貧而富足的司馬長風〉，《香港作家》，第一二三期（一九九九年一月），頁一〇。

往情深」一類的評語。（上卷，頁一八二；中卷，頁一四二；下卷，頁一五二、一九九）經歷過現代主義洗禮的我們，可以很輕鬆地批判司馬長風的「濫情主義」（sentimentalism）。不過，這種批評可能比司馬長風還膚淺。因為我們忘記了司馬長風「感傷」背後的意義：其中最重要的是他以「抒情」或者說「緣情而綺靡」的主張，去與現實世界作連接，而又抗衡了中國現代「文學史」主流論述的「政治先行」觀點。

司馬長風主張文學自主、獨立，但他沒有把文學高懸於真空絕緣的畛域。作者在整個文學活動的作用，就是司馬長風打通文本內的藝術世界與文本外的現實世界的主要管道。他在評論朱自清的詩論時說：

> 從文藝獨立的觀點看，……文藝基本是忠於感受，不從感受出發，無論是玩弄技巧，或者侍候主義，都是瀆褻文藝。（下卷，頁三三二）

他又讚賞劉西渭在《咀華二集》的跋文中的話，說是「維護文學的獨立自主」，因為劉西渭認為文學批評家有其特定的責任：

> 〔批評家的〕對象是文學作品，他以文學的尺度去衡量；這裡的表現屬人生，他批評的根據也是人生。（下卷，頁三四〇）

可見司馬長風所界定的「文學的獨立」，正在於作品能顯出對人生的忠實感受。這種「忠於感受」的表現理論（expressive theory），[64]更具體的表述見於他對周作人的文藝觀點的剖析。他先說周作人在一九二三年放棄了〈人的文學〉的「為人生的文學」的主張，提出「文藝只是表現自己」；（上卷，頁一二一、一二三）再闡發周作人在《中國新文學大系》的散文卷導言和《中國新文學的源流》的「載道」和「言志」的觀念。周作人原來的說法是：「文學最先是混在宗教之內的，後來因為性質不同分化了出來」，因為「宗教儀式都是有目的的」，而文學「以表達出作者的思想感情為滿足的，此外再無目的之可言」。[65]他把文學表達思想感情的性質概稱為「言志」。與此對立而在中國文學史上互為起伏的文學潮流是「載道」，其產生原因是：

> 文學剛從宗教脫出之後，原來的勢力尚有一部分保存在文學之內，有些人以為單是言志未免太無聊，於是便主張以文學為工具。再借這工具將另外的更重要的東西——「道」，表現出來。[66]

---

64 參考M. H. Abrams, *The Mirror and the Lamp: Romantic Theories and the Critical Tradition*, pp. 21-26.

65 周作人，《中國新文學的源流》，頁一四—一七。

周作人的理論可說是非常粗糙；錢鍾書在一篇書評中，指出周作人根據「文以載道」和「詩以言志」來分派是很有問題的，因為在中國文學傳統中「詩」和「文」本來就屬不同的門類，「載道」與「言志」原是「並行不背」的。[67]再者，「言志」說在傳統詩學思想中往往包含道德政治的目的；[68]與此相對的「詩緣情」說反而更接近周作人的主張。[69]司馬長風的「文學表現說」正是「言志」與「緣情」的混成物。周作人又提到：

> 言志派的文學，可以換一名稱，叫做「即興的文學」，載道派的文學，也可以換一名稱叫做「賦得的文學」。[70]

司馬長風受到這些概念的啟發，建立了一個層次分明的架構，很能說明他的思路，值得在此詳細的引述：

> 載道是內容的限制，賦得是形式的限制，有了這一區別，可產生左列四組觀點：
>
> （一）賦得的載道
>
> （二）即興的載道
>
> （三）賦得的言志

（四）即興的言志

賦得的載道，是說奉命被動的寫載道文章；即興的載道，是說自覺主動的寫載道文章；這種文章雖然載道，為一家一派思想敲鑼打鼓，但他對這一家思想有自覺的瞭解、自願的嚮往；道和志已經合為一體，這樣的載道，也可以說是言志。雖是載道文字也有個性流露，因為有自覺尊嚴，絕不肯人云亦云。……

賦得的言志，直說是被動的言志，確切的說〔是〕有限度的言志，……有些人受了外界的壓力或刺激，把自己的心靈囚於某一特定範圍，不再探出頭來看真實的世界。……

即興的言志，是說既不載道，思感也沒有「框框」，這才是圓滿的創作心靈。（中卷，頁一一〇）[71]

---

66 周作人，《中國新文學的源流》，頁一七。

67 中書君（錢鍾書），〈書報春秋，《中國新文學的源流》〉，《新月》，第四卷第四期（一九三二年十一月），頁九一—一五。

68 朱自清〈詩言志辨〉說：「現代有人用『言志』和『載道』標明中國文學的主流，說這兩個主流的起伏造成了中國文學史。『言志』的本義原跟『載道』差不多，兩者並不衝突；現時卻變得和『載道』對立起來。」見《朱自清古典文學論文集》（上海：上海古籍出版社，一九八一），頁一九〇。

69 裴斐，《詩緣情辨》（成都：四川文藝出版社，一九八六），頁一八—二二、九七—一〇五。

70 周作人，《中國新文學的源流》，頁三八。

71 參見司馬長風，〈周作人的文藝思想〉，《中國新文學史》，上卷（三版），頁二七〇。

司馬長風很滿意這個論說架構，認為自己「把周作人的言志論發揮盡致」。[72]事實上，這個架構的確比周作人的簡單二分來得精微，而且能顯示司馬長風的文學觀點。

對於周作人來說，「言志」與「載道」本來是從「文學的功用」立論，其焦點在文本以外。意思是「載道」的文學於社會有其宗教或者道德的作用；「言志」的文學於社會就欠缺這種作用的力量。他說「文學是無用的東西」正是以「言志」為文學的正途，「載道」為偏行斜出。司馬長風則以「內容的限制」去詮釋「載道」（或「內容的無限制」去詮釋「言志」），「限制」如果是一種文學活動的操作過程，則「內容」云者，轉成了文本內的語義結構。這個關節就是優秀的形式主義論最令人驚歎的地方；至此，文本外的歷史社會指涉就可以從文學角度加以體認詮釋。可是司馬長風並沒有停留於這個轉化程序；認真來說，這部分工作也不是他的專長。他再以「形式的限制」去詮釋「賦得」（或「形式的無限制」去詮釋「即興」），弔詭的是這個「形式」正與一般理解的文學形式相反，是指文學活動所受的、外加的「限制」。這些制約的寬緊有無，據他的詮釋，直接或間接影響了「言志」或者「載道」（文本的內容）的美感價值。[73]由此看來，在這個論述架構內的兩組元素無疑是處於互相依存的關係，可「即興」、「賦得」甚或比「言志」、「載道」重要，[74]因為這是司馬長風的「文學獨立自主說」跨越形式主義樊籬的通道。在此，我們可以見到司馬長風在《中國新文學史》一切的痛陳哀說。

以創作主體的「忠於感受」為論，文學的思辨中自然會介入所「感受」的「生活」。沿著這個方向再進一步，就會繼續探索創作主體與外在環境的不同接合方式。司馬長風對何其芳的「風吹蘆葦」和聞一多的「鋼針碰留聲機片子」的比喻十分著迷，曾多番引述：

> 我是蘆葦，不知那時是一陣何等奇異的風吹著我，竟發出了聲音。風過去了我便沉默。
>
> 詩人應該是一張留聲機的片子，鋼針一碰它就響。他自己不能決定什麼時候響，什麼時候不響。（中卷，頁一一五；又見：頁一七六；下卷，頁三二〇）[75]

他覺得聞一多的創作是：

---

72 司馬長風，〈周作人的文藝思想〉，頁二七〇。

73 這一點可參看布拉格學派的穆卡若夫斯基對俄國形式主義者什克洛夫斯基（Viktor Šklovskij）「文學如紡織」的著名譬喻所作的補訂。什克洛夫斯基說過，如果把文學比作紡織，批評家只需考查棉紗的種類和紡織的技術，無須理會世界市場的狀況或者企業的政策變化。穆卡若夫斯基則認為紡織的技術問題離不開世界市場的供求狀況，所以文本內的形式構建必會承受文本外的歷史社會變化的影響；見Jan Mukařovský, "A Note on the Czech Translation of Šklovskij's Theory of Prose," *Word and Verbal Art* (New Haven: Yale University Press, 1977), p. 140.

74 「即興」組中即使有「載道」，但因為不是為外力所強加，司馬長風就認為近於「言志」；「賦得」組中的「言志」，卻是因外界壓力而自囚於某一範圍，所以並不可取。

75 又參司馬長風，《新文學叢談》，頁五二；司馬長風，《新文學史話——中國新文學史續編》，頁一〇三。

無囿無偏，保持圓活無蔽的敏感，無論是族國興亡，同胞福禍，還是春花秋月，皆有感有歌，不單調的死唱一個曲子。（中卷，頁二〇一）

對這種「即興以言志」的更具體的論說是：

把文藝回歸「自己的表現」，……每個自我都對時代有所感受，都可能反映時代的苦難，換言之也自然有魯迅所說「揭出病苦」、「引起療救」的作用，不過自我的感受不受局限，作家的筆端也不受束縛；除了這些之外，他仍可以表達愛情、興趣、自然、和整個的宇宙人生；所謂「天高海闊任鳥飛」。（上卷，頁二三一——二三二）

（三）「怵目驚心」的「政治」

「風吹蘆葦」、「風撥琴弦」都是浪漫主義的遐想；[76]但司馬長風的浪漫感傷不是無病的呻吟，卻是沉重的政治壓力下的哀鳴。他所體會的中國新文學的現實處境是困厄重重的：

政治是刀，文學是花草；作家搞政治，等於花草碰刀；政治壓文學，如刀割花草。不幸，中國現代文學，一開始就跟政治搞在一起了。葉紹鈞曾說：「……新文藝從開始就不曾與政治分離過，它是五四運動時開始的，以後的道路也不曾與政治分開。」因此，政治傷害和折辱文學的悲劇就不斷上演。三十年代南京當對左翼作家的鎮壓，固使人怵目驚心，但是在抗戰時期的四十年代初，由於國共兩黨交惡，政治之刀又在作家的頭上揮舞了。（下卷，頁三四—三五）

> 大敵當前，救亡第一。面對倫理的和政治的要求，一切藝術的尺度都癱瘓了，蒼白了。這個漩渦自九．一八形成，經一．二八、七七事變，越轉越強，到了抗戰後半期，由一個漩渦變成兩個漩渦，一是抗日戰爭的衝擊形成的漩渦，二是國共摩擦的衝擊形成的漩渦。戰後，前一漩渦消失了，後一漩渦，則繼續約制了歷史的洪流。（下卷，頁三一七—三一八）
>
> 從一九三八到一九四九，在文壇上是社會使命、政治意識橫流的時代。（下卷，頁二二三）

司馬長風在《中國新文學史》中絕對沒有迴避政治歷史的敘述，而且不乏態度鮮明的政治判斷；尤其在面對抗日戰爭的時候，他甚至連文學化為宣傳都認為值得原諒：

76 風弦琴（Aeolian lyre）是英國浪漫主義表現理論的一個重要比喻，聞一多和何其芳的比喻大有可能是受雪萊等詩人的影響而創造的；參M. H. Abrams, *The Mirror and the Lamp: Romantic Theories and the Critical Tradition*, pp. 50-51.

> 當整個的民族，被戰火拖到死亡邊緣，觸目屍駭〔骸〕、充耳哭號的情景，……縱然混淆文學和宣傳，是可悲的謬誤，但實在是難免的謬誤，對那一代為民族存亡流血灑淚的作家，我們只有掬誠禮敬。（下卷，頁一八二）

對於「左派作家」的作品，他也有盡其所能去作評論。比方說他對曾獲得史太林文藝獎的丁玲小說《太陽照在桑乾河上》，有這樣的評論：

> 這部小說一直得不到公允的品鑑，多以為是典型的政治小說，其實並不盡然。基本上雖是政治小說，主題在反映一九四七年前後，中共的土地改革，但是在人物、思想、情節諸多方面，都表現了獨特的個人感受，頗有立體的現實感，讀來甚少難耐的枯燥，具有甚高的藝術性。同時，作者貫注了全部的生命，每字每句都顯出了精雕細刻的功夫。（下卷，頁一二〇）[77]

當然我們可以不同意他的評價，甚至可以懷疑他的品味，但總不能說他盲目排斥含有政治意味的文學作品。值得注意的是，「忠於感受」、「表現自己」的主張，使他的文學觀沒有在「民族大義」或其他的政治重壓下破產。他仍然堅持爭取一個抒情的空間：

禁制愛情和自然入詩，是一時的呢，還是永久的（？）例如到了國泰民安的時代，是不（是）也照舊禁制呢？但無論一時的或永久的，都違反文藝的原則。我絕不相信，在苦難的時代，人們不戀愛，不欣賞自然之美。把任何實有的感受加以禁制或抹殺，都會傷害文藝生命。（中卷，頁一八一）

在《中國新文學史》中，他努力地翻尋挖掘那虛幻的「獨立作家群」，正是為了體現

---

77 這也不是唯一的例子，其他的「左派作品」如茅盾的小說《腐蝕》、夏衍和陳白塵的戲劇等，都有正面的評價；（下卷，頁一一九、二七七、二八〇）即使是他所謂「自困於政治鬥爭」的作家如蔣光慈、胡也頻等的小說，都有褒有貶，並特別指出蔣光慈的小說非常暢銷，對青年讀者頗有吸引力。（中卷，頁三六）絕非王宏志所說的「完全沒有提及」，更不能說司馬長風「打擊及否定」左派作品；見王宏志，《歷史的偶然：從香港看中國現代文學史》，頁一四三。

78 司馬長風在全書第四編〈收穫期〉和第五編〈凋零期〉的綜論和分體論中，常常先就整體情況分劃三到四個流派，當中多有一個「獨立作家」的名目，代表那些不受左右兩派政治力量支配的作家。然而如果我們仔細考查他的幾個名單，就會發覺這些派別的界線很模糊。例如〈三十年代的文壇〉一章郁達夫、張天翼和葉靈鳳屬「左派作家」，在〈中長篇小說七大家〉中郁達夫被列為「獨立派」，葉靈鳳、穆時英則劃為「海派」，張天翼和靳以則入「人生派」；到了〈詩國的陰霾與曙光〉章，則穆時英、靳以都列為「獨立派」。（中卷，頁二一、三三、三四、一七四）這版圖周界的隨時變遷，說明不受政治干擾的「獨立作家」的群體很可能是司馬長風自己一廂情願的構想。

79 這裡是借用張灝討論中國文化的一個概念：「所謂幽暗意識是發自對人性中或宇宙中與始俱來的種種黑暗勢力的正視和省悟。」見張灝，《幽暗意識與民主傳統》（臺北：聯經出版公司，一九八九），頁四。司馬長風對政治也有這種體會。

「即興的言志」的構想。[78]這許多的評斷和取捨的背景就是司馬長風的幽暗意識。[79]在他的意識中，「政治」已成「怵目驚心」的刀斧，文學家處身於「是非混淆」的「漩渦」、「橫流」之中。[80]司馬長風自己的心境很難說是平靜的，但他卻刻意去追尋文學史上的平靜；例如他非常寶貴李長之的「反功利」、「反奴性」的主張，說「在那個是非混淆的漩渦時代」，李長之的話是「金石之音，不易之理，是極少數的清醒和堅定。」（下卷，頁三四四）《中國新文學史》在「全書完」三字之前的終卷語是這樣的：

> 在飢求真理（下意識的救世主）的社會，在激動的漩渦的時代，遂引起殊死的爭論，終導致殘酷的政治鎮壓。這是無可如何的悲劇。（下卷，頁三五六）

司馬長風自處於這種陰暗、沉重的氣壓下，他所講求的「文學自主」，其實只是一種設想、一分希冀。他個人的歷史經驗讓他在南天一角的香港仍然懷抱家國之痛。[81]可以說：他期待的「任鳥飛」的「海闊天高」不在他寄身的殖民地香港，也不在海峽兩岸；而只會是一個符碼（signifier），它的符指（signified）是「文學的獨立自主」。當這個符號再成符碼，其符指就是他翹首盼望的，遙不可及的那個「自由、開放的社會」，那種「國泰民安」的生活。[82]然而這亦不過是巴特（Roland Barthes）所定義的「神話」罷了。[83]

（四）政治化地閱讀司馬長風

司馬長風的「文學非政治化」的主張，正如一切主張「文學自主」、「藝術無目的」的學說，當然具有深刻的政治意義，這已是不需深究都可知的。可是這卻成了學者們表現評論機智的機會。例如有學者批評說：

> 這種「遠離政治」的觀點，看來似乎是要脫離任何政治，但其實也是一種政治。[84]

又有評論說：

80「漩渦」的比喻源自劉西渭的《咀華二集》：「我們如今站在一個漩渦裡。時代和政治不容我們具有藝術家的公平（不是人的公平）。我們處在神人共怒的時代，情感比理智旺，熱比冷容易。我們正義的感覺加強我們的情感，卻沒有增進一個藝術家所需要的平靜的心境。」（下卷，頁三一七）

81 有關他個人的歷史經驗下文再有討論。

82 司馬長風曾引述朱光潛「反口號教條文學」的言論，評說：「這些話在自由社會本是常識，可是在中國新文學史上竟成為空谷靈音。」（下卷，頁三三八）又批評胡風的〈置身在為民主的鬥爭裡面〉說「像這樣傲慢的囈語，煩瑣的理論，若在開放的社會中，他只能得到無人理睬的待遇」，但實際上胡風卻遭受「殘酷的鎮壓」。（下卷，頁三五六）

83 Roland Barthes, *Mythologies*, (London: Grafton Books, 1973), p. 115.

84 許懷中，《中國現代文學史研究史論》，頁六九。

本意或在於希望文藝能擺脫政治；他大概未曾想到，結果卻是使自己的書因濃厚的政治批判色彩，也顯得相當政治化。[85]

更嚴厲的批判是：

司馬長風只不過是以另一種政治來代替中國大陸出版的新文學史裡所表現的政治思想吧。[86]

單純地把文學和政治截然劃分，還會帶來一個危險，便是把一些曾經發生重大影響的作品排斥出來，這其實跟以狹隘的政治標準來排斥作品沒有多大分別。……這其實就是我們在上文提到，司馬長風以一種看來是「非政治」的態度來達到政治的效果，他以作品的藝術性為工具，打擊及否定了很多政治色彩濃烈、在中國現代文學史上產生過影響、而這些影響更及於政治方面，因而受到大陸過去的文學史吹捧的作家。[87]

說司馬長風以「藝術性為工具」，「打擊及否定」了許多有影響力的作家，未免言重，也是過分的抬舉。以政治閱讀（to politicize）任何書寫活動，一定可以讀出當中的政治意味。但「政治」不是中性的，其作用也有分殊。如果我們參照伊格頓等的政治閱讀，我們會得悉十八世紀出現的美學思潮，例如康德的「美感無目的論」，席勒的「遊戲論」，主要作用不外是維護中產階級的「理性」信念及其政治體現的霸權；[88]我們又會知道重視文本、堅持「文學作品為有組織的形式整體」的英美新批評家，其政治態度也非常保守，文本的不變結構原來是他們心中的傳統社會的投射。[89]再回看司馬長風的論說，一方面我們可以有這樣的觀察：司馬長風並不是個嚴謹的「形式主義者」或「藝術至上論者」；他有太多的妥協，對於藝術形式的關注只是一種姿態。另一方面我們更要明白：他的焦點其實是一個可以容納「無目的」的藝術的空間，或者說，可以「即興以言志」的空間。他的態度好像非常保守：標舉「民族傳統」，講求藝術形式的「純」、語言的「純」；可是若將他的言說落實（contextualize）於他所處的歷史時空——一個南來殖民地的知識分子，處身於建制之外，以

85 黃修己，《中國新文學史編纂史》，頁四二六。

86 王宏志，《歷史的偶然：從香港看中國現代文學史》，頁一三六。

87 王宏志，《歷史的偶然：從香港看中國現代文學史》，頁一四三。

88 Terry Eagleton, *The Ideology of the Aesthetic* (Oxford: Blackwell, 1990), pp. 13-28, 70-119; Bernard Bergonzi, *Exploding English: Criticism, Theory, Culture.* 88-90; Tony Bennett, *Outside Literature*, 150-162; Nicolas Tredell, *The Critical Decade: Culture in Crisis* (Manchester: Carcanet Press, 1993), pp. 130-133.

89 Terry Eagleton, *Literary Theory: An Introduction*, pp. 39-53; John Guillory, *Cultural Capital: The Problem of Literary Canon Formation* (Chicago: University of Chicago Press, 1993), pp. 155-156; Peter Widdowson, *Literature*, pp. 48-59; Chris Baldick, *Criticism and Literary Theory: 1890 to the Present* (London: Longman, 1996), pp. 64-88; Mark Jancovich, *The Cultural Politics of the New Criticism* (Cambridge: Cambridge University Press, 1993), pp. 15-20.

賣文維生——就可以知道他只是在作浪漫主義的夢遊、懷想。這分浪漫主義的血性，驅使他向當時已成霸權的「文學史」論述作出衝擊；他的反政治傾向更有利他對成說的質疑，在文學評斷上，重銄起許多因政治壓力而被遺忘埋沒的作家和作品；在政治言說上，他痛斥政治集體力量對文人、知識分子的奴役。他沒有，也不可能捍衛任何一個現世的霸權。他曾經說過：

> 我們知道任何全體性的堅硬的思想體系，都具有侵犯性，難以容忍異己思想，一旦與政治權力結合，就是深巨的歷史災難。（下卷，頁三四三）

這不是成熟的政治思想，只能算作一種歷劫後的沉痛哀鳴。他的確排斥魯迅的雜文，低貶茅盾的《子夜》；然而，背後有政治力量支持他去「打擊」別人嗎？被他放逐於《中國新文學史》之外的作家作品，還不是鮮活地存現於大量「正統的」「文學史」之中？為什麼我們不能承認這是一種文學的見解、一種文化的取向？將他的「反政治壓制」的政治態度簡約了，抽去內容，再與「以集權的政治力量壓制異己」的政治取向同質化，稱之為「只不過是另一種政治」，不單是對司馬長風不公平，更是為過去曾損害了許許多多文人、知識分子的政治行動保駕護航。難道這是我們客觀的、嚴謹的、公正的學術批評所追求的目標嗎？

三、唯情論者的獨語

（一）文學史的客觀與主觀

司馬長風認為文學史是客觀實存的；他在討論文學史的分期時說：

> 文學史有其自然的年輪和客觀的軌跡。（上卷，頁八）
>
> 某些文學史家，不顧客觀事實，只憑主觀的「尺度」亂說。（上卷，頁九）

相對於那些不顧「史實」的主觀文學史家，他認為自己是客觀、公正的。在《中國新文學史》中他每每宣稱要盡「文學史家的責任」、顯明「文學史家的眼光」。（上卷，頁六八、一〇九；中卷，頁四八；下卷，頁四）當然，如果文學史有的是「自然的年輪」、「客觀的軌跡」，「文學史家」的工作只是如實報導；但有趣的是，每次司馬長風要表明他這個特殊身分時，都作了非常主觀的介入。例如他「以文學史家的眼光來看」魯迅的《狂人日記》、以「認真研究和重估」《阿Q正傳》為「文學史家無可推卸的責任」時，都著意地推翻其他「文學史家」的判斷，又說：

魯迅的才能本來可以給中國新文學史留下幾部偉大的小說，可是受了上述觀點〔按：指把小說看成改良社會的工具〕的限制，他只能留下《吶喊》與《彷徨》兩本薄薄的簡素的短篇小說集。（上卷，頁六八—六九）

魯迅如不把阿Q當作一個人物，一開始就以寓言方式，把他寫做民族的化身，那麼會非常精彩。（上卷，頁一一一）

這顯然是非常主觀的臆度。司馬長風堅持文學史上有一套客觀的價值標準，「文學史家」的判斷就是這個客觀標準的體現。事實上，我們應該再認真深思這是不是一種「課虛無以責有」的假象。然而這種假設已是不少文學史家、文學評論家共享的信念，不獨司馬長風為然。只是，司馬長風往往有更進一步的幻構，想像每一個文學文本背後都有一個柏拉圖式的理想版本，有待一位文學史家，如他，去揭示。所以，他在評論周作人的名作〈小河〉時，不但要批駁康白情、胡適、朱自清、鄭振鐸等人的講法，更會有改詩的衝動：

在這裡筆者忍不住做一次國文教師，試改如左：……。（上卷，頁九四）

類似的情況又見於對何其芳散文〈哀歌〉的評論：

這段話和第二段類似的話只是眩（炫）耀和賣弄，如果完全砍掉，整篇文章會立刻晶瑩奪目，生氣勃勃。（中卷，頁一一六）

又如評馮至〈塞納河畔的無名少女〉時說：

題目太長了，如果改成「天使的微笑」或「天使與少女」就好了。（中卷，頁一二五）

「文學史」如果要強調紀實，就會儘快把讀者引入敘述的時序框架之內，讓讀者順著時間之流去經歷這段虛擬的真實。除了在書前書後的前言跋語顯露形跡之外，「文學史」的書寫者都會極力隱匿自己的主觀意識。在正文中即使有所論斷，亦以「為千秋萬世立言」的「客觀」意見出之。可是在司馬長風的「文學史」當中，敘事者的聲音卻不斷出現，毫不掩飾的宣露自己的意識，甚至思慮的過程，例如：

筆者考慮再三，感到非選這首詩（劉半農〈教我如何不想她〉）不可。（上卷，頁九一）

我告訴讀者一個大秘密，也是一個大諷刺，周作人自己對上述的主張，卻只堅持了一年多，很快就悄悄地把它埋葬了。（上卷，頁一一六）

據我的鑑賞和考察，﹝何其芳﹞最好的幾篇作品是……。筆者最喜愛……。（中卷，頁一一六）

筆者曾不斷提醒自己是否有偏愛﹝沈從文作品﹞之嫌。（中卷，頁一二五）

李健吾的散文作品這樣少，而今天能讀到的更少得可憐，執筆時不勝遺憾。（中卷，頁一三六）

筆者忍不住杜撰，將他﹝巴金﹞的《憩園》、《第四病室》、《寒夜》合稱為「人間三部曲」。（下卷，頁七三）

這樣的全情投入，則讀者被帶引瀏覽的竟是敘事者——「司馬長風」——的世界。我們看到他的猶豫、衝動、遺憾。於是，一個本屬「過去的」、「客觀的」世界，就摻進了許多司馬長風的個人經驗。最有代表性的例子是對孫毓棠《寶馬》的評論，司馬長風認為這首長詩是「中國新文學運動以來唯一的一首史詩」，「前無古人，至今尚無來者」；但他不止於評斷，更伴之以感歎：

悠悠四十年竟默默無聞。唉，我們的文學批評家是不是太貪睡呢？或者鑑賞心已被成見、俗見勒死，對這一光芒萬丈的巨作竟視而不見，食而不知其味！（中卷，頁一八七—一八八）

論艾青詩時，司馬長風又有這樣的感歎：

啊艾青，純情的艾青，悲劇的艾青！偉大的良心，迷途的羔羊。（下卷，頁三二九）

我們看到他對「無識見」的文學論斷之憤慨，也不難察覺到他閱讀作品時的情感經驗。如果我們再作追蹤，會發現這裡更植入司馬長風的少年記憶。他在〈《寶馬》的禮讚〉一文說：

我初讀《寶馬》時還是十幾歲的孩子，當然還沒有鑑賞力來充分欣賞它，但是我記得確曾為它著迷，並且從報紙上剪存下來，讀過好多次，後來還把它貼在日記上。時隔三十年，最近我重讀它，六十多頁的長詩，竟一口氣又把它讀完了，引導我重回到曾經陶醉的世界。[90]

司馬長風說過許多遍，他中年以後再讀文學，是一次回歸的歷程；（〈中卷跋〉，中卷，

90 司馬長風，《新文學叢談》，頁一二八。

頁三二三）[91]他的「文學史」論述，就像重讀《寶馬》，其實是「重回曾經陶醉的世界」的一個歷程。現在很多評論家認同司馬長風「文學史」的一項優點，是重新發掘了不少被（刻意或者無心）遺忘的作家。[92]究之，這些鉤沉不一定是司馬長風單憑爬梳整理存世文獻而得的新發現，個人往昔的記憶可能是更重要的根源。他在《文藝風雲》的序文〈我與文學〉中，回敘自己上了中學之後，受國文老師的薰陶，興致勃勃地讀新文學作品的經驗：

> 抗戰前夕，正逢新文學的豐收期，北方文學風華正茂，沈從文、老舍的小說，何其芳、蕭乾等的散文，劉西渭、李長之的文學批評，都光芒四射，引人入勝。[93]

更感性的，或者說「唯情的」記敘有〈生命之火〉的一段：

> 一九三七年的深秋，日軍的鐵蹄下，這座千年的古城，陰森得像洪荒之夜；那面色蒼白的少年，為民族而哭，為家人而泣，又為愛情的萌芽而羞澀……。我居然活過來了。一方面靠外祖公父遺傳給我的生命力，一方面得要感謝文藝女神的眷顧。每天坐到北海旁邊的圖書館裡去，……何其芳的《畫夢錄》、蕭紅的《商市街》、孫毓棠的《寶馬》，也曾使我如醉如癡，我活過來了，居然活過來了。[94]

只要比對一下，不難發覺以上提到的作家作品在《中國新文學史》中都得到相當高的評價。再者，〈生命之火〉提及少年時的「萌芽愛情」，也是後來司馬長風的「文學史」論述的泉源之一；《中國新文學史》中對於周作人的〈初戀〉、無名氏的〈林達和希綠〉等寫「朦朧的」或者「充滿詩情的」戀愛的作品特別關顧；（上卷，頁一七八；下卷，頁一五八）對何其芳的〈墓〉、馮至〈塞納河畔的無名少女〉、徐訏的〈畫像〉等作品出現的天真純美的少女形象反覆吟味；（中卷，頁一一六—一一八，頁一二三—一二五；下卷，頁二二一—二二二）這都是司馬長風個人情懷的回響。甚至彌漫全書的「唯情」色彩，以及維護抒情美文等主張，可以說，都源自他自己眷戀不捨的愛情回憶。[95]

91 又參司馬長風，《文藝風雲》，頁一—五。

92 王劍叢，〈評司馬長風的《中國新文學史》——兼比較內地的《中國現代文學史》〉，頁三五；黃修己，《中國新文學史編纂史》，頁四二八；王宏志，《歷史的偶然：從香港看中國現代文學史》，頁一三八—一三九；古遠清，《香港當代文學批評史》（武漢：湖北教育出版社，一九九七），頁一八三—一八四。

93 司馬長風，〈我與文學〉，《文藝風雲》，頁二。

94 司馬長風《綠窗隨筆》，頁四七。

95 司馬長風〈初戀的情懷〉一文，將自己的初戀與周作人、郁達夫的戀愛回憶連合；見司馬長風，《吉卜賽的鄉愁》，頁四一—四五。他對周作人的〈初戀〉一文感受特深，在很多他方都提到，例如《新文學叢談》就有〈周作人的初戀〉一文；見司馬長風，《新文學叢談》，頁一九九—二〇〇。又在自己編的《中國現代散文精華》中選入周作人此篇，見司馬長風編，《中國現代散文精華》（香港：一山書屋，一九八二），頁一八—二一。

一般認為，「文學史」書寫的目的是傳遞民族的集體記憶，但「文學史」的書寫者是否必須，或者是否有可能完全排除個人的經驗，是一個值得思考的問題。事實上，有特色的「文學史」都是個人閱讀與集體記憶的結合。而個人的閱讀過程當中必然受過去的生活經驗影響甚或支配。例如已被視為經典著作的夏志清《中國現代小說史》，[96]據劉紹銘說，當中「給人最大的驚異」是「對張愛玲和錢鍾書的重視」；[97]夏志清這個評斷對後來的「文學史」論述有莫大的影響，現在已成為集體記憶的一部分。然而我們也知道，錢鍾書和夏志清早年有個人的交往，張愛玲的〈天才夢〉剛刊出時已為夏志清欣賞，他在書寫的選剔過程中有自己舊日的閱讀記憶作支持，是很自然的事。這裡要說明的不是「文學史」著作如何因私好而影響「公斷」；反之，是要指出「文學史」論述往往包含個人與公眾的糾結，「文學史」的書寫不乏個人想像和記憶。

(二)「學術」追求之虛妄

在撰寫《中國新文學史》時，司馬長風以傳統概念的文學史家為自我期許。他努力地去追蹤新文學史的「自然的年輪和客觀的軌跡」，而他也著實為這一分學術忠誠付出不少精力，可是換來的卻是書評家的猛烈批評和嘲弄。例如王宏志《歷史的偶然》一書，既指斥他的「學術態度」不嚴肅，又說全書所用資料只有幾種：

仔細閱讀三卷《中國新文學史》，便不難發覺司馬長風所能利用的資料十分有限，他主要依靠的資料有以下幾種：《中國新文學大系》、《中國新文學大系續編》、王瑤的《中國新文學史稿》、劉西渭的《咀華集》及《咀華二集》、曹聚仁的《文壇五十年》等幾種。以撰寫一部大型文學史來說，這明顯是不足夠的。[98]

司馬長風若看到這種批評，一定氣憤不平，覺得受到很大的冤屈。我們可以在他的《新文學叢談》中，見到他幾番提到自己挖掘資料的艱辛：

> 費九牛二虎之力驗明了他〔阮無名〕的正身，原來是左派頭號打手錢杏邨。[99]
>
> 今天研究新文學史最辛苦的是缺乏作家的傳記資料，為了查一個作家的生卒月日，每

96 一九九九年臺灣《聯合報》及文化建設委員會主辦「臺灣文學經典」評選，夏志清《中國現代小說史》入選為「評論類」的經典之一；參陳義芝主編，《臺灣文學經典研討會論文集》（臺北：聯經出版公司，一九九九），頁四七七—四八七。事實上，劉紹銘在一九七九年撰寫《中國現代小說史》中譯本引言，逕稱之為「經典之作」；見夏志清著，劉紹銘等譯，《中國現代小說史》（香港：友聯出版社，一九七九），頁三—二〇。

97 劉紹銘，〈經典之作——夏志清著《中國現代小說史》中譯本引言〉，載《中國現代小說史》，頁二四。

98 王宏志，《歷史的偶然：從香港看中國現代文學史》，頁一四九。

99 司馬長風，《新文學叢談》，頁一一三。

> 弄到昏天地黑，數日不能下筆寫一字。[100]
>
> 因為找不到李劼人的《死水微瀾》和《暴風雨前》，只好向該書的日文譯者竹內實先生求救。[101]
>
> 四月二十五日又去馮平山圖書館看資料，無意中發現了葉公超主編的《學文》月刊，大喜望外。[102]
>
> 在舊書攤上買了一本冷書——《現階段的文學論戰》。[103]

我們還知道他勤勞地往香港大學馮平山圖書館「尋寶」，用心地追尋劉吶鷗的身世、穆時英的死因，以至為了翻查沈從文在香港發表的一篇文章，輾轉尋覓一九三八年《星島日報》的〈星座副刊〉；[104]可見他的文學史構築，既有借助現成的記述，也有不少是個人一點一滴的積累。尤其他在各章後羅列的作家作品錄、期刊目錄、文壇大事年表等，都是根據繁多的資料所整理出來。正因為司馬長風沒有參照嚴格的學術規式，不少資料沒有注明出處，轉引自二手資料也沒有一一交代，我們很難準確計算他引用資料的數量；但他所用的資料絕對不止幾種。[105]僅以各章注釋所列，去其重複，可見全書徵引個別作家的作品凡三十五種（其中魯迅作品引用甚多，只計《魯迅全集》一種），作品選集及文獻資料集二十九種，「文學史」十三種，各家文學論集三十二種，相關的傳記十六種，歷史著作九種，報紙副刊七種，期刊十九種（其中大約有七、八種不能確定是否轉引）。就中所見，他一方面固然得助於當時香港出現的大量新印或者翻版的現代文學資料，[106]另一方面他也注意吸收剛刊布的研究成果。[107]

在兩次總結自己的「文學史」寫作時，司馬長風都以「勇踏蠻荒」作比喻。（〈中卷跋〉，中卷，頁三二四；〈下卷跋〉，下卷，頁三七三）「蠻煙瘴氣的密林榛莽」是他對居壟

100 司馬長風，《新文學叢談》，頁一一五。

101 司馬長風，《新文學叢談》，頁一四一。

102 司馬長風，《新文學叢談》，頁一五一。

103 司馬長風，《新文學叢談》，頁一八七。

104 司馬長風《新文學史話——中國新文學史續編》，頁五九、二三〇；《文藝風雲》，頁九六。

105 例如他在下卷的〈跋〉中說自己為了寫〈長篇小說競寫潮〉一章，「耐心的研讀了近百部主要作家的代表作」。（下卷，頁三七三）

106 大約在一九五五年開始，香港的文學出版社就版行了《中國新文學叢書》，當中包括：冰心、朱自清、郁達夫、巴金、老舍、葉紹鈞、郭沫若、張天翼、聞一多、沈從文等名家的選集；香港上海書局又在一九六〇年及一九六一年編印《中國文學名著小叢書》第一、二輯，當中包括魯迅〈傷逝〉、茅盾〈林家鋪子〉、王統照〈湖畔兒語〉、許欽文〈鼻涕阿二〉等各十種；又由臺灣傳入不全的《徐志摩全集》、《朱自清全集》、《郁達夫全集》等；這些作品都一直有多次的重印，流行不衰。至於三、四〇年代作品，更有創作書社、神州書店、實用書局、波文書店、一山書屋等大量翻印。這些翻印出版，雖然談不上是有系統的整理，但對於作品的流通有很大的幫助。相對於八〇年代以前的大陸和臺灣，香港的一般讀者可以接觸到更多不同思想傾向的現代文學作品。

107 例如胡金銓在一九七四年《明報月刊》發表的老舍研究，《中華月報》一九七三年開始刊登的夏志清《中國現代小說史》各章中譯，甚至剛面世的報章副刊等，司馬長風都有參用。

斷位置的意識形態的想像；[108]「不顧一切」的「勇踏」行為，則是他個人作為悲劇英雄的表現。在他想像的世界裡，他需要「提起筆躍馬上陣殺上前去」，而且是急不及待的；他說：「人們等得太久了，我也等得太久了。」（中卷，頁三二三）整部《中國新文學史》顯現出來的，就是一段急趕的追逐過程。

司馬長風自己和他的批評者，都說他寫得太快；一九七五年一月上卷出版，倉促到連一篇序跋都來不及寫，「有關的話」到中卷出版時（一九七六年三月）才「趕在這裡說」，上卷初版書後更附了一份長長的「勘誤表」，當中大部分都不是排印的技術錯誤，而是司馬長風對自己論述的修訂；到再版序文（一九七六年六月）又說改正了不少錯誤。中卷初版時又有密密麻麻的「勘誤表」；到一九七八年三月再版，書前說明校正錯漏近百處，又發覺當中有關三〇年代文學批評與論戰部分遺漏了梁實秋的主要論見，於是加上附錄一篇。一九八〇年四月上卷三版，序中再指出上中兩卷尤其作家作品錄的部分錯漏特多，所以重新校訂一遍；此外增添了〈周作人的文藝思想〉一文作為正文論述的補充，另附〈答覆夏志清的批評〉一文。由一九七五年直到一九八〇年他離世前，《中國新文學史》的上卷出了三版，中卷兩版，下卷一版。每卷每版刊出時，都要追補之前的缺失，而且好像永遠都補不完。在全書的正文論述中，我們不難見到前面的敘述被後來的增補或者變更。最有啟示意味的是文學史分期中就一九三八年至一九四九年一段所設的標籤：在寫上卷〈導言〉時，司馬長風實在還未開始抗戰時期文學的研究，只想當然地說這時文壇「值得流傳的東西，少之又少」，所以名之為「凋零期」。（上卷，頁一三）到後來才發覺這時期有許多成熟的作品，尤其長篇小說質與量俱優。但大概因為和夏志清論戰而稍作堅持，下卷行文故意沿用同一名稱；[109]一九八〇年上卷三版，〈導言〉已改用「風暴期」的新說。[110]可惜他沒有來得及在生前再修改下卷，所以在言文自相追逐的情況下，又增加了一個矛盾。[111]

司馬長風以為自己營營逐逐，做的是一件學術工作，但是他始終不明白，他寫的永遠都不會被視為學術著作；他沒有受過按西方模式所規限的學術訓練，對資料的鑑別不精細，論文體式不整齊。他有的是衝勁熱誠、有的是敏銳觸覺，但學術標準不包括他所具備的優點，

108 他寫過〈新文學三層迷霧〉、〈失魂落魄六十年〉等文，都是同類的歷史想像；分見司馬長風，《新文學叢談》，頁三一—三二；《新文學史話——中國新文學史續編》，頁一九—二二；又見《綠窗隨筆》，頁一八三—一八六。

109 司馬長風在答覆夏志清的批評時說自己「也曾對這個稱謂感到懷疑。當初選擇『凋零期』這個字眼，因為這個期間趕上兩場毀滅性的戰爭：抗日戰爭，國共內戰。……到現在為止，我還沒有決定捨棄『凋零期』這個字眼，但是也未完全消失不妥當的疑惑。」司馬長風，〈答覆夏志清的批評〉，頁一〇三—一〇四。

110 同時收入《文藝風雲》和《新文學史話》的〈中國新文學運動六十年〉一文，也採用了「戰爭風暴」的字眼來描述一九三七至一九四九年的新文學；分見司馬長風，《文藝風雲》，頁八—九；《新文學史話——中國新文學史續編》，頁六—七。

111 此外，黃維樑指出中卷論「收穫期」詩時先說選評十大詩人，但後來所論卻有十四人；見黃里仁（黃維樑），〈略評司馬長風《中國新文學史》〉，頁八八。這個書寫計畫與正式論述的距離正好把當中的時間流程突顯，而這也不是僅有的例子，例如中卷論小說時，先提「六大小說家」之名，再說「此外蕭軍、蕭乾都有優異作品問世」，但正式論述卻沒有講蕭乾，本章則題為〈中長篇小說七大家〉。（中卷，頁三七）

學界不會接受他的草率、疏漏。尤其對於現今學者來說，由於有更多資料重新出土，更多研究成果可供參照，當然可以安心地去蔑視這本不再新鮮的「文學史」。112

（三）司馬長風的「歷史性」與「文本性」

司馬長風完成《中國新文學史》中卷以後，在〈跋〉中寫道：

> 本書上卷十五萬字自一九七四年三月開筆、九月殺青，前後僅約半年時間；中卷約二十萬字，自一九七五年七月到本年二月，也只化了約七個月時間。這裡所說的六個月、七個月，並不是全日全月，實是雞零狗碎的日月！這期間我在兩個學校教五門課，每週十四節課；同時還在寫一部書，譯一部書，此外還平均每天寫三千字雜文。在這樣繁劇的工作中，我榨取一切閒暇……。我把自己當做一部機器，每天有一個繁密、緊張的進程表，幾乎每一分鐘都計算，都排入計劃。因為時間這樣可憐、這樣零碎，工作起來便勢如餓虎、六親不認。在難以置信的時間裡，讀了那麼多頁，寫了那麼多字，我自己都感到是奇蹟。是的，奇蹟，一點也不含糊！（中卷，頁三二三—三二四）

在文本以外，我們見到的司馬長風就是這樣的爭分奪秒，與時間競賽。胡菊人〈憶悼司馬長風兄〉說：

他這樣催逼著時間，時間又反過來催逼他。[113]

在文本之內，我們又見到「文學史」的論述在追逐一種奉學術之名的「嚴謹真確」。但這個「以析述史實為宗」的學術目標，顯然沒有達到。[114]司馬長風也為這個落空的追逐而感到痛苦：

這樣匆忙、潦草的書，竟一版、再版、三版，這不但使我不安，簡直有點痛苦難堪了。[115]

112 胡菊人在〈憶悼司馬長風兄〉一文說：「儘管他的《中國新文學史》有人認為略有瑕疵，但是大脈絡上仍是相當充實的。而且因為缺乏安全的環境，沒有固定的收入，更不像學院派的人那樣，先拿津貼，申請補助，才決定寫不寫一部書。是以以學院派的要求來批評他，似不公允。基本上他一方面是賣文，另方面賣得有其道——著書立說。」可算是學院外的一種回應；見胡菊人，〈憶悼司馬長風兄〉，《司馬長風先生紀念集》（香港：覺新出版社，一九八〇），頁七〇。

113 胡菊人，〈憶悼司馬長風兄〉，《司馬長風先生紀念集》，頁七〇。

114 司馬長風，《新文學史話——中國新文學史續編》，〈序〉，無頁碼。

115 司馬長風，《中國新文學史》，上卷（三版），〈序〉，無頁碼。

他明明知道處身的境況不可能讓他全力於學術的追尋，但還是刻刻以此為念。到最後，學府內秉持量尺的專家，就判定他的失敗。好比他在文本中竭力構建的「文學自主」，本來就寄寓他對一個「自由開放社會」的追求、「海闊天高任鳥飛」的國度的期盼。這種對「自由民主」的嚮往，基本上只能停留於言說的層面；在行動上，就如徐復觀〈悼念司馬長風先生〉所說，「必然是悲劇的收場」。[116]至於由民族主義所開發的中國文化企劃，也是司馬長風移居香港以後的另一個追求，這方面和唐君毅、牟宗三等新儒家在香港開展的文化論述有著同一方向；[117]但實際上，在五〇年代的新界建設文化村，以表現中國傳統生活方式的想法，也只能落實為《盤古》雜誌上的文字設計；[118]其最終結穴就成為《中國新文學史》之中縈繞不絕的鄉愁。

看來，文本以外的司馬長風，雖有種種的追尋，也確實付出了真心誠意，最後也只能歸結為文本，好比「司馬長風」一名，本來就是承擔他的文學事業以至「文學史」書寫的一個筆名、一個符碼。[119]實際生活中的胡若谷，究竟是否存在，似乎不太重要；[120]就如香港這個他生活時間最長的一個地方，也成不了他的鄉土。然而，在這塊殖民地的土壤上，居然容他一個尋覓理想的空間，於是他可以作一個「明天的中國」的夢；[121]於是他可以以司馬遷的「浪漫主義風格，和化不開的詩情」，去書寫新文學史「失魂落魄的六十年」；[122]以李長之的「煥發傳統，疏導溝通傳統與新文學」的精神，去為新文學招「民族的靈魂」。（下卷，頁三四一、三五四）儘管在現實中只見司馬長風不斷地落空，但他的追逐過程本身，就有豐富的蘊涵可供我們解讀。

再以《中國新文學史》中卷所附的兩張照片為說。兩張照片都附有說明，大概都是司馬長風的書寫。圖一的說明是：

作者趕寫本書的情景，旁邊是作者小女兒瑩瑩。

---

116 徐復觀，〈悼念司馬長風先生〉，《司馬長風先生紀念集》，頁八五。

117 司馬長風與唐君毅、牟宗三、徐復觀等新儒家中人都有來往。

118 《司馬長風先生紀念集》，頁二九。

119 司馬長風在〈李長之《文學史稿》〉說：「我現在這個筆名是在讀過李長之著《司馬遷之人格與風格》一書之後起的。」見《新文學叢談》，頁一三五。可知司馬長風是以司馬遷和李長之的風骨和才華為追慕的理想。

120 據〈司馬長風先生的生平行誼〉一文記載：司馬長風原名胡若谷，又名永祥、胡欣平、胡越、胡靈雨；見《司馬長風先生紀念集》，頁二〇。這裡說他原籍瀋陽，但黃南翔指出他是蒙古人，本姓呼絲拔；見黃南翔，〈欣賞中的歎息——略談司馬長風的文學事業〉，《香港作家》，第一二三期（一九九九年一月），頁八。

121 司馬長風〈噩夢〉一文有這樣的話：「〔我〕現在覺得實在對不起你〔香港〕。多虧你這點屋簷下的自由，使我奔騰的思考，洶湧的想像，得到舒展和憩息。」見《綠窗隨筆》，頁六二。他著有《明天的中國》一書，胡菊人說他「為中國的將來設計了一幅美麗的藍圖」，「是不是可行，是不是合於實際，是否純屬主觀幻想，當然是可以詰疑的，但至低限度，代表了他對國家的滿腔熱愛，無限遐想。」見胡菊人，〈清貧而富足的司馬長風〉，《司馬長風先生紀念集》，頁一〇。

122 司馬長風，《新文學史話——中國新文學史續編》，頁一七六。

所見影像是穿上整齊西服的司馬長風和他的天真可愛的女兒。圖二的說明是：

作者趕寫本書時，書桌一景。

書桌上橫放著紙筆文稿、中外文參考書籍。兩張照片與本節開首所引的跋文可以互為呼應，司馬長風希望讀者看到他的辛勞不懈。但這裡表述的不單是文本以外的書寫過程；當已成過去的一刻以顯然經選擇設計（但不能說是虛假）的方式凝定於文本之內時，整個書寫過程就被徹底的文本化。推而廣之，司馬長風的整個追尋行動，正是一頁南來香港的中國知識分子生活史。

（四）唯情的「文學史」

前面我們討論的是司馬長風的「文學史」書寫行動，主要的審思對象是當中的學術追求過程；我們見到他懵然地去追求，但所願卻一一落空。以嚴格的學術標準而言，他的成績不及格。然而我們不必就此蓋棺，我們可以進一步省思，「文學史」論述的學術規條，是否不能逾越。

學術論述要求嚴謹，是學術制度化在言說層面的一種體現。在現今社會價值系統混雜不齊的情況下，制度化的作用就是品質管理（quality control），但更重要的意義當在超越個別視界，使論述為超個體的（集體的）成員所共享。而所謂「control」的意義就除了「管理」之外，還起「支配」的作用。基於此，許多不符現行範型（paradigm）的、不嚴謹的言論就被排除於共享圈之外。司馬長風雖然也在香港的大專院校任兼職，但他所兼的社會角色太多太雜，又專又窄的學術規範實在不是他能一一緊隨的。但我們是否就要簡單地把他的「文學史」論述排拒在視界之外呢？事實上，如果不嚴謹僅指當中匆促的筆誤（如「無產階級文學」寫成「無產階段文學」之類）、語言表述的前後齟齬（如先說評介十大詩人，下文卻討論了十四位詩人）、資料的錯判誤記（如長篇小說誤為短篇、把民國紀年訛作西元等）；[123]則僭居學府的我們是否就此判定司馬長風的作為「不可原諒」？[124]司馬長風生前確已誠惶誠恐地拚命追補更正，我們只要看看他在各卷前言後記所作的自供狀就會知道。司馬長風所需

123 見王宏志，《歷史的偶然：從香港看中國現代文學史》，頁一四八；黃里仁，〈略評司馬長風《中國新文學史》〉，頁八八；王劍叢，〈評司馬長風的《中國新文學史》——兼比較內地的《中國現代文學史》〉，頁四〇；司馬長風，《中國新文學史》（臺版），〈前記〉，頁二。

124 王宏志說：「最令人不滿的是裡面很多非常簡單、毫無理由出錯的情況，例如一些重要而且耳熟能詳的文章名稱或文學史常識也弄錯了，諸如胡適的〈文學改良芻議〉被寫成〈改良文學芻議〉；梁啟超的〈論小說與群治之關係〉變成〈小說與群治的關係〉，『無產階級文學』變成『無產階段文學』等。」見王宏志，《歷史的偶然：從香港看中國現代文學史》，頁一四八。

的，可能是一個稱職的研究助理。今日，如果我們怕誤導青年後生，則由嚴謹的學者們製作一個《中國新文學史》的勘誤表，[125]又或者另行刊布一部「精確的」新文學史大事年表或資料手冊，就可以解此倒懸了。

對《中國新文學史》的另一個學術評鑑是：司馬長風有沒有在書中準確地描述或者「再現」文學史。當中所謂「準確」包括有沒有遺漏「重要的」作家作品、有沒有對作家作品作出「恰當的」（或者「公正的」）評價。再推高一個層次，是他的「文學史」論述是否前後矛盾，論證過程是否周密無漏，是否禁得起邏輯的推敲；評斷有沒有合理的基礎，有沒有圓足的解說。

於作家作品的見錄數量而言，司馬長風所論相對的比以前的「文學史」為多，這是大部分學術書評都同意而且讚許的一點。在評價的判定上，司馬長風的異於左派「文學史」也是眾所同認的。主要的批評是指他以藝術基準為號召，但恰恰顯示了非常政治化的反共意識。再而是分期的標籤與內容不符、褒貶的自相矛盾，論述的簡單化甚至前後不能照應。[126]有關政治化的問題，前文已經討論過，至於其他的學術考量，則或許可以有其他進路的思考。

司馬長風的「文學史」論述，的確矛盾叢生。但這重重的矛盾卻產生一些非常有趣的現象。我們可以參看他和夏志清的論戰。夏志清對他的每一項批評，他都可以作出反駁。[127]事實上，除了上文講的資料或文字語言的訛誤之外，其他學者就司馬長風的個別論見所作批評，我們幾乎都可以在《中國新文學史》中找到足以辯解的論點。這不是說司馬長風的論述周備無隙；相反，當中大量的局部評論本來就未曾作系統的、全盤的聯繫。但因為司馬長風慣常使用對照式的評論，讓他有許多追加補充或者解說的機會；所以甲漏可以乙補，丙非可以丁是；然而甲與丙、乙與丁之間，卻也可能產生新的矛盾。換一個角度看，論者要指摘其錯漏，當然也非常容易。我們不打算仔細地計量這些細部的問題，我們想問的是：這種不周密的「文學史」論述，是否還值得我們去閱讀？

我想，大部分學術論評所揭示《中國新文學史》的「異色」——被忽略的作家作品的鉤沉、唯美唯情的評斷等，固然值得留意，但我們應該可以在司馬長風的「文學史」論述中，讀到更多的深義，其關鍵就在於我們的閱讀策略。

司馬長風的「文學史」論述結構，主要是由幾組不同層次的語意元素（如純淨白話、美文詩意、文學自主、鄉土傳統等）築建而成；各種元素之間，本來就不易調協。最重要的是，他的敘述基調是立足於「不見」（absence）之上，又因「不見」而創造了懷想的空間。這可以從在正文中沒有討論，但在〈導言〉中標誌的「沉滯期」說起。司馬長風不單把一九

125　傳記文學出版社在刊行臺版時已作了一些補訂，但顯然未夠完備。又據悉小思女士曾有校勘之議，但最後未及實行。

126　王劍叢，〈評司馬長風的《中國新文學史》——兼比較內地的《中國現代文學史》〉，頁四〇；王宏志，《歷史的偶然：從香港看中國現代文學史》，頁一四三、一四五、一四七。

127　例如夏志清批評司馬長風對朱自清〈匆匆〉的評價過高，他卻可以輕易地找到回應的方法；分見夏志清，〈現代中國文學史四種合評〉，頁五四—五五；司馬長風，〈答覆夏志清的批評〉，頁九八—九九。

五〇年到一九六五年定為「沉滯期」，在導言中更感慨地說：

> 一九六五年掀起文化大革命，那些戰戰兢兢，擱筆不敢寫的作家們，也幾乎全部被打成「牛鬼蛇神」。
>
> 另一方面在臺灣，因為與大陸的母體隔斷，竟出現「新詩乃是橫的移植，而非縱的繼承」的悲鳴。……
>
> 中國文壇仍要在沉滯期的昏暗中摸索一個時候。（上卷，頁一四）

司馬長風所感知的中國文壇正處於昏沉的狀態，所以他竭力地追懷他所「不見」的「非西化」和「非方言化」的文學傳統、「非政治」的文學鄉土。在這其中，就有感性切入的縫隙。我們發覺，在司馬長風的敘述當中，悲觀的氣色非常濃厚。全書各章的布局，只有上卷由「文學革命」到「成長期」算有比較積極的氣氛。中下兩卷合占全書超過三分之二的篇幅，其中語調已轉灰暗：篇章標題中出現的「歉收」、「泥淖」、「陰霾」、「貧弱」、「凋零」、「飄零」、「歧途」、「彷徨」、「漩渦」等字眼，掩蓋了其他描敘成果的詞彙。正是在這種哀愁飄蕩的空間，司馬長風敏感的個人觸覺可以遊刃其中。學術訓練的不足，反而少了束縛，任憑自己的觸覺去探索，將個人的感舊情懷自由地拓展，為「新文學史」帶來不少新鮮的刺激。可以說，這些創獲是與個人經驗的介入，撕破學術的帳篷，有很大的關係。

當然，我們無意說唯情的「文學史」論述比緊守學術成規的著作優勝，也不能為司馬長風的疏漏與錯誤隱諱；在此，只想再思「文學史」的論述是否與科學客觀、邏輯嚴謹、摒除主觀情緒等學術規範有「必然」的關係。「文學史」書寫最大的作用是將讀者的意識畛域與過去的文學世界作出聯繫。讀者對這種聯繫的需求，可能出於知識的好奇，可能出於文化尋根的需要，可能出於拓展經驗世界的希冀；作為「文學史」的敘述者，為什麼一定要有莊嚴的學術外觀？為什麼不能是體己談心的寬容？正如文學批評，既可以是推理論證、洋洋灑灑的著述，也可以是圍爐夜話的詩話箚記。西方「文學史」著述中既出現了如《哥倫比亞美國文學史》、《新法國文學史》等不求貫串的反傳統敘事體，而贏得大家的稱頌，[128]我們為什麼容不下一本與讀者話舊抒懷的「文學史」？

128 Emory Elliott, et al. ed., *Columbia Literary History of the United States* (New York: Columbia University Press, 1988); Denis Hollier, *A New History of French Literature* (Cambridge, Mass.: Harvard University Press, 1998).《哥倫比亞美國文學史》的編輯方針正是集合不同意念、不同聲音的敘述；至於《新法國文學史》更是一百六十四位學者的短論合成，與過去的線性連續的敘事體迥異；其後續如《新德國文學史》、《美國文學新史》、《哈佛新編中國現代文學史》都是文學史書寫的新發展；見 David E. Wellbery, ed., *A New History of German Literature* (Cambridge, Mass.: Harvard University Press, 2005); Greil Marcus and Werner Sollors, ed., *A New Literary History of America* (Cambridge, Mass.: Harvard University Press, 2012); Wang, David Der-wei, ed., *A New Literary History of Modern China* (Cambridge, Mass.: Harvard University Press, 2017).

抒情傳統論與中國文學史

知識叢書 1100

作　者—陳國球
校　對—馬文穎
主　編—王育涵
資深編輯—張擎
責任企畫—林進韋
封面設計—陳文德
內文排版—極翔企業有限公司

總編輯—胡金倫
董事長—趙政岷
出版者—時報文化出版企業股份有限公司
一〇八〇一九台北市萬華區和平西路三段二四〇號七樓
發行專線—（〇二）二三〇六六八四二
讀者服務專線—〇八〇〇二三一七〇五・（〇二）二三〇四七一〇三
讀者服務傳真—（〇二）二三〇二七八四四
郵撥—一九三四四七二四時報文化出版公司
信箱—一〇八九九臺北華江橋郵政第九十九信箱

時報悅讀網—www.readingtimes.com.tw
人文科學線臉書—http://www.facebook.com/jinbunkagaku
法律顧問—理律法律事務所　陳長文律師、李念祖律師
印　刷—勁達印刷有限公司
初版一刷—二〇二一年六月二十五日
初版二刷—二〇二三年六月六日
定　價—新台幣六〇〇元

時報文化出版公司成立於一九七五年，並於一九九九年股票上櫃公開發行，
於二〇〇八年脫離中時集團非屬旺中，
以「尊重智慧與創意的文化事業」為信念。

抒情傳統論與中國文學史 / 陳國球著. -- 初版. -- 臺北市：時報文化出版企業股份有限公司, 2021.06
面；　公分. --（知識叢書；1100）
ISBN 978-957-13-9003-1（平裝）

1.中國文學　2.抒情文　3.文學評論

820.7　　110007563

ISBN 978-957-13-9003-1
Printed in Taiwan